中华戏剧史论丛书

叶长海 主编

当代昆剧创作研究

丁盛 著

上海古籍出版社

图书在版编目(CIP)数据

当代昆剧创作研究 / 丁盛著.—上海:上海古籍
出版社,2017.11
　(中华戏剧史论丛书)
　ISBN 978-7-5325-8661-5

　Ⅰ.①当…　Ⅱ.①丁…　Ⅲ.①昆曲－剧本－戏曲创作
－文学研究－中国－当代　Ⅳ.①I207.329

　中国版本图书馆 CIP 数据核字(2017)第 268815 号

中华戏剧史论丛书
当代昆剧创作研究
丁　盛　著
上海古籍出版社出版发行
(上海瑞金二路 272 号　邮政编码 200020)
(1) 网址: www.guji.com.cn
(2) E-mail: gujil@guji.com.cn
(3) 易文网网址: www.ewen.co
惠敦印务有限公司印刷
开本 890×1240　1/32　印张 11.5　插页 2　字数 268,000
2017 年 11 月第 1 版　2017 年 11 月第 1 次印刷
印数 1—1,300
ISBN 978-7-5325-8661-5
I·3231　定价: 48.00 元
如有质量问题,请与承印公司联系

总　序

　　中华戏剧历史悠久、源远流长。它的历史形态从未断绝,但常变化出新,成为一种最为根深叶茂而又独具风貌的艺术门类。对中华戏剧的研究,已有许多成果面世,展示了中华戏剧在各个时代的风貌及在各有关元素、层面、领域的表现。现在是到了有必要亦有可能展开总结提高、深入开掘的工作,并在此基础上建立"中华戏剧史"乃至"中华戏剧学"的系统学科的时候了。《中华戏剧史论丛书》的编辑出版,正是对此一时代需求的一种回应。

　　中华戏剧艺术涵蓄了中华民族历史发展过程中出现的各个时代、多个门类的艺术形式,是集诗、歌、舞、杂技、曲艺以及新出现的多种艺术样式的集合体。长期以来对中华戏剧艺术的研究,由于学业上的沿习或观念上的局限,存在着偏重案头文本而忽视场上演艺的倾向。本丛书则立足于还原戏剧艺术本来面目的"大戏剧"观念,注重作为"演出艺术"的戏剧的"立体性"研究,注重对多重艺术元素融合创新的历史总结,力求突破以往艺界与学界所习惯的戏剧研究框架和内部格局,从而拓展研究领域。

这对于建立一门完整而又科学的戏剧艺术学,其意义不言而喻。

中华戏剧既是中华民族历代创造的结果,亦是世界文化交流的结晶。本丛书自然十分注重对各民族文化及世界文化交流的历史总结。因而,我们推动的研究可为当代戏剧艺术创造实践及艺术理论创新提供历史借鉴,亦可为进一步开展民族文化交流及国际文化交流提供历史经验及现实启示。

对中国戏剧历史研究具有开创性意义且影响最为深远的是一个世纪前王国维的《宋元戏曲史》(1913)。吴梅的《中国戏曲概论》(1926)及日本青木正儿的《中国近世戏曲史》(1930)紧随其后。此后较重要的著作有徐慕云的《中国戏剧史》(1938)、周贻白的《中国戏剧史长编》(1960)和《中国戏曲发展史纲要》(1979)、张庚与郭汉城主编的《中国戏曲通史》(1981)、董每戡的《说剧》(1983)等。这些著作的问世,为中国戏剧史的研究奠定了非常坚实的基础,特别是对基本史料的开掘、对元明清名家名作的分析、对历代重要戏剧文化现象的描述诸方面,已取得相当丰硕的成果,其贡献巨大。此后,另有一些"戏剧史"或"戏曲史"亦各有特色,如《中国演剧史》(田仲一成,1998)、《中国戏曲发展史》(廖奔、刘彦君,2000)、《插图本中国戏剧史》(叶长海、张福海,2004)、《中国戏曲通鉴》(王永宽,2008)、《中国古代戏剧形态研究》(黄天骥、康保成等主编,2009)等。

与此有关的,尚有诸多方面的研究。其一是专门的文本、资料汇编或文献、文物研究,如《宋元南戏百一录》(钱南扬,1934)、《古本戏曲丛刊》(初、二、三、四、五、九集,1954—1984)、《善本戏曲丛刊》(1—6辑,1984—1987)、《方志著录元明清曲家传略》(赵景深、张增元,1987)、《宋金元戏曲文物图论》(山西师大戏曲文物研究所编,1987)、《全元戏曲》(1—12卷,王季思主编,1990—1999)等。其二是断代史的研究,如《宋金杂剧考》(胡忌、

1957)、《唐戏弄》(任半塘,1958)、《元代杂剧艺术》(徐扶明,1981)、《明清传奇史》(郭英德,1999)、《中国近代戏曲史》(贾志刚主编,2011)等。其三是剧种史的研究,如《昆剧演出史稿》(陆萼庭,1980)、《秦腔史稿》(焦文彬,1981)、《中国京剧史》(上、中、下,集体编著,1990—2000)、《中国藏戏史》(刘志群,2009)等。其四是对相关领域的研究,如《中国伶人血缘之研究》(潘光旦,1941)、《古剧说汇》(冯沅君,1947)、《说俗文学》(曾永义,1978)、《傩戏、少数民族戏剧及其他》(曲六乙,1990)、《戏曲美学》(陈多,2001)等。其五是对戏剧综合体中各艺术元素的研究,如《中国剧之组织》(齐如山,1928)、《戏剧表演论集》(阿甲,1962)、《昆曲格律》(王守泰,1982)、《戏曲舞台美术概论》(栾冠桦,1993)、《戏曲音乐概论》(武俊达,1993)、《戏曲优伶史》(孙崇涛、徐宏图,1995)等。此外,对有关中国戏剧史的一些专题(如中国戏剧的起源、中国传统戏曲的前途与命运)的讨论,对历代戏剧名家名作的研究,对戏剧理论史的研究,对各地方戏曲剧种的调查研究,对表演艺术家的评传等,亦时出佳绩。

值得特别指出的是,近年来《中国戏曲志》编委会在全国全面展开调查研究,十余年间出全30卷。这对于我们全面了解全国各地、各民族的戏剧历史及现状提供了前所未有的极大的便利。近年还出版了许多规模较大的工具书,如《中国曲学大辞典》《古本戏曲剧目提要》《中国昆剧大辞典》等,对于了解戏剧学的艺术门径及前人的研究成果,从而继续深入展开研究也都大有助益。

以前的所有研究成果,为我们"新的"研究提供了重要的启示,使今后的研究比以往的研究有更高的基础。在展开新的戏剧研究的时候,对于前人的研究成果,我们将十分注意学习、提炼,吸收其学术精华,而对于前人认识上的一些局限,则尽可能予以克服。

这里即以王国维《宋元戏曲史》为例。王国维的《宋元戏曲史》开启了戏曲研究的一代风气,并形成有关中国戏曲史的一些主流观点。这些观点传播广远,影响深刻,其学术价值与理论意义不可低估。但由于时代的前进和学术的发展,一些概念的涵义因时而变,某些主流观点亦不时受到挑战。这里试举数例,略予阐说。

一、关于"戏剧"与"戏曲"的概念。已知"戏剧"一词始于唐代,"戏曲"一词始于宋代,但开始出现时的含义与今天大不相同,此后其义亦常有各种变化。王国维笔下的"戏剧"主要指演出艺术,"戏曲"主要指剧本文学,故称无剧本的为"上古至五代之戏剧",称有剧本的为"宋元戏曲",并认为"真戏剧必与戏曲相表里"。时至当代,我们所称"戏剧"或"戏曲"都是指演出艺术,不过,通常以"戏剧"为全称(包括戏曲、话剧、歌剧、木偶剧等等),而以"戏曲"为特称(特指中国传统的"以歌舞演故事"的戏剧)。本丛书的"戏剧"即是一个全称。

二、关于中国戏剧的起源与形成。以往主流派意见认为中国戏剧起源于上古而形成于宋元。这一派观点细分之又有形成于两宋、宋金、金元等之别。近数十年来有不少学者对此说提出异见,遂有形成于先秦、汉代、北齐至唐代诸说。"先秦说"又有两派,其一证之以古优如"优孟衣冠",其二证之以《诗经》《楚辞》。"汉代说"主要证之以《东海黄公》,称此为中国最早的戏曲剧目。"北齐至唐代说"主要证之以《踏谣娘》,称此为中国第一出略具规模的歌舞剧。

三、关于"成熟戏剧"的标志。王国维因循西方近代文学观念,主张戏剧之是否成熟,其标志在于有无剧本。而这正是中国戏剧形成于宋元一说的理论依据。但由于对"剧本"的认识有异,于是就有了唐代是否有剧本,《诗经》、《楚辞》是否有部分剧本因素等等问题的争论;近年又有了吐火罗文《弥勒会见记》是不是剧本的讨论。但已有不少学者指出,有无剧本并不是戏剧是否成熟的唯一标准,不能把幕表戏体制下的中国戏曲、外国的即兴喜剧等戏剧类型排除在成熟戏剧之外。现代有些戏剧流派甚至主张剧本并不是戏剧的必要条件。有人则认为戏剧的最根本生命力在于它的"剧场性",在于人与人的当场的"活的交流"。

四、关于"叙事体"与"代言体"。王国维认为"真戏剧"除了必须有剧本之外,其体裁则必须为"代言体"而非"叙事体"。所谓"叙事",主要指扮演者以与角色有一定距离的叙事者身份进行表演;"代言"则主要指表演者以第一人称身份扮演或模拟节目中的人物。曲艺表演总是以叙事体为主,而以代言体为辅。至于戏剧,由于它的艺术特征即是扮演人物、表演故事,所以一般多是以"代此一人立言"的代言体方式进行表演。但中国戏曲并非只限于使用代言体表演方法。元杂剧以及后世戏曲中的"自报家门"和某些引子、上场诗、旁白、独白等,都包含有以叙事者身份介绍戏剧内容的叙事性质;曲文唱词也同样有属于叙事性质者。20 世纪 30 年代以来,德国戏剧家布莱希特提出"非亚里士多德"式的"史诗剧",又称为"叙述体戏剧"。在他的戏剧中常有"歌唱者"之类人物出现,以达到他所追求的"陌生化效果"。布氏把戏剧看作是"讲一段故事",有似于中国说唱那样的"叙述体"。此类戏剧新观念,已与西洋传统写实主义戏剧大相径庭,而与中国的"写意性"戏剧精神相通了。中外戏剧实践的新探索,戏剧观念的新突破,都为我们深入认识中国传统戏剧提供了新的视角。

本丛书十分关注当代戏剧实践中出现的新现象、新问题,十分关注近期来戏剧观念的变化,亦努力在研究中选取行之有效的新视角、新方法,以期别开中国戏剧研究的生面。基于此,本丛书着重刊布近年来的最新研究成果,同时,亦着意选择前辈学者于 20 世纪八九十年代出版但因故未能广为传播的、至今依然具有创新意义的学术著作,予以重版刊行。希望能于数年间形成中华戏剧史论研究的新系列。

叶长海

2012 年 10 月 16 日

目　录

绪　论

　　昆剧(亦称"昆曲")是中华传统文化的代表。2001年,联合国教科文组织将昆剧列入"人类口述与非物质遗产代表作"名录,不仅标志着昆剧艺术得到了世界范围的认可,也意味着昆剧是全人类共同的文化遗产。

　　当前昆剧的首要工作是抢救、保护与继承遗产,确保昆剧遗产能够按本真态传承下去。做好昆剧传承的同时,当代昆剧也需要有新的创作,正是历代文人、艺人的共同努力,才留下了包括剧本、曲谱与场上表演艺术在内的丰富遗产。因而,当代的昆剧创作也关系到留给后人怎样的遗产。

　　1949年新中国成立以来的当代昆剧创作,可以分为两个阶段:一是建国后的十七年,二是1978年以来的三十余年。

　　新中国成立之初,昆剧奄奄一息,因为一个偶然的机会诞生了"一出戏救活了一个剧种"的《十五贯》,让更多的传统剧目获得了演出的机会。然而,刚刚恢复创作演出的昆剧,还没来得及充分展现它的魅力,因为"文革"到来,又在舞台上销声匿迹。

　　1978年,上海昆剧团成立,全国昆剧院团陆续恢复了创作与演出,当代昆剧进入了一个新的发展时期。八九十年代,《牡丹亭》《长生殿》《桃花扇》《西厢记》《琵琶记》《玉簪记》等一批传统剧目以新的面貌呈现在舞台上,与此同时,出现了《钗头凤》(1981)、《南唐遗事》(1986)、《白罗衫》(1989)、《雾失楼台》(1990)、《偶人记》(1996)、《司马相如》(1996)、《少年游》(1996)、《琵琶行》(1999)等一批新编昆剧作品。

进入新世纪后,昆剧的传承发展得到政府的高度重视。2000年起,文化部连续主办了五届"中国昆剧艺术节",每三年一次集中展示昆剧创作的最新成果。财政部与文化部2005年起连续五年每年划拨1 000万专项资金用于昆剧的抢救与扶持,促成一批新编剧目的诞生。与此同时,一些民间有识之士如白先勇、唐斯复开始介入昆剧创作,凭借他们对昆剧美学的认识与整合资源的能力,与昆剧院团共同推出新作品,促进了昆剧创作观念与美学的发展。在政府、院团与民间人士的共同推动下,昆剧创作空前繁荣,青春版《牡丹亭》(2004)、《1699·桃花扇》(2006)、全本《长生殿》(2007)、大都版《西厢记》(2008)等全本与多本大戏,以及新编昆剧《红楼梦》(2010)、《春江花月夜》(2015),均成为当年戏剧界的热点。

对于昆剧创作,大家有着不同的观点:有的主张恪守传统,做博物馆式的演出;有的主张传承与创新相结合,传统为体,现代为用;有的主张实验创新,在创新中传承昆剧艺术。如何看待这些创作观念?这些观念背后,影响昆剧创作的基本问题是什么?如何认识这些观念主导下的当代昆剧创作?放眼昆剧发展史,当代昆剧创作有何贡献?这是本书要研究的问题。这些问题的研究,有助于我们把握当代昆剧创作的发展方向与问题之所在,为将来的昆剧创作提供参考。

为了便于论述,以及避免产生歧义,在此对相关概念与研究范围做出界定：

1. 昆剧。我们习惯将昆剧与昆曲并称。广义的"昆曲"包含"昆剧"的概念，两者又各有侧重。"昆曲"包括清曲与剧曲。"清曲"乃文人雅士清工为之，"剧曲"既可作场上表演，也可作清工曲唱。"昆剧"侧重场上搬演，唱的"曲"是"剧曲"。本书所论之"昆剧"指场上搬演的"昆曲"。

2. 昆剧创作。昆剧创作有传统剧目新创作与新编作品两大类，前者是旧本新演，后者为新编新创。传统剧目的传承演出不在创作概念之列，若在前辈艺人传承下来的表演外有改动与新创部分，则属于传统剧目的新创作。

3. 剧目类别。《中国昆剧大辞典》将昆剧剧目分为传统剧目、新编新排剧目两类，《上海昆剧志》分为传统剧目、整理改编剧目、移植剧目、现代戏四类。按这样的分类进行当代昆剧创作研究，会产生一些困扰。如《牡丹亭》《长生殿》的新创作，他们既是传统剧目，又是整理改编剧目，归到哪一类进行讨论合适？分类不当，不仅不利于研究，还可能会影响研究结论。为此，需要对剧目重新分类。本书的分类原则是：将每一个剧目归入合适的类别，且一个剧目只归入一个类别。按此原则，将昆剧创作分为传统剧目新创作、新编古代戏、现代戏、实验作品四类。

传统剧目新创作，指元杂剧、南戏与明清传奇与昆剧舞台上曾经演出的各类剧目（含时剧、武戏、灯彩等）的新创作，既包括文本的整理改编，又包括作曲与唱腔设计，还包括舞台呈现的二度创作。

新编古代戏，指完全新创，或依古代故事与小说创作，或从其他剧种改编、移植过来的古代题材剧目。

现代戏，是指1911年辛亥革命以来的现代历史和生活为题材的新编戏，这是区别于传统戏和新编古代戏的一种戏剧类型。

实验作品，指新世纪后出现的融入昆剧元素、具有后现代戏剧特征的当代剧场艺术作品，具体来说，指的是荣念曾和柯军主导的系列实验作品。

4. 时间范围。考虑到当代昆剧创作的主要作品多在 1978 年改革开放以后这三十多年间涌现出来，故本书选取了这段时期的昆剧创作为研究对象，起讫时间为 1978 年至 2016 年。

5. 地域范围。本书以中国内地的昆剧创作为研究对象，除实验作品因其特殊性涉及香港"进念·二十面体"外，其余均不含港、澳、台地区的昆剧创作。

6. 昆剧院团简称。为了行文简洁，文中在需要时使用昆剧院团的简称。本书依业内习惯将上海昆剧团简称"上昆"、苏州昆剧院简称"苏昆"、江苏省演艺集团昆剧院简称"省昆"、浙江昆剧团简称"浙昆"、永嘉昆剧团简称"永昆"、北方昆曲剧院简称"北昆"、湖南省昆剧团简称"湘昆"。

第 一 章

当代昆剧创作的基本问题、
观念与形态

  1978 年以来的当代昆剧发展至今不过三十余年,但创作、演出格局却是百年来所未有。2001 年联合国教科文组织认定昆剧为首批"人类口述与非物质遗产代表作"之后,举国上下出现了一股昆剧创作与演出热潮,传统剧目新创作、新编古代戏、现代戏与实验作品异彩纷呈,折子戏、单本戏、多本戏、全本戏层出不穷,不仅古典四大名剧悉数以全本戏或多本戏的方式搬上昆剧舞台,就连"永乐大典戏文三种"也在昆剧舞台上重现光彩。当代昆剧创作的主轴,一端是回归传统,一端是走向现代,在传统与现代的碰撞过程中,产生了不同的创作观念,形成了不同的艺术形态。不同的创作观念与艺术形态背后,起决定作用的,是当代昆剧创作的几个基本问题:古今问题、中西问题与主导问题。本章将讨论当代昆剧创作的基本问题、创作观念与艺术形态,为考察当代昆剧创作构建一个理论框架。

第一节　当代昆剧创作的基本问题

当代昆剧创作的观念、形态与现象繁多，需要从一些带有普遍性的问题着手，分析各种创作观念、现象背后的动因，探讨它们如何交织在一起影响当代昆剧创作的发展历程。

台湾成功大学教授马森的专著《中国现代戏剧的两度西潮》，从"进化论"（Evolutionism）与"传播论"（Diffusionism）的新视角来分析中国现代戏剧的演变，以"两度西潮"之说统摄全书，从中外文化碰撞和交融来探讨中国现代戏剧产生、发展、变化的规律及其经验教训。南京大学教授董健非常欣赏这一研究视角，不仅撰文比较了"两度西潮"异同，还进一步拓展了马森的理论，在文化进化（Evolution）和文化传播（Diffusion）两个维度之外，增加一个文化功能（Function）的维度，来构建其论述中国戏剧现代化的理论框架。董健认为，这三者是影响中国戏剧的昨天、今天与未来的基本问题，它们往往"纠葛"在一起，影响着戏剧理论与戏剧实践，制约、刺激、困扰着中国戏剧现代化的进程①。

这一研究视角，同样适用于昆剧创作研究。不同的是，昆剧有着话剧所没有的文化遗产属性，反映当代生活的能力不如话剧，其文化功能问题（戏剧与政治的关系）不如话剧突出。而另一问题，创作的主导权——国家主导还是民间倡导，对昆剧创作的影响很大，不仅决定了创作的目的、手段与舞台呈现，有时甚至决定了观众对象的主体。因此，本节以马森与董健的理论框

---

① 董健《中国戏剧现代化的艰难历程——20世纪中国戏剧回顾》，《文学评论》1998年第1期。

架为基础,将昆剧放在中国戏剧现代化的总体框架中进行考察,从古今问题(昆剧传统与现代化)、中西问题("戏曲化"与"话剧化")、主导问题(国家主导与民间倡导)三个方面来探讨当代昆剧创作。

一、古今问题:昆剧传统与现代化

古今问题,也就是传统与现代的问题,其核心是古老的昆剧如何与当代社会对接。传统与现代是一对张力关系,当代昆剧创作,在这对张力的制约下,徘徊于传统与现代之间,既保留传统,又融入现代。作为一门高度规范并自成体系的古老艺术,昆剧无论如何现代,都无法脱离传统,否则便不成为昆剧了。因而,无论是回归传统,还是走向现代,昆剧传统是根基。问题是,昆剧传统是什么,看似简单,却不那么容易讲清楚,而研究当代昆剧创作,这又是个绕不过去的问题。

为此,笔者不揣浅陋,尝试勾勒一个昆剧传统的概貌。所谓昆剧传统,是数百年昆剧发展历程中由历代文人、曲家与艺人共同创造、积累下来的关于昆剧文学、声律、表演与舞台美术的规则与范式,以及为了确保场上艺术的整体性与一致性而形成的四者之间相互匹配与制约的美学原则。具体而言,昆剧传统包括四个方面——声律传统、文本传统、表演传统与舞台美术传统。这四个方面服从于一个美学原则,白先勇将其归纳为八个字——"抽象、写意、抒情、诗化"①。

昆剧诞生以来,搬演的古典剧本有南戏、杂剧与传奇等。南

---

① 陈怡蓁《白先勇的昆曲新美学——从〈牡丹亭〉到〈玉簪记〉》,载白先勇策划《云心水心〈玉簪记〉:琴曲书画昆曲新美学》,人民文学出版社2011年版,第10页。

戏、杂剧与传奇属不同文体,但都是曲牌体文学,曲牌联套决定了古典剧本集折体的文本形式①。曲牌既是一个文学单位,也是一个音乐单位,既有文学属性,也有音乐属性,填词制谱,须倚声填词、依字行腔,辞曲一体。《昆曲曲牌及套数范例集》的编写者指出:

> 近来有些戏剧家,把昆曲折子的体制定名为联曲体。这个名称下得非常好。这样我们就可以把昆剧的结构体制概括为三个"体",即:一个曲子是曲牌体,一本折子是联曲体,一部传奇是集折体。三个"体"的组成,要服从三"式",即:词式、乐式、套式。词式和乐式控制着曲牌,而套式则指导着联曲和集折。"三体三式"是全部传统昆曲声律的总结②。

"三体三式"不仅是全部传统昆曲声律的总结,也是传统昆剧文本的总结。昆剧文本,无论是杂剧还是传奇文体,严格来说,都须遵守"三体三式"的要求。

昆剧的表演传统,体现为昆剧表演艺术体系。李晓将昆剧的表演艺术体系分解为昆剧表演艺术的总特点、美学本质、演员素养、演艺构成、表演规律、家门体制、创造法则七个互相关联又互相制约的因素:

---

① 李晓指出,宋元南戏原本不分场,是以连场戏的形式演出的,如《永乐大典》所载的三本南戏。经明代整编后的刻本才有了分折的版本,如"荆、刘、拜、杀"等,参见其专著《昆曲文学概论》,上海文化出版社 2014 年版,第 42 页。

② 王守泰主编《昆曲曲牌及套数范例集》(南套),上海文艺出版社 1994 年版,第43 页。

其总的特点是以戏剧性的歌舞抒情为主的表演艺术，以"有意味"的形式美表现剧情与人物。而其表演艺术的美学本质则是"以形写神"，重在"传神"，以艺术化的"形似"为表演原则。……南昆在长期实践中已形成"唱为主、白为宾、做为法"的表演艺术的构成因素，在唱念做表方面已具备完整的理论与方法，并形成"手、眼、身、法、步"的表演规律①。

"手、眼、身、法、步"的表演规律，也是我们所说的表演程式，依家门行当分类，不同的家门有不同的表演程式。顾笃璜指出："昆剧的演员艺术家们塑造人物舞台艺术形象的原则是：从社会众生相中抽象、概括、提炼成若干类型。从而创造出表现各种人物类型的表演程式。它独立存在于各个具体艺术形象之上，而自成系统，就是所谓的程式化动作，俗称'身段'。"②这种程式化的动作成为一种共同约定之后，就成了创作者共同遵守而通用的艺术符号，创作者利用这些艺术符号，组合成一个个艺术形象。因而，各个家门的表演程式是昆剧表演的"字"与"词"，如写文章一样，只有掌握了"字"与"词"及其构成"句子"的语法规则，就可以写成不同类型与风格的文章。但这并不是说有了表演程式，依葫芦画瓢就可以完成创作了。程式只是一个表演的框架，要创造不同的人物形象，还要在此基础上进行人物性格的塑造。

文本、声律与表演传统之外是舞台美术传统。在传统昆剧里，舞台美术是个辅助手段，包括砌末、行头与脸谱三个方面。

---

① 李晓《南昆表演艺术的体系及其创造法则》，《艺术百家》1998 年第 3 期。

② 顾笃璜《人物分类、演员分行及表演艺术之传承述略——昆剧传统表演艺术初探之一》，《艺术百家》2008 年第 5 期。

砌末是戏曲演出中大小道具和简单布景的统称。栾冠桦指出，传统戏曲舞台运用砌末大致有三种情况："一是当作舞台相对固定的陈设用，如守旧；二是专物专用，如布城、笔砚、灯笼等；三是一物多用，如桌椅、大帐、小帐等。"①

行头即舞台上人物穿戴的衣冠、髯口与应执的砌末等。行头随着昆剧发展而发展，经历了"在数量上由简陋到繁富，在功能上由装饰到性格化、表演化的演进过程"②。朱恒夫指出，在穿戴上体现昆剧美学精神，须符合四个原则：第一是让正面人物更美，让反面人物更丑；第二是符合人物的身份；第三要有助于行当的表演；第四是塑造鬼神形象与构建非人间的环境③。

脸谱主要用于净角，是画在演员面部反映人物性格或道德特征的图案。脸谱是传统美学在戏曲化妆上的具体表现，艺人通过粉墨青红的色块与线条，借助夸张与变形的手法，把某种最能代表人物性格本质特征的神情鲜明地表现出来，以收到"遗貌取神"的艺术效果。勾画脸谱并非随心所欲，而是有所依据：一是根据古代小说对人物的描写来勾画；二是依据字的延伸义；三是依据民间传说④。

传统昆剧里，舞台美术是为表演服务的，不是一个独立艺术作品。舞台上的固定陈设如守旧（门帘台帐），上面的图案一般都是中性的，与表演的场景不发生关系，主要起装饰性作用。桌椅帔的图案同样也是如此，与具体的环境并无关系，但在色彩图案的选择上要与剧情有个抽象的吻合。传统昆剧舞台上的时空

---

① 栾冠桦《砌末研究》，《文艺研究》1982 年第 6 期。
② 朱恒夫《昆曲美学纲要》，上海文化出版社 2014 年版，第 157 页。
③ 参见朱恒夫《昆曲美学纲要》，上海文化出版社 2014 年版，第 161—165 页。
④ 参见朱恒夫《昆曲美学纲要》，上海文化出版社 2014 年版，第 161—168 页。

并不是独立存在的。戏曲舞台的一桌二椅,具有虚拟性与假定性,不同的摆设组合,结合演员的表演,就可以营造出不同生活场景,乃至天宫、地府等非寻常生活的场景。离开具体的表演,观众无法判断舞台上的桌椅究竟代表什么环境。换言之,戏曲的舞台空间是由演员的唱念做打、虚拟动作和相应的砌末引发观众想象形成的特定舞台空间,脱离演员表演,舞台上就不存在具体的时间和地点。

昆剧的美学原则——"抽象、写意、抒情、诗化",从外部来看,它是昆剧艺术的总体特点,从内部来看,它是为确保昆剧场上艺术的整体性与一致性而形成的四者之间相互匹配与制约的机制。倘若某一方面突破这个美学原则,就会与其他方面发生矛盾,难以成为一个和谐的艺术整体。中国戏曲大多符合"抽象、写意、抒情、诗化"的美学原则,但各剧种之间有所差异,相对而言,这一美学原则在昆剧中体现得最为充分。昆剧集中国传统文学、表演与音乐成就于一身,代表了中国传统戏剧的最高范型,因而,昆剧的美学原则具有高度的稳定性。

昆剧的美学原则外,文学与声律传统——"三体三式"形成了之后,也具有较高的稳定性,不随时代而改变,表演与舞台美术传统,既有相对的稳定性,又随着时代的发展而发展。

昆剧人物分生、旦、净、末、丑五个行当。具体的创作实践中,为了反映不同的生活内容与人物类型,每个行当又分化出一些更小的脚色、家门,逐渐演变为目前的家门体制。陆萼庭指出,昆剧角色的演变与定型,经历了承继期、成熟期与定型期三个阶段。昆剧诞生之初,大体有七门脚色:末、生、外、旦、贴、净、丑,明万历后期定格为十门脚色:末、生、小生、外、旦、小旦、贴、老旦、净、丑。清初至乾嘉,进入成熟期,形成"江湖十二脚色":副末、老生、正生、老外、大面、二面、三面、老旦、正旦、小旦、贴旦、杂。清道光到 20 世纪二三十年代，十二脚色名称未变，但分工更为专业化，有二十个家门之说，是为定型期①。昆剧家门的定型可以从两方面来理解，一方面意味着昆剧文本中家门的定型，一方面是每个家门表演程式的定型。比如搋扇子这一动作的不同家门有不同的戏路，有所谓"文胸、武肚、轿裤裆，书臀、农背、光头浪，道领、清袖、贰半扇，瞎目、媒肩、奶大膀"②之说。

再看昆剧穿戴，有稳定的一面，也有发展变化的一面。传统戏的穿戴都是明式服装，哪怕是写清代人的戏，也穿明代服饰，这是稳定的一面。昆剧诞生之初，没有厚底靴，它的发明者是清康熙年间的"村优净色"陈明智，他在饰演项羽时穿上了厚底靴，朱恒夫指出了两点原因，"一是他形体渺小，不垫高无以显示霸王的魁伟身材；二是他是一个村优，多在庙会草台上演出，比不得红氍毹上，只有几十个人观赏，若不在人物身材上做些夸张性的装饰，数以千计的观众怎么能看到？"③穿上厚底靴后，人物形象的美感与魅力大增，于是厚底靴逐渐成为昆剧中许多人物的穿戴，最终定型为固定穿戴之一。

以上两个例子说明，昆剧表演与舞台美术传统是发展变化的，也是允许创新的，问题是如何将新元素融入传统，成为传统的一个组成部分。顾笃璜在论述表演程式时指出："若既有的程式动作不敷应用，为了塑造人物形象的需要，而须从生活吸收新的滋养，表演艺术家亦必自觉地按既有的法则，将之加工提炼而成新的程式动作，从而保持艺术的统一性，并得以成为新的程式

---

① 参见陆萼庭《清代戏曲与昆剧》，中华书局 2014 年版，第 32—57 页。
② 周传瑛《昆剧生涯六十年》，上海文艺出版社 1984 年版，第 142 页。
③ 朱恒夫《昆曲美学纲要》，上海文化出版社 2014 年版，第 164 页。

动作而传世,使程式动作的'词汇库'增添了内容。"①于舞台美术而言,也是这样,其中关键是"按既有的艺术法则"与"保持艺术的统一性"。符合这两点后,一个新的"词汇",能否加入已有的"词汇库",成为新的一员,还要看是否具有通用性而被反复使用,"成为戏剧家与观众之间用以互相交流与理解的规范化的、系统化的艺术语言"②。新元素一旦进入了传统的"词汇库"之后,昆剧传统也就朝前发展了一步。所以,昆剧传统并非一成不变,其可变部分是允许创新的。创造新的表演程式、穿戴、砌末与脸谱的前提,是符合昆剧美学原则,不与已有的传统冲突。

昆剧诞生于农耕社会,进入现代工业社会后,演剧条件、观众审美与人们的思想意识都发生了巨大的变化。作为非物质文化遗产,除了按"原生态"博物馆式展示外,昆剧与众多戏曲剧种一样面临如何与当代社会接轨,也即现代化问题。

戏剧现代化的内涵,董健认为主要有三条:第一,它的核心精神必须是充分现代的(即符合"现代人"的意识,包括民主的意识,科学的意识,启蒙的意识等);第二,它的话语系统必须与"现代人"的思维模式相一致;第三,它的艺术表现的物质外壳和符号系统及其升华出来的"神韵"必须符合"现代人"的审美追求③。这三条主要是针对话剧提出的。于昆剧而言,不管如何现代化,几百年发展形成的昆剧传统无法绕过。因此,昆剧的现代化,主要是传统与现代如何融合的问题,体现在以尊重昆剧传统为基础的艺术形式的现代化与精神内涵的现代性两方面。

---

① 顾笃璜《人物分类、演员分行及表演艺术之传承述略——昆剧传统表演艺术初探之一》,《艺术百家》2008 年第 5 期。
② 傅谨《程式与现代戏的可能性》,《艺术百家》1999 年第 4 期。
③ 董健《中国戏剧现代化的艰难历程——20 世纪中国戏剧回顾》,《文学评论》1998 年第 1 期。

精神内涵的现代性,其核心是胡星亮提出的"人的戏剧":"它要写人(人的生存与遭遇,人的生命体验和人的本体存在与困惑,以及在这三者联系之中进行更深入的挖掘)并写出人的真实(人的外在的现实的真实与内在的精神的真实);它应该有的人文意识和人道主义情怀,关注人的价值、人生意义和人类命运,肯定人的生存、尊严、追求与自然实现,具有深厚的人文关怀。"①"人的戏剧"归根结底是写人,出发点与归宿都要落实到人,而不是从观念出发。以此对照古典作品,虽然多数弘扬的是传统观念,如忠孝节义、三从四德,但也有一部分突破了这些传统观念,进入到价值原则与终极关怀层面来写"人",如《牡丹亭》与《长生殿》,莫不如此。只要拂去表面的灰尘,便能显现其精神内涵的现代性。

当代昆剧创作,自觉按"人的戏剧"的要求写人,精神内涵具有现代性的作品并不多。《钗头凤》、《雾失楼台》、《一天太守》、《少年游》等文人题材作品,借他人故事彰显作者主体意识,人物不再是一个理想的化身,而是有血有肉有情感;《偶人记》、《浮沉记》等作品,把人的困惑、人的劣根性、人世间的艰难,描写得生动有趣,又不乏深刻。这方面最具有开拓性的是剧作家郭启宏与张弘。郭启宏在《南唐遗事》、《司马相如》、《西施》等作品中,将历史人物还原成为"人",写出了他们的复杂性——李煜是二律背反的人,司马相如是集正面与负面于一身的人,西施与范蠡是分裂的双重人。张弘的"人在旅途"三部曲《宫祭》、《汤显祖临川四梦》与《梁伯龙夜品女儿红》,写的都是人生的根本问题,剧中人都在寻找归宿,有的在人生的最后时刻,有的在人生的半路上,或寻找一个现实的归宿,或寻找一个精神的归宿。

———————————————

① 胡星亮《现代戏剧与现代性》,人民文学出版社 2007 年版,自序。

艺术形式上的现代化,包括两方面,一是文本形式的现代化,二是舞台呈现的现代化。

文本形式的现代化,主要体现在用西方戏剧观念来改造昆剧文本的结构模式,即从传奇、杂剧文体向"现代戏曲"文体的转向。吕效平认为,昆剧《十五贯》确立了一种"现代戏曲"文体,这是一种有别于元杂剧、明清传奇与古典地方戏的新文体。它在一个晚上的时间上演一个有头有尾的故事,强调情节的整一性,"以情节艺术的特征区别于元杂剧,以剧场情节艺术的特征区别于明清传奇的非剧场情节艺术"。①《十五贯》根据清初朱素臣的传奇《双熊梦》整理改编,本着"去芜存菁、推陈出新"的原则,将熊友蕙和侯氏一条故事线删去,单取熊友兰、苏戌娟冤案一条线,将原作二十六场整编为《鼠祸》《受嫌》《被冤》《判斩》《见都》《疑鼠》《访鼠》《审鼠》八场,强化了况钟与过于执的矛盾冲突,突出了况钟实事求是、为民请命的清官形象。这种改编古典作品的方法,有论者将其概括为"十五贯"模式,主要手法包括三个方面:一是强调改编,主题思想要体现现代意识;二是突出主线,删繁就简;三是曲词新写,追求通俗化②。"现代戏曲"文体的出现,是时代发展的产物,所谓一个时代有一个时代的戏剧。明清文人传奇,很多时候是表达情怀、展示才华的另一种文章,因而洋洋洒洒动辄几十出,虽然其事尚奇,也讲究结构与关目,主副线并行,但其情节推进缓慢,旁枝杂出,场上全本搬演,往往需要几天时间。所以,明清传奇问世以来全本搬演的并不多。"现代戏曲"从场上搬演出发,以情节整一为要求,缩短了剧

① 吕效平《论"现代戏曲"》,《戏剧艺术》2004年第1期。
② 参见轩蕾蕾《新时期昆曲学术史论》,中国艺术研究院2010年博士学位论文,第71—74页。

本的篇幅,从重情感的抒发,变为重情节的叙事。

如果说文本形式的现代化要求,源于古今审美与观剧习俗的不同,那么舞台呈现的现代化,则源于古今剧场的不同。明清时期的昆剧演出,厅堂与古戏台是最主要的演出场所。厅堂演出,演员在红氍毹上表演,观众与演员近在咫尺,演员的一举一动,哪怕一个细微的表情,观众都看得清清楚楚。古戏台演出,舞台是伸出式的,观众三面围坐,以"一桌二椅"的写意方式呈现上天入地的各种场景。进入 20 世纪,现代剧场的西式镜框式舞台取代了厅堂与古戏台成为主要演出场所,现代舞台装置、灯光、音响、特效、多媒体技术开始介入昆剧的二度创作,使得舞台呈现有了更多可能性。

在追求现代化的过程中,一些创作者对昆剧传统认知不够,分不清哪些是昆剧传统中可发展的部分,哪些是不能变的,擅自改变了不能变的部分,从而背离了昆剧传统。文本方面,一些内在精神具有现代性的作品,如《南唐遗事》、《偶人记》等,曲词是不守格律的长短句,违背了昆剧的文本与声律传统——"三体三式"的艺术规定性。舞台呈现方面,近年来的大制作往往是豪华布景,处处是导演与设计的身影,演员的表演被淹没了。许多新创剧目,已经将昆剧从以演员为主导的表演艺术变成了以导演为主导的剧场艺术。

二、中西问题:"戏曲化"与"话剧化"

古今问题的当下语境,处于中西之争的格局之中。古今问题源于中西问题,昆剧创作上表现为"戏曲化"与"话剧化"的分野。20 世纪初,西方话剧被引入,中国戏剧进入了"戏曲—话剧"的二元结构。新中国成立以后,全面推行戏曲改革。有学者认为戏曲改革的主要动力是"西化论"与"工具论"①,结果是传统戏曲向话剧靠拢,呈现出"话剧化"的倾向。20世纪八十年代,部分戏剧理论工作者意识到这一倾向与传统戏曲美学的错位,提出戏曲要回归戏曲本体,即"戏曲化"②。

当代昆剧创作"话剧化"的倾向可以追溯至《十五贯》,该剧所确立的"现代戏曲"文体,本质是按西方写实主义戏剧的结构与情节整一性的要求来改造古典文本,对当代昆剧创作影响深远。

传统昆剧以明清传奇为主,与"现代戏曲"是两种不同文体。它们之间的差异,是中国戏曲与西方传统戏剧的差异,体现在戏剧性、戏剧结构与戏剧高潮等诸多方面。中国戏曲是以歌舞为载体的表现生活的抒情艺术,以人物情感的抒发为戏剧性之所在。西方传统戏剧偏于叙事,强调"行动摹仿"、"意志冲突"、"悬念"、"情节",其戏剧性在于人与内外部环境的冲突与矛盾。戏剧结构上,中国戏曲以"出"或"折"为基本单位,是一种珠串式结构,西方传统戏剧则以"幕"(ACT,即一个戏剧"动作")为基本单位,是一种板块连接的结构。这种区别体现在舞台上,中国戏曲是"转场戏",西方传统戏剧是"定场戏"。从戏剧高潮来讲,西方传统戏剧重于故事情节与冲突,高潮是戏剧冲突的顶点,可以称之为"情节高潮"。中国戏曲重在表现人物内心的情感活动,它的高潮是人物情感发展的顶点,可以称之为"情感高潮"。

与"现代戏曲"文体相匹配的是现代戏曲导演制的确立。明清时期的昆剧演出,以表演为中心,不曾有导演一说,也没有导

---

① 参见傅谨《第三只眼看"戏改"》,《戏剧文学》2000年第1期。
② "戏曲化"并不是得到广泛认可的概念,但作为与"话剧化"相对的概念,有助于说明当代昆剧创作的发展走向,故而文本采用之。

演这一职位。进入现代阶段,剧场形式与条件发生了很大的变化,现代的声光电手段悉数融入戏剧演出。从总体上来把握舞台演出,已经超出了昆剧表演艺术家的职能范畴,于是导演的出现就成为必然。现代导演制的建立,是昆剧现代化的关键之一,它将昆剧的二度创作从以表演为中心转向以导演为中心,改变了艺术创作的主导权。昆剧科班或是传统戏曲演员出身的导演,囿于表演艺术家的思维局限,导演创作的成就相对有限,出于各种现实考虑,引进"先进"的话剧导演也就顺理成章。虽然多数话剧导演都声称自己不懂昆剧,不会去改变昆剧的本体,但他们的戏剧观念会不可避免地对二度创作产生影响,比如舍去检场,引入写实布景,将传统昆剧"转场戏"的自由时空变为"定场戏"的固定时空等,加速了昆剧的"话剧化"倾向。

当代昆剧创作,无论是整理改编还是新编作品,大多呈现出"话剧化"的倾向。如全本《长生殿》,剧本整理者唐斯复本着"删繁就简,调整结构,保持抒情性,加强故事性"的原则,通过砍去枝蔓、调整顺序、合并场次与删节曲牌等方法,将原著整理成《钗盒情定》、《霓裳羽衣》、《马嵬惊变》、《月宫重圆》四本(含原著43出)。有论者指出:"这种处理从当代审美出发,尽可能顾及情节的完整连贯,但主创者所定位的当代审美很大程度上是以欧美写实戏剧为标准的,注重叙事的严整精炼,在情节推进中展开矛盾冲突并将之推向高峰,让人油然产生一种紧张刺激的冲浪感,这种审美标准与中国古典戏剧擅长用曲折往复的结构手法表现人物命运,注重沧桑悲凉的意境渲染并不一致,甚至是相悖的。"①这样的观点有相当见地。唐斯复也指出,目前的剧本整

---

① 张辰鸿《回望传统,关照时下——论上昆重构本〈长生殿〉对昆曲活态传承的价值》,《上海戏剧》2013 年第 3 期。

理是一种"削足适履"的做法。全本《长生殿》最初的整理本为五本，含原著全部 50 出戏，为了一周能演两轮，不得已删减到目前的四本，情节、结构上的调整在所难免。全本《长生殿》尚且如此，三本、两本以及单本的整理与改编本的情形可想而知。

应该看到，昆剧创作的"话剧化"倾向，既是西方戏剧影响的结果，又是昆剧现代化的产物。也就是说，昆剧创作的"话剧化"倾向，既是中西问题，又是古今问题，二者在这个点上交织在一起，共同推动着昆剧创作的发展。

事实上，李渔的创作理论中已经有了"话剧化"倾向的萌芽。李渔"结构第一"的戏剧理论，与亚里士多德的"情节第一"具有一定的相关性，他所主张的"立主脑"、"脱窠臼"、"密针线"、"减头绪"与西方戏剧情节的要求实际上是一回事。他主张创作十到十二出的短剧，"与其长而不绝，不如短而有尾"，一个晚上演完，也是对场上情节艺术完整性的要求。今人李昌集认为李渔的戏曲写作与戏曲理论与今日的戏剧观念是大致吻合的："李渔的戏曲写作是一种彻底的传奇思维，全剧紧紧围绕故事的进行，以人的行为动作展开和完成，是为一种彻底的'戏剧'，可谓真正意义上的'传奇体'，今言戏剧结构诸要素的'冲突'、'悬念'、'发现'、'突转'、'高潮'等，在李渔的剧本中均有表现。"虽然李渔没有创作过十到十二出的短剧，但我们可以在《风筝误》中看到"一种传统戏曲体从未有过的'话剧化'倾向"[1]。虽然如此，但我们也应该看到，作为传奇大家与古典戏剧的理论大家，李渔的戏剧理论中有一般戏剧理论的"词"与"法"，但其作品结构形式仍然是戏曲的——明清传奇的体制。

---

[1] 李昌集《戏曲写作与戏曲体演变——古代戏曲史一个冷视角探讨》，《文艺理论研究》2014 年第 6 期。

清中叶以后,折子戏成为昆剧的主要演出形式,将同一传奇作品中相关折子连缀而成台本"全本戏"或"小本戏",大多是有头有尾的故事,相较传奇墨本,台本"全本戏"在一个晚上演完,注重情节的铺排、人物命运与情感的连续展示,也同样具有"话剧化"倾向。

西方话剧引入中国后,一度曾被称为"文明戏",经过"五四"新文化运动的大力提倡,确立了它"先进戏剧样式"的地位。在大众的观念中,相对话剧的"洋"与"新",传统戏曲显得"土"与"旧"。戏曲要现代化,需要引入现代观念与现代戏剧手段,"先进"的话剧手法自然就成了理想的选择。

"话剧化"倾向将昆剧创作从重"情"与"趣"的戏曲审美转向以重情节的话剧审美,讲故事为主的情节剧成为当代昆剧的主流。二度创作上,导演与舞台美术部门按照西方戏剧的理念来进行创作,写实化的舞台空间处处可见。问题是,传统昆剧的写意美学果真落后么?昆剧的演剧美学,是在物质相对匮乏、演出条件落后的农业文明中诞生的,但它并没有随着社会的发展而显得落后。布莱希特就曾惊呼,他毕生追求的打破"第四堵墙"的美学追求在中国古典戏剧里根本就不是问题,它自诞生以来就不存在这堵墙。当西方戏剧从现实主义进入现代主义时,大多数当代昆剧创作却由传统的写意美学转向写实主义的"话剧化",走了一条与现代戏剧发展潮流相反的路。

九十年代后期,昆剧创作的"话剧化"倾向有了新的发展——有着西方教育背景的艺术家、文人学者开始介入昆剧创作,"话剧化"倾向的一个分支开始转向现代与后现代主义。

1998年美籍华人导演陈士争受美国林肯中心委托,与上海昆剧团合作排演全本《牡丹亭》,2004年美籍华人作家白先勇与苏州昆剧院合作排演青春版《牡丹亭》。这两个版本的《牡丹亭》

是当代昆剧创作的标志性节点。

全本《牡丹亭》拉开了昆剧"全本大戏"的序幕,同时它是首个具有拼贴特征的当代昆剧创作——镜框式舞台上搭建一个园林演剧环境,将评弹、杂技、民俗与昆剧拼贴在一起。陈士争所力图呈现的是一个中国传统文化的大杂烩,他甚至想把昆剧的表演程式也给去掉,让表演更为生活化。这种朝自然主义的生活化表演靠拢的想法,违背了戏曲的表演传统,遭到了蔡正仁等昆剧老艺术家的反对。

白先勇及其创作团队,大多为有西方教育背景、熟悉中西文化的专家学者。他们认为,作为雅部的昆剧,从现代的眼光来看,无论是文学、音乐,还是唱念与表演的高度,是其他戏曲剧种难以企及的。但是,传统的舞台呈现,实在不够雅,甚至有些俗,如花神的服装,演员穿上后像宫女。他们希望以一种全新的理念来改造传统昆剧的舞台呈现——昆剧本身雅的不变,将其不够雅的地方雅化,从而呈现一个从内到外都雅的舞台呈现。新版《玉簪记》后,白先勇提出了"昆曲新美学"的概念,其核心是传统为体,现代为用(详见后文论述)。如果说白先勇的"昆曲新美学"是中西戏剧美学融合的结果,那么它同样呈现出"话剧化"的倾向,只是它不再如之前那般转向写实主义戏剧美学,而是转向与戏曲美学精神有着内在呼应关系的现代主义戏剧美学——侧重写意表现,而非写实。

同样有着西方教育背景的当代剧场艺术家荣念曾,以其后现代创作观念解构了昆剧传统,创作了一系列具有后现代风格的实验作品,其本质是有着昆剧元素的当代剧场艺术。荣念曾的实验作品,是"话剧化"转向后现代主义的表现。

可以看到,当代昆剧创作的"话剧化"倾向,从最初转向摒弃"戏曲化"的写实主义,到转向考虑戏曲本体的现代主义,再到转向解构昆剧传统的后现代主义,这一变化历程让我们看到,在创作实践领域,西方戏剧美学比中国古典戏剧美学要强势。

三、主导问题：国家主导与民间倡导

当代昆剧创作环境,相对之前要宽松不少,除了五十年代初的短暂时期,大多数昆剧创作与政治并没有直接的关联。但是,昆剧创作由谁主导——国家主导还是民间倡导,直接制约着创作的题材、主题以及观念、方法的选择。

长期以来,文艺一直被视为革命斗争的武器。1942 年 5 月,毛泽东在延安文艺座谈会上的讲话,提出文艺要为工农兵服务,明确指出评价文学艺术的两个标准,一个是政治标准,一个是艺术标准。二者的关系是,艺术标准要服从政治标准。1950 年第一届文代会,毛泽东到会讲话,郭沫若做报告总结,大会把毛泽东的文艺思想作为新文艺的基本方针,提出文艺要为人民群众服务。虽然服务对象从"工农兵"变为"人民群众",但文艺的评价标准,文艺服从政治的要求并没有变,反映在文艺创作上的极端例子就是"革命样板戏"。

进入新时期后,虽然国家不再简单地从政治实用主义出发搞"戏改"、"大写十三年"、"批判鬼戏"等运动,也不再提"三结合三突出"这种违背艺术创作规律的做法,但昆剧创作仍然由国家主导。现今全国七个主要昆剧院团是党领导下的高度组织化的事业或企业单位。除了行政领导,国家主导昆剧创作,还体现在政策导向和展演评奖等方面。

第一,政策导向。

1979 年 10 月,在第四次全国文学艺术工作者代表大会上,邓小平同志发表讲话,重申了"百花齐放、百家争鸣、推陈出新"

的文艺方针,为当代文艺发展指明了方向。1980 年 7 月,全国戏曲剧目工作座谈会在北京召开,总结了戏曲剧目工作的经验教训,肯定了"两条腿走路"、"三并举"的政策方针,对传统剧目的抢救、整理工作以及繁荣剧目创作提出了具体的建议。这样的新形势下,昆剧的遗产特性得到了重视。1985 年文化部在《关于保护和振兴昆剧的通知》里提出"保护、继承、革新、发展"的八字方针。1986 年,文化部振兴昆剧指导委员会和中国昆剧艺术研究会成立,提出"抢救、保存、继承、发展"的工作方针。①1995 年,在原有昆曲保护政策的基础上,文化部提出了昆剧工作的"保护、继承、创新、发展"的八字方针,积极稳妥地开展了一系列振兴昆剧的活动。这些"八字方针"虽然文字表述不大一样,但其内在精神却是一致的,继承与创新是同等地位,二者是辩证关系——在继承基础上的创新,创新是为了更好地继承。

　　国家的文艺政策对创作的影响是显而易见的。与建国初期相比,革命现代戏数量明显减少,各院团在整理传统剧目的同时,不断创作新剧目。八十年代,出现了《红娘子》、《雷州盗》、《西施》、《唐太宗》、《钗头凤》、《南唐遗事》、《一天太守》等一大批新编昆剧。1996 年 9 月,文化部主办的"全国昆曲新剧目观摩演出"在北京举行。北方昆曲剧院、上海昆剧团、江苏省昆剧院、江苏省苏昆剧团、浙江京昆艺术剧院、湖南省昆剧团等六大院团展演了《桃花扇》、《西厢记》、《绣襦记》、《白蛇传》等传统剧目与《司马相如》、《偶人记》、《少年游》、《雾失楼台》、《都市寻梦》等新编昆剧②。

① 中国昆剧研究会《中国昆剧研究会章程》,中国昆剧研究会会刊 1986 第 1 期。
② 参见轩蕾蕾《新时期昆曲学术史论》,中国艺术研究院 2010 年博士学位论文,第 66 页。

2001 年 5 月 18 日,联合国教科文组织宣布昆剧入选首批"人类口述与非物质遗产代表作"后,文化部制定了《保护和振兴昆曲艺术十年规划》。2004 年 3 月,党和国家最高领导人对昆剧作出"抢救、保护、扶持"的重要批示。从"八字方针"到"六字批示",是对昆剧遗产属性认识深化的结果,更符合昆剧的当前实际。2005 年紧接着启动了"国家昆曲艺术抢救、保护和扶持工程",文化部与财政部联合颁发了《国家昆曲艺术抢救、保护和扶持工程实施方案》,连续五年每年投入一千万专项资金用于昆剧的传承与创作,计划 5 年内挖掘整理濒临失传的昆剧优秀传统剧目(大戏)15 部,每年完成 3 部;完成 10 部昆剧新创剧目,每年完成 2 部。这个方案表面上看是符合"六字批示"的,"抢救"、"保护"与"扶持"都有了,但却将"创新"与之并列起来,实际上延续的是"八字方针"的精神。2006 年第三届中国昆剧艺术节,七个院团的八台参演剧目,只有《邯郸梦》、《折桂记》、《小孙屠》三个传统剧目,《西施》、《一片桃花红》、《湘水郎中》、《百花公主》、《公孙子都》均为新编剧目。新编剧目的比例超过一半,而且艺术水准不如人意,引起了不少学者的忧虑①。

第二,展演评奖。

为了鼓励与繁荣艺术创作,从国家到省、市都设立了不少艺术节与奖项。与昆剧有关的国家级艺术节有:中国艺术节、中国戏剧节、中国昆剧艺术节。文化主管部门还不定期地举办全国昆剧展演。参加这些国家级的艺术节和展演活动,是昆剧院团的一项重要工作。作品能够入选国家级艺术节,已经是一种

① 参见施德玉《大陆新编昆剧的危机——第三届中国昆剧艺术节观后》,《福建艺术》2006 年第 6 期;马建华《昆剧的文化保护与艺术创新的矛盾——从第三届中国昆剧艺术节谈起》,《中国戏剧》2007 年第 3 期。

荣誉了,更何况这些艺术节往往还设有更为重要的评奖环节,如中国艺术节上评选的"文华奖"是中国政府文艺最高奖,中国戏剧节上评选的"中国戏剧奖"("梅花奖"和"剧目奖")是中国戏剧的最高奖。此外,还有一些不在艺术节上评选的奖项,如中宣部主办的"五个一"工程奖、文化部主办的"国家舞台艺术精品工程"评选、中国戏剧文学学会主办的"全国戏剧文化奖"、中国戏曲学会主办的"中国戏曲学会奖"。这些评奖让部分优秀作品脱颖而出,一定程度上对艺术创作起到了促进作用。

在目前的文艺管理体制下,获奖不仅给剧团带来声誉和丰厚的经济奖励,而且也是剧团领导政绩的重要体现,意味着更多的后续利益。政府设立各类奖项的初衷是建设社会主义先进文化,在必不可少的意识形态考虑外,还是希望促进艺术创作的繁荣的。只是当这些奖项与剧团的利益紧密关联后,便背离了其初衷。剧团做决策时,自然而然形成了一个评奖导向机制——面向业内专家和政府开展创作,获奖成为创作的内驱力,选剧本,请导演和设计,定演员班底,无不出于上述考虑。于是,就形成了这样一种现象——砸重金邀请全国为数不多的名编剧、名导演、名设计和名角加盟,大投入大制作,目的是为了获奖。

与剧团相比,剧作家作为创作个体,享有一定的创作自由,可以发挥其主观能动性进行个体书写。但是,这种个体书写如果偏离了国家文艺政策,或者与时代精神有着较大的距离,那么上演的可能性就微乎其微了。当今甘愿写"抽屉作品"的剧作家很少。为了能上演,大多数剧作家选择与主流意识形态保持同步,或是选择不涉及意识形态的内容。

国家主导下的昆剧创作,是一种集体行为,无论是昆剧院团,还是剧作家个体,在创作时夹杂着复杂的政治、经济、社会因素的考虑,缺乏创作的独立性,因而佳作难出。

　　而且，国家主导的集体诉求，往往难以顾及演员的创作意愿，哪怕是有名望的昆剧表演艺术家也不例外。一些表演艺术家希望拓宽戏路，增加戏码，为自己创作度身定制的作品，就不得不自行谋划，找剧本、找资金、搭班子，通盘考虑创作与演出。上海昆剧团交响版《牡丹亭》、《司马相如》与《琵琶行》均属这类创作。昆剧表演艺术家梁谷音，工六旦，杜丽娘不属她的家门，但演杜丽娘一直是她的心愿。为此，她亲自找编剧改编，邀请上海戏剧学院教授陈明正担任导演，邀请蔡正仁演柳梦梅与她搭戏，才有了交响版《牡丹亭》。《琵琶行》是剧作家王仁杰应梁谷音委约创作的新编作品，《司马相如》是剧作家郭启宏为岳美缇量身定制的作品。这三台戏的创作主体仍然是上海昆剧团，也未引入其他合作伙伴，与以往不同的是，创作决策主要取决于几位表演艺术家，他们在主演之外，还扮演了策划人、制作人的角色。为了实现个人的创作理想，他们在国家主导的体制内挤开一条缝隙，艰难地走了过来。

　　真正打破国家主导一元格局的是 1998 年陈士争与上海昆剧团合作排演全本《牡丹亭》，资金由美国林肯中心提供，艺术创作则由陈士争拍板。全本《牡丹亭》不仅开启了"全本大戏"的新时代，也开启了昆剧创作国家主导与民间倡导共存的新时代。

　　民间倡导的特点是投资来自民间，项目策划、创作决策不再取决于剧团，而是取决于项目发起人，他们是该项目的灵魂人物。如陈士争之于全本《牡丹亭》，白先勇之于青春版《牡丹亭》，唐斯复之于全本《长生殿》，张军之于实景园林版《牡丹亭》等。以他们为核心的创作团队决定了作品的创作走向与舞台呈现。

　　民间倡导大体上可以分为两种模式，一是体制外人士与剧团合作，二是民间机构或民营公司独立制作，二者的区别在于是否依托昆剧院团的演出班底。

体制外人士与昆剧院团合作,始于陈士争与上昆合作的全本《牡丹亭》,之后有白先勇与苏昆合作的青春版《牡丹亭》与新版《玉簪记》、《白罗衫》,以及唐斯复与上昆合作的全本《长生殿》等。

不依托院团的独立制作,始于厅堂版《牡丹亭》。2007年,北京普罗文化传播有限公司在位于北京东二环附近的"皇家粮仓"上演了厅堂版《牡丹亭》,自行投资、制作、聘用演员与乐队,开始了民间倡导的自立时期。2008年,著名昆剧小生张军辞去上海昆剧团的公职,创立了上海张军昆剧艺术中心,先后创作了花雅堂版与实景园林版《牡丹亭》、《春江花月夜》、《我,哈姆雷特》等作品。2010年,上海卿辉文化传播有限公司联合上海市戏曲学校,在上海三山会馆推出了古戏台版《牡丹亭》。2012年,京剧演员史依弘与台湾导演李小平合作,推出了2012版《牡丹亭》。此外,香港"进念·二十面体"的荣念曾于新世纪与昆剧演员创作了《夜奔》等一系列实验作品,也属于不依托于昆剧院团的第二种模式。

民间力量介入昆剧创作,出发点与关注点各有不同,主要有三种情况。一是注重昆剧的美学价值与文化遗产价值,如全本《牡丹亭》、青春版《牡丹亭》、新版《玉簪记》、《白罗衫》与全本《长生殿》等传统剧目的新创作。二是注重昆剧的商业价值的开发,主要集中在《牡丹亭》新创作上,如厅堂版、花雅堂版、实景园林版、古戏台版《牡丹亭》等。这些创作由民间投资,获取商业利润是其主要的创作动机。三是注重实验探索,如《舞台姐妹》、《西游荒山泪》、《录鬼簿》、《夜奔》、《大梦》、《观天》等实验作品,解构了昆剧传统,出发点是探索昆剧面向未来的可能性。

民间倡导打破了国家主导的一元体制的同时,将现代美学观念、戏剧观念与制作理念引入了昆剧创作,把昆剧现代化的进程向前推进了一步。陈士争、白先勇、荣念曾等文化精英对传统与现代问题有着自己的见解与选择。白先勇说:"我们今天要文化复兴,要面对四个字:古今中外。古今是纵的,中外是横的,我们面临的问题就是这一纵和一横怎么连起来。"①青春版《牡丹亭》、新版《玉簪记》与《白罗衫》,就是在这样一个坐标中,思考如何把传统与现代、中国文化与西方文化结合起来,将昆剧的美学特征保留在21世纪的现代舞台上。

第二节　当代昆剧创作的观念与形态

当代昆剧创作的发展历程,是诸多因素综合作用的结果,这些因素最终都会在传统与现代的问题上表现出来。传统与现代是一对张力关系,在这对张力的制约下,当代昆剧创作徘徊于传统与现代之间,在二者的对话、碰撞与融合过程中,形成了不同的创作观念,进而在艺术形式上反映出来,决定了当代昆剧创作是以传统、现代还是后现代形态呈现在舞台上。

一、主流观念: 传统与现代结合

明清两代传承至今的昆剧艺术,在剧本与曲谱之外,主要是几百出传统折子戏。遗产意义上的昆剧,指的就是这些传统折子戏。前文所述之昆剧传统,就蕴含在这些折子戏里,通过口传心授的方式代代相传。

---

① 陶子《文化复兴的"青春"方式——青春版〈牡丹亭〉访谈录》,《文化纵横》2013年第1期。

新中国成立后推行戏曲改革，昆剧作为戏曲大家庭中的一员，也经历了一些变革。戏曲改革的目的，不是为了追求戏曲的现代化，但却在客观上推动了戏曲现代化的进程。前文述及，昆剧的现代化主要是传统与现代的融合问题，包括艺术形式的现代化与精神内涵的现代性两方面。

精神内涵的现代性，首先表现为以现代思想观念去整理改编传统剧目，使之能够传达今人对古典作品的理解，找到与今天观众的交汇点。上海昆剧团1987年版《长生殿》的改编者李晓指出："改编昆剧名著需要有自己的美学追求，它追求的是一种现代舞台上完整意义上的艺术，它带着传统的血液，又闪烁着现代人的智慧和美学上的情感。"他的具体做法是，"以新的审美意识注入旧的肌体"，在更为广阔的历史的沧桑感中，"对这场爱情与政治的命运的结局，往更深邃的意境中去思索历史与人生的教训和亘古不变的真理"①。李晓从历史和人生哲学角度来认识与改编《长生殿》，表达爱情与政治纠葛中人生的永恒遗憾，这种遗憾无论古代还是现代都存在着。昆剧《张协状元》的改编者张烈指出："以现代人的思维定式去诠释古人，将现代人的思绪融铸在古人的行为之中，拉近剧中人物与现代人的距离，这是思想意义方面的古典与现代的结合。"与之相适应的是内容的调整，"不停留在张协负贫女故事的简单演绎，而是借以揭示人性的灰色面，这是内容的创新"②。除了整理改编传统剧目，精神内涵的现代性也体现在以现代思想观念去创作古代和现代题材的新编作品。郭启宏的《南唐遗事》、《司马相如》、《西施》和张弘

---

① 李晓《昆剧名著改编的美学追求——改编〈长生殿〉的一点感想》，《艺术百家》1994年第4期。

② 张烈《昆剧〈张协状元〉编剧随想》，《戏文》2001年第3期。

的《白罗衫》、《梁伯龙夜品女儿红》等新编古代戏,以及张静根据
鲁迅同名小说改编的现代戏《伤逝》,都属这类作品。

艺术形式的现代化,表现为昆剧的艺术形式与现代戏剧手
段的结合。昆剧的艺术形式包括剧本与舞台呈现两方面。剧本
形式涉及文体与创作手法(结构、排场、语言等),其形式上的现
代化,表现为"现代戏曲"文体的创立。虽然"现代戏曲"文体与
杂剧、传奇不同,但"三体三式"的艺术规定性没有改变。舞台呈
现涉及导演、表演、音乐与舞台美术等诸多方面。戏曲导演制确
立后,导演取得了二度创作的主导权,在很大程度上决定了昆剧
创作的整体走向。

当代昆剧创作的主流观念是传统(旧)与现代(新)结合,传
统与现代的比重该如何掌握,以传统为主,还是以现代为主,诸
家观点不一,大体有以下三类。

一是推陈出新,立足传统的基础上进行创新。已故戏曲导
演谢平安将其创作观点概括为"背靠传统,立足现代,眼望未来,
与时俱进"[1]。"背靠传统"就是要抓住戏剧最本体的美学观
念——写意传神。"立足现代"就是不吃老本,不要抱残守缺,要
把传统重新进行组合,让戏剧既是传统又是现代,或者说叫老戏
新演。谢平安指出"立足现代"主要抓好三点:

> 首先是梳理剧本,要学会改老本,突出重点,弱化和简
> 化过场(带交代性的),有戏则长、无戏则短,重点突出,尤其
> 是突出故事情节和情感。二是需要控制舞台节奏。传统戏
> 比较拖沓,现代戏可以加快节奏,其中包括剧中人物的内心

---

① 鄢晋《中国戏剧舞台上的"魔术师"——访乐山籍著名戏剧导演谢平安先生》,
《中共乐山市委党校学报》2008年第1期。

节奏和整个剧情行进的节奏。三是充分运用现代的包装手段,如舞台的综合艺术,特别是要加强音乐、舞美、服装、化妆、唱腔的表现力①。

不难看出,"背靠传统"、"立足现代"的创作观念,重在"立足现代"——在传统的基础上进行创新,尤其是加快戏剧节奏与加强综合艺术的表现力,让传统戏剧符合现代审美观念。

当代导演排演昆剧时大多倾向于在传统的基础上推陈出新。导演郭小男指出:"戏剧若要发展,一靠改革(立足于本体的吐故纳新),二靠综合(古典性、现代性、民间性的综合性创作思考)。……我们不能瞻前顾后,一味地认为它是遗产,只要求保护、不要求创造是不对的,我们应当寻找昆曲能够与现代观众联系起来的形态。……推陈不能出陈,而是要出新、出美。推出古典与现代的结合,青春与艺术的结合,才是我们要走的道路。"②

郭小男与谢平安的共同点是强调创新,传统是创新的基础。同样是创新,旅美导演陈士争则走得更远一些。他导演的全本《牡丹亭》加入了评弹、杂技、木偶、高跷等非昆剧元素,试图还原在苏州园林演戏的情景。这种还原,是在现代镜框式舞台上做的,观众与演员构成的观演关系,完全不同于彼时的园林演剧,看似回归传统,实则是一种现代创新。

二是不新不旧,不要标新立异的新,不要抱残守缺的旧。这是著名导演曹其敬给全本《长生殿》定下的排演原则。"不新不旧"的创作观念,首先体现为对"旧"的慎重态度,怀有一种虔敬

---

① 邰晋《中国戏剧舞台上的"魔术师"——访乐山籍著名戏剧导演谢平安先生》,《中共乐山市委党校学报》2008 年第 1 期。

② 郭小男《观/念:关于戏剧与人生的导演报告》(B 卷),上海锦绣文章出版社2010 年版,第 56 页。

的心情、抱着精心呵护的态度来做。然而，古今演出条件、审美标准不同，所以曹其敬认为，今天不可能也没有必要把演出恢复到三百多年前的样子，比较合理的是把古典精粹的状态与样式做一个当代的展示。这种展示，难免要加入新元素。曹其敬提出，新要新得有分寸，要不改其宗，不标新立异，不做冒险的创新尝试，要尽力恢复作品的原貌，做实质性的恢复，而不是表面文章，不必整旧如旧，更不必故意做旧①。

与曹其敬有过合作的上海昆剧导演张铭荣与沈斌，也持类似的创作观念，只是表述略有不同。沈斌在导演创作中一直坚持"古不陈旧，新不离本"原则——"'古'是继承戏曲本体表演规律，但'不陈旧'；'新'是借鉴、吸收，却'不离本'，是经过融合仍是戏曲的个性。"②他希望把传统昆剧中优秀的部分继承下来，借鉴、吸收一些新的表演手法，让戏曲本体规律和新的创作元素在有机互融中产生新的价值，使作品焕发出真正的个性魅力。张铭荣排演昆剧《邯郸梦》时强调"仿古不复古，创新不离谱"③。该剧曾由谢平安导演排过一稿，加入了许多现代手法，有不少可取之处。比如《云阳法场》一场，传统演法是两个刽子手在场，导演安排了六个刽子手加四个长枪手，舞台气氛一下子森严起来，卢生的宰相身份也彰显出来。但也有不尽人意之处，比如吕洞宾点化卢生后，导演安排了十二个仙女在蟠桃树下起舞，场面与气氛有了，但与剧作主旨关系不大。《邯郸梦》最后一出《合仙》

---

① 曹其敬《〈长生殿〉导演阐述》，载叶长海主编《长生殿：演出与研究》，上海文艺出版社 2009 年版，第 16 页。
② 沈斌《回归本体是戏曲创新的根本（下）——论戏曲的创新性与本体性》，《上海戏剧》2016 年第 4 期。
③ 张铭荣《仿古不复古，创新不离谱——〈邯郸梦〉导演札记》，《上海戏剧》2009 年第 3 期。

（也称《仙圆》），为八仙点醒卢生的群戏，是过去昆班堂会的常演剧目，热闹好看，舍之可惜。张铭荣接手排第二稿时，决定让其归位：以八仙之一的吕洞宾下界度卢生开始，删去十二个仙女的歌舞场面，改以《仙圆》收尾，保留了昆剧的特色，也契合原作题旨。于此同时，张铭荣根据人物塑造与舞台效果的需要，适当地做了些创新改动。《云阳法场》有一小段相爷回府的过场戏，传统演法只是走个过场，没有戏。张铭荣则作了精心处理：宰相卢生回府路上洋洋得意地唱起散曲，述说平生功绩，八个士兵高举太子太保等官衔的牌子作为陪衬，形象地表现了卢生位极人臣的显赫权势，与接下来上刑场的突转形成鲜明对比，强化了人物命运的变化无常，演出效果很好。

三是旧体新用，古典为体，现代为用。新世纪前后，一些海内外文化精英开始介入昆剧创作，他们的美学观念对昆剧创作产生了很大影响。这方面的代表人物是白先勇。白先勇与苏州昆剧院联合排演了青春版《牡丹亭》与新版《玉簪记》后提出了"昆曲新美学"的概念。对青春版《牡丹亭》的制作，白先勇指出：

　　我的原则是要做到正宗、正统、正派，让昆曲的古典美学与现代化剧场互相接轨，让传统与现代的文化对接。尊重传统而不因袭传统，利用现代而不滥用现代；古典为体，现代为用。剧本不是改编，只是整理，保留原著的精髓，只删不改。唱腔原汁原味，全依传统，只加了些烘托情绪的音乐伴奏。服饰布景的设计讲求淡雅简约，背景采用书画屏幕，留出足够的空间便于演员表演，绝对不把话剧里写实的布景或者西方歌剧音乐剧里热闹的东西用到昆剧上来①。

---

① 吴新雷、白先勇《中国和美国：全球化时代昆曲的发展》，《文艺研究》2007年第3期。

这段话指明了青春版《牡丹亭》制作原则、目标与具体做法。"正宗"意味着上有传承,"正统"意味着符合昆剧传统,"正派"意味着是发源地的南派昆曲。昆剧的古典美学需要与现代文化对接,但必须遵循"古典为体、现代为用"的原则,体用关系不能颠倒,更不能以创新为名破坏昆剧传统。制作新版《玉簪记》时,他的美学追求更进了一步:

> 我们决定新版《玉簪记》整体高雅风格,恢复昆曲"雅部"的原貌,而以中国文人雅士的文化传统——琴曲书画为基调……昆曲的音乐唱腔、舞蹈身段犹如有声书法、流动水墨,于是昆曲、书法、水墨画融入一体,变成一组和谐的线条文化符号,这便是我们在《玉簪记》里企图达成的新美学的重要内涵①。

该剧演出后,白先勇在《艺术评论》杂志 2010 年第 3 期发表《昆曲新美学——从青春版〈牡丹亭〉到新版〈玉簪记〉》一文,正式提出"昆曲新美学"的概念。"昆曲新美学"从本质而言是一种创作观念,其内涵可以归纳为三个方面:一是以昆曲"抽象、写意、抒情、诗化"的美学原则为根基与出发点;二是古典与现代融合,古典为体,现代为用,让昆曲的古典美学与现代剧场接轨;三是古典与古典融合——琴曲书画的融合,创造抽象写意之美的极致,恢复昆曲的雅部原貌。

　　以上创作观念都强调新与旧的结合,但在如何处理新与旧的关系上有所不同。"推陈出新"强调"新"(现代),容易把"旧"

---

① 白先勇《琴曲书画——新版〈玉簪记〉的制作方向》,载白先勇策划《云心水心〈玉簪记〉:琴曲书画昆曲新美学》,人民文学出版社 2011 年版,第 5 页。

（传统）给破坏了。"不新不旧"中"新"与"旧"是并列关系,倘若不仔细研究旧传统中的哪些部分可以"不旧"(可以扬弃),哪些部分应该"守旧",则容易在"不旧"的过程中伤及应该"守旧"的部分,而在"不新"的过程中加入的新元素是否能够与旧传统较好地融合,也需仔细斟酌。从理论表述而言,"旧体新用"的"昆曲新美学",对新与旧的关系有着较为深刻的理解,但琴、曲、书、画融合后是否会有违昆曲美学,则需要进一步探讨。

二、非主流观念:整旧如旧与实验探索

顾笃璜认为,当下的昆剧实际上已分裂为两大阵营,一派是改革派,一派是尊古派①。作为昆剧界"尊古派"的代表,他对当前一味强调创新提出了质疑:"昆曲是遗产,遗产怎么创新? 创新了还是遗产吗?"②他认为,当前的首要任务是挖掘、抢救、保存昆剧遗产。具体应该分两步走,首先是传承昆剧经典折子戏,其次是按昆剧传统演剧方式搬演古典名著。把中国古典剧本按原著搬上舞台,顾笃璜认为,首选甚至唯一可选的剧种是昆剧。昆剧所形成的法则、格局和形态正是戏曲基本表现原则、方式、手段、手法、技巧的整体呈现,反映着戏曲的艺术规律③。从这个意义上讲,对昆剧遗产不能改革,只能继承。

当代昆剧创作,创新成为主流,按传统昆剧法则创作渐渐边缘化,引起了一部分有识之士的忧虑。郭启宏认为:"(昆剧)现

① 顾笃璜《关于苏州昆剧工作的思考》,《兰蕙齐芳》第二辑(内部资料),江苏省昆剧研究会、苏州市文联艺术指导委员会 2001 年编印,第 56 页。

② 刘红庆《昆剧艺术节,创新还是灭杀?》,《南风窗》2006 年第 15 期。

③ 顾笃璜《关于苏州昆剧工作的思考》,《兰蕙齐芳》第二辑(内部资料),江苏省昆剧研究会、苏州市文联艺术指导委员会 2001 年编印,第 5 页。

在被联合国列为世界文化遗产保护起来了，就绝对不能再瞎尝试。"①既然不能瞎尝试，那么是否有"原汁原味"的昆剧呢？是否有完全纯粹不变的继承呢？遗憾的是没有，"所谓'原汁原味'是一个虚幻的旧梦！休道元人杂剧关王马白，便是明代传奇《浣纱记》，当年的演出形态谁能窥得几许？纵有若干文字存留，哪能百分百相信？南昆里的折子戏《寄子》之类，算得'原汁原味'么？'传字辈'是不是'老祖宗'？一切都在微妙地变化着。所谓'纯粹继承'，不是欺人，便是自欺，只能导致生机的丧失"②。顾笃璜也持同样的观点，认为传统剧目的传承过程中不可能与前人的演出完全相同，每一代演员都会有从自身条件出发的再创造。因而，在艺术实践中不可能有"纯粹继承"。他们两位的观点与昆剧发展实际是相符的。

既然没有"原汁原味"的昆剧，也没办法纯粹继承，那么该如何搬演传统剧目呢？郭启宏认为比较实际的做法是追求尽可能的"原生态"，"就内容讲，恍若文物，只须拂去浮尘，不必'改造'，无须'脱胎换骨'；就表演讲，则可以凭借传统程式进行某些修整、补充和处理，亦如文物，做到'整旧如旧'"③。对于这个问题，顾笃璜的目标是"恢复到我们所能追溯到的昆剧原样"④，具体做法是从"剧本、音乐、表演到舞台演出形式基本不做修改，连副末开场、老旦团圆、检场、三面伸出的舞台、太上板、门帘、乐队

① 唐雪薇《名人坊——郭启宏今年五个戏曲剧本搬上台》，《北京娱乐信报》2005年8月6日。
② 郭启宏《昆曲二题》，载《大舞台》2008年第2期。
③ 郭启宏《昆曲二题》，载《大舞台》2008年第2期。
④ 樊宁《顾笃璜：昆剧文化遗产的守护者》，载新华网江苏频道2007年1月11日，http://www.js.xinhuanet.com/xin_wen_zhong_xin/2007-01/11/content_9020949_7.htm。

放在正中,这一切都保持原样,像古文物一样,作为展览演出,并且永远传下去"①。

除了按传统形式搬演传统剧目,顾笃璜认为今天也可以有新编作品:"今人创作昆剧就像今人写旧体诗词是一样的道理。按照昆剧的格律和法则写出来的怎么不是昆剧呢?"②这样的新编作品不属于昆剧遗产,可以有创新,但不能脱离昆剧传统。比起一般推崇继承与创新并重的理论家,顾笃璜更为理性与务实,他反对的不是创作新剧目,而是不顾昆剧艺术特征、对昆剧遗产进行改革,把高雅的昆剧改革成通俗文艺,这在他看来是一种"现代愚昧"。

整理并导演三本《长生殿》时,顾笃璜试图在现代舞台上再造一个尽可能"原生态"的昆剧样本,保留昆剧的原有特色,拒绝任何有损昆剧的创新和改革。他的导演原则是"传统、传统、再传统":"首先是剧本绝对传统,为适应现代观众,演出全剧没有可行性,因而必须删节,原则是只删、不改、不加。第二,表演形式是传统的,音乐不变、乐队编制不变、表演风格不变。"对舞台美术,他只提了两个原则:"一是在人物服装方面,凡地上的按传统规则,凡天上的,可任其自由发挥;第二是舞台布置只是背景,与表演不发生关系。"③设计师叶锦添按照导演要求,设计了一个以古戏台为结构的表演舞台,保留了守旧与"出将"、"入相"的传统舞台格局,回到"一桌二椅",以及检场当场迁换的传统方

---

① 顾笃璜《昆剧的革新与前途——为"昆剧传习所"成立六十周年纪念而作》,载江苏戏曲丛书第三辑《兰苑集粹》(内部资料),江苏省文化厅剧目工作室 1984 年编印,第 153 页。

② 顾笃璜《关于苏州昆剧工作的思考》,《兰蕙齐芳》第二辑(内部资料),江苏省昆剧研究会、苏州市文联艺术指导委员会 2001 年编印,第 5 页。

③ 黄洁《顾笃璜:昆剧需要原汁原味地保护》,《苏州日报》2013 年 5 月 31 日。

式,乐队则复原为环桌而坐的形式。三本《长生殿》的创作出发点是遗产意义上的昆剧,顾笃璜按照保护遗产的要求来进行创作,因而不存在现代化的问题。

顾笃璜与郭启宏之外,持同样观念的另一代表人物是剧作家张弘。作为昆剧演员出身的剧作家,不论是整理传统剧目,还是创作新编戏,他强调的是符合昆剧艺术的规范,以及如何保持昆剧的传统美学品位。对于重故事情节、重矛盾冲突、讲究戏剧性的"现代戏曲"成为昆剧创作的主流,他指出:

> 在当今舞台上,除了以讲叙故事为主的情节剧之外,我想我们还需要另一种戏曲:比之逻辑的合理性,它更重情感之合理;比之故事的起承转合,它更重人物内心之跌宕起伏;比之训导,它更重趣味;比之刺激,它更重欣赏①。

这种"重情感"、"重趣味"、"重欣赏"的戏曲,其实就是传统昆剧。当下许多追求名导演、大制作、豪华布景的新创作不同,张弘的选择是亲近昆剧古典之美:"舞台时空好比一杯水,此长彼消,容量只有那么多,我希望这杯水的八成以上,都是表演艺术。比之技术,我选择看重艺术;比之五光十色的高科技,我选择信任与欣赏演员的血肉之躯;比之让人眼前一亮,我更愿意选择心头一动。"②秉承这样的理念与追求,他整理了《观图》、《题画》、《侦戏》等折子戏,创作了《白罗衫》、《红楼梦》折子戏等新编作品。

与整旧如旧观念相对的另一端是实验探索。当代剧场艺术家、香港"进念·二十面体"艺术总监荣念曾认为,现今的舞台与

---

① 张弘《寻不到的寻找——张弘话戏》,中华书局 2013 年版,第 207 页。
② 张弘《寻不到的寻找——张弘话戏》,中华书局 2013 年版,第 59 页。

五百年前的舞台构造上不同，现代的传统戏曲已经随着现代社会、经济和科技的发展，蜕变成现代剧场艺术，因而再按照传统做博物馆式的呈现并不是最佳的保存方式。他用濒临灭绝的珍稀鸟类朱鹮来比作昆剧，认为二者有一种相似的处境，因而不能像展览品一样放在博物馆供人欣赏，而是要强化它，让它重获在大自然生存的本能。荣念曾将对传统表演艺术的认识称为"智识"，认为在"智识"基础上承先启后才是真正的传承。在他看来，任何的表演艺术都有一个整体既定的基本框架，现代剧场艺术家所该做的，除了框架内的表演创作外，就是要挑战和实验这个剧场框架的边缘。这种实验于昆曲而言，也同样适用：

> 我个人认为，当前艺术工作者累积了足够的经验和学问，他们就有足够的资格去决定昆曲可以如何发展，可以向哪个方向进行实验。因此，一个剧种的改变，视乎演员是否敢于尝试……归根究底，还是我们的"活的文化历史"传承者能否强化自己在智识基础上，独立地、自信地确定自己该走的路[1]。

如果把前面所述的整旧如旧与新旧结合的观念，看作是面向过去和今天的传承与创作观念，那么荣念曾的传承与创作观念则是面向未来的。他强调说："我们不能只做无伤大雅的事，我们要做未来的大雅。"[2]在他看来，现在和当代，到了未来就是传

---

① 荣念曾《实验中国——实现传统》，载胡恩威主编《荣念曾：实验中国 实现剧场》，香港城邦出版集团有限公司 2010 年版，第 102 页。

② 吕林、罗拉拉《怕——柯军多元艺术探索》，中国戏剧出版社 2013 年版，第 136 页。

统。荣念曾从昆剧作为"活的艺术(Live Art)"①出发以创造未来的大雅为归宿,另辟一条创新实验之路。他为那些长期给剧作家代言、找不到途径表达自己的艺术观念与生命感悟的昆剧艺术家,开启了一扇探索与表达的之门,激发他们重新思考昆剧的属性、昆剧的过去与未来。

受荣念曾影响的柯军也是实验昆曲的代表性人物。他认为昆剧拥有两种属性,"一种属于'遗产',要考古挖掘、保护复原;另一种属于'艺术',要探险创新,展开各种尝试、实验"②。这两种属性构成昆剧的两个主体,"一个考古队,一个探险队,考古队保护遗产要做到不折不扣,探险队发展创新要毫无畏惧,他们各自背着行囊向相反的两极进发,他们之间的距离,就是昆曲发展的弹性空间,距离越大,弹性越大"③。柯军眼中的昆剧是这样一门传统又现代的艺术,因而,探索传统昆剧在当代发展的可能性是当代艺术家义不容辞的责任。

基于这些观念共识,荣念曾与柯军、石小梅、李鸿良、孔爱萍、孙晶、杨阳等三代昆剧艺术家创作了《舞台姐妹》、《夜奔》、《观天》等一系列以"荣念曾实验剧场"命名的实验作品。柯军独立创作了《余韵》、《奔》、《藏·奔》等"新概念昆剧"。这些作品已经不属于传统昆剧的范畴,而是有着昆剧元素的当代剧场艺术作品。

相对于传统与现代结合的主流创作观念,回归传统的整旧如旧与突破传统的实验探索可以视为非主流观念。这里的主流或非主流观念,是从创作者与作品的数量上而言,而非从价值观

---

① 荣念曾《实验中国——实现传统》,载胡恩威主编《荣念曾:实验中国 实现剧场》,香港城邦出版集团有限公司 2010 年版,第 98 页。

② 吕林、罗拉拉《怕——柯军多元艺术探索》,中国戏剧出版社 2013 年版,第17 页。

③ 王晓映《昆曲:可以最传统,可以最先锋》,《新华日报》2013 年 12 月 24 日。

念或是意识形态导向得出的判定。当然,当代昆剧创作观念的走向,可以反映创作者价值观念的取向乃至官方意识形态与文化政策的导向,这是另外一个问题。

三、艺术形态:传统、现代与后现代

当代昆剧创作,在观念走向多元的同时,呈现为不同的艺术形态——传统、现代与后现代形态。昆剧创作观念与艺术形态的关系比较复杂。一方面,创作观念决定了艺术形态,艺术形态是艺术观念的深化与体现。换言之,昆剧的艺术形态是昆剧创作观念在艺术形式上的反映与体现。如新、旧结合的创作观念,除了精神内涵的现代性要求外,往往会在艺术形式上融入现代美学观念与表现手法。另一方面,艺术形态取决于创作观念中关于艺术形式的部分,即剧本形式和舞台呈现两个方面。因而,精神内涵具有现代性的作品,其形式既可以是传统形态的,也可以是现代形态的。具体而言,整旧如旧的创作观念,恪守昆剧传统,艺术形式上呈现为传统形态;新、旧结合的创作观念,可以按昆剧传统进行创作,也可以在传统基础上融入现代戏剧手法,艺术形式上相应呈现为传统形态或是现代形态;实验探索的创作观念,融入了解构、拼贴等后现代戏剧手法,艺术形式上呈现为后现代形态。

传统形态的昆剧剧本主要是传奇与杂剧,以及由前者散出形成的折子戏,有墨本与台本之别,前者由文人创作,后者由艺人在演出实践中整理加工而成,舞台呈现形式为“一桌二椅”,具有表演程式化、时空自由化、砌末虚拟化的特点。传统昆剧集文学、音乐与表演之大成,是中国戏剧的范式与代表,作为人类共同的文化遗产,具有极高的美学与学术价值。当代昆剧多在现代剧场的西式镜框式舞台,在舞台形制上不同于传统的古戏台和厅堂演出。笔者以为,不论在什么场所演出,只要符合昆剧传统、承袭传统表演方式,仍可视为传统形态的昆剧。

当代昆剧创作可以归入传统形态的演出有三类,一是新整理的传统剧目,如梁谷音主演的《阳告》,岳美缇与梁谷音主演的《藏舟》,张继青主演的《写真》、《离魂》,张弘整理的《题画》等折子戏;二是由折子戏串演形成的本戏或苏昆三本《长生殿》这样对剧本只删不改、舞台呈现恪守传统、整旧如旧的本戏;三是按昆剧传统创作的新编作品,剧本采用传奇/杂剧文体或是折子戏形式,遵守"三体三式"的文本与声律要求,并且按"一桌二椅"的传统方式演出,如《红楼梦》折子戏。

现代形态的昆剧,以传统形态为基础进行现代化,使之具有现代性,涉及剧本与舞台呈现两个方面。理论上而言,只要剧本或舞台呈现两方面有其一是现代形态的,则该作品就属于现代形态的。具体实践中,现代形态的昆剧主要有两种情况,一是剧本为传奇、杂剧文体,或是折子戏,舞台呈现是现代的,二剧本为"现代戏曲"文体,舞台呈现是现代的。

新中国成立后,《十五贯》的创作演出,不仅确立了"现代戏曲"文体,也确立了昆剧的现代形态,对当代昆剧创作产生了深远的影响。当代昆剧创作可以纳入现代形态的也有三类,一是传统剧目新创作,二是新编古代戏,三是现代戏,具体如下:

类别	文体	舞台呈现	形态	代表剧目
传统剧目新创作	传奇/杂剧	现代	现代	青春版《牡丹亭》、全本《长生殿》、苏昆三本《长生殿》
	"现代戏曲"	现代	现代	《十五贯》、上昆《牡丹亭》(1982)、上昆《长生殿》(1987)

（续表）

类　别	文　体	舞台呈现	形态	代　表　剧　目
新　编 古代戏	传奇/杂剧	现代	现代	《宫祭》、《汤显祖临川四梦》、《梁伯龙夜品女儿红》
	"现代戏曲"	现代	现代	《南唐遗事》、《司马相如》、《西施》、《班昭》
现代戏	"现代戏曲"	现代	现代	《伤逝》、《爱无疆》、《旧京绝唱》、《陶然情》

　　传统剧目新创作与新编古代戏，文体有传统与现代之分，现代戏都是"现代戏曲"文体，尚未见到以传奇/杂剧文体或是折子形式创作的现代戏。需要指出的是，现代形态的昆剧，并不意味着内在精神也具有现代性。作品的内在精神，取决于创作者的思想意识，与外在的艺术形态无关。以传奇/杂剧文体或是折子戏形式表现的传统形态昆剧，其精神内涵可以是非常现代的，而现代形态的新创作，其精神内涵可能是伪现代甚至是反现代的，这样的例子在当代昆剧创作中并不鲜见。

　　为了更好地理解传统形态与现代形态昆剧的不同，以下从剧本、舞台呈现与剧场能量三个方面对二者进行比较分析。具体见下表：

类别	分　项	传　统　形　态	现　代　形　态
剧 本	文　体	传奇、杂剧文体	"现代戏曲"文体
	叙事/抒情	抒情为主，重"诗"	叙事为主，重"剧"
	情　节	不强调情节整一性	强调情节整一性
	非代言 体语言	自报家门、批讲等大量存在	自报家门外其他形式较少使用

（续表）

类别	分项	传 统 形 态	现 代 形 态
舞台呈现	创作主导	以表演为中心	以导演为中心
	转场/定场	转场戏,时空自由	定场戏,时空固定
	时空环境	演员演出来,在演员表演前不确定	舞台美术营造出来,在演员表演前已确定
	舞台形式	通用的一桌二椅	每戏不同的专用布景
	布景	不是独立作品	是独立作品
	守旧	用守旧,或中性天幕	用天幕,布景一部分
	桌椅帔	使用	基本不用
	灯光	照明,不参与叙事	参与叙事、营造氛围
	特效	不用特效	用表现特殊环境的效果,如下雪
	检场	明场检场	取消检场,闭幕或暗场换景
	音乐	传统编制乐队	加入其他乐器,乃至交响乐
	服装	恪守传统	在传统基础上创新
能量来源	能量来源	动物性能源	动物性能源+非动物性能源

　　以上比较的是一般情况。现代形态的昆剧,原则上符合以上描述,实际创作中也会有少许出入,如青春版《牡丹亭》保留了桌椅帔,全本《长生殿》没有使用特效技术。传统形态的昆剧,情况亦然。

　　剧场能量来源的概念,由日本戏剧家铃木忠志提出的。他认为现代剧场里充满了声光电等"非动物性能源",而传统的戏剧没有声光电设备,主要依靠演员自身的"动物性能源"[①]。在

———————

① 参见铃木忠志《铃木忠志——文化就是身体》,林于竝、刘守曜译,(台北)"国立"中正文化中心 2011 年版,第 7—8 页。

他看来,戏剧的魅力主要来自演员的"动物性能源",而非"非动物性能源"。对照昆剧来看,传统昆剧以演员表演为中心,没有麦克风、喇叭等电声设备,全凭演员的嗓子征服观众,剧场能量来源主要是演员的"动物性能源"。现代剧场演出传统形态的昆剧,尽管有现代化的声光电设备,使用是极有限的,如灯光功能是照明,除了千人大剧场不得已要用麦克风外,听的仍然是演员的真声。现代形态的昆剧演出,其能量来源,既有灯光、音响、特效乃至多媒体等声光电手段综合形成的"非动物性能源",也有演员的"动物性能源"。二者的比例如何拿捏,与创作者对昆剧传统的理解有关,也与他们的美学追求有关。

后现代形态的实验作品,是昆剧与后现代主义碰撞的产物,属于后现代戏剧的范畴。德国柏林艺术学院教授霍夫曼提出了后现代戏剧的三个特征:非线性剧作、戏剧解构、反文法表演。他解释说:"非线性剧作既无故事又无以对话形式交流的确定人物,文本全部或部分由既不表现确定戏剧性又不与角色相关的平实的文字和段落组成,事件不再受时空限制,它们既无开端又无结尾,更不遵循任何叙述脉络……解构剧作的编剧法包括对经典作品的分析、重组、删除以及外来的即非戏剧性文本的插入。反文法表演的构成并不依赖于把某个现成的东西搬上舞台,而是依赖于大纲草稿与即兴创作之间的相互作用。即使存在人物对话的文本,也只是支离破碎、断章残句,只追求语言价值和节奏感。形象的呈现并不是理智意义上的,而只是肉体、空间意义上的。事件的意义保持最小限度,通常只是在其自身的语境中,而不是在非戏剧现实的语境中被理解。"[1]

荣念曾与柯军主导的实验作品(详见第四章论述),具有后

---

① 转引自曹路生《国外后现代戏剧》,江苏美术出版社 2002 年版,第 14—15 页。

现代戏剧的这些特征,不仅颠覆了传统昆剧的创作方式与艺术规范,而且拒绝现代形态昆剧的诸多创作理念与手法。它们或是将昆剧传统解构为一个个零部件后根据需要进行重构,或是将传统昆剧片段与其他艺术拼贴在一起。这些作品并不讲故事,没有情节,也不按照人物与情节逻辑线性展开,打破了传统戏剧代言体的特征,剧场呈现综合了演员表演、文本、装置、音响、灯光、影像等多种表现手段。相对于传统形态与现代形态的昆剧,后现代形态的实验作品过于强调演出对于创作者的意义,加之文本的非故事性、非情节性与非逻辑性,往往会让习惯于传统昆剧的观众感到理解困难,甚至不知所云。

从历时角度来看,昆剧的传统形态、现代形态与后现代形态按照先后顺序出现。传统形态的昆剧,传承至今已有数百年,既有文化遗产价值,也有学术价值。新中国成立后,以《十五贯》为标志,形成了现代形态的昆剧,在创作实践中逐渐成为主流。新世纪以来,这种二元格局被打破,以荣念曾、柯军为代表的后现代实验作品,颠覆了传统形态与现代形态昆剧的创作原则,探索面向未来的可能性,从而形成了传统、现代与后现代形态多元共存的局面。

小　　结

当代昆剧创作的发展历程,是古今问题、中西问题与主导问题相互影响、共同作用的结果。古今问题与中西问题相互关联,昆剧创作的现代化,既是古今问题又是中西问题的核心。主导问题与古今问题相关,也与中西问题相关,不论是国家主导还是民间倡导,都需要面对这两个问题。文化主管部门以政策导向与种种实际的利益,对昆剧创作进行方向性的引导,民间文化精英按照现代美学观念主导着部分昆剧创作。当代昆剧创作的主

轴,一端是回归传统,一端是走向现代,核心是古老的昆剧如何
与当代社会对接。传统与现代是一对张力关系,它们相互制约、
碰撞与对话,形成了不同的创作观念——整旧如旧、新旧结合、
实验探索,呈现为不同艺术形态——传统形态、现代形态与后现
代形态。梳理当代昆剧创作的观念与形态,有助于在纷繁复杂
的现象中把握当代昆剧创作发展的脉络,更好地理解昆剧传统
与现代化的关系。当代昆剧创作不管如何现代化,昆剧传统是
根本,不能破坏昆剧传统,否则就不是昆剧了。昆剧创作的现代
化,包括两个方面,一是精神内涵的现代化,在作品中注入现代
意识,表现人的命运与生存困惑;二是艺术形式的现代化,在尊
重昆剧传统的前提下,融入现代戏剧观念与表现手段。白先勇
的"昆曲新美学"指出了一个发展方向:传统为体,现代为用,尊
重传统而不因袭传统,利用现代而不滥用现代。对于荣念曾与
柯军的实验探索,我们不知道是否能成为未来的大雅,也不知道
是否能建立未来的昆剧新传统,也许这条路是走不通的,但这种
探索精神是可贵的。

第 二 章

传统剧目新创作：
旧传统与新美学

　　传统剧目的新创作是当代昆剧创作最主要的方式。由于古今剧场条件、演剧方式、观剧习俗与审美标准不同，原封不动地搬演传统剧目的可能性很小。今天搬演传统剧目，势必会融入今人的思想意识、审美观念与戏剧观念。对传统剧目新创作的分析，涉及文本与舞台呈现两个方面。本章将先对搬演传统剧的方式、文本整编与舞台呈现作一概述，再具体分析《牡丹亭》与《长生殿》的新创作。

第一节　传统剧目新创作概述

　　历代文人与剧作家创作了大量传统剧目，梁辰鱼《浣纱记》以来的明清传奇，不少剧本更是直接为昆腔而作。传统剧目是昆剧艺术的文学宝库，略作整理或改编便可搬演。从遗产意义上来讲，昆剧的精华存于明清两代传承下来的传统折子戏。据苏州大学教授周秦统计，近五十年来有过演出或教学记录的折子戏有 414 折(出)①。这些折子戏承载着昆剧声腔与表演艺术的范式。基于这两个有利条件，搬演传统剧目成为当代昆剧创作的主要途径。关于传统剧目存世的数量，顾笃璜指出，有剧本传世的戏文、杂剧、传奇，舞台演出本(曲谱)不传的，有二千七百多种，剧本和曲谱尚存，舞台表演艺术不传的剧目，至少还有约一千四百折②。对照当代昆剧创作来看，目前搬上舞台的仅是一小部分，传统剧目仍是一个有待开发的资源宝库。

一、搬演方式：折子戏与本戏

古典戏剧作品，尤以明清传奇，篇幅浩繁，动辄四五十出，全本上演往往需要数天时间，演者、观者俱疲，且花费极大。所以，明清传奇按文学本(墨本)全本演出者很少，多由文人或伶人缩长为短，这样的演出本，也称为台本③。《长生殿》问世后，因"繁长难演"有两个改本，一为吴舒凫的改本(28 出)，一为伶人改

---

① 周秦《昆曲：遗产价值的认识深化与传承实践——兼论苏州大学白先勇昆曲传承计划》，《苏州大学学报》2012 年第 1 期。
② 顾笃璜《关于苏州昆剧工作的思考》，《兰蕙齐芳》第二辑(内部资料)，江苏省昆剧研究会、苏州市文联艺术指导委员会 2001 年编印，第 28—29 页。
③ 徐扶明指出，墨本(文学本)全本戏和台本(演出本)全本戏，往往不大一样。昆剧传字辈所演全本《长生殿》只有十三出，较原著少四分之三。昆剧《十五贯》有两种演出方式。一种是基本保留原著全本面目，分前后两本，前本自《义全》至《女监》，后本自《批斩》至《双圆》，包括熊氏兄弟两条线索，亦称《双熊梦》，两个晚上演毕。一种是只演熊友兰、苏成娟一案的单线，从《商赠》至《审豁》，一个晚上演毕，也称为全本。参见《全本戏简论》，载《戏曲艺术》1992年第 4 期。

本。此类改本属于小本戏①。长期演出实践中，某些出目从原作散出，经过历代艺人的打磨，形成了可以独立演出的戏剧单元——折子戏。以折子戏串演形成有头有尾的小本戏，是一种常见的演出形式。因而，传统剧目的演出主要有全本戏、小本戏、折子戏三种方式。全本戏与小本戏，也称为本戏，谓之成本、有头有尾的演出。

当代传统剧目的新创作，也不外这三种类型。但今天的剧场条件、戏剧观念、表现手段与观剧习俗都发生了变化。"一个晚上演毕"的本戏，时间大多在两三个小时内，其中又以两小时左右的居多。折子戏专场，也同样受制于这个观剧时间，大多在五个折子戏以内，与传统的"夜八出"相距甚远。

为了便于研究，将这类演出时间在两三个小时内的小本戏，称为单本戏，将介于单本戏与全本戏之间分两本或两本以上演出的小本戏称为多本戏。于是，传统剧目的新创作，可分为折子戏、单本戏、多本戏、全本戏四种类型。

从创作数量来看，单本戏要远远多于多本戏与全本戏。新世纪以来，多本戏与全本戏盛行，多以再现古典文本的全貌为创作目标。若将视野延及传统剧目问世之初，不难发现传统剧目的创作演出，经历了这样一个过程：全本戏——小本戏——折子戏——单本戏——多本戏——全本戏。从全本戏到折子戏，

---

① 陆萼庭认为，所谓"小本戏"，其创作改编情况相当复杂，有的是新戏，有的是旧本改编的，共同特点是适应舞台演出，勇于打破各种成规。所以创作改编过程中，梨园中人起了主导作用。此类戏艺术上讲究情节曲折而不繁琐，即结构手法力求简洁明朗；白面(净)、二面(付)、丑和花旦一起在制造吴语噱头上特别出色；通常一次演全，或分上下(前后)两本。考虑了以上体制、演出方面的特点，用"小本戏"来命名，以区别于前期的新戏和同时的多本连台戏。参见《清代全本戏演出述论》，载《清代戏曲与昆剧》，中华书局2014年版。

是由"繁"入"简"，而从折子戏到多本戏、全本戏，则是由"简"入"繁"。也就是说，传统剧目的当代搬演之路，正好与数百年来昆剧发展之路相反。

1. 折子戏

折子戏是昆剧演出的基本单位。传统剧目的当代搬演，折子戏是规模最小也是最简单的一种创作方式。折子戏的新创作有三种情况。

一是台本有传、表演未传。《缀白裘》等选本里收入，历史上演过，但舞台表演艺术未能传承下来。这类创作，主要是整理台本与"捏戏"，即根据当代演出的需要进行台本的整理，之后由经验丰富的表演艺术家按昆剧法则"捏戏"。如《牡丹亭·写真》、《牡丹亭·离魂》由胡忌、姚传芗、范继信与张继青共同整理，其中胡忌是昆剧史学家，后三位则是昆剧表演艺术家，"捏戏"在行。再如剧作家张弘整理的《铁冠图·观图》、《桃花扇·题画》两出折子戏，由其妻子石小梅"捏戏"并主演。

二是台本有传、表演也有传，但表演有较大的改动。这种情况也会根据演出的实际需要对台本进行一些整理。如岳美缇主演的《牧羊记·望乡》、石小梅主演的《白罗衫·看状》。《缀白裘》里收有折子戏《望乡》，完整演出需要五十分钟左右，岳美缇的演出版本，删去【神杖儿】【回回曲】【滴溜子】【鲍老催】四支曲牌，一队承应侍女也不用上场，既缩短了演出时间，又减少了上场人物。《看状》的文本整理，既做了减法，又做了加法。周传瑛当年传给石小梅的《看状》有三块戏，先是内室，接着大堂，最后是二堂。张弘在整理时，将徐继祖改在大堂上场，唱引子，念四句定场诗，删去前面室内的戏。二堂的这段戏是小官生与老生的对子戏，重做功与念白。按传统折子戏的演法，徐继祖在从奶公处得知徐能就是当年谋害苏云的凶手后，戏就结束了。张弘觉得事情是清楚了,但主人公的内心复杂矛盾的情感未能表达,于是为主人公新填了一支【江儿水】,诉说情义两难的复杂情感,成为本折戏的高潮。又如《长生殿·迎像哭像》,演出分为"迎像"、"哭像"前后两部分,前半部分唐明皇穿黄帔、戴九龙冠,后半部分换唐帽、蟒袍,中间换装约有两分钟,台上只有宫女太监傻站着。蔡正仁觉得不好,找导演秦锐生商量,提出将前后部分戏连起来唱,雕像不必迎进宫再进庙,而是直接由唐明皇送进庙里。这样把唐明皇换装的过程也省了,不再穿黄帔,而改穿秋香色蟒袍,不戴九龙冠,直接戴唐帽。这一改动得到了俞振飞和沈传芷的肯定,蔡正仁这样的演法也就固定下来了。

三是有文学本(墨本),但台本与表演均未传,首先需要将文学本整理成演出台本,再按传统法则"捏戏",如《牡丹亭·幽媾》、《牡丹亭·冥誓》、《桃花扇·侦戏》等折子戏。

2. 单本戏

单本戏是当代昆剧创作最常见的方式,或以折子戏串演,或根据传统文本重新整理、改编。折子戏串演方式较为便利,往往在经典折子戏的基础上,根据剧情的需要,新整理数折,连缀成一个有头有尾的故事。对传统文本的整编,有整理与改编之分,一般而言,整理的原则是"只删不改",不改原作内蕴、剧情、文辞、人物走向等,而改编则可以加入改编者的理解,改变剧本结构、故事情节、人物走向、场次顺序、对白唱词,乃至根据需要重新填词。

根据传统文本重新整理创作,如上海昆剧团岳美缇主演的《玉簪记》,包括《下第》、《琴挑》、《问病》、《偷诗》、《催试》、《秋江》六折,除了《下第》,其余均为明清两代传承下来的经典折子戏。

根据传统文本改编创作,如苏州昆剧院的新版《玉簪记》。这个新制作脱胎于上昆的演出版本,同是折子戏串演的方式,但对文本作了微调,用《投庵》取代了《下第》作为第一折,以女主角投庵皈依为尼的宗教仪式开场,并安排男主角也接着来投庵,僧俗一见倾心。《催试》一出,补入男女主角偷情之事已露行藏,众尼暗地里说长道短、议论纷纷的情节。对于这两处修改,剧本整编者、台湾大学教授张淑香指出:"目的在突显强化新思维圣俗色空辩证主题,使剧情更趋完整饱满,视野扩大而意境全出。"①如果说新版《玉簪记》是微调,那么唐葆祥、李晓改编的上昆《长生殿》(1987)、北昆的《长生殿》(1983)、上昆"洁版"《牡丹亭》(1982)等新创作,则在立意、结构、场次与语言等各个方面均作了较大变动。

从创作实际来看,单本戏的创作,改编多于整理。以折子戏串演方式创作的单本戏,舞台呈现往往是传统形态的,根据传统文本整理或改编的新创作,既有传统形态的,也有现代形态的,以后者居多。

3. 多本戏与全本戏

多本戏的构成方式与单本戏相同,也是由折子戏串演,或根据传统文本整理、改编。真正意义上的墨本全本戏,只有全本《牡丹亭》一例,55出分六晚依次演来,场次顺序没有改变,只有个别出目作了少量删节。上昆的全本《长生殿》包含了原著43出内容,保留双线结构,只删不改,而且囊括了所有现存传统折子戏,故而将其视为全本戏。从艺术形态上来看,折子戏串演基本上以传统形态呈现,根据文学本重新整理或改编的新创作,除了顾笃璜整理的三本《长生殿》为传统形态外,其余均以现代形态呈现在舞台上。

---

① 张淑香《新版〈玉簪记〉的创意——圣俗色空的辩证》,载白先勇策划《云心水心〈玉簪记〉:琴曲书画昆曲新美学》,人民文学出版社 2011 年版,第 166 页。

多本戏与全本戏的一个共同特点是崇尚大制作。大制作的"大",体现为以下几个方面。一是演出规模庞大,两本 5 小时,三本 9 小时,四本 10 小时,六本 19 小时不等。二是制作经费巨大,三本《长生殿》600 万,四本《长生殿》420 万,《1699·桃花扇》500 万,青春版《牡丹亭》制作经费未见公开报道,按其规模来看也不会少于几百万。三是主创阵容豪华,青春版《牡丹亭》有以白先勇为首的来自两岸三地的专家学者与艺术家组成的创作团队,《1699·桃花扇》则汇集了中、日、韩三国的主创人员,不仅有国家话剧院著名导演田沁鑫的创作团队,还邀请了台湾文学大师余光中担任文学顾问,韩国"国师级"导演孙振策担任戏剧顾问,日本著名作曲家长冈成贡担纲音乐创作,旅美舞台美术家萧丽河负责舞台和灯光设计。除了豪华的主创团队,大制作往往意味着演员众多,全体演职员上百人并不少见。四是豪华制作,豪华的布景、灯光、服装以及多媒体等高科技的舞台手段悉数上阵。五是社会影响大,注重宣传、推广与公关,社会关注度,影响波及海内外。如青春版《牡丹亭》赴美国、英国巡演,四本《长生殿》赴德国、台湾演出,在当地均有较大的影响。

大制作之外,多本戏与全本戏的作品,有的会有多个不同版本。如上昆三本《牡丹亭》,为了参加国家舞台艺术精品工程评选,将演出压缩为上下两本。全本《长生殿》(四本)为了参加中国昆剧艺术节及中国艺术节,在四本的基础上推出了演出时长三小时的精华版《长生殿》。最有代表性的是《1699·桃花扇》,2006 年首演以来,先后推出了传承版、青春版、折子戏版、音乐会版、清唱版、加长版、精简版、南京版、赏析版、兰苑版十个版本,适应不同场合的演出,一次创作,多次受益,将社会效益与经济效益最大化。

二、文本整编：整理与改编

传统剧目新创作，第一步是文本整编，要考虑的问题是：从墨本出发还是从台本出发？采取整理还是改编的方式？内容上如何取舍？整编后的文本是保留还是突破传奇/杂剧文体？它与经典折子戏又是一个什么样的关系？这些既是实践问题，也是理论问题。

1. 从墨本出发与从台本出发

传统剧目的文本，有墨本与台本之别，前者偏案头，后者偏场上。一般而言，剧名相同的台本与墨本，内容上是一致的。但也有特殊情况，台本与墨本差距甚远。如昆剧《寻亲记》台本共13出，从《遣青》、《杀德》、《出罪》、《府场》、《金山》、《送学》、《跌包》、《复学》、《荣归》、《饭店》、《茶访》直到《后府场》、《后金山》，是从明无名氏《寻亲记》和明姚子翼《后寻亲记》中各选若干出，拼成全本，但以前者为主①。

整编传统剧目，如墨本与台本俱存，将有两种选择，或是从墨本出发，或是从台本出发。当然，从墨本出发可以参考台本，从台本出发也可以参考墨本。从台本出发还是从墨本出发，代表的文本观念不同，前者是以表演为中心的文本，可以是有头有尾的故事，也可以不是，后者是以整编者——通常是剧作家为中心的文本，往往有一个有头有尾的故事。

从台本出发，往往以传统折子戏为基础，根据剧情需要，适当增补数折。如2000年上昆演出、唐葆祥整理的《长生殿》（上下本）计12折，上本包括《定情赐盒》、《酒楼》、《絮阁》、《合围》、

① 参见徐扶明《全本戏简论》，《戏曲艺术》1992年第4期。

《惊变》、《埋玉》六折,下本包括《闻铃》、《看袜》、《哭像》、《尸解》、《弹词》、《重圆》六折。这个新的演出本,以传统折子戏为基础,舍《密誓》①,新整理《合围》、《看袜》、《尸解》、《重圆》四折,形成一个较为完整的故事。

从墨本出发,整编者首先考虑的是新本的立意,并以此为依据,结构故事,铺排情节,删减人物。对于传统折子戏,则根据情节需要进行取舍,不在情节线上的折子戏,往往会被舍去。如顾笃璜整理的三本《长生殿》,删去郭子仪与李龟年两个人物,虽不影响故事的完整性,但《疑谶》、《弹词》两个传统折子戏没了,甚为可惜。另外,也有根据结构需要,对折子戏进行合并、删节,乃至解构重组。如北昆 1982 年的《长生殿》,将《弹词》一折的内容拆散后嵌入各出,由演员在幕后伴唱,作为对剧情的评价与呼应。

2. 整理与改编

无论从台本还是从墨本出发,对传统文本的整编,无非两种方式,一是整理,二是改编。

先看改编。洛地指出:"剧本改编,包括任何改编,与原著相比,主要的变动不外三个方面:一、结构;二、内容(人物、情节等);三、立意。"②在传统剧目改编方面,影响最大的莫过于昆剧《十五贯》,因其主题契合了当时提倡实事求是、调查研究之风与反对主观主义和官僚主义的政治方向,得到了党和国家最高领导人的肯定。《十五贯》突出主线、强调现代意识的改编模式,对传统剧目的整理与改编产生了深远的影响。我们不难在上昆的

---

① 舞台上常演的昆剧《长生殿》折子戏有《定情》、《疑谶》(又名《酒楼》)、《絮阁》、《密誓》、《惊变》、《埋玉》、《闻铃》、《哭像》(又名《迎像哭像》)、《弹词》九折。

② 洛地《关于昆班演出本》,《戏曲艺术》1986 年第 1 期。

《长生殿》、《紫钗记》、《景阳钟变》、省昆的《桃花扇》、《小孙屠》、永昆的《张协状元》、北昆的《宦门子弟错立身》等许多传统剧目的整编本中看到这一模式的印迹。以省昆的《桃花扇》为例，剧本包括《访翠》、《却奁》、《圈套》、《辞院》、《阻奸》、《寄扇》、《骂筵》、《后访》、《惊悟》、《余韵》十出。故事情节线集中在侯、李爱情上，舍去旁枝，择取相关十出重新改编。这个改编本与原著相较，主要改动有两个方面。一是改侯方域为第一主角，以往《桃花扇》演出都以李香君为主角，改编者张弘认为，作为一个文学人物，李香君过于完美，她是成在完美，败也在完美。侯方域正好相反，"是败也'寻常'成也'寻常'"①。二是修改结尾，让侯方域与李香君没有相见，"不见，李香君心里还有一个侯方域在，那是她深爱的当年书生，政治理想的一致是他爱的基础；见了，'爱'必随着心上人的不复存而不复存。与其毁灭李香君的憧憬，未若令她永远地相信、永远地找下去"②。这样的改动，源于张弘对《桃花扇》的理解，其中蕴含着现代意识。

再看整理。王永健指出，顾笃璜整理三本《长生殿》时做了三个方面的工作：第一是精选，基本于对《长生殿》的思想和艺术的理解，从原作的50出中精选出28出；第二是整理，将精选的28出，重新整合成三本，以供三个单位时间演出；第三是删节，为了确保每本的演出时间不超过两个半小时，对精选的28出逐一作了认真的删节。③ 这番描述指出了整理文本的一般过程，其原则可以概括为"只删不改"——只作删节，不改原著内容，也不能添加原著没有的内容进去。张淑香、辛意云与华玮在

---

① 张弘《寻不到的寻找——张弘话戏》，中华书局2013年版，第6页。
② 张弘《寻不到的寻找——张弘话戏》，中华书局2013年版，第11页。
③ 王永健《评〈长生殿〉节选本》，载谢柏梁、高福明主编《〈长生殿〉国际学术研讨会文集》，上海古籍出版社2006年版，第528页。

整理青春版《牡丹亭》的演出本时,同样秉承"只删不改"的原则,将原著整理成"梦中情"、"人鬼情"与"人间情"三本。虽然部分场次的顺序调整作了调整(详见下节论述),没有改变原著内容,也没有添加原著没有的情节,仍在"只删不改"的大原则之内。

3. 文体的突破与革新

昆剧文学剧本,一般指明清传奇,也包括部分杂剧和戏文。昆唱北曲杂剧,腔变而体制不变。戏文属南曲,可以多种声腔演唱,昆腔为其中之一。明清传奇在南曲戏文的基础上,吸收北曲杂剧的艺术成分形成了南北兼容的新体制,对南曲戏文和北曲杂剧有继承、有改进,逐步形成剧本体制的规范化和音乐体制的格律化。从传统意义上说,昆剧的文学剧本的体制是传奇体制。①

明清传奇体制一搬包含以下七个部分:(1)开场家门,(2)分出分卷标出目,(3)落场诗、卷场诗,(4)以一生一旦为主的脚色制,(5)出脚色,(6)音乐体制:宫调、曲牌、套数,(7)曲韵规范。② 从戏剧形式而言,明清传奇一般是集折体,由主副线首尾贯串,一般格局包括家门、冲场、出脚色、小收煞、大收煞等必要环节,大小收煞为戏剧高潮——人物的情感高潮之所在。李晓将传奇的整体结构的构成段数定为:"开端——发展(应有小收煞)——转折——收煞",对应起承转合四个阶段③。

明清传奇的体制与结构,从组成部分与戏剧结构两个方面确定了它与戏文、杂剧的区别,并以此为标准来区分传奇的优劣。明清传奇场上搬演的关键在排场。所谓排场,是明清传奇

---

① 参见李晓《昆曲文学概论》,上海文化出版社 2014 年版,第 8 页。
② 参见李晓《昆曲文学概论》,上海文化出版社 2014 年版,第 8—20 页。
③ 李晓《昆曲文学概论》,上海文化出版社 2014 年版,第 64 页。

体制在舞台上的体现，即场上的结构布局，包含着演出形式和表演上的诸多因素。王季烈在《集成曲谱》和《螾庐曲谈》中对此作了专门研究，主要包括两个方面，一是宫调曲情须与剧情相合，二是脚色须各门俱备，主要脚色不宜重复。李晓指出："王季烈的排场理论，简言之，则是以剧情为中心，调谐好剧情关目、宫调套数、脚色分配三者之间的关系，使之合情合律，密切融合，流畅自然，层出不穷，演者均劳逸，观听者新耳目，始为优良之排场。"①

传统剧目的现代搬演，大多需要缩减篇幅，删繁就简，保留情节主线，加强戏剧性，删去与情节主线无关的内容。尤其是以单本戏方式搬演，要在两三个小时演毕。如前所述，由于创作观念不同，或保留传奇、杂剧文体，或演变为"现代戏曲"文体。保留传奇体制的新创作，一般都会删去下场诗。其他六个方面，根据具体的创作情况会有不同程度的突破，比如上场诗的删去。"现代戏曲"文体的整编本，多为"十五贯"模式，它与传奇体制的最大区别是作为场上艺术的情节一致性，从情感高潮变为情节高潮，强化人物矛盾冲突与戏剧性。

三、演剧空间：西式与中式

当代昆剧演出多在现代剧场，以西式镜框式舞台为主。明清的昆剧演出场所，厅堂之外，有传统戏台。传统戏台是伸出式的舞台，三面观众，是一个开放的演出空间，舞台面积有限。西式镜框式舞台，是一个单面的、相对封闭的演出空间，具备现代化的机械设施、灯光与音响设备，舞台面积相对较大。从传统戏

---

① 李晓《昆曲文学概论》，上海文化出版社 2014 年版，第 33 页。

台到现代西式镜框式舞台,演出空间的变化,对昆剧创作的影响,不仅仅体现在舞台呈现上,更体现在昆剧美学精神上。西式镜框式舞台与现代声光电手段,是昆剧现代化的物质基础。正是这个物质基础,才将导演推向了当代昆剧创作的前台,昆剧从以演员为本体的表演艺术,走向了以剧场呈现为核心的综合艺术。

1. 西式镜框式舞台空间

在现代剧场搬演传统剧目,一个显著的变化是,传统戏曲演出"曲线出入"与"转场戏"的特征逐渐模糊,甚至消失了。传统戏台没有现代剧场的"大幕",也没有"二道幕",演员的上下场门是戏台后面的"出将"与"入相"两个门帘。为了让三面观众都能看到戏,演员的出入要以"曲线出入"为主,表演也要照顾到三面观众,演员在舞台上的行动,如跑圆场,也多以曲线调度为主。西式镜框式舞台对观众而言,是一个封闭的盒式空间,上下场门从天幕的位置改到了舞台的左右两侧。观众主要通过台口的"镜框"来看演员的表演,演员的舞台行动主要是横向的"平行调度",即于台口平行方向的横向调度。① 所以演员的上下场,不需要曲线出入,直接沿着台口平行方向出入即可。同样,演员的表演只要考虑一面观众,曲线调度也就不是必须了。

20 世纪五十年代的"戏曲改革",一个成果是取消了"检场",将传统戏曲从"转场戏"改成"定场戏"。手段其实很简单,运用二道幕或是暗场,将明处检场改为幕后/暗场换景,从而达到净化舞台、减少观众看戏干扰的目的。对这一改动,已故学者

---

① 关于"曲线出入"与"平行调度",参见于凉《现代剧场境遇中的戏曲导演艺术摭论——以川剧〈金子〉、豫剧〈程婴救孤〉和梨园戏〈董生与李氏〉为例》,《艺术评论》2011 年第 8 期。

陈多指出：

> "转场戏"的舞台上不存在独立的、固定的舞台空间，而依附于剧中人的表演，并随之而流"转"、分割、缩小和放大。……"定场戏"则是舞台空间脱离剧中人而独立存在于"第四堵墙"后面，因之除非经过闭幕，它的位置、大小是固"定"不变的①。

变"转场戏"为"定场戏"，改变了舞台时空关系的同时，建起了"第四堵墙"。"第四堵墙"是写实主义戏剧的产物，以写意为主的中国戏曲，演出空间是开放式的，天然就没有这堵墙。

从"曲线出入"到"平行调度"，从"转场戏"到"定场戏"，这两个变化使西式镜框式舞台上演出的传统剧目发生了变异。从"曲线出入"到"平行调度"，与舞台形制的改变以及观演关系的变化相适应，从"转场戏"到"定场戏"，则是"戏曲改革"的产物，其实是戏剧观念变化的结果。这一观念变化让舞台空间独立于表演而存在，为写实布景的引入做好了铺垫。

2. 中式传统演剧空间

当代昆剧创作，回归传统演剧空间做法有两种，一是在镜框式舞台上搭建古戏台或是园林演剧环境，二是在现代剧场之外重建厅堂红氍毹的演剧环境，或是在古戏台与园林环境演出。

陈士争导演的全本《牡丹亭》，在现代舞台上设计了一个传统中式园林的局部，创建了一个传统的演剧环境。田沁鑫导演的《1699·桃花扇》则将古戏台与现代博物馆巧妙地融入舞美设计，形成了三个层次的舞台空间：

———————————

① 陈多《戏曲美学》，四川人民出版社 2001 年版，第 6 页。

第一层空间：西方主流剧场中的中式露天剧院＝西方镜框式舞台上的中国古戏台。

第二层空间：博物馆式的展演空间。现代建筑材料建构的中国庭院式空间对话现代观众的审美经验。

第三层空间：秦淮河楼台空间。黑色的镜面般的地面材料与三面回廊相互映射秦淮河楼台①。

这两种设计融中西舞台空间于一体，是无法回到传统演剧环境但又希望融入传统元素的一种折衷选择，虽然有了传统演剧空间的构成元素，但观众区与舞台的空间关系，以及由此构成的观演关系，仍然是镜框式舞台决定的单面观看的观演关系。

《1699·桃花扇》剧照（江苏省昆剧院演出）

要恢复传统昆剧的观演关系，则需要回到古戏台、厅堂与园林演剧这些传统演剧方式。新世纪后，回归传统演剧环境的新创作主要有：

————————————

① 江苏省演艺集团编《1699·桃花扇：中国传奇巅峰》，江苏美术出版社 2007 年版，第88—89 页。

一是古戏台演出。上海三山会馆演出的古戏台版《牡丹亭》与南京熙南里演出的南京版《牡丹亭》，前者将演出延伸至戏台下的露天庭院，后者则在戏台前置一池清水，观众隔水观看。

二是厅堂演出。厅堂版《牡丹亭》的创意者，将建于元代的"皇家粮仓"改造成演出的厅堂，仅六十余观众席位。花雅堂版《牡丹亭》则在上海茂名路上法式洋房的客厅演出，能够容纳三十余名观众。

三是园林实景演出。实景园林版《牡丹亭》，在上海朱家角课植园的后花园演出，园中亭台、曲水、小桥、翠竹，成为演出环境的有机组成部分，水边亭台，装上卷帘就成了闺房，室外室内转换自然，观众隔水观看，别有一种意境。

四、舞台呈现：现代化与变异

传统剧目新创作趋势是追求内在精神的现代性与外在形式的现代化，以契合今天的创作理念、演剧条件、观剧习惯与审美观念。任何事物总有两面性，现代化如西药，药到病除的同时，也会带来一些副作用。不少传统剧目新创作，追求现代化时发生了变异，主要表现在舞台"写实化"与昆剧"京剧化"、"交响化"等方面。

1. 舞台"写实化"

从传统昆剧"一桌二椅"发展到"写实化"的布景，有两个比较关键的因素：一是从传统剧场到现代剧场的转变，即镜框式舞台取代了古戏台，开放式的舞台空间变成封闭的舞台空间；二是戏改之后的"转场戏"变为"定场戏"，舞台时空脱离剧中人独立存在。三面封闭的舞台空间，有利于运用写实布景营造舞台幻觉。"一桌二椅"的演出空间，景在演员身上，环境是演出来的,演员的表演与砌末共同组成一个能指,通过观众的想象参与后形成了所指——具体的戏剧时空。舞台上的"一桌二椅",一旦与演员的表演脱离之后,无法指向某个具体的舞台时空。因此,"写实化"的舞台空间,需要在"一桌二椅"传统演出空间的基础上,加入新的元素(布景、灯光与效果),以建立具体时空所需的能指与所指的对应关系为最低标准,形成一个脱离剧中人独立存在的舞台时空的符号系统。

在现代化进程中,大部分传统剧目新创作都沿着这个方向在发展,以现代布景取代传统砌末,用天幕取替中性的守旧,运用二道幕,使用平台、条屏分割舞台空间。随着舞台科技的发展,刮风、下雪等特殊音响与视觉效果的实现已经非常容易,舞台灯光也不仅仅具有营造环境、分割空间等功能,已经从外部造型走向内心世界的造型。

大都版《西厢记》剧照(北方昆曲剧院演出)

要建构独立于演员的舞台时空的能指与所指关系，不可能按照传统沿用"一桌二椅"，当然也没必要完全按照生活场景的原样搬上舞台，这不利于演员的表演。如何把握舞台时空的虚实关系与创作者的美学追求有关。比如将"一桌二椅"的桌椅帔去掉，改用生活中的桌椅，这一变动，已经将假定性的"一桌二椅"具体为生活中某一场景的一桌二椅，舞台也由虚而实、由写意而写实。一旦虚实关系过了临界点后，将会妨碍演员的表演，尤其是传统折子戏的表演，变为实景之后，演员不能再对实景视而不见，需要对传统表演作出相应调整以适应这种变化。一些传统表演的身段可能因为空间划分的限制而无法施展，如平台的不当运用，让演员走圆场的调度无法实现。当写实布景与写意表演混搭在一起时，往往会破坏昆剧的写意美学原则。

2. 昆剧"京剧化"与"交响化"

昆剧作为雅部正音的水磨调，流丽清远，与京剧分属花、雅二部，泾渭分明。"花雅之争"后，皮黄兴盛、昆腔式微，但二者的属性并没有改变。到了当代，京剧的"花部"因素开始渗入"雅部"的昆剧。

首先是在声腔上，将京剧的铿锵有力与高亢引入水磨调中，如2012版《牡丹亭》，史依弘版的杜丽娘，较传统昆曲的唱法提高了两个调门，引发了争议，昆剧表演艺术家蔡正仁、张静娴认为这样"昆味不正"。史依弘初为京剧刀马旦，后改唱梅派青衣，深谙京剧艺术，而以京剧的标准来改动昆剧的传统唱法，方底圆盖，自然是合不上的。

其次是将京剧伴奏的锣鼓喧天引入昆剧。传统昆剧演出，场面以鼓板、曲笛为骨干，其他主要成员有三弦、提琴、笙、唢呐、小锣、大锣等。传统昆剧场面的基本编制大致为六人：鼓板、三弦（兼司云锣、唢呐、大铙）、笛（兼司小钹）、笙（也兼唢呐）、小锣

（兼司叫嗓子）、大锣。这个乐队编制，可以视为最小编制。今天不少新创作，乐队编制二三十人是经常的。乐队编制扩大，是现代剧场空间的需要，千人剧场与厅堂演出不可同日而语，扩大编制可以理解，然而不少昆剧演出，剧场里锣鼓喧天，像京剧的文武场一样，已然改变了昆剧场面的基本属性。而且，在乐队编制扩大时，为丰富音色层次与音乐表现力，经常会加入不属于昆剧的伴奏乐器，其效果往往适得其反。如 2012 版《牡丹亭》将竖琴、梆笛加入伴奏，产生了喧宾夺主的效果。

如果说昆剧的"京剧化"是戏曲艺术内部界限的突破，那么融入西方交响乐后的昆剧音乐，则是跨文化的融合。上昆交响版《牡丹亭》将交响乐与昆剧传统音乐融在一起，从美听的角度而言，"交响化"的处理没有问题，但用在传统剧目里，总归不那么纯粹。

第二节 《牡丹亭》的新创作

《牡丹亭》是当今昆剧舞台上搬演最多的传统剧目。1978年以来的新创作有二十几个版本。① 其中影响最大且具有里程碑意义的两个版本分别是 1998 年陈士争在上海昆剧团排演的全本《牡丹亭》与 2004 年白先勇与苏州昆剧院排演的青春版《牡丹亭》。以这两个版本为界，《牡丹亭》的新创作可以分为三个阶

---

① 新中国成立后至 1978 年，《牡丹亭》的新创作主要有两个。一是 1957 年上海戏曲学校排演的《牡丹亭》，改编者苏雪安，朱传茗作曲制谱，俞振飞、言慧珠主演，全剧共八场：《闺门训女》、《游园惊梦》、《写真离魂》、《跌雪投观》、《魂游冥判》、《叫画冥誓》、《回生婚走》、《硬拷迫认》。一是 1962 年湖南省郴州专区湘昆剧团排演、由余懋盛根据汤显祖原著与冯梦龙改本《风流梦》改编的《牡丹亭》，全剧共七场：《闹学训女》、《游园惊梦》、《描容离魂》、《入冥魂游》、《拾画访梦》、《叫画冥誓》、《回生婚走》。

段。第一阶段：全本《牡丹亭》之前，规模比较小，基本上是一个晚上演完的单本戏；第二阶段：从全本《牡丹亭》到青春版《牡丹亭》，创作规模大，全本戏、多本戏成为主流，新观念、新美学集中爆发；第三阶段：青春版《牡丹亭》之后，演出形式走向多元，既有西式镜框式舞台的演出，又有回归传统古戏台、厅堂与园林剧演剧环境的演出。

一、全本《牡丹亭》之前

在全本《牡丹亭》之前，主要新创作的内容场次如下表：

年份	名　称	场　次　内　容
1980	北昆《牡丹亭》	《训女延师》、《花慨师窘》、《惊梦寻梦》、《灌园访梦》、《题画离魂》、《魂游问花》、《拾画幽会》、《逃生还魂》
1981	省昆《牡丹亭》	《游园》、《惊梦》、《寻梦》、《写真》、《离魂》
1982	上昆《牡丹亭》	《闺塾训女》、《游园惊梦》、《寻梦情殇》、《倩魂遇判》、《访园拾画》、《叫画幽遇》、《回生拷圆》
1986	省昆《还魂记》	《序幕》、《拾画》、《幽媾》、《冥誓》、《回生》
1989	中国昆剧艺术团《牡丹亭》	《闹学》、《游园》、《惊梦》、《寻梦》、《离魂》、《拾画叫画》、《幽会还魂》
1993	浙昆《牡丹亭》	《惊梦》、《寻梦》、《写真》、《离魂》
1993	上昆交响版《牡丹亭》	《花神巡游》、《游园惊梦》、《写真寻梦》、《魂游冥判》、《叫画幽会》、《掘坟回生》
1995	省昆《拾画记》	《写真画像》、《离魂情死》、《魂游冥判》、《拾画叫画》、《幽会重生》
1997	中国昆剧艺术团《牡丹亭》	《学堂》、《游园》、《惊梦》、《寻梦》、《冥判》、《拾画叫画》

　　这些新创作的文本整编,在内容取舍上有两个显著的特点。

　　一是集中在杜、柳爱情线上,将与杜丽娘及柳梦梅无关的反映宋金矛盾的李全一条线完全删除。多数整编本按原著杜、柳双线分头开始,合于《幽媾》,终于《回生》,但也有仅取杜丽娘一条线,如省昆的《牡丹亭》,或是以柳梦梅为主线,如省昆的《还魂记》,从《拾画》开始到《回生》。

　　二是只演到《回生》。《回生》是原著第三十五出,之后从《婚走》到《圆驾》还有整整二十出。只演到《回生》原因大体有两点,一是受一个晚上演完的剧本篇幅限制,二是对文本的现代理解,认为杜丽娘回生即完成了"情不知所起,一往而深,生者可以死,死可以生"的"至情"思想,后面柳梦梅登科及第、皇帝主婚的内容是传奇的俗套。《牡丹亭》的主题是否仅仅只是爱情,后二十出是否真的是俗套? 戏剧理论家夏写时认为,《牡丹亭》除了描写爱情,"还广泛地反映了明代万历年间的社会生活,曲折地宣传了他的政治观点,并歌颂了超越男女之情的生可以死、死可以生的执着追求精神——这种体现于汤本人及当时许多优秀人物如李贽身上对理想、对高尚目的的执着追求精神。《回生》后二十折之不可废亦即为此。杜丽娘、柳梦梅不待父母认可、不待'圣旨下'早已成婚;他们仍然要追求这种认可不是屈服,而终于得到了朝廷和父母的认可则是追求精神的胜利"[①]。持同样观点的朱蓓蕾认为:"《回生》之前是情感层面的铺垫,《回生》之后则是思想意蕴上的提升,若没有后半部分,《牡丹亭》就不是完整的《牡丹亭》。"同时她指出,汤显祖情与理的斗争中,情的世界与理的世界的沟通是通过柳梦梅来完成的,柳梦梅有热衷功名、急近女色的世俗性,又有不畏权贵的反抗性格,"柳梦梅的完整形

————————————————————————

① 夏写时《谈〈牡丹亭〉的改编问题》,《戏剧艺术》1983 年第 1 期。

象在前三十五出是不能完整体现的"①。这样我们就不难理解止于《回生》的改编本为什么要通过修改《幽媾》等内容来提升柳梦梅的人物形象了。

除了缩长为短，部分整编本对情节内容也作了适当改动与增补。如北昆《牡丹亭》(1980)，加强了花神的戏，《花慨师窨》一场中，新填三支【群芳序】，描写牡丹花王与众花仙感慨好春光无人赏，辜负了香风红雨。不仅如此，原著中的判官改由石榴花仙担任，《冥判》的内容也顺理成章地改为《魂游问花》——花王在得知原委后，派花间四友带领杜丽娘的魂魄去寻找柳梦梅。最后开棺回生，也是由花仙相助。上昆交响版《牡丹亭》(1993)，《冥判》一场中判官不仅让杜丽娘去寻找柳梦梅，还给了他一支还魂香，成为杜丽娘能否回生的关键。这种改动传达的信息是，杜、柳这样"生可以死、死可以生"的爱情，仅靠他们自己并不能完成，还须有某种超凡的外部力量的协助方可实现。

内容改写的另一个重要方面，是人物境界的提升与内容的净化。不少创作者认为，与杜丽娘为情而死、为情而生的一往情深相比，柳梦梅的形象要逊色很多。赵天为指出，当代改编者不约而同地为柳梦梅"补过"，"削减他世俗的一面，强化他的浪漫、痴情、坚定与专一"②，以提升他的形象。

原著里的柳梦梅，进京求取功名，旅寄南安，只是路过。上昆《牡丹亭》(1982)与北昆《牡丹亭》(1980)分别在《访园拾画》与《灌园访梦》两场戏中将其由路过改成了专门去寻梦。《灌园访梦》中，老园公郭陀陀劝柳梦梅赴临安赴考，柳梦梅说要先去南

---

① 朱蓓蕾《关于〈牡丹亭〉演出本结尾的讨论》，载叶长海主编《牡丹亭：案头与场上》，上海三联书店 2008 年版，第 205 页。
② 赵天为《〈牡丹亭〉在当代戏曲舞台》，《东南大学学报》(哲社版)2013 年第 4 期。

安,因为日前得一梦,在南安府后花园遇见一个小姐,要先去访一访。这一改动,将柳梦梅由被动遇到美人,改为执着地去追求梦中美人,人物少了些俗气,增了些浪漫与执着气息。

内容的净化,首先体现在《惊梦》的改编上。原著中杜丽娘入梦,柳梦梅上场,唱【山桃红】:则为你如花美眷,似水流年,是答儿闲寻遍。在幽闺自怜。小姐,和你那答儿讲话去。(旦作含笑不行)(生作牵衣介)(旦低问)那边去?(生)转过这芍药栏前,紧靠着湖山石边。(旦低问)秀才,去怎的?(生低答)和你把领口松,衣带宽,袖梢儿愠着牙儿苦也,则待你忍耐温存一晌眠。(旦作羞)(生前抱)(旦推介)(合)是那处曾相见,相看俨然,早难道这好处相逢无一言?一番云雨之后,又一支【山桃红】:这一霎天留人便,草藉花眠。小姐可好?(旦低头介)(生)则把云鬟点,红松翠偏。小姐休忘了呵,见了你紧相偎,慢斯连,恨不得肉儿般团成片也,逗地个日下胭脂雨上鲜。(旦)秀才,你可去呵?(合)是那处曾相见,相看俨然,早难道好处相逢无一言。1980年北昆与1982年上昆的版本,均删去后一支【山桃红】,改写了前一支【山桃红】。北昆版改写为:

则为你如花美眷,似水流年,是答儿闲寻遍。在幽闺自怜。姐姐,和你那答儿讲话去。〔旦〕哪里去?〔生〕喏!转过这芍药栏前,紧靠着湖山石边。我和你心儿颤,话儿甜,悄声儿倾诉平生愿。待和你沉醉春风花雨间。〔合〕是那处曾相见,相看俨然,早难道这好处相逢无一言?

上昆版改写为:

则为你如花美眷,似水流年,是答儿闲寻遍。在幽闺自

怜。姐姐，我和你那答儿讲话去。〔旦〕哪里去？〔生〕喏，转
过这芍药栏前，紧靠着湖山石边。和你把彩袖联、衣带牵，
诉浓情傍着花魂颤。则待你玉貌澌年结好缘。〔合〕是那处
曾相见，相看俨然，早难道这好处相逢无一言？

　　这样的改编本，坊间称之为"洁本"。事实上，"洁本"并非八
十年代初所独有，1962 年余懋盛的改编本就是一个"洁本"。
《惊梦》中的第一支【山桃红】相应几句改写了："转过这芍药栏
前，紧靠着湖山石边，我和你轻轻语悄悄言，诉不尽相思生死恋，
有情人沉醉红绽雨肥天。（合唱）好容易，能相见，天上人间，牡
丹亭风流春梦平生愿。"第二支【山桃红】相应几句改成了"休忘
了这花间会，亭畔缘。恨不得今生死肩并肩也，心相连春花秋月
长相恋。"
　　内容的净化，还体现在对《幽媾》的处理。香港学者古兆申
认为："柳生见了丽娘，并未认出是画中人，便欣然接受这位午夜
来访的陌生女子，一度春风之后还盼她每晚都来。这种表现，有
损题旨，也破坏了柳生的形象。"①一些改编者也看到了这一点，
他们在改编时将《拾画》与《幽媾》、《冥誓》部分内容糅合为一出，
删去了"幽媾"内容的具体描写。如 1980 年北昆版为《拾画幽
会》，1982 年上昆版为《叫画幽遇》，1993 年上昆交响版为《叫画
幽会》。这几个改编本让柳梦梅幽会时见到眼前的美人不再是
一个陌生女子，而是"梦中人"、"画中人"与"眼前人"合一。于是
有了《拾画幽会》中柳梦梅对杜丽娘说："你就是鬼，也要与你结
为夫妻。"这一改动，一方面是提升了柳梦梅的形象与境界，净化

---

① 古兆申《情系生死牡丹亭——昆剧〈牡丹亭〉上下本改编说明》，载《古苍梧集》，
生活·读书·新知三联书店 2003 年版，第 384 页。

了戏剧内容,将柳梅梦对杜丽娘由性而爱,进而愿意结为夫妻的渐入佳境式的爱情,变成了理想化的精神之恋。

改"惊梦"、删"幽媾"的净化处理,与八十年代的社会环境有关。当时有论者指出,"某些同志对此忧心忡忡,他们担心这个戏在社会青年观众中会起副作用"①。今天回头看这样的处理,实际上是对汤显祖原作精神的歪曲,看似现代视角的净化,实际上是一种倒退。

对原著内容的取舍与改动,会带来戏剧结构的变动。这些新创作均舍弃了总括剧情的《标目》,多从《训女》或是《游园》开始。个别版本甚至新编了开场戏,如上昆交响版《牡丹亭》(1993),新写《花神巡游》一出作为开场,叙生前相爱的花公花婆受天帝敕封为护花之神,催开南安府后花园凋零的百花,听说人间有这样一个痴情女子的故事。最后《掘坟回生》一场,花公花婆又幻化成尼姑和园子,试探柳梦梅的真情,助其开棺。《花神巡游》这场戏起到的作用类似《标目》总括剧情,但又不完全一样。从叙事学角度看,两位神仙的加入,形成了一个双重叙事结构。他们是故事的叙事者,形成第一个叙事层面,剧中杜、柳等人物的活动形成第二个叙事层面,这样的叙事结构与明清传奇的结构差别很大。

戏剧结构的变动,还体现在场次的合并上。为了突出杜、柳爱情主线,大多数改编本将原著中杜、柳二人分散在不同出目的戏,作了适当的删减与合并,在相应场次的名字上也体现出来,如《题画离魂》、《写真寻梦》、《拾画幽会》与《魂游冥判》等。

上述《牡丹亭》的新创作,戏份主要集中在杜丽娘与柳梦梅身上,且多偏重于杜丽娘。事实上,传奇剧本中各行脚色都有以

---

① 陆树崙、李平《〈牡丹亭〉的改编演出和现实意义》,《上海戏剧》1982 年第 5 期。

该行当为主角的折子，如《腐叹》是末行戏，《冥判》是以净丑为主的群戏，《道觋》是净行戏。这些改编本主要是生旦戏，其他行当由于篇幅所限，要么被舍弃，要么戏份被压缩删减，成为名副其实的配角。

　　明清两代传承下来的《牡丹亭》折子戏有：《学堂》、《劝农》、《游园》、《惊梦》、《寻梦》、《写真》、《离魂》（传字辈捏合）、《冥判》、《拾画》、《叫画》十折。上述《牡丹亭》新创作在整理与改编文本时的思路与侧重点不同，对折子戏的取舍也有所不同，具体如下表：

年份	名　　称	学堂	劝农	游园	惊梦	寻梦	写真	离魂	冥判	拾画	叫画	折数
1980	北昆《牡丹亭》			●	●	●	●	●	●	●	●	8
1981	省昆《牡丹亭》			●	●	●	●	●				5
1982	上昆《牡丹亭》			●	●	●	●	●	●	●	●	8
1986	省昆《还魂记》							●			●	2
1989	中昆《牡丹亭》	●		●	●	●		●		●	●	7
1993	浙昆《牡丹亭》				●	●		●			●	4
1993	上昆《牡丹亭》			●	●	●	●			●	●	6
1995	省昆《拾画记》			●	●	●	●	●		●	●	7
1997	中昆《牡丹亭》	●		●	●	●		●		●	●	7

　　上述整编本与折子戏的关系，大体有两种。一种是折子戏串演形成整编本，即以传统折子戏为主体，作少量删减、增补，如省昆的《牡丹亭》（1982）、中国昆剧艺术团的两版《牡丹亭》（1989、1997）。一种是根据改编本的内容来取舍传统折子戏，如北昆的《牡丹亭》（1980）、上昆《牡丹亭》（1982、1993）等。北昆《牡丹亭》（1980）虽然包含八个传统折子戏，但比较完整地保留

下来的只有《惊梦》一折,其余如《寻梦》、《写真》、《离魂》、《拾画》、《叫画》等折子戏在剧本都一笔带过,保留的内容很少。

文本之外,不少《牡丹亭》的新创作,对传统折子戏的舞台处理也有改动。我们试着以"惊梦"中的杜丽娘入梦与柳梦梅相会为例来分析。原著中花神只有一个男性的"末"扮的花神,"束发冠,红衣插花",他上场后,念引子,唱【鲍老催】一支,抛下花片惊醒杜、柳二人后下场。实际演出时,艺人们对此进行了加工与发展,"至乾隆年间,台本演出已增至十二月花神,另有'末'扮大花神和闰月花神,众花神'依次一对徐徐并上',合唱【出队子】【画眉序】【滴溜子】诸曲,大花神唱【鲍老催】【五般宜】两曲"①。全本《牡丹亭》之前的新创作,《惊梦》的处理,与原著和乾隆年间的台本有很大的不同。

1980年北昆版,牡丹花王引柳梦梅上,二人欢会之际,牡丹花王唱【画眉序】,众花仙唱【滴溜子】。之后众花仙护送杜丽娘入座,柳梦梅与花仙隐去,接着杜母上场,责问杜丽娘为何昼眠于此。

1981年省昆版,《惊梦》中的丑扮睡梦神,勾鼻,戴知了巾,手执"日"、"月"牌,引柳梦梅上。杜、柳欢会之时,男性"末"扮的大花神上,唱【鲍老催】,然后抛下花片惊醒杜、柳二人,下场时用拂尘引众花神上,众花神唱【双声子】"柳梦梅、柳梦梅,梦儿里成姻眷。杜丽娘、杜丽娘,色得香魂乱。两下缘,非偶然,梦里相逢,梦儿里合欢。"唱完后下场。

1993年上昆交响版,杜丽娘睡去后,灯光暗转,花公花婆与八位女性扮的花神上,引柳梦梅上场,柳梦梅唱【山桃红】后,携杜丽娘下场。灯光暗转后,众花神上场舞蹈,在交响乐的伴奏

① 赵天为《〈牡丹亭〉在当代戏曲舞台》,《东南大学学报》(哲社版)2013年第4期。

下，幕后伴唱新填词的曲子："紧相偎、慢厮连，草藉花眠翠鬓偏。杜丽娘、柳梦梅，梦里相逢梦里欢，杜丽娘、柳梦梅，梦里相逢梦里欢，恨不得肉儿般团成片，逗的个日下胭脂雨上鲜，杜丽娘、柳梦梅，梦里相逢梦里欢。"

以上"惊梦"的处理与原著相比，有两点不同。一是花神数量，原著为一个末扮花神，乾隆以来改为十二个花神，大花神由末扮演。上述版本沿用乾隆以来的演法，只是花神数量多少不一。二是花神唱的曲子，原著仅一支【鲍老催】，乾隆年间台本有五支曲子，上述版本减少到两到三支，或沿用以前台本的曲子，或新填词谱曲，通过花神的唱与舞蹈表现出二人欢会的美好。

从艺术形态来看，全本《牡丹亭》之前的新创作，既有传统形态的，又有现代形态的。传统形态的新创作，如省昆《牡丹亭》（1981），舞台上除了传统的守旧换成了天幕，仍旧保持了"一桌二椅"的演出传统。现代形态的新创作，如上昆交响版《牡丹亭》（1993），桌椅换成生活中的椅子与案几，传统的守旧不用了，换之以带有图案的天幕背景。前面是八块能旋转的巨幅玻璃，随着灯光的变换，它们时而是八面大镜，时而成为不同场次的背景，时而将舞台分割为两个演区。为了营造仙境的氛围，第一场《花神巡游》放了许多烟雾，笼罩着舞台，花公、花婆出场时，如同在云间。"游园"时的后花园，整个天幕打上绿光，纱幕后面是花神舞动。花园里置平台一个，台阶两级，石凳子一个，"惊梦"时杜丽娘坐在石凳上入梦。"叫画"时，传统桌椅换成了实木的桌椅。"冥判"时，牛头、马面戴写实面具上场。"回生"时，舞台中央偏右侧竖一个墓碑，上书"亡女杜丽娘之墓"几个大字。这样的舞台布景，总体而言比较空灵，但局部是写实的。

全本《牡丹亭》之前的新创作，从规模上来看都是一个晚上演完的单本戏,剧作家郭启宏称之为"一个晚会的长度"。为何大家像约好了似地创作这种演出长度的单本戏? 郭启宏认为有三个原因: 其一,受演出时间的局促。其二,受戏曲单线结构的制约。其三,最为本质的是受所谓主题思想的社会意义的规范。我们时常出于某种社会意义上的考虑,把许多看似无关或似无益的事件、情节、人物统统删掉,以追求一种实际上是无来由的"洁本"①。戏曲理论家章诒和认为,《牡丹亭》的总体构思是以环境与人的关系为基点来结构戏剧,"杜宝、杜母、陈最良、胡判官、石道姑……构成这对恋人的生活环境,让杜丽娘和柳梦梅自始至终和这个环境格格不入,产生隔膜、分歧,以此表明封建社会环境的现实力量对人类天然情感的窒息与扼杀"。这些新创作剥离了这些人物关系,同时又去芜存精,刻意提升人物,"通过这样的现代搬演,古典名著在变得干净、纯粹、洗练、高大的同时,也变得简单、狭小、干瘪和苍白"②。章诒和的这番话道出了那时搬演《牡丹亭》普遍存在的问题。

二、从全本《牡丹亭》到青春版《牡丹亭》

《牡丹亭》原著五十五出,一个晚上的单本戏只是原著一小部分。虽然昆剧院团有国家拨款,但要排演全本《牡丹亭》,对多数昆剧院团而言是想也不敢想的事。

事情总在意想不到的时候发生了转机。1998 年,陈士争受美国林肯中心艺术节、法国金秋艺术节、悉尼艺术节和香港艺术节联合邀请,与上海昆剧团合作排演全本《牡丹亭》。这是《牡丹

① 参见郭启宏《全本〈牡丹亭〉启示录》,《上海戏剧》2000 年 11 期。
② 章诒和《还原〈牡丹亭〉》,《中国戏剧》2000 年 1 期。

亭》建国以来首次足本演出，全剧时长约十九个小时，分六个晚上演出。然而在剧组赴美演出之前，上海文化局的官员指责这版《牡丹亭》封建、色情、迷信，刻意讨好美国观众，要剧组进行修改，否则不让剧团前往纽约演出。[①] 陈士争尝试与文化官员进行沟通，未果。无奈之下，他于翌年自行组织班底重排全本《牡丹亭》，首演于纽约大都会歌剧院，在国外多个艺术节引起轰动。

全本《牡丹亭》标志着当代昆剧进入了一个多本/全本大戏的新时代，古典四大名剧在此后均以多本/全本形式搬上了昆剧舞台。以《牡丹亭》为例，全本《牡丹亭》之后，有上昆三本《牡丹亭》、浙昆两本《牡丹亭》、省昆精华版《牡丹亭》（上下本）、苏昆青春版《牡丹亭》（三本）四个多本戏。

1. 文本整编

全本《牡丹亭》按墨本演出，五十五出依次演来，顺序也不变，但并非一字不删，部分折子也删了少量曲牌，如《诊祟》一出，开场的【一江风】和【金落索】（第二支）两个曲牌被删了，只留下了一些人物的过场台词[②]。

全本《牡丹亭》之后的四个多本戏，两个三本的演出本按"只删不改"的原则整理，两个上下本的演出本，则作了有限幅度的修改。各个版本内容如下：

上昆三本《牡丹亭》	上本	《言怀》、《训女》、《闺塾》、《劝农》、《惊梦》、《慈戒》、《寻梦》、《道觋》、《写真》、《诀谒》、《牝贼》、《闹殇》
	中本	《旅寄》、《冥判》、《玩真》、《忆女》、《幽媾》、《旁疑》、《缮备》、《冥誓》、《密议》、《回生》

---

① 参见韩咏红《全本〈牡丹亭〉首次在华人社会演出》，新加坡《联合早报》2003 年 1 月 28 日。

② 参见费泳《〈牡丹亭〉的二度创作——世纪之交〈牡丹亭〉三个版本演出之比较》，载叶长海主编《牡丹亭：案头与场上》，上海三联书店 2008 年版，第 216 页。

（续表）

上昆三本《牡丹亭》	下本	《淮警》、《如杭》、《移镇》、《急难》、《寇间》、《折寇》、《围释》、《遇母》、《闹宴》、《索元》、《硬拷》、《圆驾》
浙昆两本《牡丹亭》	上本	《闹学》、《言怀》、《惊梦》、《寻梦》、《离魂》
	下本	《花判》、《玩真》、《幽欢》、《冥誓》、《圆梦》
苏昆青春版《牡丹亭》	上本	《训女》、《闺塾》、《惊梦》、《言怀》、《寻梦》、《虏谍》、《写真》、《道觋》、《离魂》
	中本	《冥判》、《旅寄》、《忆女》、《拾画》、《魂游》、《幽媾》、《淮警》、《冥誓》、《回生》
	下本	《婚走》、《移镇》、《如杭》、《折寇》、《遇母》、《淮泊》、《索元》、《硬拷》、《圆驾》
省昆精华版《牡丹亭》	上本	《肃苑》、《惊梦》、《寻梦》、《言怀》、《写真》、《诊祟》、《离魂》
	下本	《冥判》、《叫画》、《幽媾》、《旁疑》、《冥誓》、《回生》

　　上昆三本《牡丹亭》与青春版《牡丹亭》，除了杜柳爱情线，保留了宋金矛盾情节线，演到原著最后一出《圆驾》为止。浙昆与省昆的上下本《牡丹亭》取杜柳爱情线，舍宋金矛盾情节线，演到《回生》为止。三本与两本，在内容与结构上的区别是显而易见的。如前述，单本戏的改编本均舍弃《回生》后的二十出，上下本的戏比单本戏在容量上增加了一倍，加入回生之后的内容不是不可能，但目前两个上下本的演出本还是舍弃了后二十出，说明如何取舍并不仅仅关乎文本容量，更重要的是如何理解《牡丹亭》的精神内涵。

　　具体到创作者，浙昆上下本《牡丹亭》的整理者古兆申认为："《回生》也仍是梦，是人生大梦的结局，是爱情向往的完成。"在这个点上结束，是一个开放性的结局："杜、柳婚后命运如何，现实问题如何解决，观众可自由设想。这已是主题以外的事，对一个现代观众来说,柳梦梅是否高中,杜丽娘是否能与父母相认已无关紧要。"①精华版《牡丹亭》的整理者张弘的认识大体相同:"之所以没有保留还魂后的内容,只因我认为杜丽娘历经了生死往复之后,《牡丹亭》中最精华的部分便完成了。"②青春版《牡丹亭》将原著的"至情"分解为"梦中情"、"人鬼情"与"人间情"三部分,并以此结构剧本。剧本整理者辛意云认为,这三种情绝不仅仅是男女之情,"像汤显祖这样的大作家,同时又是王阳明思想体系中的思想家,在《牡丹亭》中蕴藏着其深沉的终极关怀。在他看来,《牡丹亭》以杜丽娘和柳梦梅之间的爱情故事呈现的是大千世界,谈的是人生,谈的是人在宇宙中的关怀,谈的是人和宇宙的相融通,谈的是传统中国天人合一的宇宙思想。'三种情',一言以蔽之,展现的是儒家天下之大情"③。从这样的角度来理解,后二十出虽未出传统戏剧大团圆的窠臼,于《牡丹亭》而言,仍有必要,"这样的团圆,它呈现了所有人类渴望的幸福。当人获得了这份圆满的爱、圆满的生命,这不仅是个人的事,而是值得人们共同赞颂、祝福的"④。

对《牡丹亭》的不同理解,决定了《回生》之后二十出的取舍,也决定了整理本不同的戏剧结构。从这四个版本剧本结构来看,两个三本戏是相同的:为情而死——为情而生——人间团圆,两个两本戏也是一样的:为情而死——为情而生。虽然大的戏剧结构差不多,但每个版本又各有不同侧重的内在结构。

① 古兆申《情系生死牡丹亭——〈牡丹亭〉上下本改编说明》,载《古苍梧集》,生活·读书·新知三联书店2003年版,第386页。
② 张弘《寻不到的寻找——张弘话戏》,中华书局2013年版,第79页。
③ 陶子《文化复兴的"青春"方式——青春版〈牡丹亭〉访谈录》,《文化纵横》2013年第1期。
④ 陶子《文化复兴的"青春"方式——青春版〈牡丹亭〉访谈录》,《文化纵横》2013年第1期。

古兆申整理的上下本《牡丹亭》的内在结构，受曲学大师吴梅先生的启发。吴梅《还魂记跋》云："此剧肯綮在生死之际。记中《惊梦》、《寻梦》、《诊祟》、《写真》、《悼殇》五折，自生而之死，《魂游》、《幽媾》、《欢挠》、《冥誓》、《回生》五折，自死而之生。其中搜抉灵根，掀翻情窟，为从来填词家屡齿所未及，遂能雄踞词坛，历千古不朽也。"[①]他以这十折为基础对原著进行改编。上本舍《诊祟》，增《闹学》与《言怀》两出，《闹学》加入部分《腐叹》的内容，《言怀》中加入《怅眺》的内容，将《写真》与《离魂》合并成一出。下本增《冥判》、《玩真》两出，《玩真》由原著《拾画》与《玩真》合并而成。

张弘整理的精华版《牡丹亭》取杜柳一线，删去旁枝，起于《肃苑》，止于《回生》。他认为，整理本最为关键的所在是南安府太守的后花园，上本主角杜丽娘与下本主角柳梦梅活动其中，主导着故事行进。全剧围绕花园来组织情节，关键节点在于"四会"：一是梦会，二是画会，三是幽会，四是相会[②]。

青春版对《牡丹亭》分"梦中情"、"人鬼情"与"人间情"三本，以《标目》中的【蝶恋花】为每本开场曲，阐明主题，侧重"情"在三个不同时空的展现。

四个版本中，王仁杰整理的三本《牡丹亭》，看不出其内在结构。这个版本包含原著三十四出的内容，比青春版《牡丹亭》多了七出，演出时长上却少了两个小时。如此有限的演出时间内，照顾到三十四出内容，很多戏自然就只能点到为止，重点也难以凸显。

---

① 转引自古兆申《情系生死牡丹亭——〈牡丹亭〉上下本改编说明》，载《古苍梧集》，生活·读书·新知三联书店 2003 年版，第 381—382 页。
② 参见张弘《寻不到的寻找——张弘话戏》，中华书局 2013 年版，第 82 页。

　　戏剧结构方面，另一个比较重要的问题是场次顺序的调整与合并。虽是文本结构的细微之处，同样能看出不同整编者的匠心独具之处。调整顺序是各个整理本最为普遍的一种做法，如青春版《牡丹亭》，将《言怀》放到《惊梦》与《寻梦》之间，避免不少整理改编本《惊梦》、《寻梦》连演而造成的审美疲劳，让饰演杜丽娘的演员稍作休息。杜丽娘"惊梦"结束，柳梦梅上场，说梦见梅树下与佳人欢会，生旦之梦，一前一后，遥相呼应，可以让观众更好地理解柳梦梅后续"拾画"、"叫画"的痴情。另外，不少整理本将有相互关系的两出合为一出，比如所有的整理本都将《拾画》与《玩真》并为一出，或名《玩真》，或名《拾画》，或名《叫画》。再如古兆申改编的上下本《牡丹亭》，《闹学》加入《腐叹》中陈最良的一些念白，《言怀》中加入《怅眺》的情节内容，将《离魂》并入《写真》一出，这种做法使戏份相对集中，人物形象也更为丰满。这方面值得称道的是青春版《牡丹亭》的整理本，戏份上生、旦并重，冷热场上文武相济，保持了一个比较好的戏剧节奏。

　　戏剧结构之外，个别版本也对原著作了增补与修改。如精华版《牡丹亭》增加了一个串场人物——花郎。剧本整理者张弘说："我想要他为严肃点缀一点幽默，为幻梦点缀现实，他是什么时候进的园子，没人知道，倒像一出生就在园子里了。你也可以将之视为花园的精灵，视为园中一只黄雀，自由自在、善意地旁观每一件事、每一个人。园子太静了，便叫几声；太闹了，便笑几声；太热了，浇点冷水；太冷了，热热场面。"[1]除了增加人物，他对文本作了两处修改，一处在《幽媾》，让柳梦梅在一番惊疑之后，将"画中人"、"梦中人"与"眼前人"三者合作一个"心中人"；一处在《回生》，杜丽娘之坟，不是被掘开的，是被多情、被至情呼

----

① 　张弘《寻不到的寻找——张弘话戏》，中华书局 2013 年版，第 86—87 页。

唤开的①。

这几个多本戏的整编，不仅是以现代视角来审视传统文本的结果，而且也受到西方戏剧观念的影响。正如辛意云所说："《牡丹亭》文本改编的原则，是在西方戏剧的完整性与逻辑性的前提下，在适应现代观众的心理感受与心理逻辑的基础上，传达传统中国的思想。"②

相对于单本戏，全本/多本戏篇幅要大得多，所能容纳的传统折子戏数量也相应增加。几个版本保留的传统折子戏如下：

年份	名　称	学堂	劝农	游园	惊梦	寻梦	写真	离魂	冥判	拾画	叫画	折数
1998	上昆全本《牡丹亭》	●	●	●	●	●	●	●	●	●	●	10
1999	上昆三本《牡丹亭》	●		●	●	●	●	●	●	●	●	9
2000	浙昆两本《牡丹亭》	●		●	●	●	●	●	●	●	●	9
2004	苏昆青春版《牡丹亭》	●		●	●	●	●	●	●	●	●	9
2004	省昆精华版《牡丹亭》			●	●	●	●	●	●	●	●	8

从表中可以看到，明清两代传承下来的《牡丹亭》的传统折子戏基本上都保留了。正如古兆申说："我的原则只有两条：第一，改编本必须充分发挥原著的题旨；第二，必须保留昆剧舞台

① 参见张弘《寻不到的寻找——张弘话戏》，中华书局 2013 年版，第 86 页。
② 陶子《文化复兴的"青春"方式——青春版〈牡丹亭〉访谈录》，《文化纵横》2013 年第 1 期。

艺术的优点和特色。"①在保留昆剧传统折子戏方面，这几个版本相对以往的单本戏，考虑得更为周到。

2. 舞台呈现

从全本《牡丹亭》到青春版《牡丹亭》，文本整编方式不同，舞台呈现上也不同，可以分为两种形态：一是按"一桌二椅"的传统方式演出，如省昆精华版《牡丹亭》、浙昆两本《牡丹亭》；二是融入现代观念与表现手段，如上昆全本《牡丹亭》与三本《牡丹亭》和青春版《牡丹亭》。

全本《牡丹亭》的首倡者，是美国纽约林肯中心艺术节的导演约翰·洛克威尔（John Rockwell）。1996年初，他向陈士争提及1998年是《牡丹亭》诞生四百周年，希望将这出戏完整地搬上美国的舞台，纪念这位"东方莎士比亚"。因而，从一开始全本《牡丹亭》就是个"外销"作品，林肯中心与陈士争感兴趣的是汤显祖的《牡丹亭》。陈士争说："我从来没说是个昆剧，我要排的是汤显祖的《牡丹亭》，不是昆剧《牡丹亭》。"②他从《牡丹亭》中看到的是《清明上河图》式的明代社会的缩影，希望在中国戏曲舞台上展现这幅"清明上河图"——回到最原始和古老的中国传统，用歌舞和各种有意思的形式，把故事讲出来。昆剧对他来说，只是一种艺术形式。所以，他在排演时加入了评弹、杂技、木偶、高跷等非昆剧元素。作为少数进入西方主流社会的华人艺术家，陈士争面对的主要是西方观众与评论家。对西方观众与评论家而言，评弹、杂技、木偶、高跷与昆剧是一样的中国元素。如何让所有中国元素都服从于讲述《牡丹亭》这个

---

① 古兆申《情系生死牡丹亭——〈牡丹亭〉上下本改编说明》，载《古苍梧集》，生活·读书·新知三联书店2003年版，第381页。
② 韩咏红《全本〈牡丹亭〉首次在华人社会演出》，新加坡《联合早报》2003年1月28日。

东方故事,才是最重要的问题。所以,从纯粹昆剧的角度来论述全本《牡丹亭》并不准确,确切地说,它是一个以昆剧为主体的舞台剧。

全本《牡丹亭》夭折之后,郭小男接棒为上昆排演三本《牡丹亭》,只能另起炉灶。他在导演阐述中说:"我们通过'释梦——寻情——生幻'这样一个思辨形式,深入地从现代人的审美视角对作品进行了量定:我们的创作力争以最崭新的解析方式再生四百年前的经典。"[1]郭小男强调创新、强调现代观念,反对任何还原、复古或沿袭、照搬的创作理念。他将《牡丹亭》的演出意象提炼为一个"幻"字,以此统领所有部门的二度创作。对于表演,他提出新的要求:似是而非、行当通用、模棱两可的动作不用;潜心研究,创造新程式,创造只属于"这个戏"的角色肌体运动方式。[2] 在他看来,过去的不是不好,而是陈旧了些,观众耳熟能详缺乏新意,艺术家的职责就是要创造美。

同样是融入现代观念,青春版《牡丹亭》在白先勇的主导下,引入了现代制作概念,以做产品的思维来制作戏剧。只是刚开始做的时候,白先勇尚无"青春版"的概念,也没有什么"昆曲新美学",无非是做一个正宗的、好看的昆剧。

关于全本《牡丹亭》、三本《牡丹亭》与青春版《牡丹亭》舞台呈现的比较,有多篇学位论文[3],此处不再赘述,选择几个比较

---

[1] 郭小男《观/念:关于戏剧与人生的导演报告》(B),上海锦绣文章出版社 2010 年版,第 96 页。

[2] 郭小男《观/念:关于戏剧与人生的导演报告》(B),上海锦绣文章出版社 2010 年版,第 97—98 页

[3] 可参阅杨樨《〈牡丹亭〉的现代跨文化制作——以〈牡丹亭〉在美国的舞台二度创作为例》,2012 年苏州大学硕士学位论文;费泳《〈牡丹亭〉的二度创作——世纪之交〈牡丹亭〉三个版本演出之比较》,载叶长海主编《牡丹亭:案头与场上》,上海三联书店 2008 年版。

重要的点，梳理一下发展变化的轨迹。

(1) 演出空间的变化

这三个现代剧场演出的《牡丹亭》，演舞台空间的处理，经历了传统园林演剧环境——写实的现代演剧空间——写意的现代演剧空间的变化过程。陈士争指出："我想以个人的方式，用我个人的眼光来解释，做成一个立体式的剧场效果。平常的中国戏曲，就是一桌两椅，放一张幕就看戏了，没有任何的立体效果。我的《牡丹亭》做了一个中国剧场的环境，像在苏州园林里面演戏一样，有最传统的舞台，有鱼池、金鱼、鸳鸯、鸟语花香，把中国明代看戏那种文人的欣赏习惯，都转换到这个环境下。"[①]全本《牡丹亭》舞台上再现了一个传统园林演剧环境，亭台前置一个月牙形的水池，池中水草若干，鲤鱼几尾，鸭子(鸳鸯替代物)游弋其中。主舞台与后台之间垂吊着一幅绣有山石和牡丹的守旧，守旧两侧置"出将"、"入相"门帘。将布幔收起，主舞台与后舞台合成一个大舞台。

上昆三本《牡丹亭》空间设计的依据是："内景与外景的转换；现实与梦境的过渡；阳世与阴间的并存。"在"幻"字主旨的意念下，注重主题空间设计，比如后花园，郭小男指出这"是杜丽娘生命主题客观、外化的环境。此园直接沟通梦境，作用幻觉，奔赴主题。因此，要重笔泼墨地去渲染。空间创造成功与否，关系全剧的成败"[②]。这种创作观念导致了舞台空间过于写实。如《惊梦》的背景，是一团巨大的牡丹花，地面上同样是一朵巨大的彩色牡丹，舞台上方悬挂着用树胶做成的柳丝，营

---

① 韩咏红《全本〈牡丹亭〉首次在华人社会演出》，新加坡《联合早报》2003 年 1 月 28 日。

② 郭小男《观/念：关于戏剧与人生的导演报告》(B)，上海锦绣文章出版社 2010 年版，第 97 页。

造出一个如梦如幻的后花园。如果仔细阅读原著,我们会发现,"是花都放了,那牡丹还早"说明牡丹并未开花。因而,舞台上艳丽的牡丹花(不时还会闪闪发光)是个败笔,不仅破坏了演员表演的诗情画意,还歪曲了原著。而且,针对《牡丹亭》"内景多于外景,小场景(面)多于大场景(面)"的特殊性,为了避免单一场面造成的观赏疲劳,在《劝农》、《冥判》、《圆驾》等场次,舞台上用了平台。平台在话剧中常用于分割表演空间,传统昆剧演出是不用的。从表演角度来看,平台的使用会使演员的表演受到空间的局限。此外,在"训女"、"春香闹学"等室内场景,使用巨型百叶窗围成一个室内空间。这样设计,空间是有了变化,但却过于现代。《拾画》一出,当柳梦梅拾画后,演员须经过长长的花道,才返回到室内。昆剧表演艺术家岳美缇说:"当捧着画走出花园,在长长的花道

三本《牡丹亭》剧照(上海昆剧团演出)

上,虔诚地唱着'他真身在普陀,咱海南人遇他'。传统中,我一个转身开门,就进了书房,观众一目了然。而在偌大的舞台布景中,我从花道走着碎步,提袍跨上右边耳房,心有所想地回眸远处的花园,然后又边唱边进书房。因为这时整个舞台在换景,由外景转换成内景,就靠这半支曲子。为此我一定要让观众全神贯注看着我兴奋而神往的眼神、脚步,而不去分神看舞台上的换

景。"①舞台空间的避虚就实带来的换景，对演员的表演已经形成了妨碍。

青春版《牡丹亭》在空间虚实的拿捏上，比较谨慎，把握得也比较好。白先勇指出："《牡丹亭》是神话故事，整出戏是个梦境，如何拿捏好虚实之间的比例是成功的关键，也成为每折戏的最高美学原则。"②他画了个图给舞台设计王孟超，标明每折戏的虚实比例，"《训女》与《闺塾》是写实的，虚的指数可能是零，这样一来舞台上就会有桌椅、家具这些实景，灯光明亮，服装也以表现人物个性为主，春香穿的就是红色的，鲜明活泼。但《惊梦》一折是梦中发生的，当然完全是虚幻的，虚的指数量为十，于是从灯光、背投、服装到舞蹈，整体以写意为主……舞台上不放任何实物，只有斜坡与简单的阶梯，方便施展动作。灯光当然也要尽量柔和。"③

可以看到，从全本《牡丹亭》到三本《牡丹亭》再到青春版《牡丹亭》，演出空间从写实到写意，走的是纯化的路径，审美观念趋于雅化。

（2）中国元素的加入

全本《牡丹亭》与青春版《牡丹亭》加入了昆曲之外的中国元素，大体可以分为动态元素与静态元素两类。动态元素，如全本《牡丹亭》中融入的评弹、高跷、民俗民乐乃至鸳鸯戏水等。这些中国元素与"雅部"昆曲并不是同一类型，很难相融，与昆剧拼贴

---

① 岳美缇《巾生今世——岳美缇昆曲五十年》，文化艺术出版社2008年版，第234页。
② 陈怡蓁《白先勇的昆曲新美学——从〈牡丹亭〉到〈玉簪记〉》，载白先勇策划《云心水心〈玉簪记〉：琴曲书画昆曲新美学》，人民文学出版社2011年版，第11页。
③ 陈怡蓁《白先勇的昆曲新美学——从〈牡丹亭〉到〈玉簪记〉》，载白先勇策划《云心水心〈玉簪记〉：琴曲书画昆曲新美学》，人民文学出版社2011年版，第10—11页。

后形成了一个四不像。静态元素,如全本《牡丹亭》里亭台楼阁的古典园林环境和青春版《牡丹亭》里的书法和绘画。园林与昆曲在气质上是相融的,在园林中演出昆曲,过往有之。青春版《牡丹亭》在空灵的舞台中加入了书法与绘画,营造一个区别于传统折子戏演出的舞台空间。《训女》一场,杜宝出场时,舞台背景是董阳孜的行草书写的诗句:"锦城丝管日纷纷,半入江风半入云。此曲只应天上有,人间能得几回闻。"分四幅挂设。《闺塾》的背景是奚淞的水墨绘画,内容是梅、兰、竹、松,《惊梦》的背景是柳枝图,《言怀》里柳梦梅出场自述身世,自称河东旧族,柳氏名门后,奈何时运不济,背景的书法是柳宗元《永州八记》中的《袁家渴记》,此文曲折地表现了作者的凄苦心境和对自由环境的向往。白先勇认为,昆剧与中国书法、绘画同是雅部文化,具有天然的亲和性,"昆曲的音乐唱腔、舞蹈身段犹如有声书法、流动水墨,于是昆曲、书法、水墨画融于一体,变成一组和谐的线条文化符号"[1]。青春版《牡丹亭》里,字画作为布景的一部分用于装饰演出空间,到了新版《玉簪记》,则"更进一步把字画完全带入表演之中,不再只是布景,而是随剧情表达人物的内心情绪的"[2]。

(3)服装日显重要

从全本《牡丹亭》到青春版《牡丹亭》,服装设计与制作的总体趋势是日益华美。全本《牡丹亭》从苏州聘请刺绣高手和裁缝缝制戏服。上昆三本《牡丹亭》的服装设计强调"梦幻的

---

[1] 白先勇《琴曲书——新版〈玉簪记〉的制作方向》,载白先勇策划《云心水心〈玉簪记〉:琴曲书画昆曲新美学》,人民文学出版社2011年版,第5页。

[2] 陈怡蓁《白先勇的昆曲新美学——从〈牡丹亭〉到〈玉簪记〉》,载白先勇策划《云心水心〈玉簪记〉:琴曲书画昆曲新美学》,人民文学出版社2011年版,第13页。

色彩与基调"①，青春版《牡丹亭》的服装追求淡雅、飘逸的风格，制作精良，全部由苏州绣工手工制作，真丝质地，与青春的角色、青春亮丽的演员相互映衬，成为该剧的一大亮点与看点。在追求华丽的同时，一些服装也偏离了昆剧服装本应承载的功能，为人所诟病。全本《牡丹亭》里《惊梦》一折，杜丽娘穿着绣龙的金色大袍，不仅没有水袖，而且由于过于臃肿，妨碍了演员的表演。上昆三本《牡丹亭》中花神穿着钉亮片珠花、袒胸露背的接近西式晚礼服的服装，与传统服装的柳梦梅与杜丽娘出现在同一个场景时，有一种格格不入之感。对传统服装的改进与雅化，从艺术发展的角度来讲是可以接受的，但改进与雅化的前提，一是要穿对，符合人物身份要求，二是要有利于演员表演。

青春版《牡丹亭》剧照(苏州昆剧院演出，摄影：许培鸿)

---

① 郭小男《观/念：关于戏剧与人生的导演报告》(B)，上海锦绣文章出版社 2010 年，第97页。

（4）守旧的变化与多媒体的使用

当代剧场基本上是西式镜框式舞台，传统昆剧在现代舞台上演出，往往用天幕取代了守旧，天幕多为单色，没有图案。不少传统剧目的新创作，会用一些与剧情有关的绘画、图案作为天幕背景。上昆三本《牡丹亭》里《惊梦》中的牡丹花背景，《劝农》、《牝贼》中的山水背景，《冥判》中的阴曹地府背景，这些背景与表演一起营造具有假定性的舞台空间。背景图案加入，丰富了视觉效果的同时将舞台空间具象化，减少了观众的想象空间。青春版《牡丹亭》，没用具象化的大幅背景，而是通过书法、绘画元素，以及投影的使用，营造了一个极简的写意空间。剧中在部分场景上用投影投出抽象的渐变色彩的图案，如《惊梦》里是洋溢着生命气息、色彩绚烂的抽象彩色，《寻梦》里是略带感伤色调的色彩。这些抽象色彩，可以视为人物的心情的外化。这种外化不是具象的外化，而是抽象的外化，引发观众通过杜丽娘的表演与汤显祖的美妙文字，去想象一个春色盎然的后花园，与台上演员共同创造一种审美意境。

3. 青春版《牡丹亭》：学界盛赞与戏迷质疑

青春版《牡丹亭》首演以来，收获了戏剧界与学界的盛赞，研究者们从各个角度来总结、阐释其成功之道。与之相反的是，青春版《牡丹亭》在民间收获的却是一片质疑之声。这两种完全不同的声音，分属于两套不同的评价系统——前者以学者与官方为主体，属于专业话语，发声于学术期刊与官办媒体，后者以民间草根为主体，属于业余票友的议论，发声于网络论坛与博客。二者没有交集，前者听不到后者的草根议论，后者则不屑于前者的专业评价。

青春版《牡丹亭》的草根议论，以资深戏迷"南北昆"、"巴乌"的观点为代表。"南北昆"对青春版《牡丹亭》从昆曲表演传统内涵的继承、昆曲剧目的拓展并使之经典化、艺术家的培养、昆曲舞台表演手段的创新提升与观众的培养等五个方面作了论述。除艺术家与观众的培养外，其余三个方面均与创作有关，择其要而述之。

从继承昆剧表演传统来看，"南北昆"认为，青春版《牡丹亭》对《惊梦》里【山桃红】身段的改动，用"招魂幡"取代"堆花"，在传统范式的继承上存在"因雅害意"的致命缺点。[①] 但总导演汪世瑜认为，"历来【山桃红】的表演基本上是淡雅、含蓄的。即使柳梦梅与杜丽娘亲密得'和你把领口松、衣带宽、袖梢儿揾着牙儿苦也，则待你忍耐温存一晌眠'，也只是拉拉水袖，荡荡脚，点到即止"[②]。他觉得这样不够，柳梦梅在杜丽娘梦中出现，象征着杜丽娘对生命、青春、爱情与性爱的渴望，应该在舞台表演上具体化：

> 所以现在舞台上的柳梦梅对杜丽娘亲昵缠绵，又十分大胆地表露心意："姐姐，咱一片闲情爱煞你呢！"双手慢慢地搭在杜丽娘的肩上，紧贴在她耳边，轻轻地、深情地，甜蜜地倾诉对她的爱意，杜丽娘此时此境陶醉在爱情之中。当柳梦梅唱到"转过这芍药栏前……"，他抱着杜丽娘，一个急转身，快步大圆场，神采飞扬，一种两人心心相印，和谐默契的情景透彻展现；当柳梦梅讲到"则待你忍耐温存一晌眠……"，两人背肩，仰头，视天，水袖缠旋，平转三圈，是一种开怀洒脱，大胆又浪漫，热情疯狂地表现，真是"蓝天作被地作床"。

---

① 南北昆《"白先生对昆曲的传播是有功的"》，豆瓣小组：https://www.douban.com/group/topic/11903151/。

② 郑培凯主编《普天下有情谁似咱——汪世瑜谈青春版〈牡丹亭〉的创作》，北京大学出版社 2013 年版，第 47 页。

整个舞台充满二人的情爱,强化了水袖的舞动力,把抖、翻、飞、扬、甩、转、绕、勾、搭等水袖功能发挥到极点。在舞台上出现的相拥、相磨、相亲、相爱、仰背、旋转、推磨、又不时把水袖纠缠在一起,形成了梦中恋人的浓情、狂欢,与日常的人伦和唯美写意浑然一体,使观众在熟悉与陌生之间往返流连①。

不仅如此,汪世瑜将柳梦梅手持的"柳枝"意象延伸到花神的表演里,"由一男花神手持绿色的长幡引领二人梦中相会。这绿色的长幡与柳枝是同样的翠绿,是柳的意象的延伸,同样象征着'春'之萌发。不管是'柳',还是绿色的长幡,都象征着生命力的旺盛"②。

戏迷"巴乌"在博客里指出,这样的处理弃传统程式身段不用,"在舞台上疯狂翻水袖接熊抱,完全没有昆曲本质的内敛含蓄。演员在台上台风不谨,倒脚的,摔屁蹲儿背冲观众的,冲下场门儿磕头的,但凡一个稍微看过戏的观众都能看出,导演明显缺乏戏曲审美"③。

汪世瑜作为表演艺术家与导演,从戏的可看性与表现人物内心的要求出发,热辣地呈现杜丽娘的爱与欲,"南北昆"、"巴乌"从昆剧典雅含蓄的美学风格出发,认为这种改动在传统范式的继承上存在致命缺点。

同样的问题,在《叫画》一折中也存在。对于《叫画》里高高

① 郑培凯主编《普天下有情谁似咱——汪世瑜谈青春版〈牡丹亭〉的创作》,北京大学出版社 2013 年版,第 47—48 页。
② 郑培凯主编《普天下有情谁似咱——汪世瑜谈青春版〈牡丹亭〉的创作》,北京大学出版社 2013 年版,第 133 页。
③ 巴乌《说两句"白牡丹"》,新浪博客:http://blog.sina.com.cn/s/blog_7024f5b30100oa3a.html。

挂在树上面的"画","南北昆"指出，"老辈演员在这幅画位置处理上有不同的方式，但是有一个表演节奏处理的中心点，首先从舞台平衡的角度确定画和演员的关系，之后就是要表达出演员和画中人在物理空间和精神空间步步走近的关系，并在这个思路的基础上设计身段，安排调度，乃至确定演员目力对舞台远近上下的控制范围。而白牡丹（即青春版《牡丹亭》）之《叫画》，除了让人觉得眼前一亮的'新'之外，别无他"①。昆剧表演艺术家蔡正仁也指出这样安排不合理，"书生拣到画，怎么可能在树上，在野外，刮风下雨都不管了，因为他不是一次叫画，他是天天叫画，天天叫才叫出杜丽娘，不是说，今天我拿到了以后叫，叫完了，我以后不叫了。因此他必定是：待我到书馆中，顶香奉礼，好好地观赏一回，然后他就回到书馆，门一关，他就开始欣赏这画，一开始一看：哦，观音，再一看，嫦娥，又不是，怎么怎么，这个戏就全在里头了。可是你这一上来以后就把它挂起来，观众，一目了然全看到了，他还能说观音，还能说嫦娥？都没道理了。他说这是幅观音，有莲花宝座，然后把那个画开轴打开，他开始下面没打开，再把它打开后，没有莲花宝座，他才知道，哦，原来不是观音，不是观音是什么呢？嫦娥！再一看，不是嫦娥，也没有云，这个汤显祖写得非常细致，可是你现在这个一挂，这些全没有了，你再一唱，莲花宝座，就显得很好笑了，对不对？那么，我觉得这个讲不通，当然，他们有他们的处理。"②

从剧目的拓展并使之经典化来看，"南北昆"认为，这个本子在省昆的《牡丹亭》与《还魂记》的基础上附加第三本"人间情"，

① 南北昆《6.21 南京艺术中心青春版〈牡丹亭·拾画〉》，酷歪博客：http://saccharide.ycool.com/。
② 费泳《与蔡正仁谈三个版本〈牡丹亭〉》，载叶长海主编《牡丹亭：案头与场上》，上海书店出版社 2008 年版，第 247 页。

在剧目拓展上并无新意。而且,出于对演出时长的控制与全剧节奏的考虑,青春版《牡丹亭》对某些经典折子戏做了不少删节。例如《寻梦》,《缀白裘》所收折子戏曲牌依次为:【月儿高】【懒画眉】【不是路】【前腔】【忒忒令】【嘉庆子】【尹令】【品令】【豆叶黄】【玉交枝】【月上海棠】【二犯么令】【江儿水】【川拨棹】【前腔】【尾声】,计16支曲子,完整地写出了杜丽娘从希望到失望的心理过程。青春版《牡丹亭》删去了【月儿高】【品令】【意不尽】等曲子,虽然没有出现破套存牌的现象,但是这一折戏的文学性与音乐性已经不完整了,如果从经典范式的高度来看,这是不够的。

从昆曲舞台表演手段的创新提升来看,"南北昆"认为,蔡正仁用小官生的发声去处理巾生的念白和唱腔,是一种舞台表演的创新提升,青春版《牡丹亭》和新版《玉簪记》拿不出这样的例子来说服观众,"所谓的提升就是服装如何如何改了,舞台布景如何如何改了,昆曲和古琴两大非遗携手了等等,但是这些东西本质上都是在戕害昆曲的"①。戏迷"巴乌"也尖锐地指出:"白先勇在舞台上多处破规矩……最典型的恶趣味就是满堂白,也就是白先勇说的所谓'淡雅'——人还没死,父母先穿孝,柳梦梅穿孝,杜丽娘自己给自己穿孝,还要搞个白桌帔椅帔。"②

因而,"南北昆"认为青春版《牡丹亭》只是一个介于昆剧和歌舞剧之间的"新昆曲","放弃很多有保留价值的昆曲舞台表演传统而掺入了大量伪昆曲的元素",不能够代表昆曲的基本舞台形态,"从昆剧演出史的角度来看,'白牡丹'没有起到传统昆曲精神的舞台示范作用"。那些通过青春版《牡丹亭》开始看昆剧

① 南北昆《"白先生对昆曲的传播是有功的"》,豆瓣小组:https://www.douban.com/group/topic/11903151/。
② 巴乌《说两句"白牡丹"》,新浪博客:http://blog.sina.com.cn/s/blog_7024f5b30100oa3a.html。

的观众,"实际上被领入了昆曲的隔壁——虽然是邻居,但毕竟不是一家"①。

青春版《牡丹亭》遭到戏迷诟病的原因,在于导演对传统折子戏表演的不当处理。对于标榜"传统为体"的这个版本,汪世瑜对折子戏表演的改动,虽然有他的考虑,但也有商榷余地。"南北昆"与"巴乌"的批评,虽然充满了火药味,但也不无道理。这些不同声音,由于缺乏正常的表达渠道,一直未能得到学术界的关注。

三、青春版《牡丹亭》之后

从全本《牡丹亭》到青春版《牡丹亭》,大制作的规模已经走到了头,但《牡丹亭》的新创作从未停止过。近十余年来共涌现了十几个新的演出版本,呈现出一些新特点。

第一,创作主体的变化。民营公司、机构开始成为创作的主体。陈士争、白先勇主导的《牡丹亭》新创作,演出班底依托国有昆剧院团。青春版《牡丹亭》之后,民间机构与民营公司开始自行组织创作与演出班底,如厅堂版《牡丹亭》由北京普罗文化传播有限公司单独制作,花雅堂版《牡丹亭》与园林实景版《牡丹亭》为上海张军昆曲艺术中心独立推出。民间机构与民营公司没有国家拨款,制作经费要靠票房等相关收入回收,因而,这些新创作从策划开始便遵循商业化运作的思路。

第二,演出以单本形式为主。青春版《牡丹亭》之后的新创作,除了个别折子戏串演的上下本演出,多为单本戏。多本戏与全本戏制作费高昂,选择单本、浓缩情节、删减人物成为这些新创作的共同之处。

———————————

① 南北昆《〈白牡丹〉再啰嗦》,酷歪博客：http://saccharide.ycool.com/。

　　第三，跨界演出的出现。2004 年，北方昆曲剧院与北京京剧院推出了京昆合演的《牡丹亭》，曲牌体昆腔与板腔体西皮二黄同台演出。京剧男旦温如华饰演杜丽娘，北昆小生演员邵峥饰演柳梦梅，魏春荣饰演春香，京剧演员曹文震、海军、白晓君分别饰演陈最良、杜宝与杜母。在曲词不改的前提下，京剧部分用西皮二黄板腔体。除了跨剧种，还有跨国界的创作，2009 年日本国宝级歌舞伎艺术家坂东玉三郎与苏州昆剧院合作了中日版《牡丹亭》。坂东玉三郎作为男旦在剧中饰演杜丽娘，演出了《游园惊梦堆花》《写真》《离魂》几折。这几折戏均由张继青传授，坂东玉三郎不会中文，却以中文演唱，观众自然不会以发声吐字是否纯正来要求他。

　　第四，演剧场所的多元化。青春版《牡丹亭》之前的新创作，演出场所基本是现代剧场，之后的部分新创作开始回归传统的古戏台、厅堂与园林演剧，出现了厅堂版《牡丹亭》、花雅堂版《牡丹亭》、古戏台版《牡丹亭》、南京版《牡丹亭》与实景版《牡丹亭》等回归传统演剧环境的新创作。

　　以下从现代剧场与传统演剧两方面来考察青春版《牡丹亭》之后的新创作。

　　1. 现代剧场演出

　　现代剧场的演出版本如下：

年份	名　称	场　次　内　容
2004	京昆合演版《牡丹亭》	《言怀》、《训女》、《怅眺》、《闹学》、《游园》、《惊梦》
2008	上昆菁萃版《牡丹亭》	《训女》、《闹学》、《游园》、《惊梦》、《寻梦》、《写真》、《离魂》、《投观》、《花判》、《拾画》、《叫画》、《幽会》、《婚走》

（续表）

年份	名　　称	场　次　内　容
2009	中日版《牡丹亭》	《游园惊梦堆花》、《写真》、《离魂》
2012	2012版《牡丹亭》	《游园惊梦》、《忆梦》、《寻梦》、《离魂》、《拾画》、《魂游·冥誓》、《还魂》
2014	北昆大都版《牡丹亭》	《标目迎柳》、《游园惊梦》、《写真闹殇》、《拾画叫画》、《冥判魂游》、《幽媾冥誓》、《起穴回生》
2014	大师版《牡丹亭》	《闺塾》、《游园》、《惊梦》、《寻梦》、《写真》、《道观》、《离魂》、《魂游》、《冥判》、《拾画》、《叫画》、《忆女》、《幽媾》、《婚走》
2014	浙昆御庭版《牡丹亭》	《惊梦》、《言怀》、《离魂》、《旅寄》、《冥判》、《玩真》、《幽欢》、《回生》
2014	永嘉版《牡丹亭》	《游园》、《惊梦》、《寻梦》、《写真》、《离魂》
2014	湘昆天香版《牡丹亭》	《闺门训女》、《游园惊梦》、《写真离魂》、《跌雪投观》、《魂游冥判》、《叫画冥誓》、《回生婚走》、《硬拷迫认》
2014	上昆典藏版《牡丹亭》	《游园》、《惊梦》、《寻梦》、《写真》、《离魂》、《拾画》、《叫画》、《幽媾冥誓》

以上新创作与演出，折子戏串演形式的有精萃版、中日版、御庭版、大师版、永嘉版、天香版《牡丹亭》。天香版《牡丹亭》为1957年"俞言版"的直接继承，永嘉版《牡丹亭》脱胎于张继青的演出版本。这些版本以杜丽娘与柳梦梅情节线上的折子戏为主，除了"精萃版"与"大师版"为上下两本外，其余均为单本戏。"大师版"为"2014全国昆曲《牡丹亭》传承汇报演出"的开幕大戏，演员阵容之庞大为当代少见：

《闺塾》：魏春荣、沈世华、陆永昌

《游园》：沈世华、魏春荣

《惊梦》：华文漪、岳美缇、王小瑞

《寻梦》：梁谷音

《写真》：王奉梅、郭鉴英

《道觋》：刘异龙

《离魂》：张继青、王维艰、徐华

《魂游》：梁谷音

《冥判》：侯少奎、梁谷音

《拾画》：石小梅

《叫画》：汪世瑜

《幽媾》：张洵澎、蔡正仁

《婚走》：杨春霞、蔡正仁、刘异龙、张寄蝶

折子戏串演之外，比较重要是大都版《牡丹亭》与 2012 版《牡丹亭》，前者是青春版《牡丹亭》之后又一个大制作，虽然只是一个单本戏，但主创阵容均为一时之选，后者由两岸创作者联袂创作，其在舞美与声腔方面的创新，引发了观众的不满与业内人士的争议，成为当年昆剧界的一个事件。

2012 版《牡丹亭》由王安祈改编，李小平导演，梅派青衣史依弘与"昆剧王子"张军联袂出演。舞美设计傅寯以"白描与清透为美学依归"，在舞台上方设计了一个巨大的圆环，可以随着剧情的推进而变化姿态。在他看来，这个圆环既是传统礼教对心灵的无形禁锢，也寓意着汤显祖笔下那个断井残垣的后花园。资深戏迷"元味"在博客里指出这个设计的缺陷：

问题是，当"无形"化为"有形"，直接就灭了"白描"，毁

了"清透"，自始至终占据了舞台空间的主导，以巨大的尺度造成与本该为主角的演员之间的对比失衡。演员在其间的跨进跨出亦令观者分神。在《魂游·冥誓》一折中有一段场景，柳梦梅局限在空中垂下的条条帘子与圆环构成的狭小空间内，逼窄局促，观之难受，此时已经不是从无形化成有形，而是束缚。①

不仅如此，剧中还用上了施华洛世奇的水晶头面、有机玻璃的透明桌椅，出发点同样是为了追求"清透"，而实际演出效果正好相反，灯光下亮晶晶的头面、桌椅，亮过了演员的眼神，干扰了观众的视线。加之为了营造梦境的氛围，全剧灯光暗淡，戏迷"元味"坐在第四排都几乎看不清演员的面部表情。昆剧表演艺术家张静娴看完戏后坦言很心痛："我们不是保守的人，但这样的改编太草率了……舞台灯光那么暗，看不清演员的表演，这是违反昆曲基本规律的。"②

如果说舞美与灯光的问题，妨碍了演员的表演，干扰了观众看戏，那么史依弘饰演的杜丽娘提高了两个调门（六字调），则涉及对昆剧本体的突破，引发了更大的质疑。昆剧表演艺术家蔡正仁认为这样的唱法"昆味不正"。

对这些批评与质疑之声，史依弘的回应直接而干脆："没有争议的戏，我演它干吗！我可以躺在传统戏上，很舒服，不会有人来骂。但这个有意思吗？戏曲已经没有饭吃了，没落了。再没人关注，怎么办？"对于涨调门，她解释道："因为按原调唱，音

① 元味《2012〈牡丹亭〉的批评与期许》，新浪博客：http://blog.sina.com.cn/s/blog_5388904f0102e3n6.html。

② 邱丽华《〈2012 牡丹亭〉昆味不正惹争议四起》，《新闻晨报》2012 年 6 月 6 日。

2012《牡丹亭》剧照(摄影:元味)

色太压了,只能用大本嗓唱,很不好听。调门高只有一个原因,就是希望出来的音色是统一的,漂亮的。我觉得,昆曲也好,京剧也好,听着悦耳是第一位的。"①

　　昆剧闺门旦的唱,不在于是否如京剧般"悦耳",而在于昆剧曲牌体文学对行腔吐字的要求。史依弘似乎不明白二者的区别,"《牡丹亭》可以有千万种版本,坂东玉三郎演的还是歌舞伎味道的杜丽娘呢。我演一个梅派味道的杜丽娘怎么就不行了?为什么不可以多一种演法、多一种可能?"她甚至忘了演的是昆剧:"我是一名京剧演员,并没有想变成昆曲演员,我扔不掉我骨子里的皮黄味,也不想扔。实在接受不了,可以不来看。"②

　　对于2012版《牡丹亭》引发的争议,蔡正仁说:"我们一向欢迎创新,但是我担心的是,在对昆曲没有很深的认识,在还没有

---

① 邱丽华《史依弘谈〈2012牡丹亭〉:没有争议,我演它干吗?》,《新闻晨报》2012年6月7日。

② 吴越《2012版〈牡丹亭〉遭批有无"皮黄"味成看点》,《文汇报》2012年6月8日。

弄清楚哪些需要保留，哪些需要发扬的时候，就轻易下手，那一定会有很多问题。当然这样的问题也不足为怪，这是昆曲发展的必经之路。"①从这个角度而言，2012版《牡丹亭》也并非没有存在的价值，它为我们提供了一个可供汲取经验教训的昆剧创新案例——任何的创新都不能脱离昆剧的本体而任性为之。

　　舞美的哗众取宠与涨调门的争议，淹没了对文本改编应有的关注。其实王安祈的改编本，还是有独到之处的。改编本人物只有杜丽娘、柳梦梅、春香与两位花神，情节上也做了适当的改动。在《游园惊梦》之后，安排柳梦梅出场，将《言怀》改为《忆梦》，"从头就紧扣并强调这场梦，更让柳梦梅唱出他对梦境深刻的记忆"②，《魂游·冥誓》一出也修改了汤显祖的原文，让柳梦梅一开门就觉得杜丽娘似曾相识："是哪处曾相见？相逢一笑艳如花。"于柳梦梅而言，此时，梦中人、画中人与眼前人合一，杜丽娘而言，梦中人还曾记得她，这才不枉她为情而亡。于是接着的幽媾、还魂就成为顺理成章之事。最后还魂的处理，王安祈改原著开棺为"三唤"，杜丽娘对柳梦梅说："当初你在梦中执柳一唤，成就姻缘；而后玩真叫画，人鬼交媾；如今你去到园中，来到梅树之下，连呼丽娘几声，奴家便可回生，重续前生未了之缘。当初，既曾为你而死，今日我要为你而生。不知柳郎明白否？"柳梦梅照此呼唤三声："丽娘，姐姐，姐姐！"杜丽娘缓缓起身，唱道："这声音，入耳沁心。一声唤，成就梦中情；二声唤，唤出我画里真人；三声唤，天地回春，唤回情身。"这个改编本非常精炼，导演李小平考虑换景的需要，让王安祈增加了两个花郎，在《寻梦》与《离魂》之间、《魂游》与《叫画》之间、《幽媾》与《还魂》之间进行串场。

---

① 邱丽华《〈2012牡丹亭〉昆味不正惹争议四起》，《新闻晨报》2012年6月6日。
② 王安祈《情到真时梦亦真——史依弘与张军的〈牡丹亭〉》，未刊电子稿。

2. 古戏台、厅堂与园林演剧

明清时期,达官贵族与文人士大夫蓄养家班,邀三五知己于私家厅堂或园林观剧,乃是一种精致优雅的生活方式。古人的这种生活方式一去不复返,当时昆剧演出的盛景,只能在文献里找到点滴记载。生活在快节奏的现代社会,人们对那遥远古人的精致生活心存向往。幸而当年的厅堂、戏台与园林还在,还原古人听曲交游的生活方式还有可能。于是,厅堂版、花雅堂版、古戏台版、南京版与实景版《牡丹亭》应运而生。

与西式镜框式舞台的演出相比,这些版本的《牡丹亭》强调物质文化遗产与非物质遗产的结合,强调还原古人雅致的生活方式。如厅堂版《牡丹亭》的介绍写道:

> 600 年皇家粮仓加 600 年昆曲,皇家粮仓厅堂版昆曲《牡丹亭》,物质文化遗产与非物质文化遗产的完美结合。著名戏剧导演林兆华和昆曲表演大师汪世瑜联袂寻找文化复归之路,挑战民国后所有《牡丹亭》版本。抛弃清末以来舞台式的戏曲表演,首次动用昆曲"家班"演出形式;演员、乐师皆按明代服饰装扮;舞美设计充分尊重皇家粮仓建筑原貌;现场演剧采用明式家具陈设;角儿完全靠嗓子和身段,乐师完全现场演奏,杜绝麦克风和扬声器;开放式扮戏房一览中国戏曲勾脸绝活;书法表演与昆曲演剧共同体现中国传统美学①。

"皇家粮仓"是古代京杭大运河南粮北运的终点,始建于元代,至今已有 600 年历史。"皇家粮仓"里面并没有什么厅堂,今人将

---

① 厅堂版《牡丹亭》搜狐专题:http://cul.sohu.com/s2009/mudanting/。

其改建成一个古代"厅堂"的格局，囿于空间所限，稍显逼仄。

在上海静安区老洋房的客厅演出的花雅堂版《牡丹亭》，则把昆剧与礼宾、雅集、养颐的理念贯穿于上海特有的精致和典雅之中，其空间格局倒是更接近于古人厅堂演出。该剧策划兼主演张军希望"回归昆曲原生态的表演模式，以明代家班'筵演'结合的形式满足欣赏者深入把玩、切身体会的审美感受"①。

上海三山会馆古戏台版《牡丹亭》则以 2010 年上海世博会为契机而创作。三山会馆位于世博园区浦西的入口处，策划者同样希望以"物质文化遗产"加"非物质文化遗产"的形式，恢复明清家班的原生态演出，借世博之机展示博大精深的中国传统戏曲文化。

所谓的原生态演出，是指没有麦克风和扬声器，演员完全靠嗓子，乐队恢复传统的小规模形制，乐师现场演奏，复归传统昆剧的观演关系，以利于观众领略"丝不如竹，竹不如肉"的艺术魅力与美妙的观剧体验。厅堂版《牡丹亭》是这样演的：

> 检场人一声锣鼓敲响，戏就开始了。每场开场之前，都有个类似检场人的角色在灯笼上题字，所题的内容就是这场戏的名目，再由工作人员把灯笼挂起来。……观众在粮仓欣赏的时候，和演员的距离非常近，尤其是第一排的观众。几乎只有一米之隔。充分满足了观众的好奇心，演员脸上表情看的一清二楚②。

这种有异于现代剧场的观演关系，对今天的观众来说，显得

---

① 潘妤《〈牡丹亭〉惊艳沪上老洋房》，《东方早报》2009 年 7 月 20 日。
② 厅堂版《牡丹亭》搜狐专题：http://cul.sohu.com/s2009/mudanting/。

很特别。相对文物戏台与粮仓,园林是另一种不同形态的物质文化遗产。园林演剧相比古戏台与厅堂演出,对空间的要求更高。园林实景版《牡丹亭》的演出场所为上海朱家角的课植园,该园落成于 1915 年,集江南园林精华于一体。该剧艺术总监谭盾认为园林昆曲的核心是天、地、人的和谐共存:"于听,天籁魂萧、地籁流水、人籁昆腔,三音汇合,才能演绎这刹那芳华的绮梦;于看,夕阳西斜、烛火摇曳、颜庞闪烁,自然的极致方是美的神粹。"这版《牡丹亭》打破现代剧场艺术的美学习惯,演员的表演与园林景观自然融合,人在景中、剧在景中,人、剧、园林呈现统一的气质氛围。为了营造这样的演出氛围与意境,演出每天从日落开始,演到《冥判》正好天黑,日夜交替与剧情发展、人物命运的转折相契合。园林实景版《牡丹亭》之后,苏州昆剧院在原昆剧传所的花园里也做了一个实景版《牡丹亭》。

这几个版本的演出都强调回归传统演剧方式,强调原生态表演,但主创者们并不排斥现代技术手段的运用。厅堂版《牡丹亭》演出时,舞台上空会落下玫瑰花瓣和"下雨"。古戏台版《牡丹亭》的演出空间从古戏台延伸至台下庭院,观众在小庭深院与浅吟低唱的氛围中,体验园景与曲境的浑然天成。杜丽娘游园时,春香指着庭院说:"小姐,这是金鱼池。"庭院里便投下一个金鱼游弋的金鱼池。杜丽娘梦中与柳梦梅欢会之时,花神翩翩起舞,庭院地面上投下超现实主义的花朵,铺满了整个庭院,似花又非花。南京版《牡丹亭》用大屏幕投影替换了守旧,随着剧情的展开,屏幕上播着用高马得的水墨昆曲人物画做的动画。而且,除了《牡丹亭》里的经典唱段由演员表演外,其他叙事部分以水墨动画和文字解说等方式完成。

以上几个回归传统演剧方式的版本,除了南京版与实景版是由省昆与苏昆出品,其余均为民营公司或是民间戏剧机构制作。他们强调物质文化遗产与非物质文化遗产的结合，强调回归传统演剧方式与原生态表演，不仅是出于艺术上的考虑，更是一种商业策略与吸引观众的手段。他们需要考虑投资回报。厅堂、古戏台与园林演剧所容纳的观众有限，从几十人到百余人不等，决定了这些演出的高端市场定位。厅堂版《牡丹亭》票价为380、580、780、980、1 980 元。花雅堂版《牡丹亭》推出"商务戏剧"的概念——集高雅艺术、商务社交、文化景观为一体的体验式产品，全场仅 29 个观众席，包场价格在 4 万/场，按此计算，平均票价达到 1 300 元。实景园林版《牡丹亭》票价为 80、180、280、480、1 080、1 500 元。古戏台版《牡丹亭》不面向散客售票，而是以"昆宴"的方式，定位于商务包场，将晚宴与演出打包出售，价格在 20 万/场。

这样的定价策略，将昆剧变成了一种文化奢侈品，观众群体定位于高端商务客人。他们来欣赏这类戏剧演出，更看中的是社交功能。这就决定了此类版本的《牡丹亭》只能是精华赏析式的演出，并且演出时长不能很长。这几个版本演出时长在 30—120 分钟之间，具体场次内容如下表。

年份	名　　称	场　次　内　容
2007	厅堂版《牡丹亭》	《标目》、《惊梦》、《言怀》、《写真》、《离魂》、《叫画》、《幽媾》、《冥誓》、《回生》
2009	南京版《牡丹亭》	《惊梦》、《寻梦》、《言怀》、《离魂》、《拾画》、《幽媾》、《冥誓》、《回生》
2009	花雅堂版《牡丹亭》	《标目》、《惊梦》、《寻梦》、《玩真》、《幽媾》、《冥誓》、《回生》
2010	古戏台版《牡丹亭》	《惊梦・寻梦》、《叫画・冥誓》
2010	园林实景版《牡丹亭》	《惊梦》、《离魂》、《幽媾》、《回生》
2011	苏昆实景版《牡丹亭》	《游园》、《惊梦》

厅堂版《牡丹亭》试图规避折子戏与全本戏的弊端，既保留原作的故事结构和精彩段落，又顾及故事和情绪的完整性，从《标目》到《回生》共八折，但是每个折子戏并不完全演完，而是选了几个相对贯穿的片断，如《惊梦》只保留了【皂罗袍】【好姐姐】【山桃红】【前腔】四支曲子，《叫画》保留了【金珑璁】【黄莺儿】【啼莺御林】三支曲子，《写真》只保留了【雁过声】一支曲子。这个改编本没有重点场次，平均用力，重叙事而轻抒情，略显潦草粗糙。

有鉴于此，编剧郭晨子受邀担任古戏台版《牡丹亭》的剧本整理后，希望做一个能够传承昆曲表演的文本。她的改编本以花神贯穿全剧，包括《标目》、《惊梦》、《离魂》、《冥判》、《拾画》、《冥誓》、《回生》七出，以经典折子戏《游园惊梦》和《拾画叫画》为核心，相应地删减其他戏份，保留了杜丽娘（旦）、柳梦梅（生）、春香（贴旦）、石道姑（净）、判官（净）、小鬼（丑）、花神等角色，照顾到昆剧家门行当与文戏武戏兼备，在生旦戏之外，不仅有净、丑的插科打诨，还有《冥判》这样可以展现昆剧武戏风采的折子。但是，该剧导演郑大圣对《牡丹亭》有自己的理解，他希望抛开"生死"，从"梦幻"角度来解读——男女主人公对爱情的想象。为此郭晨子重新整理了演出本，分为对偶的上下阕。上阕命名为"春梦"，以《惊梦》为核心，加个《寻梦》的尾巴，展现怀春少女的梦中之情。下阕命名为"情幻"，以《叫画》为核心，加个《冥誓》的尾巴，从小生的视角展现幻想之情。杜丽娘的写真贯穿上下阕，勾连起两个未曾见面的恋人，合成一部爱情的相对论——"梦中人"原来确有其人，"画中人"也可以幻化为真，在爱情的王国里，梦幻比现实更真实。

张军整理的花雅堂版与园林实景版《牡丹亭》，前者只保留杜丽娘与柳梦梅两个人物，从《惊梦》演到《回生》，加强了柳梦梅的戏份，而与两位主人公无关的情节全部删减，后者将原著浓缩为《惊梦》、《离魂》、《幽媾》、《回生》四折，以杜丽娘为主角，柳梦梅为配角，保留了春香、大花神、判官、石道姑以及黑白无常等人物。苏昆实景版《牡丹亭》更为简化，只有《游园》、《惊梦》两折，《惊梦》中连花神也不出场，仅保留杜丽娘、柳梦梅与春香三个角色。

园林实景版《牡丹亭》（上海张军昆曲艺术中心演出，摄影：元味）

南京版《牡丹亭》演出时长一个小时，同样侧重于生旦戏，保留了所有情节中最著名的唱段，折子戏的剪裁上也打破了传统模式，并不完全演完，只选最精彩的部分。

这几个版本《牡丹亭》，回归古戏台、厅堂与园林演剧环境，试图为观众重现一种古人优雅精致的生活方式。从市场与观众定位来看，策划与创作的初衷并非是从遗产价值角度来传承昆剧经典，而是从商业角度考虑，他们不约而同地选择了《牡丹亭》，是因为它最容易推广，也最容易为观众接受。对于注重社交功能的商务观众而言，大多是看个风雅，看全本演出没那个时间，看传统折子戏又缺乏耐心。因而，比较理想的方案是，让观众看明白故事的同时，能够欣赏到具有代表性的经典折子戏的片段。这种做法，对传播推广昆剧艺术有一定的作用，对传承昆剧艺术的作用则非常有限。

第三节 《长生殿》的新创作

《长生殿》是明清传奇的代表作之一，音律完备、文辞优美、意蕴深厚，在中国戏剧史上有着举足轻重的地位。清代以来传承下来《定情》、《疑谶》（又名《酒楼》)《絮阁》、《密誓》、《惊变》、《埋玉》、《闻铃》、《哭像》（又名《迎像哭像》)、《弹词》等九个经典折子戏①。鉴于文本的经典性与折子戏的丰富性，只要有条件的院团无不排演《长生殿》。1978 年以来的新创作有：1983 年北昆《长生殿》，1987 年上昆《长生殿》，2000 年上昆《长生殿》（上下），2002 年北昆世纪版《长生殿》（上下），2004 年上昆七夕版《长生殿》，2004 年苏昆三本《长生殿》，2007 年上昆全本《长生殿》等七个版本。这些新创作，在创作观念、主旨意趣、文本整编、舞台呈现上各有不同。

一、三 种 类 型

与《牡丹亭》一样，《长生殿》的新创作，有从台本出发的，也有从墨本出发的，文本形式上既有折子戏串演，又有新整编的单本戏、多本戏与全本戏。

1. 折子戏串演

现存的《长生殿》折子戏，往往单独演出，串起来不是一个有头有尾的故事。为了适应观众的欣赏习惯，折子戏串演本往往在这些折子戏的基础上新整理若干折，连缀成一个有头有尾的故事。2000 年上海昆剧团演出的《长生殿》（上下本），共十二

————————————
① 传字辈艺人捏过《进果》与《舞盘》两折，但不常演。

折，上本包括《定情赐盒》《酒楼》《絮阁》《合围》《惊变》《埋玉》六折；下本包括《闻铃》《看袜》《哭像》《尸解》《弹词》《重圆》六折。这个演出版本在传统折子戏的基础上新整理了《合围》《看袜》《尸解》《重圆》四折，让全剧故事看上去较为完整。2002年由昆曲名家合演的"世纪版"《长生殿》（上下本），共十一折，上本包括《定情赐盒》《酒楼》《絮阁》《密誓》《惊变》《埋玉》六折，下本包括《闻铃》《哭像》《看袜》《弹词》《重圆》五折。新整理折子戏，不同于现在一般导演的"排戏"，而是按照文本、依据人物的家门行当与表演程式进行"捏戏"，非资深昆剧表演艺术家不行。新捏的折子，人物塑造与表演上，也需要向传统折子戏靠拢，保持表演风格的一致，可以归入传统形态昆剧的范畴。

2. 新改编单本戏

新改编的单本戏有三个。一是秦瑾、丛兆桓与关越改编的《长生殿》（1983），包括《序幕：迎像哭像》《定情赐盒》《权哄赴镇》《制谱密誓》《渔阳发兵》《小宴惊变》《离宫埋玉》《尾声：迎像哭像》八出。该剧采用倒叙方式，起止于《迎像哭像》，主要情节为唐明皇见贵妃雕像，思念贵妃，梦中回忆起不堪回首的往事与一片深情。二是唐葆祥、李晓改编的《长生殿》（1987），包括《定情》《絮阁》《托情》《密誓》《起兵》《惊变》《埋玉》《雨梦》等八出。其中《托情》与《起兵》为改编者出于结构考虑而新创。三是郭晨子改编的七夕版《长生殿》（2004），初稿包括《密誓》《絮阁》《惊变》《埋玉》《看袜》《雨梦》等六出。导演郑大圣在排练阶段舍《絮阁》与《看袜》，重新整理为四折的演出本：《密誓定情》《小宴惊变》《马嵬埋玉》《幽梦重圆》。全剧只有三个脚色：一生一旦一丑，生旦角色不变，丑则每场饰演不同角色。

这三个改编本的共同特点是强调创新、追求现代。李晓指出:"艺术的生命在于创造,昆剧的创造性的改编继承乃是一种艺术生命的追求。……昆剧乃是一种活的艺术,要活得更好就需要输氧,需要追求新的艺术生命。"[①]他认为,这改编是种创造性的工作并不比创作一部新剧容易,因为"在我们的思维中既要有原著,又要有昆剧,又要有现代舞台,还要有自己"[②]。从文体上而言,这几个改编的文本,基本上是"现代戏曲"文体,强调情节的整一性与完整性,舞台呈现也融入了现代表现手段,有一种"话剧化"的倾向,可以归入现代形态昆剧的范畴。

3. 新整理多本戏与全本戏

新整理的多本与全本《长生殿》有两个,一个是由顾笃璜整理、苏昆排演的三本《长生殿》,一个是由唐斯复整理、上昆排演的全本《长生殿》。

苏昆三本《长生殿》分上中下三本,共 27 折,具体出目如下:

上本《娘娘进宫》	《定情》、《赂权》、《闻乐》、《制谱》、《禊游》、《进果》、《舞盘》、《权哄》、《夜怨》、《絮阁》
中本《须臾别离》	《侦报》、《密誓》、《陷关》、《惊变》、《埋玉》、《献饭》、《冥追》、《闻铃》
下本《天上人间》	《剿寇》、《情悔》、《哭像》、《神诉》、《尸解》、《见月·雨梦》、《寄情》、《得信》、《重圆》

全本《长生殿》分为四本,包含原著 43 出内容,具体出目如下:

————————————

① 李晓《昆剧名著改编的美学追求——改编〈长生殿〉的一点感想》,《艺术百家》1994 年第 4 期。

② 李晓《昆剧名著改编的美学追求——改编〈长生殿〉的一点感想》,《艺术百家》1994 年第 4 期。

第一本《钗盒情定》	《传概》、《定情》、《贿权》、《春睡》、《禊游》、《傍讶》、《幸恩》、《献发》、《复召》
第二本《霓裳羽衣》	《传概》、《闻乐·制谱》、《疑谶》、《进果》、《舞盘》、《权哄》、《夜怨》、《絮阁》、《合围》
第三本《马嵬惊变》	《传概》、《侦报》、《窥浴》、《密誓》、《陷关》、《惊变》、《埋玉》、《冥追·情悔·神诉》、《闻铃》
第四本《月宫重圆》	《传概》、《神诉·尸解》、《骂贼·刺逆》、《剿寇·收京》、《哭像》、《弹词·私祭》、《仙忆·见月》、《觅魂·寄情·补恨》、《得信·重圆》

　　这两个《长生殿》演出整理本，共同点是强调忠于原著，只删不改。为了适应今天观众的欣赏，两个整理本删去了与主干情节无关的枝蔓，加强了故事性和戏剧性。舞台呈现上，苏昆三本《长生殿》强调"整旧如旧"，保持唱腔、乐队编制、表演传统不变，上昆全本《长生殿》则强调"不新不旧"，不要标新立异的新，也不完全因循守旧。艺术形态上，前者可以归入传统形态昆剧的范畴，后者可以归入现代形态昆剧的范畴。

二、文本与主题

　　无论是改编还是整理，《长生殿》的新整编本与原著的关系，主要在内容的取舍、结构的调整与主旨意蕴的阐发三个方面。另外，新整编本还要考虑与经典折子戏的关系。

　　1. 内容的取舍

　　《长生殿》承袭明清传奇体制，以"李杨爱情"和"安史之乱"双线结构文本。"李杨爱情"线以《埋玉》为界，分为前后两部分。

前半段有《定情》、《春睡》、《傍讶》、《幸恩》、《献发》、《复召》、《闻乐》、《制谱》、《舞盘》、《夜怨》、《絮阁》、《窥浴》、《密誓》、《惊变》、《埋玉》等15出。《埋玉》之后，李、杨二人阴阳两隔，"李杨爱情"线也一分为二，一边是唐明皇的追悔与痛苦，包括《献饭》、《闻铃》、《哭像》、《见月》、《改葬》、《雨梦》、《得信》等7出，一边是杨玉环的游魂对唐明皇仍旧一往情深，包括《冥追》、《情悔》、《尸解》、《仙忆》、《补恨》、《寄情》6出。"李杨爱情"线的两个分支合于最后一出《重圆》。全剧"李杨爱情"主线计29出，其中不少场次并非以李、杨二人为主角，而是以他人视角从侧面描写。徐麟（灵昭）在《长生殿》序言说："或用虚笔，或用反笔，或用侧笔、闲笔，错落出之，以写两人生死深情，各极其致。"相比"李杨爱情"主线，"安史之乱"副线内容要少些，包括《贿权》、《禊游》、《疑谶》、《权哄》、《进果》、《合围》、《侦报》、《陷关》、《骂贼》、《剿寇》、《刺逆》、《收京》、《弹词》等13出。

当代《长生殿》的新创作，没有一个包含原著完整50出，在情节内容上均作了取舍，大体有以下三种情况：

一是单取李、杨爱情主线，如七夕版《长生殿》，全剧仅《密誓定情》、《小宴惊变》、《马嵬埋玉》、《幽梦重圆》四出，"安史之乱"副线完全舍去，仅作背景交代而过。

二是以"李杨爱情"为主线，"安史之乱"为副线，有北昆与上昆八十年代两个改编的《长生殿》单本戏、新世纪两个折子戏串演本以及苏昆三本《长生殿》等整编本。唐葆祥与李晓指出："我们在改编的时候，确定忠于原著精神，以李、杨爱情为主线，写一出爱情悲剧。在改编本中，《定情》是爱的起点，《絮阁》是爱的波折，《密誓》是爱的高潮，《惊变》是爱的沉湎，《埋玉》是爱的毁灭。在《埋玉》后，我们还坚持写一场《雨梦》，这不仅因为唐明皇的性格尚未完成，更重要的是原著中对历史、对人生的深长咏叹尚未充分体现。"①苏昆三本《长生殿》，"李杨爱情"主线外，"安史之乱"情节线上保留《贿权》、《禊游》、《权哄》、《进果》、《侦报》、《陷关》、《剿寇》等7出。

三是双线并重，仅有全本《长生殿》。李、杨爱情主线与外，保留了"安史之乱"副线上所有13出戏，两条情节线照应，文武场穿插、冷热场调剂。剧本整理者唐斯复出于篇幅的考虑，将部分出目作了合并，如《骂贼》与《刺逆》并为《骂贼·刺逆》，将《剿寇》与《收京》并为《剿寇·收京》。

从文本格局看，第25出《埋玉》为剧本的小收煞，前半部写李杨爱情的发生、发展与失败，后半部写阴阳两隔之后，唐明皇的追悔与杨玉环的精诚感动上天，最终重圆于月宫。新创作的各版《长生殿》保留原著前后25出的数量如下：

年份	名　　称	单/双线	前25出	后25出
1983	北昆《长生殿》	主副线	7	1
1987	上昆《长生殿》	主副线	7	1
2000	上昆《长生殿》	主副线	6	6
2002	北昆《长生殿》	主副线	6	5
2004	苏昆三本《长生殿》	主副线	15	13
2004	七夕版《长生殿》	单线	4	2
2007	上昆全本《长生殿》	双线并重	24	19

可以看到，20世纪八十年代的改编本，内容多集中在前25出。1983年与1987年两改编本，《埋玉》之后分别仅有《哭像》

---

① 唐葆祥、李晓《让古典名剧复活在舞台上——关于昆剧〈长生殿〉的改编》，《戏曲艺术》1990年第1期。

与《雨梦》各一出,且都是唐明皇的戏,杨玉环条线基本舍弃了。赵景深认为,《西厢记》写到《长亭》为止,《牡丹亭》写到《婚走》为止,是可以的,这样还能揭示剧本主题,可是《长生殿》写到《埋玉》为止就不够了,它后面还有25出,是主题的发展,是艺术构思的整体,尤其《弹词》一出更是全剧的提挈①。新世纪后,创作者们开始重视后25出的内容。两个折子戏串演本,前后25出的分量基本上差不多。苏昆三本《长生殿》后25出中的内容有13出,上昆全本《长生殿》,将后25出中的19出压缩、合并为12出戏。对后25出的重视,反映出创作者对《长生殿》主题认识的深化与审美观念的变化。傅谨指出:"李、杨爱情只有在杨玉环死后才变得纯洁,正因为脱离了政治、权力以及各种现世的利害关系的羁绊,李、杨的关系才有可能向纯洁的爱情演变,这是洪昇对人生最悲观的体验,也是《长生殿》之成为超越时空的经典作品的精髓所在。"②从舞台表演上来看,后25出里的《闻铃》、《哭像》与《弹词》几出,是大官生与老生家门的唱功戏,具有很高的可看性,深受观众喜爱,长演不衰。

2. 结构的调整

对原著的整理与改编有时会需要调整文本结构,主要有两种情况,一是总体结构的改变,二是局部结构的调整。

1983年北昆《长生殿》与2007年上昆全本《长生殿》,均改变了总体结构。前者是一个倒叙结构,从《迎像哭像》开始,唐明皇思念贵妃入梦,梦到昔日的爱情故事,梦醒后再回到《迎像哭像》。全本《长生殿》借鉴章回小说的形式,以"说书人"贯串全剧演出,每本演出前进行"传概",结束后说书人再次上场,总结本

---

① 参见自赵易林《赵景深与〈长生殿〉》,《上海滩》1997年第10期。
② 傅谨《全本〈长生殿〉与上昆的意义》,《艺术评论》2008年第1期。

全本《长生殿》剧照（上海昆剧团演出，摄影：沈琳）

场内容，留下悬念。剧本整理者唐斯复解释说："当前剧场演出的节目，通常在两个半小时内完成。就是说，要将《长生殿》分割成若干个两个半小时的文本，每一本相对独立，又互相衔接。生活在快节奏中的观众，可以选择观看全本或是只看一部分，而每一本必须能够反映出全貌的精彩。"①

局部结构的调整，主要是场次顺序的调整与内容的合并。苏昆三本《长生殿》，将《禊游》放到《闻乐》、《制谱》后面，《权哄》放在《进果》、《舞盘》后面，《剿寇》提到了《情悔》前面。全本《长生殿》第二本将《闻乐·制谱》提到《疑谶》前面，将《权哄》放在《进果》、《舞盘》之后，将《合围》放在《夜怨》、《絮阁》之后。场次合并，如全本《长生殿》第三本中《冥追·情悔·神诉》原分属第

① 唐斯复《全本〈长生殿〉整理演出剧本初探》，载叶长海主编《长生殿：演出与研究》，上海文艺出版社 2009 年版，第 9 页。后面引文出处为《长生殿：演出与研究》的均指此版，不再另注。

27、30、33 出,现合并成一出,置于《闻铃》(原著第 29 出)之前,《觅魂·寄情·补恨》原分属第 46、48、47 出,不仅作了合并,也调整了顺序。

3. 主题的阐发

《长生殿》作为明清传奇巨著,有着深厚的思想意蕴,可以从爱情、历史兴亡与人生哲学多个层面去解读。《长生殿》"例言"云"念情之所钟,在帝王家罕有"、"义取崇雅,情在写真",指的是爱情主题。《长生殿》"自序"云:"乐极哀来,垂戒来世,意在寓焉"、"且古今逞侈心而穷人欲,败祸随之,未有不悔者也。"吴人(舒凫)在序中言及:"是剧虽传情艳,而其间本之温厚,不忘劝惩。"这是历史兴亡主题。《长生殿》"自序"云:"双星作合,生忉利天,情缘总归虚幻。清夜闻钟,夫亦可蘧然梦觉矣。"这是人生哲学主题。李、杨的爱情与他们的社会角色、所承担的社会责任,在现实生活中是一对无法解决的矛盾,他们的爱情只有在天上仙界才能实现。人间的恩爱、悲欢,如镜中花,水中月,只是一场梦幻,唯有超越红尘的依恋,才能获得永恒的爱情。

《长生殿》的新创作,主题意蕴方面各有侧重,但李、杨爱情是所有新创作的重点。原著对李、杨爱情的描述,超越了以往明清传奇对爱情的描写,除了他们之间爱情的发生、发展与失败,还对失败的爱情的后续作了深入探索。周锡山指出"过去一般都是描写被背叛、被遗弃者的后悔和痛苦,《长生殿》则描写背叛者的后悔和痛苦",作者在《埋玉》之后在这方面花了许多篇幅,"用这样宏大的篇幅来细腻地描绘背叛者刻骨铭心的后悔和痛苦,将这个后悔和痛苦写深写透写足,这是前所未有的"①。

---

① 周锡山《〈长生殿〉和两〈唐书〉中李、杨爱情新评》,载《长生殿:演出与研究》,第 230 页。

八十年代北昆与上昆的两个改编本以及七夕版《长生殿》，主题紧扣李、杨爱情，且都以《埋玉》之前二人的世俗爱情为主体。新世纪两个折子戏串演本，增加了后 25 出的内容，保留了《闻铃》、《哭像》等出目，突出了唐明皇的追悔，但舍弃了杨玉环条线的内容。苏昆三本《长生殿》与上昆全本《长生殿》，保留后 25 出，且唐明皇与杨玉环双线并进。前者唐明皇条线保留了《献饭》、《闻铃》、《哭像》、《见月·雨梦》、《得信》等出目，杨玉环条线保留了《冥追》、《情悔》、《神诉》、《尸解》、《寄情》等出目；后者唐明皇条线保留了《闻铃》、《哭像》、《仙忆·见月》、《得信·重圆》等出目，杨玉环条线保留了《冥追·情悔·神诉》、《神诉·尸解》、《觅魂·寄情·补恨》等出目。

以"李杨爱情"为主的新创作，历史兴亡的内容多为二人爱情发生、发展与失败的背景，或完全舍弃，或仅留一二出。到了苏昆三本与上昆全本《长生殿》，历史兴亡的主题才得以重视。三本《长生殿》保留了"安史之乱"条线上《陷权》等 7 出，全本《长生殿》保留了"安史之乱"条线的所有出目。

这两个整理本，注重历史兴亡主题的同时，也传达出原著的人生哲学主题，唐明皇与杨玉环最终在仙界得以团圆。作者通过最后一支【永团圆】曲子指出："尘缘倥偬，忉利有天情更永。不比凡间梦，悲欢和哄，恩与爱，总成空。跳出痴迷洞，割断相思鞚。"从而上升到人生哲学层面。

《长生殿》内容复杂、主题多样，以单本戏的篇幅只能体现原著的局部，哪怕是"忠于原著"的改编，也仅仅是局部"忠于原著"。多本戏或全本戏，有更多的篇幅展现"安史之乱"的条线与后 25 出内容，在前 25 出"好看"基础上，兼顾后 25 出的"耐看"，方可体现原著的复杂题旨。

4. 整编本与传统折子戏

传统折子戏是《长生殿》新创作的基础。如何处理与传统折子戏的关系,涉及两个方面,一是传统折子戏的取舍与内容删减,二是新排折子戏与传统折子戏的表演风格是否一致,前者涉及文本处理,后者涉及舞台处理。《长生殿》的新创作包含的传统折子戏如下表:

年份	名称	定情	疑谶	絮阁	密誓	惊变	埋玉	闻铃	哭像	弹词	折数
1983	北昆《长生殿》	●		●	●	●	●		●		6
1987	上昆《长生殿》	●		●		●			●		4
2000	上昆《长生殿》	●	●	●	●	●	●	●	●	●	9
2002	北昆《长生殿》	●	●	●	●	●	●	●	●	●	9
2004	苏昆三本《长生殿》	●		●	●	●	●		●		6
2004	七夕版《长生殿》				●	●	●				3
2007	上昆全本《长生殿》	●	●	●	●	●	●	●	●	●	9

传统折子戏的取舍,取决于整编者对原著的认识与文本整编的侧重点,处于整编本情节线上的折子戏,会得到保留,但限于篇幅,会做一定的删节或修改。那些不处于整编本情节上的折子戏,往往会被舍弃。如李晓所言:"我们对旧剧名著的改编,又必须从整体上来进行艺术的构思,虽然脱离不了折子单元,但不能以折子单元为整体构思的基础。因此,我们是以现代审美意识来审视旧剧,开掘意蕴谋篇布局;在不违背原著立意前提下,使原著的形象按照昆剧艺术规律和新的审美规律重现于现代舞台上。"①相对于单本戏,多本戏由于篇幅

————————————

① 李晓《昆剧名著改编的美学追求——改编〈长生殿〉的一点感想》,《艺术百家》1994 年第 4 期。

较大,既较好地呈现了作品的文学原貌,又可以保留较多传统折子戏。如苏昆三本《长生殿》,比较完整地保留了 6 折传统折子戏,遗憾的是将《疑谶》、《闻铃》、《弹词》三出传统折子戏舍弃了。除了折子戏串演本,只有全本《长生殿》保留了全部传统折子戏,但受篇幅限制也做了删节。如《弹词》一折,李龟年所唱的【九转货郎儿】删去了【三转】【五转】【八转】【九转】四支曲子。

三、导演观念与舞台处理

中国传统戏曲以往没有导演一职,导演的功能由文人与艺术承担了。新中国成立后,确立了导演的职能,并在戏曲创作实践中形成了导演中心制,由此,导演的创作观念就决定了舞台呈现的风格与走向。

1. 导演观念的演变

1983 年北昆《长生殿》的导演丛兆桓,也是文本改编者之一。这个改编本的创新之处,一是整体的倒叙结构,二是将《弹词》中的【九转货郎儿】的【一转】至【七转】,或直接引用,或依律改动、新填词,作为每场戏开场或是结尾的幕后伴唱,以概括情节内容。舞台呈现上,丛兆桓借助电影蒙太奇手法,把时空颠倒,让唐明皇在时光隧道中来回穿梭。传统昆剧舞台上没有过这样的倒叙手法,对当时的观众而言,实在是太创新了。

相较北昆的大胆创新,1987 年上昆《长生殿》的步子要小些。时任副导演的沈斌在谈及该剧的风格时写道:"在继承传统的基础上进行创新,旧戏新演,做到古朴而不陈旧,以程式行当为创造人物的主要手段,保持昆曲的原有风格。整个演出,追求一种典雅的、雍容华贵的、深沉的美。"①这个版本在演出空间、人物心理揭示、戏剧氛围的营造等多方面作了新的尝试，取得了比较好的效果。如《密誓》中唐明皇、杨贵妃在两个空间互吐思念被安排在同一个场景中呈现；《埋玉》中杨贵妃拖着长长的白绫下场，凌空而起的巨大白绫给人以强烈的心理震撼；《雨梦》里的宫灯一盏伴着摇曳的灯光更是将唐明皇此时内心的凄苦外化成一种象征性的符号②。

新世纪以来，导演的创作观念为之一变。两个折子戏串演版与苏昆三本《长生殿》均是传统形态的昆剧。顾笃璜强调按照传统昆剧的样式演出，拒绝任何有损昆剧的创新和改革。与顾笃璜全面回到传统不同，曹其敬给全本《长生殿》定下了"不新不旧"的创作原则，对演出风格样式的要求，主要有以下以点：一是注意挖掘昆剧艺术本体的艺术潜力，对其他各类艺术的手段要慎重借鉴，只作为辅助手段，充分施展昆剧表演艺术的魅力。二是除了传统的表演手段，用虚拟的方式创造舞台气氛，引发观众的联想外，也需要运用灯光和机械舞台创造直观的舞台气氛，原则是不代替、不削弱演员的表演，而是强化演员的表演，增强演出的感染力。三是要求表演要放开，放下人物的架子，对角色要进行更加人性化、个性化的处理。四是乐队作为戏剧的一个组成部分出现于舞台，即唐皇宫宫廷教坊③。

综上，我们可以看到当代《长生殿》的新创作中导演观念的演变轨迹：大胆创新→有限创新→反对创新→谨慎创新。这个

① 沈斌《昆剧〈长生殿〉导演札记（上）——兼论戏曲导演的基本规律》，《戏曲艺术》1988年第1期。
② 参见朱锦华《〈长生殿〉演出史研究》，2007年上海戏剧学院博士学位论文，第109页。
③ 曹其敬《〈长生殿〉导演阐述》，载《长生殿：演出与研究》，第17页。

过程与当代昆剧创作观念的发展是相符的。

2. 行内与行外导演的合作

《长生殿》的新创作，导演既有昆剧出身的，如丛兆桓、顾笃璜、沈斌、张铭荣，也有非昆剧出身的戏曲导演李紫贵、话剧导演曹其敬、电影导演郑大圣等。昆剧出身的导演，熟悉昆剧表演。其他剧种或艺术门类出身的导演，往往文化底蕴更深厚，思维更为开阔，舞台处理能力也更胜一筹。但多数非昆剧出身的导演存在一个缺憾——不了解昆剧表演，纵有再好的想法，若不能用昆剧表演程式和表现手段呈现出来也是枉然。因而在实际创作中，比较折中的做法是，昆剧出身与非昆剧出身的导演共同创作，发挥各自优势，形成合力。

1987年上昆《长生殿》的导演是京剧老生出身的李紫贵，俞振飞、郑传鉴为艺术指导，昆剧出身的沈斌为副导演。郑传鉴虽只是艺术指导，但每天排戏必到。他熟悉昆剧传统，且不保守，善于根据剧情将传统手法灵活化用，李紫贵谈及此写道：

> 在排"密誓"一场时，唐明皇见到杨贵妃送来的一缕青丝，十分激动，抒发满腔相思之苦，接着两人见面和好，但唐明皇手中的一缕青丝如何处理呢？简单地朝桌上一放不妥，一直拿在手中也不行，郑老师为此设计了一个极妙的动作。让唐明皇扶起杨贵妃时，拿青丝的右手往杨的肩上一搭，杨发现青丝后，接过手中，将这一缕青丝对折，再对折，顺势塞进唐明皇的袖中。这个动作既优美，又动人，又将他们两人的相思了结、再度和好、爱情升华，以及此时他们的甜蜜、幸福的心态表达得含蓄细腻，而又淋漓尽致①。

---

① 李紫贵《昆剧〈长生殿〉导后记》，《中国戏剧》1988年第12期。

副导演沈斌当时还是由武生演员改行不久的青年导演，跟随李紫贵学习。李紫贵与他讨论定下总体构思后，让他先搭架子。沈斌想象力丰富、善于利用昆剧表演程式设计身段、调度，尤其是安禄山起兵的一场，台上仅十几个人，他运用内翻、外翻、斜插、横插的舞台调度，表现出一种千军万马铺天盖地而来的气势，深得李紫贵的欣赏。

2007 年排全本《长生殿》，沈斌与同样是昆剧演员出身的张铭荣分别担任一、三本与二、四本导演，协助总导演曹其敬具体操作。这样的导演阵容，兼顾表演与导演，既能发挥导演的创造力，又不偏离昆剧表演艺术。曹其敬确定总体导演构思后，沈斌与张铭荣先分头排练，然后由曹其敬细排细抠。三位导演在创作中互学互补，沈斌在导后记中写道："凡是她设想的处理要求，能用戏曲语汇的昆剧表演手段解决的，我都努力去完成。有些无法用戏曲语言体现或违反昆曲曲牌格律的，我就讲明道理，她都接受。"①曹其敬导演功力深厚，带来了一些全新的舞台处理。如《埋玉》一折，众军士逼驾，沈斌的处理是军士在后区平台冲过场，曹其敬认为马嵬兵变，乱的气氛不够，给唐明皇、杨贵妃的逼压感觉不强烈。她要求将士三次冲上，一次比一次人多，排成剪形，亮出刀枪，在后区平台站满。这样，才能使杨玉环唱出"众军逼得我心惊吓"，唐明皇才能无奈地唱出"好教我难招架"②。再如《哭像》的结尾，按照传统的演法，宫女、太监都在场，等唐明皇唱完【煞尾】，大家跪下闭幕。曹其敬的处理是：让宫女、太监先下，留唐明皇孤零零一人唱【煞尾】，最后望着杨贵妃像收光，意境更添凄凉。张铭荣认为，这样处理"虽然突破了传统的表演方

---

① 沈斌《全本昆剧〈长生殿〉导后记》，载《长生殿：演出与研究》，第 25 页。
② 参见沈斌《全本昆剧〈长生殿〉导后记》，载《长生殿：演出与研究》，第 25 页。

法,但是将人物情绪推向高潮,满台意境写意古典,忧思哀情又令人感动"①。在三位导演的共同努力下,全本《长生殿》以全新面貌呈现于世人面前。虽然如此,但毕竟是一次新创作,全本《长生殿》也还有可商榷之处。武汉大学教授邹元江指出,《贿权》一出,安禄山向杨国忠乞求不死,抱住杨国忠的腿,这种动作设计过于话剧化,是非戏曲化、非昆曲化的,缺少了戏曲虚拟表现的审美韵味②。

3.《埋玉》结尾的处理

为了能清楚地看到导演观念对舞台呈现的影响,以下通过1987年上昆《长生殿》、苏昆三本《长生殿》与上昆全本《长生殿》三个不同版本对《埋玉》中李、杨诀别的舞台处理,观其异同。

苏昆三本《长生殿》,《埋玉》的导演处理,按传统折子演法。舞台上,一桌二椅,检场当场迁换,灯光为大白光。面对六军逼驾,杨贵妃请求唐明皇"望陛下舍妾之身,以保宗社",唐明皇说:"罢罢,妃子既执意如此,朕也做不得主了。高力士,只得但凭娘娘罢!"说完"掩面哭下"。之后高力士请杨贵妃到后面佛堂去,杨贵妃唱【哭相思】"百年离别在须臾,一代红颜为君尽!"两句,接着礼佛,唱【越恁好】忏悔自己罪孽深重,将金钗钿盒托高力士转交给唐明皇。陈元礼率军士拥上,将白绫抛向杨贵妃,杨贵妃拾起后,哭泣下场。众军士下,唐明皇上,高力士来报杨贵妃已归天,呈上白绫,唐明皇唱【红绣鞋】接【尾声】。之后陈元礼上,请唐明皇起驾,最后众人合唱【朝元令】"长空雾黏……"

1987年上昆《长生殿》,李紫贵的导演处理为:"杨玉环茫然

---

① 张铭荣《立足传统,才能自信于创新——排演全本〈长生殿〉的几点体会》,载《长生殿：演出与研究》,第30页

② 邹元江《回归本原——作为最低的标准和最高的尺度》,载《长生殿：演出与研究》,第165页。

接过白绫,一个慢的懒翻身,将白绫的一端抛出,表示出一种绝望的情绪,然后后退二步,双手颤抖。此时,在悲凄的音乐声中,加进一记镗锣,似乎是敲响的丧钟,杨玉环转身,背对观众,木然地拖着长长的白绫,一步一步走向死亡的深渊,幕后响起'一代红颜为君尽,千秋遗恨马嵬驿'的独唱和合唱声。"戏到这里本来可以闭幕了,李紫贵觉得从感情上说,还不够浓烈,不够满足。于是他让杨玉环拖着白绫下场后,紧接着天幕上升起一条巨幅白绫,在惨淡的灯光照耀下,微微飘动。他说:"这条白绫是夸张的,带有浪漫主义色彩的,它象征着杨玉环的悲惨命运,寄托着我们的同情和哀思。"①

全本《长生殿》的导演曹其敬认为,按传统的方式演李、杨诀别,二人生离死别的悲情还体现得不够,为此她加了一段戏:"在众军士呐喊声中,高力士拖住唐明皇下,杨贵妃最后说了一声:陛下——,唐明皇止步停顿,然后杨深切地叫:三郎!在音乐声中,李退回沉重的步子,慢慢转身,四目聚集,悲切地叫'妃子',冲上欲拥抱即停,二人推磨,李此时脑海里闪回着一幕幕以往甜蜜的情境,变为如今苦涩的愧疚,回身又不忍心,欲再次相拥,高力士在他跟前急跪,挡住他,他无奈终于崩溃了。"②沈斌认为,这段没有台词的表演,加深了李、杨之间真挚的爱情,同时也提示安史之乱的政治事件,给李、杨爱情带来的悲剧。但是傅谨提出了不同的看法:"由于演员对戏剧人物面临生离死别时的哀恸表演太过繁复乃至于太过直露,反而遮蔽了观众的品位与想象的空间。在一定程度上,它并不切合于昆曲表演以少胜多的含

---

① 李紫贵《昆剧〈长生殿〉导后记》,《中国戏剧》1988 年第 12 期。
② 沈斌《全本昆剧〈长生殿〉导后记》,载《长生殿:演出与研究》,第 25 页。

蓄、简约的美学原则。"①从实际演出来看,曹其敬强化了剧场效果的同时,确实也在一定程度上忽视了昆剧含蓄、简约的美学原则。

四、舞台美术的变化

《长生殿》的新创作,除折子戏串演方式承袭传统演法外,其余都利用布景和灯光表现特定时空与人物情绪,成为揭示人物心理的重要手段。而且,布景、灯光以及服装造型用各自的语汇来参与舞台叙事与抒情,营造视觉意象,成为当代舞台艺术的一个重要组成部分。

1. 注重总体形象

传统的昆剧"一桌二椅"的演出方式,谈不上什么总体形象,哪怕有些简单布景也是模式化的通用布景。当代昆剧创作,舞台美术的总体形象是整个设计的出发点与归宿。1983年北昆《长生殿》的舞美设计胡晓丹指出,这个戏的总体形象应该在"爱"字上找,而这个故事的"爱"的特征是"像一朵花,又如同一团烟、一片雾。它优美、迷茫、抒情,在惨淡中,又有那么一种温和"②。1987年上昆《长生殿》的舞美设计强调的是"气魄要大,富丽堂皇,气势夺人"③。苏昆三本《长生殿》的总体形象则是"传统",舞台设计叶锦添说:"坚持回到昆曲原初'一桌二椅'的舞台布景……让演员成为'景',把现代舞台的

---

① 傅谨《全本〈长生殿〉与上昆的意义》,《艺术评论》2008年第1期。
② 胡晓丹《在"爱"字上寻找总体形象——昆曲〈长生殿〉舞美设计断想》,《戏剧报》1985年第3期。
③ 沈斌《昆剧〈长生殿〉导演札记(上)——兼论戏曲导演的基本规律》,《戏曲艺术》1988年第1期。

习性排拒在外。"①为此,他在舞台上搭建了一个以古戏台为结构的表演舞台,保留了守旧与"出将"、"入相"的传统舞台格局。上昆全本《长生殿》,舞台设计刘元声教授总结了"三不"原则:"一不复古,既不完全延续'一桌二椅'的老法,也不用满堂华丽的布景和目不暇接的灯光变化。二不实验,艺术创作有艺术创作的规范和逻辑,创造绝不等于乱来,不实验也不等同于不发展。三不商业,着眼于精品剧目的创作,树立一种'皇家'昆曲剧院的风范。"②在这样的基本原则下,定下了"古朴典雅"的总体形象,舞台整体是一个木质栏杆结构,台口两侧陈列九音云锣、编钟和琴瑟。

三本《长生殿》剧照(顾笃璜导演,苏州昆剧院演出)

---

① 张洪《传统会领我们进入未来——〈长生殿〉服饰舞美设计师叶锦添访谈》,《今日中国》2005 年第 1 期。
② 参见沈倩《古韵新姿〈长生殿〉——漫谈〈长生殿〉之舞台美术创作》,载《长生殿:演出与研究》,第 53 页。

2. 守旧的革新

传统昆剧舞台上，守旧只起一个装饰作用，不与剧情、表演发生关系。《长生殿》的新创作中，除苏昆三本《长生殿》一切回到传统外，大多对守旧作了改革。1983 年北昆《长生殿》舞美设计胡晓丹指出守旧不能完全满足舞台美感上的要求，于是选用了美术学院李少文老师的画作，经过加工变形作为天幕，既适应这个戏的需要，又尽可能保持原画的美感，在某种程度上，它也起到一种新守旧的作用。七夕版《长生殿》演出地点是贺绿汀音乐厅。表演区域的上方，挂了一大块长长的蓝布作为守旧，演出前用投影仪投上剧名，演出时则用来打字幕，拓展了守旧的功能。全本《长生殿》将守旧变成了天幕，天幕的背景图案与演出场景一一对应，如骊山背景取材于宋代郭忠恕的《明皇避暑图》，《禊游》背景取材于北宋王诜的《烟江叠嶂图》等。变守旧为天幕，变通用为专用，从共性走向个性，这是舞台设计总体形象的要求。作为整体舞台设计的一部分，天幕的功能不仅仅是装饰，不能像守旧那样以不变应万变，而是要顺应变化，营造环境的同时，还要有独属于这个戏的装饰美感。

3. 平台与条屏的运用

平台与条屏是西方戏剧的产物，用于增加演区层次，表现舞台环境的变化，在话剧中广泛运用。1983 年北昆《长生殿》，观众走进剧场时，看到的是一宽两窄的"条屏"，正中用隶书写着"长生殿"三个金色大字，侧方两行小黑字写着集汪遵、韦庄诗联："香散艳消如一梦，离魂渐逐杜鹃飞。"演区以三个白色屏风和一组可移动的平台作为贯穿各场景的基本装置①。1987 年上

---

① 胡晓丹《在"爱"字上寻找总体形象——昆曲〈长生殿〉舞美设计断想》,《戏剧报》1985 年第 3 期。

昆《长生殿》,用六块条屏作装饰,四块固定作侧幕,二块在后区移动作环境变化。全本《长生殿》舞台的整个框架结构就是镂空的木质条屏结构,舞台后区设置了三层横贯舞台的平台。有专家认为平台是话剧的表现方式,有碍戏曲艺术自由的审美表现。邹元江认平台的使用"将戏曲极为圆润优美的'团团转'变成了干巴巴的几何式的'上下场'"①。金登才也指出:"平台用得不好则限制了演员的表演,限制了演员、观众精神意识的飞动。《长生殿》演出,走圆场、趟马、开打等戏曲形式用得很少……原因是否与平台等舞台装置有关?"对于整体的框架,金登才也提出了质疑,他认为进入剧场并不等于进入一个局部的三维空间,目前的设计"切断了舞台上的事物与周围经验世界的联系,构成了一个封闭性的艺术知觉框架"②。从以上论述可以看到,平台与条屏的运用,给舞台空间带来了变化,但用得不好,会限制演员的表演,甚至背离昆剧的美学精神。

4. 灯光功能认识的深化

灯光创作服从于总体舞台形象,也和设计者的审美追求相关。1983 年北昆《长生殿》灯光的使用,"除面光外,大量使用色光,以适应新戏、新景、新服装的需要。景、服、光的合成,造成场与场间的大块色彩节奏的效果,形成强烈的色彩韵律"③。1987年上昆《长生殿》的灯光设计,注重烘托气氛,如《埋玉》一场,准备自缢的杨贵妃拖着沉重的脚步缓缓向舞台深处走去。这时一束惨白的追光灯打来,先是罩住杨贵妃的全身,接着光圈渐小、

① 邹元江《回归本原——作为最低的标准和最高的尺度》,载《长生殿:演出与研究》,第 167 页。
② 金登才《让昆曲走近世博会》,载《长生殿:演出与研究》,第 191 页。
③ 胡晓丹《在"爱"字上寻找总体形象——昆曲〈长生殿〉舞美设计断想》,《戏剧报》1985 年第 3 期。

渐收,最后杨贵妃被一片黑暗所吞没,强化了悲剧的震慑力①。苏昆三本《长生殿》用的是大白光,主要功能是照亮舞台。上昆全本《长生殿》,灯光设计易立明的设计原则是"看不到灯光的灯光","整个调子以较浅的颜色与清爽的蓝、白为主。正常的灯光变化以平稳为主调,没有炫目的灯光变化,没有强烈的视觉刺激,观众可以静下心来看戏、听戏,而不是被'千变万化'的舞美灯光夺取眼球"②。从八十年代的"色光",到照亮舞台的"白光",再到"看不见灯光的灯光",反映出设计者不同的美学追求,也反映出审美潮流的变化。

5. 服装行头的雅化

服装行头的雅化,以新世纪的两个大制作为代表。苏昆三本《长生殿》,服装设计叶锦添对服装的用色做了雅化的调整。传统戏曲服装的色彩,是以红、黄、黑、白、绿、蓝、紫、粉、湖色等为主色。叶锦添将主色调作变化并调和成和谐古朴的色系,红为枣红,黄为明黄,白是淡的五彩,绿分为深绿与粉绿,蓝为墨蓝,紫为灰紫等。其次,根据戏剧情境的不同,采用全堂同色调来处理,把色调变成一种旋律,《定情》是"红全堂",表现两人定情时的喜悦;《密誓》为"黄全堂",展现了皇宫富丽的气势;《迎像哭像》则为"白全堂",表现两人生死相隔的悲伤。这种用色方法为戏曲舞台所罕见。服装全部选用天下闻名的苏绣,老师傅们手工绣制,每件衣服都力求精致③。总的来说,三本《长生殿》服

① 参见朱锦华《〈长生殿〉演出史研究》,2007年上海戏剧学院博士学位论文,第109页。
② 沈倩《古韵新姿〈长生殿〉——漫谈〈长生殿〉之舞台美术创作》,载《长生殿：演出与研究》,第51页。
③ 参见朱锦华《〈长生殿〉演出史研究》,2007年上海戏剧学院博士学位论文,第92页。

装比传统戏服更雅致，但全剧一百多套服装，难免有可以商榷的。朱锦华指出："杨贵妃跳霓裳羽衣舞时那套服装和头上造型，远看有点像美国火鸡，大失皇妃之气派；杨贵妃的鬼魂装，头戴一朵大红花，并用长黑纱遮脸，不仅不美，还给人一种阴森恐怖的感觉，并且这个装扮无法看清杨贵妃的表情。"①全本《长生殿》的服装设计，在传统与现代相结合的路子上进行了探索。其中比较突出的有两点：一是设计回归到戏曲服装的传统路线上来，在图案、花纹色彩上寻求变化与突破，看似传统却又非传统；二是服装的大色块使用明亮的色调，细节上使用雅致的色彩，从图案、配线上打破传统的做法，以使服装基调更典雅、端庄。

小　　结

传统剧目新创作，因为有着传统的文本、曲谱与明清两代传承下来的经典折子戏，因此成了当代昆剧创作最主要的类别。目前的新创作，主要集中在那些折子戏传承多、文本有名的传统剧目上。明清传奇经典《牡丹亭》与《长生殿》，是搬演次数最多的作品，搬演方式有：折子戏串演，新整编的单本戏、多本戏与全本戏。新整编本内容上的取舍、采取单线还是双线并进，不仅受篇幅的限制，还受制于整编者对原作精神内涵的理解与把握。长期以来我们从反封建的角度把《牡丹亭》理解为一个现实的爱情故事。近来有学者提出，汤显祖的写法是哲理化的，他写的是人欲的欢歌，这是一个明亮的喜剧②。这种全新解读，不仅对

---

① 朱锦华《〈长生殿〉演出史研究》，2007 年上海戏剧学院博士学位论文，第 92 页。
② 参见陆炜《〈雷雨〉和〈牡丹亭〉：剧本与演出》，南京大学出版社 2013 年版，第77—78 页。

《牡丹亭》的风格进行了定位，而且解释了《回生》之后20出的作用与必要。同样，对于《长生殿》，多数整理改编本以原著前半部为重点，关注的重点也集中在李、杨世俗的爱情上，而对李、杨爱情失败之后续涉及较少。《埋玉》之后的25出是李、杨爱情主题深化的必不可少的组成部分，缺了后半部，原著的内涵就失去了一大半。另外，不少改编本将重点放在"李杨爱情"条线，将"安史之乱"条线内容作为陪衬或背景，爱情主题之外的丰富内涵同样受到折损。因此，要呈现《牡丹亭》与《长生殿》原著的精神内涵，以单本戏或是仅以折子戏串演的方式是不够的，比较理想的是在把握原著精神内涵的基础上，以多本戏或全本戏方式进行搬演。从创作观念上来看，传统剧目的新创作，可以分为"整旧如旧"与"新旧结合"两种观念。前者以折子戏串演本和顾笃璜整理的三本《长生殿》为代表，后者以白先勇的"昆曲新美学"为代表。从文体上讲，传统剧目新创作，既有杂剧与传奇文体，也有"现代戏曲"文体。从演剧空间来看，现代剧场的西式镜框式舞台是主流，新世纪后，部分新创作开始向传统的古戏台、厅堂与园林演剧环境回归。传统剧目新创作，在追求现代化的过程中，发生了一些变异，如"写实化"妨碍了演员的表演，干扰了观众的欣赏，"京剧化"模糊了昆剧与其他戏曲剧种的区别，"交响化"则将中西方音乐拼贴在一起，改变了昆剧音乐的属性。这些创新做法引发了昆剧的变异，其根源在于对昆剧传统缺乏深入的认识。

第 三 章

新编古代戏：旧题材与新观念

新编古代戏在当代昆剧创作中的分量仅次于传统剧目，不仅在文体与艺术手法上进行了探索，而且在对"人"的发现与开掘上达到了新的高度，代表了当今昆剧文学创作的水平。相较传统剧目新创作，新编古代戏的创作观念与舞台呈现的艺术水准并有多少新的发展。故而本章对新编古代戏的论述集中在剧本创作上，先对总体创作情况作一概述，然后具体考察最具代表性的两位剧作家——郭启宏与张弘的新编古代戏创作。

第一节　新编古代戏创作概述

昆剧是一种文学性的戏剧。明清两代历经《牡丹亭》、《长生殿》与《桃花扇》的高峰后，传奇本戏式微，迎来了折子戏的辉煌时代。进入 20 世纪，随着新文学的兴起，传奇、杂剧创作日渐稀少，折子戏成为昆剧赖以存留的载体。新中国成立之初，昆剧并没有因为《十五贯》的成功获得长足的发展，"文革"十年昆剧绝

迹于戏曲舞台。1978 年以后,昆剧创作演出恢复,昆剧进入了
一个新的发展时期,除了传统剧目的当代搬演,新编剧目不断涌
现,接续了昆剧的文学传统。这些新编古代戏与元杂剧、明清传
奇虽同为古代题材,但作品的主题、观念、文体与结构等诸方面
有很大的不同,呈现出新的时代特征——既有传统性,又有现
代性。

一、题 材 与 类 型

新编古代戏,按题材内容可以分为历史题材与非历史题材
两类。历史题材新编戏,也就是常说的历史剧,以历史人物、事
件为依托。非历史题材的新编戏,往往具有"传奇性",来源也较
为驳杂,或源自神话故事、民间传说、词曲小说与其他剧种,或是
无所依凭的无中生有。若以创作方式区分,可以分成三类:一
是完全新编,二是从其他剧种改编、移植,三是根据小说等其他
艺术形式改编。

历史剧问题,曾是戏剧界讨论的热点,半个世纪来的历次讨
论,深化了历史剧的认识,推动了历史剧创作水准的不断提高。
新编历史剧大体可以分为两类,一类是宏大叙事,多以帝王将相
为主角,通过某一历史事件与历史人物,揭示历史发展的规律,
借古喻今;一类是个体叙事,多以文人为主角,书写生命个体的
命运沉浮、生存困境与困惑。

宏大叙事的历史剧集中于 20 世纪八十年代初,如《蔡文姬》
(1978)、《唐太宗》(1980)、《红娘子》(1980)、《血溅美人图》
(1980)、《吕后篡国》(1980)、《孔雀胆》(1980)等。其中《蔡文
姬》、《吕后篡国》与《孔雀胆》根据话剧改编。《红娘子》与《血溅
美人图》均以"红娘子"为主人公,前者写红娘子与李信如何参加

起义的故事,后者写李自成攻入北京后,围绕着李岩(即李信)提出的"抚吴抗清"之策,在保护吴三桂之妾陈圆圆一事上,李岩、红娘子与大将刘宗敏、丞相牛金星之间展开了一场忠奸之争。《唐太宗》是一个具有代表性的宏大叙事作品,秉承历史事实,以太子李承乾、魏王李泰之间的权力斗争为背景,写李世民与魏徵的矛盾冲突。魏徵认为李世民偏私李泰有违祖制,再三力谏。李世民先从"拒谏"到"罪谏",几乎想杀掉魏徵,最后幡然醒悟,虚心"求谏",亲赴魏徵府邸探病,演绎了一段君臣佳话,颂扬了李世民"不以天下大器,私其所爱"的可贵精神,以及魏徵作为臣子的忠谏本分。

个体叙事的历史剧兴于 20 世纪八十年代初,延续至九十年代及新世纪之后,代表性的作品有《钗头凤》(1981)、《南唐遗事》(1986)、《雾失楼台》(1990)、《司马相如》(1996)、《少年游》(1996)、《班昭》(2001)、《西施》(2005)、《关汉卿》(2007)、《公孙子都》(2010)、《曲圣魏良辅》(2015)、李清照(2015)、《孔子之入卫铭》(2016)等。这些作品多写文人失意与无奈的人生。如《钗头凤》以写陆游与唐琬不幸的婚姻;《雾失楼台》写秦观虽有报国之心,却被一贬再贬的坎坷人生;《少年游》写周邦彦、李师师、宋徽宗赵佶之间的说不清、理还乱的情感关系;《关汉卿》写关汉卿作为知识分子的悲剧命运;《孔子之入卫铭》写孔子率众弟子来到卫国,本想有一番作为,无奈却陷入卫灵公和儿子蒯聩的争权夺利之中,最后弟子子路也死在叛乱中。这些作品的共同点是人物形象不再单一、平面化。比如周邦彦与赵佶,一个是大词人,一个是书画大家;一个是任性敢讽的才子,一个是大权在握的皇帝。李师师穿行于两个情敌之间,若即若离,维持着一种背离传统道德的奇妙平衡关系。剧作者致力于"在此心态基础上展开各自丰富的内心冲突,写出他们作为一个活生生的人的真性情和美之所在"①。对人的复杂性的开掘,剧作家郭启宏用力尤深。他的四部作品《南唐遗事》、《司马相如》、《西施》与《李清照》在人物刻画上更进了一步。《南唐遗事》写集亡国之君与杰出词人于一身的南唐后主李煜;《司马相如》通过集传统文人优点与缺点于一身的司马相如,写尽中国传统文人仕也难、隐也难的尴尬处境;《西施》取材于《浣纱记》,作者要写的并不是那段人们熟知的历史故事,而是西施与范蠡作为"自然人"和"政治人"的双重特性与矛盾冲突。《李清照》一改以往李清照题材的戏曲作品描写她与赵明诚令人羡慕的情感生活之模式,写她南渡改嫁后的传奇身世,视角独特。

个体叙事的历史剧中,《班昭》与《公孙子都》是两部独特的作品,前者不以帝王将相为主人公,却又不乏作者的精英意识,后者以帝王将相为背景,并不讲述历史教训,而是重在人物内心世界的刻画。

《班昭》讲述班昭承继班固之志修《汉书》的故事,探讨的是知识分子的"文人操守"。所谓"文人操守",编剧罗怀臻认为包含两个方面,"一是职业的操守,包括对于学术与学问、事业与职业的执着与追求;二是人格的操守,包括对于理想、信念、道德、国家、民众的忠诚,尤其当这份忠诚面临诱惑、面临消解、面临危险的时刻,依然能够保持住意志的坚定和对于崇高的向往。"在他眼里,班昭"是中国古代文人尤其是女性文人自我修行和自我实现的楷模和象征"②。所以,《班昭》的任务就是塑造一位崇高的"文人"。剧中,班昭曾游走宫廷享乐,被师兄马续斥责后,回

---

① 齐致翔、张之雄《江山代有才人出——〈少年游〉创作后记》,《剧本》1996 年第 11 期。

② 罗怀臻《努力使〈班昭〉昭人》,中国作家网,http：//www.chinawriter.com.cn/bk/2004 - 11 - 18/18900.html。

到青灯黄卷的生活,续修史书。马续为了协助班昭入宫修书,自请宫刑。相比班昭,马续是一个作者虚构的理想化的人物(史籍记载,马续并非其师兄,而是其晚辈),他自始至终无怨无悔地协助班昭。自请宫刑一笔,可以理解为崇高之举,班昭与马续,从此不食人间烟火,成了一对崇高的化身,也可以理解为极端之举,是一种处于精英立场的观念意识——为了某个目标、某种主义,必要时可以牺牲个体的幸福乃至生命。这两个人物,因其崇高而变得简单,成了作者主观意念的化身,正如郭汉城所言:"关于历史剧,我总以为不要为了历史而冷漠了现实,也不要为了现实而牺牲历史,也从中可以看出《班昭》的得失。"①

《班昭》剧照(上海昆剧团演出)

《公孙子都》改编自京剧《伐子都》。从 1997 年古兆申改编的第一稿剧本《暗箭记》,到最后定稿为《公孙子都》,前后历经十年,四易其稿。京剧《伐子都》讲的是一个因果报应的故事,子都

---

① 郭汉城《〈班昭〉的得与失》,《中国戏剧》2001 年 12 期。

是郑庄公的宠臣,在一次战役中,担任副帅的他嫉妒主帅颍考叔得头功,从背后放冷箭射杀了颍考叔,冒功凯旋。庆功宴上,颍考叔的冤魂忽然出现,活捉了子都。昆剧《公孙子都》并没有沿着因果报应入手,而是着重于新的解释与对人性的开掘,从最初批判妒嫉思想,到批判"不义之战"和"反战主题"的提出,反复深入,探讨如何面对人类妒嫉的天性,提出英雄还是罪人就在一念之间的命题:"人哪! 一念之贞成了英雄,一念之差成了罪人。从来是一念之贞难,而一念之差易呀!"《公孙子都》主题的提炼是一个由外而内不断深化与纯化的过程,最后上升为与每个人都有关的简单而质朴的哲理。

与历史题材作品相比,非历史题材的新编古代戏,不用拘泥于历史真实与否,有着更大的创作自由度。非历史题材的新编古代戏主要有四类,一是神话寓言剧,二是民间故事剧,三是文人传奇剧,四是名著改编作品。

神话寓言剧,代表性作品有《苏仙岭传奇》(1985)、《上灵山》(1993)、《夕鹤》(1995)与《偶人记》(1996)等。《苏仙岭传奇》与《上灵山》写的是神话题材最常见的降妖除魔的故事,分别根据湖南郴州苏仙岭传说和《西游记》故事创作。《夕鹤》根据日本剧作家木下顺二的同名话剧改编,讲述一只受伤仙鹤得救后,化身为美丽女子,在人间经历一番情感波折后失望而终的故事。陈健秋编剧的《偶人记》,凡人、偶人、仙人同台,既有浪漫主义色彩,又有怪诞风格。落泊秀才周半里街头演偶戏《玩真》,仙姑紫霞看戏时被剧中柳生痴情所动,以重金换得偶人梦官、螺姑及阿苦,并将它们点化成人。紫霞有情于梦官,授梦官男女欢爱之法,梦官却无情与她。梦官为听戏,螺姑为买衣,阿苦为酒钱,纷纷向阿紫伸手要钱。为生计所迫,他们开始演戏谋生。周半里发达后,娶名旦蕊娘为妻,请紫霞班唱戏庆贺。不料梦官与蕊娘一见钟情,双双私奔。梦官不愿随紫霞回去,紫霞无奈将其点化回偶人。周半里重操旧业,蕊娘为与梦官为伴,跟了周半里,紫霞依旧是一看客。《偶人记》是个寓言剧,主题不那么明显。章诒和说:"若提到它的主题思想,一时竟很难归纳。这有如编导制造的精灵,飘动游弋于语言、情节、人物形象之间。你以为抓住了它,它却飘然而去,你分明感觉到它的存在,却苦于不能用现成的套式去概括。"①戏里每一个人都有他的道理,又都有他的尴尬与无奈,作者陈健秋对这些人物的态度也很复杂:"这其中三个偶人,两人凡人,一个仙人,我全都喜爱,都不忍伤害,但也全都有些怨尤。"②

民间故事剧,代表性作品有《浮沉记》(1982)、《一天太守》(1987)、《湘水郎中》(2006)、《徐九经升官记》(2007)等。《浮沉记》根据永昆传统剧目《报恩亭》改编,讲述穷秀才赵文青落魄他乡,在乡民救助与接济下寒窗苦读,考中状元后,却是贵贱难相混,为了前程他不得已与昔日救助他的下民兄弟断绝往来。该剧在传统民间故事剧中比较少见,从讲故事转为刻画人物进退两难的矛盾心理,今天看来,人物还是鲜活的。《一天太守》写了一个正直知识分子的喜剧性格和悲剧人生,穷书生高北斗帮助太守史文远断案后,却反被诬陷为疯子。《湘水郎中》讲述了一个从乞丐到名医的励志故事。《徐九经升官记》从同名京剧改编移植,讲述怀才不遇的徐九经突然被提拔为大理寺正卿,周旋于安国侯与并肩王之间,巧妙断案,让有情人终成眷属的故事。

文人传奇剧,代表性作品有《唐伯虎传奇》(1984)、《琵琶行》

---

① 章诒和《浪漫主义的复归——析昆曲〈偶人记〉的文学意义》,《中国戏剧》1996年第9期。
② 陈健秋《写〈偶人记〉三愿》,《中国戏剧》1996年第10期。

（1999）、《临川四梦汤显祖》（2007）、《梁伯龙夜品女儿红》（2009）、《春江花月夜》（2015）等。《唐伯虎传奇》一反《三笑缘》里唐伯虎风流才子的轻佻庸俗形象，塑造了一个侠义助人、不顾个人安危与毁誉的具有高尚品格的唐伯虎形象。《琵琶行》取材于白居易的同名长诗，讲述白居易与琵琶女倩娘之间"高山流水识知音"的故事。《临川四梦汤显祖》、《梁伯龙夜品女儿红》写汤显祖找墓地与梁伯龙夜品女儿红悟进退的故事，具有较高的人文情怀。罗周编剧的《春江花月夜》，创作灵感来自唐代诗人张若虚的"孤篇压全唐"的同名长诗，以张若虚为主角，讲述了一个穿越人鬼仙三界，由爱恋情愫生发，进而超越生死的爱情故事。这个张军称之为"最具古典气质"的当代昆曲，成为当年沪上的文化事件。首轮演出后，制作方在微信公号发布了消息，认为《春江花月夜》是"这个时代里昆曲最好的样子"，引发了很大的关注和争议。

《春江花月夜》剧照（上海张军昆曲艺术中心演出，摄影：元味）

名著改编作品,代表性的作品有根据莎士比亚戏剧作品改编的《血手记》(1987)、《夫的人》(2015)、《我,哈姆雷特》(2016),改编自荒诞派戏剧的《椅子》(2016),以及改编自小说《红楼梦》的《宝玉与妙玉》(2003)、《红楼梦》折子戏(2007)、《红楼梦》(上下本,2011)等。《血手记》、《夫的人》改编自莎剧《麦克白》,前者在保留原作思想精华的基础上,将时代背景、剧中人物都做了中国化和昆剧化的处理,如《闺疯》一折增加了许多被害者的鬼魂向铁氏索命的情节;后者则从《闺疯》一折受到启发发展成一个80分钟的完整剧目,以麦克白夫人为第一主角,对她的心理情感进行了深刻的挖掘,突出人物本身的悲剧力量。《我,哈姆雷特》以传统昆曲的四功五法演绎《哈姆雷特》的故事内核,由张军一人分饰哈姆雷特、奥菲利亚、"父亡灵"、掘墓人四个角色,涵盖了生、旦、末、丑四个行当,完成了一部昆剧独角戏。《椅子》改编自法国荒诞派戏剧大师尤奈斯库的同名作品,在保留原著精神

《血手记》剧照(上海昆剧团演出,摄影:元味)

主旨的基础上进行全新创作，以戏曲的虚拟表演表现那满台的"椅子"及"穿梭"的人群，吴双、沈昳丽在剧中分饰多角，跨行当演绎，根据戏剧情境的变化实现不同行当的转换，以揭示剧中人物的不同关系及状态。《妙玉与宝玉》是剧作家陈西汀的作品，描写了大观园里两个最有慧根的人物——妙玉和宝玉之间的情感故事。《红楼梦》折子戏是剧作家张弘的一个试验，以折子戏的方式，将《红楼梦》中有情有趣之人与事入戏，他计划将前八十回故事写成四十个折子戏。目前已创作完成十二折，搬上舞台的有《别父》、《胡判》、《识锁》、《弄权》、《读曲》、《设局》、《惊耗》、《花语》、《戚门》等九折。北方昆曲剧院排演的《红楼梦》，以宝黛爱情悲剧为主线，从原著中选取了黛玉初进贾府、宝黛读"西厢"、刘姥姥进大观园、元妃省亲、黛玉葬花、尤二姐之死、宝玉失玉、黛玉归天、宝玉出走等情节，写成十四场戏，外加两个楔子与尾声，分上下两本演出。

这四类之外，还有一些新编古代戏，如张弘新编的《白罗衫》（1990）与《宫祭》（2009），艺术上也很有特色。

二、古代题材与现代意识

新编昆剧，于题材而言，本身并没有高下之分。郭启宏说："未必现代题材就能酿出好酒，历史题材就出不了佳酿。关键在于剧作者自身的观念，还有他的配方和他的手艺。现代题材在陈旧观念的鼓捣下，保不齐写出陈旧的人物；历史题材在崭新观念的烛照下，也可以写崭新的人物。"[①]张弘认为："何谓古代？何谓现代？照我说，古代与现代，既不遥远，亦不隔阂，就文学而

---

① 　郭启宏《〈司马相如〉创作手记》，《韩山师范学院学报》1996 年第 2 期。

言，它们担负着同一个目的：追逐自己、追逐生命的本来。"①在追逐生命的本来这一目的上，古代题材与现代题材没有区别，关键在于是否能够去发现"人"。

新编古代戏对"人"的发现，首先体现为写一个复杂的有血有肉的"人"，开掘人的心灵世界的丰富性。新编古代戏里的不少人物，不再是简单的正面人物或反面人物，也不再是单一不变的性格，而是一个个复杂的人物。如《南唐遗事》中的李煜，是一个集亡国之君与杰出词人于一身的混合体，他流连于诗词女色，导致亡国，却成就了一位杰出词人。剧中宋太祖赵匡胤，他身上有着开国帝王的英雄气概，也有功成名就后的落寞与寂寥，他对李煜的态度非常复杂，集欣赏、羡慕、妒忌与恨于一体，却不得不杀李煜，杀了又后悔。这些形象，都很难用一个正面形象、反面形象，或是好人、坏人来给他们分类，他们虽是帝王，但他们首先是人，有着常人的七情六欲。这些人物，不再是遥远而冷漠的历史人物，而是一个活生生的人，从中我们也可以看到自己的影子。

其次，一些新编古代戏在性格刻画之余，着意写人的内心世界与情感冲突，揭示人性与灵魂。张弘新编的《白罗衫》，《诘问》一场主人公徐继祖一步步确认养父徐能就是导致自己家破人亡的凶犯时，没有简单地写他对徐能是杀还是放的情理冲突，而是重写徐继祖面临的血脉之重与养育之恩的两种情的搏杀。《公孙子都》里的子都因为妒嫉，一念之差杀了主将主帅颍考叔，内心陷入了无限的追悔之中。《血手记》里的马佩与铁氏夫妇，因为欲望的膨胀谋杀了郑王，内心陷入了不安与恐惧中。这些作品通过对人物内心的深入开掘，呈现出人性的复杂。

————————————————————

① 张弘《寻不到的寻找——张弘话剧》，中华书局 2012 年版，第 172—173 页。

再次，新编古代戏对"人"的发现，还体现在对人的生命体验、生命感悟的书写上。如《钗头凤》里陆游与唐蕙仙一对伉俪被陆母拆散，十年后他们在沈园再次相见，唐蕙仙已改嫁赵士程，陆游的心痛无法言说，化作一首《钗头凤》。五十三年后，唐蕙仙八十冥诞，陆游故地重游，沈园一片荒凉，不禁感叹："只怕泉下相见，我是一眼看得出她唐蕙仙，她么，已经认不出我衰翁陆游了。"命运与现实的背道而驰，大诗人无法言说的情感之痛，让人唏嘘感叹。《琵琶行》里白居易与琵琶女有着相似的人生境遇，发出了"同是天涯沦落人，相逢何必曾相识"的感叹。《宫祭》的末代帝王崇祯，在生命的最后一天，从午门走向煤山，一路游历紫禁城，到了煤山后回望紫禁城，不禁感叹："哪来永恒的主人，只有来去匆匆的过客也！"这是崇祯的生命感悟，同样也是作者张弘的生命感悟。

与此同时，也应该看到，新编古代戏中具有现代意识的作品只是一部分，不少作品观念意识仍然比较陈旧。2006年第三届中国昆剧艺术节上的一些创新剧目，引发了不少争议，有论者批评道：

> 7月7日晚上的昆曲剧码《折桂记》，形式新，观念旧。善有善报，恶有恶报。戏不够神来凑。因为生育过而必须行孝道。就这样的陈旧主题，说到创新甚至觉得可笑，时代气息都只体现在声光电等技术的运用，而人生的感悟、法与理的解读还停留在100年前，甚至比100年前的人都更封建。
>
> 最可笑的是10日晚上的上海昆剧团的《一片桃花红》。超级豪华的舞台美术，支撑着的是一个简陋的故事，关于什么是女人的"美"的讨论：相貌重要还是心灵重要，忠贞不渝好还是水性杨花好。帝王、美人、英雄演绎了一番，结论

是心灵美重要,忠贞最好①。

这两个作品并不只是孤立的个案,文本形式与舞台呈现上追求创新、精神内涵上缺乏现代意识的新编古代戏为数不少。正是那些在人物塑造、主题内涵、人性开掘方面达到一定高度与深度的新编古代戏,接续了明清传奇的昆剧文学传统。

三、文 体 与 结 构

当代新编昆剧,绝大部分作品都是为场上搬演而创作的,且多为单本戏,演出时长一般都在两三个小时内。从文体来看,新编古代戏可以分为两类,一是"现代戏曲"文体,占了绝大多数,如《南唐遗事》、《少年游》、《班昭》等作品,一是"集折体",数量较少,以张弘的《白罗衫》、《红楼梦》折子戏、《宫祭》等作品为代表。

对"集折体"的回归,并不意味着直接回到明清传奇。明清传奇动辄四五十出,体制庞大。张弘的新编作品,除了《红楼梦》折子戏计划写四十折,不考虑一个晚上演完,其余作品均在数折之内,两三个小时内演完。剧本结构上,《红楼梦》折子戏,与明清传奇有着很大差别。《红楼梦》折子戏并不以讲故事为主,也不设一条故事主线依次展开,而是将小说中作者认为有情有趣之人与事,编成一个个折子戏,每一折戏都是独立的艺术单元,有着各自的看点,可单演,也可串演。"集折体"的新编古代戏,有一些作品如《宫祭》、《临川四梦汤显祖》、《梁伯龙夜品女儿红》不分出或折,篇幅比一般的折子戏要大得多,类似话剧中的独幕剧。所以,"集折体"新编古代戏与明清传奇和折子戏,有相同之

---

① 刘红庆《昆曲艺术节,创新还是灭杀?》,《南风窗》2006 年第 15 期。

处，也有不同之处。

"集折体"与"现代戏曲"文体的不同，体现在三个方面。首先，"现代戏曲"文体以情节整一性为文体要求，情节第一，抒情次之，"集折体"剧本并不追求情节的整一性，以"重情感"、"重趣味"、"重欣赏"为特点，情趣第一，情节次之。其次，"集折体"剧本以曲为本位，文服从于曲，"折"表现在曲上就是一个曲牌联套；"现代戏曲"文体的剧本以文为本位，每一场作为故事情节的起承转合的必要组成部分，文决定曲，依文选牌，甚至是突破曲牌格律或联套规范。相较于"集折体"，"现代戏曲"文体的剧本出于情节推进与叙事要求往往会减少曲文、增加说白。再次，"集折体"剧本的每一折，都是一个独立的艺术单元，可以单独拿出来演出，而"现代戏曲"文体的剧本一场，只是整体情节与结构的一个环节，不是一个独立的艺术单元，一般不能单独演出。

文体形式上，新编昆剧有"集折体"与"现代戏曲体"之别，戏剧结构上，新编古代戏突破了明清传奇常见的双线结构，更为多元化，既有单线结构与双线结构，又有拼贴结构与锁闭式结构。由于受到演出时长的限制，新编古代戏大多采用单线叙事，集中在一两个主要人物身上展开情节，如《钗头凤》写陆游与唐蕙仙的爱情悲剧，《班昭》写班昭如何续修《汉书》，《宫祭》写崇祯从午门走向煤山的心路历程。也有少部分采用双线叙事结构，如《唐太宗》，一条线是两位皇子之间争权，一条线是魏徵与唐太宗在此事上的矛盾冲突，两条线交错推动剧情发展。又如《南唐遗事》，一条线赵匡胤如何挥兵南下，破南唐、囚李煜，最后杀李煜，一条线写李煜如何纵情于诗词女色，成为亡国之君与杰出词人，也是两条线交错推进剧情发展。《白罗衫》的剧本结构是锁闭式结构，从徐继祖进京赶考路遇老妇听到白罗衫的故事，在查案的过程中，发现凶犯是自己的养父，而被害者是自己的亲生父母。

与大多数新编古代戏不同,《临川四梦汤显祖》与《梁伯龙夜品女
儿红》两个作品采用了后现代的拼贴结构,前者在汤显祖寻找墓
田的过程中将"临川四梦"的片段拼贴了进来,后者则将《浣纱
记》中"伍子之进"与"范蠡之退"两段戏插在"伯龙之惑"、"伯龙
之悟"之间,结构匀称工整,具体见后文论述。

从以上分析可看出,在文体与结构上,新编古代戏对明清传
奇,既有继承,又有拓展,创造了当代昆剧才有的新型文体与戏
剧结构,呈现出多元化发展的态势。

四、曲 牌 与 联 套

关于文采与格律的问题,古人就有争论。以汤显祖为代表
的"文采派"宁可"拗折天下人的嗓子",沈璟所代表的"格律派"
严守曲牌格律,双方各执一词。吕天成提出词采与格律"双美
说",结束了这场争论。吕天成的"双美说"具有一定的科学性与
指导意义,但要做到,并不是一件容易的事。剧作者不仅需要有
较高的诗词写作水平,还要熟悉曲牌与联套规律。当代剧作家,
能写诗词的不少,精于音律的则少之又少。因而,多数剧作家在
剧本创作时,往往是写好故事内容后,交由昆剧作曲家帮助其选
择套式及曲牌,之后再按曲牌格律要求填词。

从曲牌联套上来看,当代新编古代戏大多选用常用昆剧曲
牌,联套也多在《昆曲曲牌套数范例集》总结归纳的孤牌自套、单
套、复套与南北合套范围之内。与明清传奇相比,新编古代戏一
个明显的特征是曲词减少、对白增加,每出(折)的平均曲牌数减
少。笔者翻检《兰苑集萃——五十年中国昆剧演出剧本选》(四
卷)、《中国昆曲剧目精选曲谱大成》(七册),以及郭启宏、张弘等
剧作家的剧作集,随机挑选出 13 部按曲牌填词的新编古代戏作

品做了统计,平均每出(折)只有 4 支子曲子(引子与尾声不计)。
具体见下表:

序号	剧　　名	出/折	总曲牌数	平均曲牌数
1	《蔡文姬》	8	26	3.25
2	《唐太宗》	8	29	3.65
3	《钗头凤》	7	28	4
4	《血手记》	8	19	2.37
5	《雾失楼台》	7	35	5
6	《司马相如》	6	28	4.67
7	《白罗衫》	4	19	4.75
8	《班昭》	6	26	4.33
9	《湘水郎中》	7	28	4
10	《宫祭》	1	9	9
11	《公孙子都》	6	27	4.5
12	《西施》	8	23	2.85
13	《红楼梦》折子戏	5	27	5.4
	合　　计	81	324	4

对当代剧作家而言,完全按照曲牌格律要求填词是一件非常
困难的事。根据内容需要添加衬字,突破个别句子的词式、字格、
韵位,也是正常的,只要出格不多,仍可视为在合律范围之内。但
也有一些剧目,标了曲牌,而对曲牌格律的突破比较大。如武汉
大学郑传寅教授梳理了《公孙子都》曲牌后,找出了其词式、字格、
韵位上与曲谱的不合之处,并指出其曲牌联套亦可商榷①。

事实上,当代剧作家创作的不按曲牌格律填词的作品有不

---

① 参见郑传寅《新编昆剧〈公孙子都〉斠律》,《戏曲艺术》2009 年第 2 期。

少,如《血溅美人图》、《浮沉记》、《偶人记》、《南唐遗事》、《少年游》、《夕鹤》、《琵琶行》等作品,曲词多为长短句的韵文。从京剧移植的《血溅美人图》还有板腔体对句的遗存。不过,这类作品经过作曲打谱后,也都标上了曲牌。

为什么创作昆剧会不守曲牌格律要求? 笔者以为,主要是按曲牌填词难度较大,非不为也,是不能也。比如《偶人记》编剧陈健秋说:"既然是曲牌,就有其严谨的格律,不能随意违拗。这足以使我望而却步。但实在挡不住这种美的诱惑;也知道,有先行者在这方面已不是那么拘泥。且从音乐创作和设计者考虑,也希望有所突破。所以,这才敢于像蒙童描红一般毕恭毕敬描摹起来……我所作的努力便是使之尽力像戏曲、像昆曲。"①陈健秋的这番话,说明按曲牌格律创作昆剧并非一般编剧所能胜任,他这样做也是不得已而为之。

恪守曲牌格律,还是突破束缚,其实还涉及对于昆剧传统的理解。"三体三式"既是昆剧的文本与声律传统,也是文乐关系的规定性。突破曲牌格律的束缚,理论上说有两种情况,一是瓦解了昆剧的文乐关系,传统昆剧的文乐一体化就不存在了;二是新创的长短句韵文,经过谱曲后既好唱美听,又能与现有曲牌组合成套使用,就有可能创造新的"曲牌",从当代昆剧创作来看,这种可能性很小。

第二节 郭启宏的新编昆剧创作

郭启宏曾说:"我对我的创作有信心,我想我身后的名气要

————————

① 陈健秋《写〈偶人记〉三愿》,《中国戏剧》1996 年第 10 期。

比现在大，因为我身后更可能排除人为的东西。"①纵观他在话剧、京剧、昆剧、评剧与梆子等诸多剧种中的戏剧创作，尤其是其中的历史剧，这一评价并不为过。他关于历史剧的理论阐述与创作实践，是一个整体的两个有机组成部分。他的"传神史剧论"，是非常有价值的历史剧论述，他的历史剧创作，以传统形式来表现当代意识，历史感与现代感兼具，对"人"的发现达到了一个新的高度。

郭启宏是个高产剧作家，迄今为止，仅昆剧就整理改编了《绿牡丹》、《桃花扇》（昆剧、京昆合演、京昆梆合演三个版本）等传统剧目，创作了《南唐遗事》、《村姑小姐》、《鬼乡曲》、《司马相如》、《金缕鞋》、《西施》、《李清照》等新编作品。其中，《南唐遗事》、《司马相如》、《西施》与《李清照》四部作品，可以视为他昆剧创作的代表作。

本节以这些作品为研究对象，梳理他史剧理论的主要观点及其与昆剧创作的关系，探讨他作品中"人"的发现，以及文本形式与艺术手法上"向内转"的趋向，以窥其新编昆剧的精神内蕴与艺术特色。

一、"一剧一论"：确立一种新型史剧观

郭启宏第一个昆剧作品是《南唐遗事》，创作于 1986 年，取材于南唐后主李煜的故事。李煜是一位亡国之君，懦弱无能，他又是一代词人，谱就了千古词章。郭启宏从他身上看到二者"如此巨大的矛盾却辩证地统一在一个人身上"。在他看来："李煜同世上任何人一样，是一个阴阳互补的整体，只不过他的内在矛

---

① 林婷《剧作家郭启宏访谈》，《中国戏剧》2000 年第 6 期。

盾冲突更加强烈，他一直处在痛苦的'二律背反'之中。"①循此逻辑，他在剧中创造了一个复杂多面的李煜形象：

——不恤政事、昏聩无能。李煜不理朝政，只顾填词品箫，三朝老臣萧焕乔闯入宫中，直谏李煜应远诗词、拔英才、厉兵秣马。赵匡胤挥师南下，大敌当前，李煜束手无策，却仍有闲情与周玉英对弈，被萧焕乔掀翻棋盘。他劝李煜戎装督战，以图社稷之存，李煜胆怯无能，加封他为兴国大将军，命其率兵与北宋决一死战。

——阅世无多、温柔敦厚。李煜扬州江北生祭子师，偶遇闯入南唐地界的赵匡胤，本可让萧焕乔生擒赵匡胤一行，但他仍以礼相待，派人为其带路，还错放了刺探江防、制作长江水图的樊若水。事后，赵匡胤也由衷地给出了"阅世无多，心地白璧无瑕"的评价。做了亡国之君后，李煜哀伤不已，作新词《虞美人》，满纸故国之思，赵匡胤来访，称："词作极佳！只是过于哀伤，有碍身心呀！"李煜突然精神抖擞，恍遇知音："拙作尚未入乐，不知合律否？"

——用情至深、任情随性。李煜见到周娥皇的妹妹周玉英，就喜欢上了她，以凤箫相赠。与之偷欢后，将其事填成艳词《菩萨蛮》："花明月暗笼轻雾，今宵好向郎边去。划袜步香阶，手提金缕鞋。画堂南畔见，一向偎人颤。奴为出来难，教君恣意怜。"周娥皇病逝，赵匡胤派曹彬前往吊唁，并提出了联姻的要求，李煜当着朝臣的面说："我非有意中人，决不再娶！"。

——亡国之君、一代词人。历经亡国之痛后，李煜谱写新词追忆往昔，真挚感人，文采飞扬。第七出《论诗》，开场时流珠、漱玉谈论并歌唱李煜的《浪淘沙令》："帘外雨潺潺，春意阑珊。罗

———————————
① 郭启宏《〈南唐遗事〉创作琐记》,《当代电视》1988 年第 4 期。

衾不耐五更寒。梦里不知身是客，一晌贪欢。　　　独自莫凭栏，无限江山，别时容易见时难。流水落花春去也，天上人间。"接着李煜上场，积蓄胸中的无限故国之思化作新词《虞美人》："春花秋月何时了，往事知多少。小楼昨夜又东风，故国不堪回首月明中。　　　雕阑玉砌应犹在，只是朱颜改。问君能有几多愁，恰似一江春水向东流。"这两首词都是千古传诵的名篇，作者巧妙地将其融入剧情之中。七月初七，周玉英作为降臣命妇入宫陪宴，被赵匡胤强暴，李煜羞愧难当。亡国之君与杰出词人的内在矛盾集中爆发，内心的痛苦化为大段演唱，一泻千里。

《南唐遗事》剧照（北方昆曲剧院演出）

　　如此复杂的帝王形象，为当时戏曲舞台所少见。《南唐遗事》拍成电视剧时，演员们觉得李煜这一形象，说不清是正面人物还是反面人物。郭启宏说这正是他追求的："生活中并不存在

什么单一的正面人物和反面人物。所谓正面人物、反面人物的
提法在理论上是站不住脚的,除了导致文艺创作在人物塑造上
类型化、公式化、概念化、脸谱化以及雷同和虚假外,别无
好处。"①

　　这一创作追求形成了一种全新的历史剧创作观念。1988
年1月,郭启宏在《剧本》月刊发表了《传神史剧论》一文,首次提
出了"传神史剧"的概念。所谓"传神史剧",是"内容上熔铸剧作
家的现代意识和主体意识,形式上则寻求'剧'的彻底解放"②。
"传神史剧"的"传神"要求包括三个方面:一传历史之神,二传
人物之神,三传作者之神。传历史之神,就是"要把历史看作有
生命的实体",不是为了纯粹写历史,更重要的是寻求历史与现
实的契合点。传历史之神讲究"神似",他认为"神似"是更高层
次的真实。传人物之神,主要体现在两个层面上:第一个层面
是"写'人',而不满足于'演故事'",第二个层面是"写人的内心,
而不满足于写人的外部行为"。传作者之神,"其实就是我们现
今常讲的作者的主体意识",或者说是"作者的真性情"③。

　　《南唐遗事》与《传神史剧论》这"一剧一论"成为郭启宏编剧
生涯的一大景观,奠定了他在当代剧坛的地位。他回忆说:"我
记不清先有剧还是先有论,更可能是相互渗透,你中有我、我中
有你,若管夫人之捏泥人然,因为这一剧一论都不是不期而至、
突兀而来。"④"传神史剧"理论提出后,郭启宏创作了一系列历
史题材的文人剧,涉及话剧、京剧、昆剧等多个剧种。与此同时,
他的理论思考也在延续着,陆续发表了《史剧四题》(1992)、《我

①　郭启宏《〈南唐遗事〉创作琐记》,《当代电视》1988年第4期。
②　郭启宏《传神史剧论》,《剧本》1988年2期。
③　郭启宏《传神史剧论》,《剧本》1988年2期。
④　郭启宏《一生能有几回眸——我的编剧生涯》,《艺术评论》2014年第6期。

所理解的历史剧》(1997)、《史剧与史料筛选》(1997)、《历史剧旨在传神》(2009)、《历史剧创作之我见——中青年编剧读书班讲课提纲》(2012)、《传历史之神写时代之真——再论传神史剧》(2015)等一系列文章,对历史剧创作进行了全方位的阐述。

谈论历史剧,无法绕过历史。郭启宏认为,历史是真实存在的,而作为整体的历史,却是谁也无法把握的,史书记载的真实性也是存在疑问的,"我们今天看到的形诸文字的'历史',正是人们雕刻的'大理石',或假手于时代思想,甚或假手于某些'超人'"①。因而,历史是真实存在的,而历史的"真实"却不存在。在他看来,戏剧界关于历史剧的"真实"问题——"历史真实"与"艺术真实"的争论是个伪命题。面对历史的"大理石",他认为史剧作家应该做的只有两件事:第一是审视,用现实关照历史,以历史鉴辨现实;二是激活,以作家的心灵、思想、生活经验,去激活过往的编年纪事,解决现时人们心灵的焦虑和问题。从这个角度而言,历史剧是另一种意义上的现代剧。他在《历史剧创作之我见》一文开篇指出:"我向来以为,历史剧就是以历史为题材的剧,除此,与现代戏无异。也就是说,除了创作所用的材料,其创作的思维方式、写作技巧乃至受众客体,与现代戏毫无二致。"因而,成功的历史剧是历史感与现实感的和谐,"历史感说的是一种感知,这种感知来自历史上已经发生或者可能发生的物事。……现实感说的是另一种感知,即历史上的物事至今仍以各种方式演绎着,倘无历史感,何以叫人信服,倘无现实感,何以给人启迪,二者既矛盾又统一,是相辅相成的关系"②。

---

① 郭启宏《我所理解的历史剧》,《剧本》1997 年第 1 期。
② 郭启宏《历史剧创作之我见——中青年编剧读书班讲课提纲》,《剧本》2012 年5 期。

历史剧的创作目的，郭启宏认为不是"古为今用"，而是"古为我用"。他认为"古"和"今"都是创作的客体，而"我"才是创作的主体，于是"古为今用就很难从实用、从功利等等层面剥离开来，有意或者无意，拖泥还要带水……难免扯上了影射、比附，甚至捕风捉影、牵强附会"①。"古为我用"不是要将古人今人化，"将所谓'现代意识'强加在历史人物身上，甚至让古代人说着现代话"②。换言之，历史剧的现实感并不体现在具有"现代意识"的古人身上。郭启宏非常喜欢瑞士剧作家迪伦马特的"非历史的历史剧"《罗慕路斯大帝》，他认为作者的用意显然不是希望通过戏剧再现历史，而是借用历史来阐述某种政治的、历史的和哲学的观点③。所以，传神史剧的重点，不是再现历史，不是将古人今人化，也不是借古讽今，而是"借助历史场面和历史人物，传达史剧作家在当今时代所感悟到的审美理想"④。

艺术作品的功能，郭启宏认为是审美，"所谓认识价值、教育意义，甚至娱乐作用，都是审美过程中派生出来的'副产品'"⑤。于历史剧而言，也是如此，真史剧是审美的。这包括两重含义，一是从戏剧功能角度而言，历史剧的最根本作用是审美，其次才是认识、教育和娱乐功能；二是对历史人物的评判，要上升到审美的层次。

历史人物的评判标准，郭启宏提出了三种：历史的评判、道德的评判、审美的评判。他希望透过人物身后的帷幕去触摸社

① 郭启宏《日下退思录》，载《当代戏剧创作研究文集》，中国戏剧出版社 2009 年版，第 493 页。
② 郭启宏《新编历史剧的思考》，《戏剧报》1986 年第 12 期。
③ 郭启宏《一生能有几回眸——我的编剧生涯》，《艺术评论》2014 年第 6 期。
④ 郭启宏《我所理解的历史剧》，《剧本》1997 年第 1 期。
⑤ 郭启宏《我所理解的历史剧》，《剧本》1997 年第 1 期。

会的、文化的、传统的大背景,而不仅仅着眼于人物个人的品德与作为,仅仅满足于事件因果的简单验证。因而,仅靠历史的标准和道德的标准去评判,是不够的。在他看来,历史的评判和道德的评判最终需要升华为审美的评判,只有经过审美筛汰后留下真美,才能产生撼人心魄的思想力量,才有可能抵达文艺创作的深度和力度:一是批判,二是内省。

相对于批判层面,内省层面在郭启宏认为更重要。对他来说,创作的过程就是自我反省的过程,而非表达什么人文关怀:"你或我是仁慈的上帝? 是救世的英雄? 你或我处在生活之外? 不食人间烟火? 你或我的姿态是居高临下? 是侧身旁观? ……不! 你或我不过是他们中间的一分子,不是局外人! 奢说什么人文关怀!"①

不难看出,以"传神史剧"为核心的史剧观,与主流的历史剧理论有很大的不同,郭启宏不仅质疑了一些习以为常的说法,而且提出了全新的观点。这一新型史剧观,不仅具有独创性,而且闪烁着理论建构的深度智慧,是当代历史剧理论的重要收获。

二、"人"的发现:诠释历史人物的新视角

郭启宏将自己的创作分成两种类型:"一种是垦荒拓殖型,一种是精耕细作型。"②前者主要是没人写过的题材,后者是许多人写过,他从全新的角度来创作,写出他人所没有写过的人物的新认识。用这个标准来对照他的新编昆剧,垦荒拓殖型如《南

---

① 郭启宏《日下退思录》,载《当代戏剧创作研究文集》,中国戏剧出版社 2009 年版,第 491 页。
② 郭启宏《历史剧创作之我见——中青年编剧读书班讲课提纲》,《剧本》2012 年 5 期。

唐遗事》、《司马相如》，精耕细作型如《西施》、《李清照》。不论是哪种类型的历史题材作品，郭启宏都对人物进行了深层开掘，传达出当代知识分子的自省意识。

1986 年，他在《新编历史剧的思考》一文中，将新编历史剧的发展分成政治工具史剧、影射史剧和写"人"的史剧三个阶段。在他看来，写"人"的史剧，才可以称为真正的新编历史剧。中国现代戏剧的现代性，其核心内涵恰恰是"人的戏剧"：

> 它是一种作为精神主体的人所创作的，是一种用来表现人、体现人文关怀的戏剧，也是一种与人进行情感交流、精神对话的戏剧。所以，它既要表现出审美客体的"人"的真实——人的生存、人的命运、人的生命的意义、人的复杂性与丰富性等，还要表现出审美主体的"人"的真实——戏剧家的人生体验、生命感悟和对现实性的独特发现，对审美客体与审美主体所共有的生存境界与困惑的思考等，同时，它还要能够拓宽创作主体与接受主体心灵对话和情感交流的精神空间①。

这种"人的戏剧"，简而言之就是"人"写的，写"人"的，给"人"看的，其精神实质是"人"的发现与解放。与郭启宏的"传神史剧"对照后，会发现"人的戏剧"和"传神史剧"尽管在出发点和表述上有所不同，但二者的精神旨归是相同的，其要义甚至可以一一对应：

"人"写的——传作者之神

---

① 胡星亮《现代戏剧与现代性》，人民文学出版社 2007 年版，自序。

写"人"的——传人物之神

给"人"看的——传历史之神

传作者之神,强调创作者的主体意识,并且把自己摆进去,与他们同悲喜同歌泣,从人的角度去理解古人,这个意义上可以称之为"人"写的。传人物之神,重在写人的内心世界,写出人的复杂性与不变的人性,也就是写"人"。传历史之神,重要的是寻求历史与现实的契合点,让观众从中看到自己,发现作为"人"的自己,这个意义上可以称之为给"人"看的。

前面述及李煜是一个"二律背反"的人,集亡国之君与杰出词人于一身。这一复杂的帝王形象,超越了非黑即白的二元评价标准。李煜之外,《南唐遗事》、《司马相如》、《西施》、《李清照》里的赵匡胤、司马相如、西施、范蠡、夫差、勾践、李清照,或是以往戏曲舞台上没有的人物形象,或是与以往戏剧舞台上不同的人物形象,蕴含着作者全新的解读。

郭启宏笔下的司马相如是个集正面与负面于一身的人。卓文君与司马相如的故事,观众太熟悉了,他不希望仅仅重复这个古老的故事,而是希望揭示文人的灵魂。同样身为文人,他对司马相如有着深刻的体认:"司马相如是个集文人的正面与负面于一身的人物。司马相如有文人的天赋才华……又处处表现出文人的痼疾。"他由司马相如进而推及传统文人,"传统文人的正面积淀,表现为民族脊梁的精神,或如儒家所说,修身齐家治国平天下;传统文人的负面积淀,表现为一种劣根性"①。司马相如三过青云桥,经历了"得官—失官—再得官—再失官"的人生起伏,徘徊在仕与隐之间,进也难,退也难。

① 郭启宏《〈司马相如〉创作手记》,《上海戏剧》1996 年第 4 期。

在这个过程中,郭启宏浓墨重彩地描写了"卖酒"、"卖赋"、"纳妾"三个事件,将传统文人的劣根性展现得淋漓尽致。剧中的卓文君是司马相如的一面镜子。如果说"卖酒"时,司马相如与卓文君是"同声相应、同气相求",到"卖赋"时,卓文君妥协"也就这一回,下不为例",而到"纳妾"时,卓文君对司马相如已是"花落流水彩云飞,往事成追忆",弦断缘尽,只能分手了。"卖酒"、"卖赋"、"纳妾",概括起来无非财、色与功名,司马相如在其间转着圈圈,无法走出来。

《司马相如》剧照(上海昆剧团演出)

郭启宏笔下的西施与范蠡是分裂的双重人。他从梁辰鱼的《浣纱记》中找到了最有创见的主题"儿女的离合系于家国的兴亡"之外,发现了"人的双重属性"的副主题:"一是人的社会属性,包括所谓'政治人',民间女子西施亦不能免;另一是人的自然属性,所谓'自然人',或称人性,帝王同样不能免。"取材于《浣纱记》的《西施》，郭启宏把西施调整为第一主角，"写她在'政治人'与'自然人'之间徘徊，最后回归自然。范蠡的情况略似，他献出心爱的女人，心中不能平静，感情与理智的冲突也折射出'政治人'与'自然人'的矛盾"①。西施与范蠡经历了从"自然人"到"政治人"再回归到"自然人"这样的三个阶段。起初，西施只是一个"自然人"，与范蠡一见钟情，互订终身。吴越争霸，越国兵败，让西施走到了历史的前台，成为负有政治使命的"政治人"。第二折《教技》，越夫人教导西施"蛾眉有三技"，一曰奉觞劝酒，二曰进歌献舞，三曰送媚承欢，而第三技，最关紧要的是风情二字。这时，西施的"自然人"意识被唤醒，难为这风情。被范蠡一番规劝后，"自然人"服从了"政治人"的要求。第四折《采莲》，西施听到范蠡来献神木，唤起了内心的"自然人"，不无哀伤地唱起【小桃红】："一声赐宴泪潜流，别后人依旧也？问溪纱，三年顾影几多愁！"见到范蠡后，两人接唱："恨煞这玉殿琼楼，生隔断，两情俦，向何处，说绸缪？"此时，西施与范蠡内心深处"政治人"与"自然人"发生冲突，却又只能以"政治人"的面貌出现，不难感受到二人内心的痛苦。饮宴之中，夫差与西施共舞，范蠡内心的"自然人"压倒了"政治人"，不顾越国上大夫的身份，耍起了酒疯，当场哭泣，举座只有西施明白其心，范蠡责问自己："当年献美，拙谋嘉谋？"第六折《思归》，西施按范蠡指示，除掉伍子胥后，"自然人"再次唤醒，她前去祭奠英灵，一支【叨叨令】唱出了内心的愁苦："有谁知花儿月儿，早失去温温柔柔的韵。更哪堪刀儿剑儿，欲摆开喧喧腾腾的阵！"第八折《归湖》，越国破吴，完成政治使命后，西施与范蠡从"政治人"回归到"自然人"，各自归湖。当他们各取出半幅溪纱问有情人在哪里时，已经看破了人

---

① 郭启宏《从〈浣纱记〉到〈西施〉》，《剧本》2005 年第 1 期。

间无非几场梦。此时,西施与范蠡回归到"自然人",却已不是当初的"自然人",他们已然回不去当初了。

《西施》剧照(苏州昆剧院演出)

郭启宏写李清照,没有写她与赵明诚令人羡慕的感情生活,而是写了南渡后她再嫁又离异的坎坷经历。这是大多数以李清照为题材的戏曲作品所回避的。他指出,"正是再嫁和离异,突显出李清照独特的个性,张扬了她人格的尊严,也自然而然地与家国的命运联系在一起"①。剧中的李清照,新寡南渡,在兵荒马乱中希望有所依靠,正因此,她被不学无术的张汝舟用虚情假意蒙蔽了。当后者暴露出真实面目时,她明知"妻告夫,当连坐"的大宋刑律,仍然告发其骗婚、虐妇、谋财及"妄增举数"之罪名。这样的李清照,柔弱而刚强,并非被刻意拔高的人物形象。

---

① 郭启宏《昆曲〈李清照〉余墨》,《光明日报》2015年9月28日。

《李清照》剧照（北方昆曲剧院演出）

　　除了李煜，《南唐遗事》和《西施》两剧中还写了宋太祖赵匡胤、吴王夫差、越王勾践三个与以往舞台上不同的帝王形象。昆剧舞台上常见的赵匡胤，是《千里送京娘》里那个一身正气、武艺高强，又不为柔情所动的英雄形象。那时的赵匡胤，一介青年，未登帝位。《南唐遗事》里的赵匡胤已是宋太祖，既有开国帝王的英雄气概，又有功业到顶后的落寞与寂寥。扬州江北偶遇"谪仙在世"的李煜，见其阅世无多、白璧无瑕，对他"竟有些欢喜"，然而为了完成统一大业，灭南唐一点也不手软。"论诗"一场，赵匡胤看望被囚禁的李煜，见到如花似玉的周玉英，想起当年的赵京娘，凭添几多惆怅，不禁叹息："何处觅京娘？"之后读到满是故国之思的《虞美人》时，不尽生出几份同情心来。李煜的才情与美人，让赵匡胤有一种挥之不去的怅然若失之感，纵然贵为帝王，仍有难以弥补的缺憾。于是，内心的矛盾冲突，演化为残暴的行径——强占周玉英,赐死李煜,前者出于弥补内心的情感缺失,后者则出于政治大业的无奈选择——"重光不死,江南不稳"。面对将死的李煜,赵匡胤动情地说:"重光,你我都有不是呀!倘若当初沙场你死我活,焉有今日这番生离死别。"说完潸然泪下,命人取解毒丸来,却为时已晚。这一赵匡胤形象,让人一下子说不清他是个什么样的人,但却可以感受到其血性与感性。该如何评价他呢?从历史评价来说,他是位完成统一大业的开国君主,从道德评价来说,强占周玉英,为人不齿,而对李煜的矛盾态度,又多少让人感受到其内心的真与善。郭启宏说:"只有矫情的政治家才会仅仅从历史的标准去衡量一个帝王的行为,也只有糊涂的艺术家才会仅仅从道德的标准去衡量一个帝王的行为。作为一个剧作者,我只是试图把笔触伸向人性的深层。"①出于同样的考虑,他在《西施》里将夫差和勾践的形象作了调整:"夫差的刚愎自用导致江山自毁,而他的专房用情又不失为磊落丈夫。勾践似乎相反,可共患难,不可共安乐,人能'一饭之德必酬',他则'纤芥之仇必报'。"②这样的调整,不是依据历史的标准,或是道德的标准,而是从审美的标准来考量,帝王作为人,不再是一个平面的人,神化了的人,他们与常人一样有着七情六欲,善恶兼具。他们自然可以做出看似矛盾却又有着合理性的种种行为来。郭启宏剥掉了帝王们光鲜亮丽的外衣,把他们"还原"为一个个普通人,经由历史评判、道德评判后,上升到审美评判。这一降一升,使得这些历史人物不仅可知可感,而且有了审美价值。

---

① 郭启宏《〈南唐遗事〉创作琐记》,《当代电视》1988年第4期。
② 郭启宏《从〈浣纱记〉到〈西施〉》,《剧本》2005年第1期。

三、"向内转"：形式与手法的共同趋向

"人"的发现，本质是回归"人"本身，它不在于对历史规律的揭示，也不在于人物的外在行动，而在于对深层人性与内心世界的揭示。与之相适应，郭启宏的创作在文本形式与艺术手法上也呈现出这种"向内转"的趋向。文本形式上，从早期不拘一格的长短句转向后期自觉遵循曲牌格律要求与联套规范，回归昆剧传统；艺术手法上，通过设置双重结构，借助贯穿物件的象征隐喻，提升了作品形式上的审美难度与内涵的深刻性。

昆剧的剧本创作受到曲牌格律与曲牌联套规范的限制。曲牌是昆剧文乐关系的交汇点，曲牌联套不仅是文学创作的要求，也是音乐创作的要求，联套水平的高低，一定程度上反映了昆剧文学水平的高低。按剧情选择曲牌联套与按曲牌格律填词是昆剧创作的难点，当代剧作家中能达到这一要求的并不多，郭启宏是其中之一。

需要指出的是，他早期创作的《南唐遗事》、《村姑小姐》与《鬼乡曲》三部昆剧，未按曲牌填词，唱词为自由体的长短句。其中《南唐遗事》是为丛兆桓"定向"创作的，写作之前，郭启宏跟他提出，如果"要求我按格律填词，那我要三个月以后再写。如果你不这样要求，那我现在就写。"丛兆桓回答说："你就是现在严格地按照词牌格律填词，也没有人认可。如果你不是这样严格的填词，也没有人要求必须怎样怎样，这种高人没有了。"[①]丛兆桓这番话，代表了当时不少人的观点。《南唐遗事》演出后收获

---

① 转引自陈均《义兼崇雅　终朝采兰：丛兆桓评传》，上海古籍出版社 2011 年版，第 201—202 页。

了诸多赞誉,然而郭启宏很清楚,不按曲牌填词,于昆剧而言,终归是有缺憾的。于是,他后来又将《南唐遗事》按曲牌体要求重新填词,场次上略作调整,易名为《金缕鞋》以示区别①。

郭启宏后期的创作,如《司马相如》、《西施》、《李清照》,按宫调套数选用曲牌,依曲牌格律填词,总体上遵守平仄韵位的要求,衬字也在合乎要求的范围之内。下面以《司马相如》中的《琴挑》、《断弦》两折为例,结合该剧曲谱②作一简要分析。

《琴挑》一折,选用了南曲【仙吕入双调·步步娇】套,中间插入一支琴曲【凤求凰】,曲牌联套为:南【仙吕入双调·忒忒令】【沉醉东风】【园林好】【江儿水】+【凤求凰】+【品令】【川拨棹】+【意不尽】。卓文君读《子虚赋》后,唱【忒忒令】,爱慕其才华,心有所动,恨无缘交往。卓王孙来借绿绮琴,说今天府上有贵客要来。卓文君见司马相如后,唱【沉醉东风】头四句,表达内心"好似小鹿儿轻撞"激动心情。【忒忒令】为一板三眼,到【沉醉东风】转为一板一眼,节奏的变化,与卓文君心情的变化相适应。司马相如入座后,唱【园林好】,描写其向内张望时与卓文君四目相对、暗送秋波,接着两人合唱【江儿水】,表达"隔着银河凝望"的无奈。此处两支曲,均为一板三眼。之后,卓王孙邀请司马相如弹奏一曲,曲调由小工调变为尺字调,司马相如抚琴而歌【凤求凰】,发出"中夜相从"的信号,卓文君在内听琴唱【品令】,表达了喜遇知音的狂喜心情。【凤求凰】与【品令】在两人之间交错,后

① 《南唐遗事》全剧 11 场:《备战》、《品箫》、《偷欢》、《邂逅》、《丧变》、《发兵》、《辞庙》、《受降》、《论诗》、《邀宴》、《乞巧》。《金缕鞋》全剧 8 场:《弄箫》、《幽会》、《偶遇》、《祭吊》、《出师》、《辞国》、《填词》、《做寿》。与前者相较,后者删原剧第一场《备战》,将《辞庙》与《受降》合并为《辞国》,将《邀宴》、《乞巧》合并为《做寿》。
② 参见全国政协京昆室编《中国昆曲精选剧目曲谱大成》(第一卷),上海音乐出版社 2004 年版。

半转回小工调。【凤求凰】全曲一板三眼，【品令】前一半散板，后一半转入一板一眼。唱完后，司马相如接唱【川拨棹】前半段，心生惆怅，怕只是臆想空梦。之后，卓文君换夜装上场，接唱【川拨棹】后两句："拚名节，理新妆。走星星，奔情郎！"梦想成为现实，两人相拥而下。幕后伴唱【意不尽】，赞叹卓文君："千古一人，百世芳！"七支曲子，曲调、板则随人物心情转换，将卓文君读《子虚赋》爱慕司马相如的才情，到他们见面后的无奈，再到司马相如以琴挑之，最后文君夜奔的全过程，描写得丝丝入扣。

《断弦》一折，选用了北曲【中吕·粉蝶儿】与【正宫·端正好】组成的复套。曲牌联套为：北【中吕·粉蝶儿】【醉春风】【上小楼】【石榴花】【迎仙客】＋北【正宫·端正好】【滚绣球】。同一笛色，小工调。司马相如卖赋后，封为孝文园令，皇后又赏赐皇家美女一名作妾。司马相如回府，散板唱【中吕·粉蝶儿】前四句，前两句表达伤秋，后两句表达内心志忑。文君抱琴而来，敬酒三杯，一支【醉春风】，以一板一眼的板则唱出他们相知相爱的过程，铺垫过后，接着以一板三眼唱一段长短句（剧本上标为【朝天子】，但未按律填词，曲谱上亦未标曲牌名称），言事已往、人已非，抚琴而歌《白头吟》："闻君有两意兮，故来相决绝……"弦断歌止，司马相如大为诧异。卓王孙得知司马相如得官后，来送嫁妆，杨得意来宣皇后懿旨，曲调转为尺字调，众人一板三眼唱【上小楼】前四句，言皇后馈赠，却之不敬，受之不能。王吉、卓王孙前后接唱【石榴花】前六句，劝司马相如接受。司马相如说此事还须看文君之意，卓王孙接唱【石榴花】后三句，劝文君作大她作小，曲调转为正宫调。文君一板一眼唱【迎仙客】前三句，表示决绝不回头。正要将新妾送入洞房时，东方朔前来报信，皇上发现《长门赋》为司马相如代做，废了皇后，免了司马相如的孝文园令。司马相如不知何去何从,幕后合唱【正宫·端正好】。又到青云桥,司马相如一板三眼唱【滚绣球】"想见此桥,怕见此桥","乐在此桥,恨在此桥",欲改桥上题字,却又改不了,一笑而过之。这一折分为前后两段,前半段写文君与司马相如分手,用的是北曲【中吕·粉蝶儿】套,后半段写司马相如三过青云桥,用的是北曲【正宫·端正好】短套。套数的选用随情节的变化而变化,没有机械地用一个单套来处理。整个复套,除卓王孙唱【石榴花】后三句为正宫调外,均为小工调,急曲与慢曲相间,以表现不同人物的情绪节奏。

南曲【仙吕入双调·步步娇】套与北曲【中吕·粉蝶儿】、【正宫·端正好】套,是传统昆剧中常用的套式。《琴挑》、《断弦》的曲牌联套与剧情走向、人物关系变化结合紧密,呈现出文乐关系的一致性。这两折均为七个曲牌组成的长套,人物有较大的情感表达空间。很多时候,郭启宏也选用四五个曲牌以内的短套,以加快情节推进的节奏,甚至部分曲牌只填了一部分曲词。化长套为短套,是新编昆剧比较普遍的做法,而只填部分曲词,于曲牌词式要求而言,有其不规范之处。

郭启宏写戏,并不满足于讲一个表层故事。他的作品往往具有双重结构——浅层结构与深层结构。所谓浅层结构,是指"一出戏应该有故事性、戏剧性、观赏性,有一般观众能够领略的思想内容,有他们的欣赏习惯可以接受的表现形式"。所谓深层结构,是指"若止于表层,戏剧难以深刻,从表层而入里层,戏剧应有堂奥可赏,有哲理可求,如尊驾闲步入大屋,可登堂,可入室,可任由情性,择而适之,是为佳构"①。浅层结构的概念很清

---

① 郭启宏《海棠花开想到如今——话剧〈天之骄子〉绪馀》,《戏剧文学》2013年第4期。

晰，容易理解。深层结构的描述，偏于抽象，结合作品来分析，会有助于理解"是为佳构"之所在。

《南唐遗事》中的李煜，集亡国之君与杰出词人于一身。正所谓"国家不幸诗家幸"，作为一代词人，李煜没有国破山河失的切肤之痛，是无法写出《虞美人》这样的千古词章的。为此，作者安排了两条线索，一条线写李煜作为亡国之君的爱恨生死故事，他耽于声色词章，不恤政事，国破家亡，连身家性命也无法保全；隐在背后的另一条线则写李煜从艳词高手到千古词人——从偏安一隅时写给小周后的艳词《菩萨蛮》到亡国被虏后写出《浪淘沙令》、《虞美人》这样的千古名篇。前一条线是南唐后主从生到死的陨灭过程，后一条线则是从艳词高手到千古词人的蜕变过程，前者生命轨迹往下走，后者的生命轨迹是往上走，一升一降，有机地交织李煜身上。谱就新词《虞美人》后，作为词人的李煜达到他毕生创作的高峰。江南民众的传唱，为他召来了杀身之祸。作为亡国之君，他的肉身消亡了，而作为一代词人，他的艺术生命永远停留在这一巅峰上。

《司马相如》的浅层结构是司马相如与卓文君的情感分合，这个层面上，有卓王孙、扬得意插科打诨式的穿插，富有喜剧效果。浅层结构之下，则是围绕着司马相如三过青云桥而设计的深层结构。青云桥是该剧结构的关键点，开篇与结尾，以及中场命运的突转，都落在青云桥上。青云桥是超越个体命运的整体象征，它承载了多少文人"平步青云"的梦想，然而现实总是与理想背道而驰，过与不过，或是如何过，成了一个隐喻。司马相如一过青云桥，题字"不乘高车驷马，不过此桥"，以明其志。当他志得意满后二过青云桥时，将题字改为："乘高车驷马过此桥"，以示梦想的实现。没想到刚改题字，随即丢了官，与前一刻形成的巨大落差，表明文人做官，凶险暗藏，起伏无定。经历了失而复得、进而再次丢官的起伏后，司马相如三过青云桥，心情颇为复杂："乐在此桥，恨在此桥。"他欲改题字，改来改去，都不如"不乘高车驷马，不过此桥"来的好。青云桥上的题字，是中国历代文人进也难、退也难的生存状态的隐喻。

《西施》中西施与范蠡的表层故事之下的深层结构，则是他们从"自然人"到"政治人"，再回归到"自然人"的过程。艰巨重任完成后，西施与范蠡重回"自然人"，却已无法回到三年前的当初了，正如梵志和尚所云："吾犹昔人，非昔人也。"①这一深层结构所蕴含的深意，或许才是作者取材于《浣纱记》创作《西施》的真正意图之所在。

双重结构之外，郭启宏还常在作品中使用贯穿物件。这一手法明清传奇常用，不少作品也以贯穿物件来命名，如《玉簪记》、《荆钗记》、《钗钏记》、《罗衫记》等。古人在使用贯穿物件时，常常作为分别多年的主人公团圆相认的凭证，比如《罗衫记》中的两件白罗衫，两衫合一，案情水落石出，徐继祖一家三口历经磨难后再次团圆。郭启宏使用贯穿物件时，没有沿袭旧例，而是赋予了象征与隐喻，对人物关系的走向与主题的表达起到揭示作用。《南唐遗事》中李煜赠给周玉英的凤箫，《司马相如》中的绿绮琴，《西施》中的溪纱，都是男女主人公爱情的见证和信物，"这些物体是人物的抒情对象，记载了人物的心理轨迹，揭示出复杂微妙的心理变化"②。凤箫裂了，周玉英和李煜的爱情到头了；绿绮琴的弦断了，卓文君离开了司马相如；西施和范蠡各执一半的溪纱，最终也未能复合。爱情信物的命运，预示了男女

---

① 僧肇著、张春波校释《肇论校释》，中华书局 2010 年版，第 23 页。
② 郭晨子《文人精神与人文精神：论郭启宏的新编历史剧》，《安徽新戏》1997 年第 2 期。

主人公的情感的走向和最终的归宿。

郭启宏的《南唐遗事》和《传神史剧论》这"一剧一论"确立了一种新型史剧观。"传神史剧"理论，是他历史剧创作的出发点与归宿。他的历史剧，因为有了理论支撑而显出与众不同；他的历史剧理论，因为根植于创作实践而不再枯燥乏味。研究当代历史剧创作，无法绕过郭启宏，研究当代昆剧创作，亦如此。他的新编昆剧，以传统形式来表现当代意识，历史感与现代感兼具。他无意于借历史故事揭示社会发展规律，也无意于描写历史人物的外在行动，而是把历史人物"还原"成普通人，着力于人物内心世界的刻画，着力于"人"的发现与深入开掘，对人物从历史评判、道德评判后上升到审美评判，从而达成历史剧的审美功能。在形式与手法上，他的作品呈现出"向内转"的共同趋向——文本形式上，从不遵循到自觉遵循昆剧的曲牌格律与联套要求，回归昆剧传统；艺术手法上，通过设置双重结构，借助贯穿物件的象征隐喻，提升了作品形式上的审美难度与内涵的深刻性。

第三节　张弘的新编昆剧创作

张弘是位昆剧演员出身的剧作家，1967 年毕业于江苏省戏曲学校，工小生，妻子为著名昆剧表演艺术家石小梅。他对昆剧场上艺术有着深刻的体认，许多传统文本，经过他从表演者的视角抽丝剥茧般的梳理后，能在看似"没戏"的文本后面找到潜藏的"戏"。他在剧本创作时，有着先于演员、先于二度的切身体悟。剧本完成后，二度风格样式，已经框定了七八成，便于场上搬演。更为可贵的是，在许多创作者踏入时代的洪流大展宏图时，张弘选择了在安身立命之余娱情遣性，营造一个文墨支起的世界,与古人对话,与今人对话,与自我对话。

他的昆剧创作,可以分为两类,一是传统剧目的整理与改编,如《西施》(改编自《浣纱记》)、《桃花扇》、《牡丹亭》,折子戏《题画》、《沉江》、《侦戏》、《观图》等;二是新编作品,如《唐伯虎传奇》、《白罗衫》、《红楼梦》折子戏、《临川四梦汤显祖》、《宫祭》、《梁伯龙夜品女儿红》(又名《我的浣纱记》)等。2013年,中华书局出版了张弘的剧作自选集《寻不到的寻找——张弘话戏》,收入八个剧本,辅以八篇说戏文章,其中《白罗衫》等五个作品,可以视为他新编昆剧的代表作。

一、《白罗衫》解析

《白罗衫》根据明代无名氏传奇《罗衫记》重新编写。原作讲述明永乐年间涿州书生苏云至兰溪赴任,其母缝制罗衫两件,一付儿媳,一留家中。苏云于途中遭船户徐能掠杀落水,其妻产子以罗衫裹弃,为徐能收养,取名继祖。十八年后,继祖长大,赴京会试,途中有老妪复赠罗衫一件。中进士后,擢为监察御史,得苏云夫妇诉状,审明旧情,惩办徐能,两衫重会,三代团聚。《罗衫记》全本已佚,《古本戏曲丛刊》所收为一个残本,到《看状》为止。《缀白裘》收《贺喜》、《井会》、《请酒》、《游园》、《看状》五折。清末舞台常演《贺喜》、《井会》、《游园》、《看状》、《详梦》、《报冤》(又名《杀盗》)六折,剧情集中在徐继祖长大以后,通过追溯十八年前的往事,总揽全局故事。新中国成立后,"传"字辈老艺人尚能完整演出此六折。1987年,石小梅向周传瑛学习了《看状》一折,尚未见观众,老先生驾鹤西去。此剧成为她的一个心愿,遂与先生张弘商量,能否以《看状》为中心向两头延伸,编成一部完整的戏,于是有了今天我们所见的《白罗衫》。

　　张弘的新编本,故事主线与"传"字辈的演出本相同,但结构做了较大调整。《白罗衫》依杂剧体例,以生行为主,包括《井遇》《庵会》《看状》《诘父》四折。《庵会》《诘父》为新写,《井遇》作了较大改写,《看状》作了删节。新编本围绕白罗衫这一贯穿物件,将戏集中在徐继祖与苏母、苏夫人、奶公、徐能四人的问答上,张弘称之为"四问"——《井遇》是询问,无意中路遇苏母,得知白罗衫的故事;《庵会》是探问,从苏夫人处了解案情;《看状》是逼问,逼问奶公,两衫合一,案情水落石出;《诘父》是诘问,追问养父,证实了他不想看到的事实。张弘没有将《白罗衫》编成一个公案剧,也没有简单地处理成情理交战的主题,而是两种情的搏杀,"一端是养育之恩,一端是血脉之重,都在声嘶力竭地喊着他,要他做一个决断。当此之时,最后结果是杀是放,已不重要,重要的是过程,是过程中展示的人性、无奈与宿命"①。他从现代剧作家的视角,写出了徐继祖内心巨大的情感冲突,将戏

《白罗衫》剧照(江苏省昆剧院演出,摄影:元味)

① 张弘《寻不到的寻找——张弘话戏》,中华书局2013年版,第166页。

剧高潮从《看状》延伸至《诘父》。

从戏剧结构而言,依杂剧体例,创作会受到许多限制。元杂剧四折一楔子,每折一人主唱,且用同一宫调曲牌。张弘从限制中发现了它的优点,"杂剧用旦本、末本这样近乎极端的方式,最大限度地把舞台交给了最重要的人物(或演员):旦本之旦,末本之末"①。从人物行当上来看,四本戏依次为生与老旦、正旦、末和净的戏。生旦净末丑,独缺丑行,于是在《庵会》中设置了一个以丑应工的小尼姑,承担穿针引线、插科打诨之功能。如此,四折戏五个行当,"除生行第一主角外,每个人物、每个行当,都只出现一次,以示戏剧匀称之美"②。新编《白罗衫》虽依杂剧体例,但没有完全拘泥于形式。如从戏剧匀称美的角度考虑,没有安排楔子。在"一人主唱"与"同一宫调"这两个问题上,也依据剧情需要,做了适当变通与调整。

第一折《井遇》,为徐继祖(生)与苏母(老旦)的戏。曲牌选了双调"新水令"南北合套,徐继祖唱北曲,苏母唱南曲,曲牌依次为:北【双调·新水令】【折桂令】南【仙吕入双调·江儿水】北【雁儿落带得胜令】南【侥侥令】北【沽美酒带太平令】。双调"新水令"南北合套是常用曲牌,刚柔相济,南北兼顾,长于叙事抒情,用于此折,做必要的交代,问答之间,留下悬念。

第二折《庵会》,为徐继祖(生)与苏夫人(正旦)的戏。这是一折"旦本"戏,苏夫人一人独唱,用北曲【正宫·端正好】套,曲牌依次为【端正好】【脱布衫】【小梁州】【滚绣球】,遒劲的北曲,唱出她的疑虑与回忆往事的悲情。

第三折《看状》,为徐继祖(生)与奶公(外)的戏。这是一出

————————————————

① 张弘《寻不到的寻找——张弘话戏》,中华书局 2013 年版,第 167—168 页。
② 张弘《寻不到的寻找——张弘话戏》,中华书局 2013 年版,第 167 页。

传统的小生做功戏，《缀白裘》上为两支【解三酲】与两支【太师引】连用，中间以【引子】作隔。新编本删去两支【解三酲】，新填一支【江儿水】，由徐继祖一人主唱，曲牌依次为：南【南吕·太师引】【前腔】＋南【仙吕入双调·江儿水】，套式仍为南曲复套。徐继祖追问奶公，唱两支【太师引】，真相大白后昏厥过去，被奶公唤醒后，转宫调唱【江儿水】，诉说内心徘徊在信与不信之间、情义两难的心情。

第四折《诘父》，为徐继祖(生)与徐能(净)的戏。套式为南曲复套：【中吕·粉孩儿】套＋南【正宫·倾杯序】孤牌自套，两宫调，7支曲。曲牌依次为：【中吕·红芍药】【前腔】【耍孩儿】【会河阳】【缕缕金】【越恁好】＋南【正宫·倾杯序】。在两人唱答中，徐继祖一步步验证了真相，内心经历两种情的厮杀后，果断地做了判决。徐能一句："叫你读书，盼你做官，倒不如叫你做个强盗的好！"将徐继祖的两难处境推向了最高点，剧情与人物情绪开始转变，徐继祖变宫调唱最后一支【倾杯序】，诉说"泪湿白罗衫"的复杂心情。

从曲牌联套来看，《白罗衫》四折依次为南北合套、北曲单套、南曲复套、南曲复套，南北曲兼顾，套式与曲牌选用上都没有重复，一折戏内的南曲套式，采用了复套的形式，随剧情的转折与人物情绪的转变而变换宫调，文乐一体。

如果眼光不限于杂剧体例与联折体，会发现新编《白罗衫》的戏剧结构是一个"锁闭式"结构，采用了"发现—突转"的剧作技巧。按张弘的说法，这是一个说出来的戏。苏云遇害、徐能欲强占苏夫人、收养徐继祖等事件，都变成前史，直接从十八年后徐继祖赴京应试切入，经历了"询问"、"探问"与"逼问"后，一步步积累起来的"发现"，让剧情发生了"突转"——审案的官员成了案件的受害者，将主人公一下子推到戏剧冲突的前台。

从悲剧角度来看,《白罗衫》有着古希腊悲剧之遗风,与《俄狄浦斯王》在戏剧结构、剧作技巧与人物命运上有着某种相似性。两剧都采用同样的"锁闭式结构",从查找作恶的凶手开始,把杀人放火这些事放在幕后,前台只是"说",运用"发现—突转"戏剧技巧推进剧情发展,同样是从仆人(一为牧羊人,一为奶公)身上获得确证。如果审视两剧的主题,还会发现它们有着同样的宿命感,《俄狄浦斯王》的宿命感,源于先知的预言,《白罗衫》的宿命感,则更具东方神秘色彩。徐继祖过苏家村时,马儿莫名驻足不前,遇到了苏母,才有了后续的故事。听完苏母讲述后,他同情地说:"若得功名成就,我便接你到府,养你暮年,如同嫡亲祖母一般。"见了苏夫人后,徐继祖说了一句:"好叫遗孤迎双亲!"这些具有宿命色彩的点睛之笔,却并非作者刻意为之,而是"偶遇之笔"①。有所不同的是,两剧戏剧高潮的安排,体现出中西古典戏剧高潮的差别——情感高潮与情节高潮。《俄狄浦斯王》全剧的高潮,在于牧羊人上场对证后,确认了俄狄浦斯王"杀父娶母"。之后,报信人出场通报人物结局——王后自杀身亡,俄狄浦斯王用金别针刺瞎了自己的双眼。新编《白罗衫》在《看状》一折从奶公处得知真相后,并没在草草以"杀盗"收场,而精心构思了《诘父》一折,让徐继祖在"诘问"中,内心经历两种情感的搏杀,作为全剧的高潮。与世界经典悲剧放在一起,我们会发现,《白罗衫》在艺术手法上接通了中西古典戏剧,既有传统的精神意蕴,又有现代意识。

二、《红楼梦》折子戏

张弘十几岁开始昆剧科班学习,浸淫其中已有半个世纪,对

———————————

① 张弘《寻不到的寻找——张弘话戏》,中华书局 2013 年版,第 170 页。

昆剧创作有着诸多思考。《红楼梦》折子戏是他思考的成果，目前完成了 12 折的写作，其中 9 折搬上了舞台。他曾对笔者说，按《红楼梦》的篇幅与人物的丰富性，前 80 回至少可以写 40 出折子戏，现在写的一部分只是投石问路，先排出来看看效果如何。

《红楼梦》小说问世后，清代就有了不少戏曲改编本。据朱小珍研究，现存清代"红楼"戏曲共计有 34 种，形式有杂剧、传奇、京剧、桂剧、粤剧等，其中以昆腔演唱的杂剧、传奇有 18 部①。"花雅之争"后，红楼戏转向以花部为主，这种状况一直延续到建国以后。目前收入清代"红楼戏"最多的一个集子是阿英编的《红楼梦戏曲集》，有戏曲作品十种，分别是《葬花》、《红楼梦传奇》（仲振奎）、《潇湘怨传奇》、《绛蘅秋》、《三钗梦北曲》、《十二钗传奇》、《红楼梦散套》、《红楼梦》、《红楼梦传奇》（陈钟麟）和《红楼佳话》，其中有单出折子戏，也有长达 80 出的传奇作品。

清代《红楼梦》改编作品，在情节取舍上，受演出时间和舞台空间的限制，"大都以宝玉、黛玉、宝钗的爱情婚姻悲剧为主要线索安排故事，而删去了许多旁出的情节"②。这些作品大多偏案头，很少演出，"呈现出文学性强、舞台性弱的特点。剧作者们往往只是按谱填词，文辞虽优，却未必是'好戏'，最终难以摆脱流于案头的命运"③。今天昆剧舞台上，基本上见不到流传下来的昆剧折子戏，也从侧面印证了这一论断。

今人改编《红楼梦》，若想跳出前人窠臼，必须案头、场上一起考虑。张弘在《有情有趣演红楼》一文中，从"为什么以昆曲写

① 朱小珍《"红楼"戏曲演出史稿》，上海戏剧学院 2010 年博士学位论文，第 7—9 页。
② 朱小珍《"红楼"戏曲演出史稿》，上海戏剧学院 2010 年博士学位论文，第 18 页。
③ 朱小珍《"红楼"戏曲演出史稿》，上海戏剧学院 2010 年博士学位论文，第 41 页。

《红楼梦》"、"为什么以昆曲折子戏写《红楼梦》"、"如何以昆曲折子戏写《红楼梦》"三个方面作了深入浅出的阐述。

昆曲与《红楼梦》的特色呼应关系，张弘认为在于布局结构、文学追求、人物表现三个方面。明清传奇与小说，一个共同特点是篇幅长，"彼时之文人，在驾驭、处理一块较庞大、复杂的'材料'时，并不急于将之提炼、凝缩，而是乐于从容不迫、洋洋洒洒地展开铺叙，以实现趣味、传达喜好、彰显才华、展示情怀"①。在创作小说和传奇时，"他们关注的并非世界的侧面，而是热衷于构筑一个完整的世界"。至于昆曲与《红楼梦》文学性一致，"不仅在辞藻之美，更在于二者皆坦率、直觉地直面人性，进行深度剖析与开掘，勇敢地袒露一切，将痛苦的悲歌上升为永恒的叹息"②。

以折子戏来写《红楼梦》的好处是"可以较完整地展示与延展《红楼梦》的好处"，倘若以大戏方式来改编《红楼梦》，"就意味着必须先找到一条故事线，譬如宝黛爱情，再在线索之上，丰满其血肉。但受限于时间、空间，我们必须做大量割舍，放弃大量饱含趣味的细节，于此同时，《红楼梦》之妙处，也便受到了损伤"③。

如何以昆曲折子戏写《红楼梦》，即选什么入戏的问题，张弘的标准有两条：一是"情"，一是"趣"。"情"与"趣"，可以看作张弘对昆曲审美的概括，既是他个人趣味之所在，也是他对昆剧艺术几十年思考的结果。

目前搬上舞台的《红楼梦》前九折，呈现出以下特点：

---

① 张弘《寻不到的寻找——张弘话戏》，中华书局 2013 年版，第 203 页。
② 张弘《寻不到的寻找——张弘话戏》，中华书局 2013 年版，第 204 页。
③ 张弘《寻不到的寻找——张弘话戏》，中华书局 2013 年版，第 208 页。

一是没有按照清代《红楼梦传奇》、《绛衡秋》等"红楼"传奇的套路，从"情原"/"原情"开始，提纲挈领总括故事，而是直接以林黛玉"别父"作为第一折，不设故事主线，也没有将《红楼梦》折子戏写成宝、黛、钗之间的情感纠葛。作者将原作中有情有趣之人物与事件一一入戏，构成一个个折子，每个折子戏都有一定的独立性，既可单独演出，也可串演。小说《红楼梦》是一个网状结构，故事情节的经线与纬线的交汇点，都有构成昆剧折子戏的可能性。《红楼梦》折子戏，每折戏作为一个结点，纵横相连，形成了一个故事情节的网，对应于《红楼梦》小说的网状结构。目前搬上舞台的各折情节内容见下表：

折名	情 节 内 容
别父	林黛玉母亲病逝，贾母思亲情切，派人来扬州接外孙女。黛玉虽不愿离开孤独多病的父亲，但迫于情势，只得忍痛别父北去，这一去竟成了父女的诀别。
胡判	贾雨村审理薛蟠的命案，得到故旧葫芦僧的暗示，弄清了"护官符"的来龙去脉及用途。他们在草菅人命的同时，也各自做了一笔官场的人情交易。
识锁	宝钗微恙，宝玉前去探病，发现宝钗项上的金锁，有和自己的通灵玉相对应的八个篆字及两句吉谶，不经意中的一句"这八个字倒真与我的是一对"，被前来探病的黛玉听到了。小酌时，黛玉借种种由头旁敲侧击，露出酸意醋味，宝玉是左右为难，宝钗则城府在胸从容大度。
弄权	凤姐送秦可卿灵柩去铁槛寺，歇息在馒头庵内。庵主净虚唆使凤姐修书长安节度使云光，以权势迫使长安守备接受张家退聘，使张家得以另攀高枝。凤姐小弄权术轻易取得酬银三千两，却断送了金哥和守备公子的一段真情与两条人命。

折名	情　节　内　容
读曲	在沁芳闸畔桃花树下，宝玉、黛玉偷偷地读《西厢》，借张生、莺莺的情爱妙词，传递情愫。读罢《西厢》，又传来了《牡丹亭》的词曲。杜丽娘"春情难遣"的伤怀，引起了林黛玉芳心的共鸣，不由得心痛神痴，潸然泪下。
设局	贾瑞垂涎于凤姐的姿色，几番挑逗并求爱于她。凤姐趁机设下圈套，将贾瑞骗至夹道中，终于弄得不可收拾，狼狈出逃，从此一病不起……
惊耗	凤姐梦见死于己手的贾瑞前来讨祭，又见病中的秦可卿前来告诫她"盛筵必散"……这时数声云板催醒了她的梦，惊闻可卿死耗，凤姐冷汗透衫。
花语	袭人认定自己迟早是宝玉房里的人，却又拿不准宝玉的态度，遂以母兄要赎自己回家为由试探。宝玉万千不肯放她，袭人趁机提出三事之请，宝玉一口答应。
戚门	宝玉与黛玉口角后，被薛蟠骗去喝酒。黛玉放心不下，候于沁芳池畔，以待其归。入夜，宝玉醉归，黛玉又去叩门，却吃了闭门羹，辗转思之，感伤自怜……

　　二是每一折戏都有"情"、"趣"。《别父》写的是父女之情，原著"别父"的情节，林如海准备将黛玉送往外祖母处，敦促黛玉说："汝父年将半百，再无续弦之意。"张弘说这句话最打动他："做父亲的立意将全部的爱给予女儿，他一方面表述了这种给予，另一方面，又敦促着分离。"于黛玉而言，这一别，"恰是《红楼梦》中黛玉生平之端点"，于是他用了一折戏来写。再看其他，《惊耗》写的是王熙凤对秦可卿的叹息之情，《戚门》写的是黛玉吃了闭门羹后的黯然神伤之情。《胡判》、《弄权》、《设局》三折的着眼点在"趣"。葫芦僧与贾雨村同居庙门又同事衙门，"他们相互试探、帮衬，又相互筹谋、利用。看似翻云覆雨拨弄着一起人

命官司,实则将这两个人物,也都拨弄了进去"。《设局》一折,王熙凤步步设局,贾瑞着着中套,最后偷鸡不成蚀把米,从此一病不起。《识锁》、《读曲》、《花语》则是"情"、"趣"兼具。前两折写的是宝、黛、钗之间的朦胧之情,以及因情而起的醋意,作者看来也是别有一番趣味:"小儿女之呷醋,不同于村俚人家指桑骂槐、打狗撵鸡,他们是稚气的、雅致的、是酸溜溜的、透亮亮的。"①

《红楼梦》折子戏剧照(江苏省昆剧院演出,摄影:元味)

三是每个行当都有戏。这一点在写作之前就已经考虑到了。《别父》一折是生旦对子戏。林如海以老生应工又可借鉴某些官生的表演程式。《识锁》是一折典型的生旦鼎足戏,戏在宝、黛、钗之间展开。《读曲》是一折唱、念、做均吃重的生旦对子戏,看点在于宝黛二人如何在读曲过程中互通情愫,读出曲中之曲,情中之情。《胡判》是一折末、丑对子做功戏,通过白口和表演来

① 张弘《寻不到的寻找——张弘话戏》,中华书局 2013 年版,第 210 页。

表现二人如何勾心斗角的内心活动。《弄权》是一折旦、老旦的
对子做工戏,展现王熙凤小弄权术和尼姑净虚深谙世故的情态。
《设局》这是一折文巾丑的独角戏,表现好色之徒贾瑞怎样一步
步踏入王熙凤设下的圈套的心理过程。《惊耗》是一折正旦戏,
看点在王熙凤梦中对荣辱聚散的感受。《花语》是六旦的家门
戏,看点在袭人为了"妾"的身份,如何动之以情、晓之以理,劝诫
宝玉的过程。《戚门》是一折唱念并重的闺门旦家门戏,看点在
黛玉徘徊在怡红院的门外、徘徊在情感的门外的复杂心理的呈
现。传统剧昆剧里,各个行当都有家门戏。传统昆班里,各行当
都是平等的,都有机会演主角,也都要演配角,所以整体演出上
水平相对其他班社要高。现在的新编大戏,大多以生旦为主角,
大量的场次都是生旦戏,其他行当的戏份很少,处于陪衬、龙套
的地位。《红楼梦》折子戏,按家门写戏,各个行当都有充分展现
的机会,可以说是回到了昆班传统。具体见下表:

折名	人 物 与 行 当	主教老师
别父	黛玉(旦)、林如海(生)、贾雨村(末)、雪雁(贴旦)	黄小午
胡判	贾雨村(末)、葫芦僧(丑)、冯奶公(外)	柯军、李鸿良
识锁	宝钗(旦)、黛玉(旦)、宝玉(生)、奶娘(老旦)、莺儿(贴旦)、雪雁(贴旦)	石小梅、胡锦芳
弄权	净虚(老旦)、王熙凤(旦)、张员外(副净)	王维艰
读曲	宝玉(生)、黛玉(旦)、袭人(贴旦)、紫鹃(贴旦)	石小梅
设局	贾瑞(付)、王熙凤(旦)、平儿(贴旦)、贾蔷(生)、贾蓉(丑)	李鸿良
惊耗	王熙凤(旦)、秦可卿(旦)、贾瑞(付)、嬷嬷(老旦)、平儿(贴旦)	石小梅
花语	袭人(贴旦)、宝玉(生)、秋纹(贴旦)、茗烟(丑)	顾预、钱振荣
戚门	黛玉(旦)、宝玉(生)、宝钗(旦)、晴雯(贴旦)	孔爱萍

四是以"三体三式"为创作规范。昆剧创作不同于其他剧种，需要符合"三体三式"的规定性，依套选牌，倚声填词。昆剧折子戏的结构，取决于曲牌联套。套式的选用不仅与折子戏的内容有关，还与之相适应的音乐情绪有关，两相和谐，方为上选。《红楼梦》折子戏的套式与曲牌见下表：

折名	套　式　与　曲　牌
别父	双调"新水令"南北合套：【破阵子】北【新水令】【折桂令】南【步步娇】北【雁儿落带得胜令】北【沽美酒带太平令】【尾声】
胡判	南曲单套：【引子】【南吕·太师引】【前腔】
识锁	南曲复套：【一剪梅】【女冠子头】南【南吕·懒画眉】【前腔】【前腔】【前腔】【前腔】＋南【仙吕·解三酲】
弄权	南曲单套（【中吕·粉孩儿】简套）：【中吕·玉楼春前】【红芍药】【耍孩儿】【缕缕金】【摊破地锦花】【尾声】
读曲	南北联套（【正宫·朱奴儿犯】自套＋北【越调·斗鹌鹑】简套）：南【正宫·破齐阵】【朱奴儿犯】＋北【越调·天净沙】【调笑令】【秃厮儿】【圣药王】【麻郎儿】【络丝娘】＋南【正宫·玉芙蓉】【越调·山桃红】【尾声】
设局	南曲单套：【女冠子前】南【中吕·渔家傲】【剔银灯】【摊破地锦花】【麻婆子】【前腔】
惊耗	南曲单套：【十二时】南【南吕·宜春令】【前腔】【梁州序】【前腔】【尾声】
花语	南曲单套（南【仙吕入双调·步步娇】套）：【引子】南【仙吕入双调·沉醉东风】【川拨棹】【前腔】【前腔】【江儿水】【前腔】【玉交枝】【玉抱肚】【尾声】
戚门	南曲复套（南【南吕·懒画眉】孤牌自套＋南【仙吕入双调·步步娇】套）：南【南吕·懒画眉】【前腔】＋南【仙吕入双调·忒忒令】【尹令】【豆叶黄】【玉交枝】【江儿水】【尾声】

从表中可以看到，大多选用常用套式与曲牌，既有单套、复套，也有南北合套与南北联套，有长套，也有短套，形式灵活多

变,着眼于"情"的折子戏,较着眼于"趣"的折子曲子会多些,着眼于"趣"的折子戏,会有更多的对白与插科打诨,曲子相对会少些。

五是重场上之曲。张弘写戏,注重两点,一是要有先于演员与二度的切身体悟,二是对"情感作一个理性的排列"①,情感排列好了,语言也就随之产生。看到这样的剧本,"演员已知戏在何处,作曲知道音乐怎样铺排,司鼓知道鼓点该落在哪里"②。他的文本交付之前,往往在心里已经"演"过数遍了,演出时基本上不需要做过多的调整。这是其一。其二,《红楼梦》折子戏曲文雅致合律又不深奥,对白则尽可能利用原著,简洁而富有意蕴。小说原著在语言艺术上取得的成就是有目共睹的,许多人物对话,富有戏剧性,取来就能用。张弘充分汲取了原著语言上的养分,细加选择、裁剪,加工成雅训又不失通俗的戏剧语言。

二度创作上,《红楼梦》折子戏没有现代导演的介入,而是采取了一种传统方式:由各行当经验丰富的表演艺术家来"捏戏"——以传统表演程式为元素,依剧情内容、人物的情绪与音乐情绪,去发展唱念、身段与调度,形成一个有机的表演整体。这样"捏"出来的《红楼梦》折子戏,回到传统"一桌二椅"的演出形式,以演员表演为主体,把舞台最大化地还给演员表演。然而囿于主教老师"捏戏"构件(昆剧表演程式)的存量有限,以及青年演员的舞台经验,目前呈现出来的舞台水平参差不齐,甚至有一些脸谱化的表演,有待进一步加工提高。

总体而言,《红楼梦》折子戏从剧本到二度创作,体现了张弘对于昆剧艺术的思考——重"情趣"、重场上之曲、重表演本体,

---

① 张弘《寻不到的寻找——张弘话戏》,中华书局2013年版,第169页。
② 张弘《寻不到的寻找——张弘话戏》,中华书局2013年版,第170页。

既不同于重案头的创作倾向，也与当下新编大戏的做法不同。

三、"人在旅途"三部曲

《红楼梦》折子戏之后，张弘接了三个委约作品：《临川四梦汤显祖》、《宫祭》与《梁伯龙夜品女儿红》，前两个委约方为香港实验剧团"进念·二十面体"，后一个为昆山巴城的企业家沈岗。这些委约作品，虽然有命题作文的意思，却反映出张弘创作状态的转变——从精神上的不自由到自由。

退休之前，张弘以整理改编经典作品为主，隐在古人身后，对整理、改编过程中的新创部分，往往避而不谈，别人误以为是古人之作，他也不回应。"人们往往对古人之作包容得多，而对今人之作苛责得多。我向不愿意将自己置于他人纷扰的舌尖之上，面对一个大概不够健全、不够健康的写作与批判环境，在我还以写戏为饭碗的时候，我格外诚惶诚恐，也就格外想在古人的屏障背后，藏身匿迹。"①

2007 年退休后，张弘不再为饭碗问题而忧心，心境转为轻松，写作蜕去了现实的功用目的，成为个人的娱情遣性之事。接受委约之前，他都会提出一个条件：委托方不干预创作，"我不必担心颗粒无收，亦不用再担心他人的质疑，成败利钝，都无伤大雅。可以说，到这个时候，作为一个写作者，我才算获得了精神上踏踏实实的、真正的自由"②。这时的创作，也就成了张弘个人情怀与生命感悟的自我表达。《红楼梦》折子戏如此，三个委约作品，也如此。

---

① 张弘《寻不到的寻找——张弘话戏》，中华书局 2013 年版，第 174 页。
② 张弘《寻不到的寻找——张弘话戏》，中华书局 2013 年版，第 174 页。

《宫祭》是"进念·二十面体"的联合艺术总监胡恩威约张弘写的关于紫禁城的戏,参加香港一个建筑为主题的艺术节。以建筑入戏,之前没有过。戏剧关注的是人,建筑与人的关系,成为这个戏的切入点,紫禁城是"匠作的心力,更是君王的诉求",一念及此,人物便有了,"蒯祥和崇祯,一为帝王,一为工匠"。时间安排在崇祯走向煤山的那天,两个相距两百多年的人,因为这座宫殿走到一起。蒯祥陪着崇祯,从午门出发,游历前三殿后三宫,最后至煤山,经历了"祭宫"、"辞祖"、"别家"、"去国"之后,走向了人生的终点。正如作者所言:"崇祯在人生最后一晚走过的这条线,展现的正是他个人乃至他背倚的明王朝走向毁灭路上的最后依恋。"《宫祭》的独特之处在于,一是"建筑、权力、情感的起承转合,同时吻合并参与构筑了戏剧结构的起承转合,四者之结合、呼应,方才完整了整部作品"①。二是"全剧外在形式是'游',内在核心是'祭',是末路者的告别仪式"②。

《临川四梦汤显祖》的构思灵感来自汤显祖晚年寻找墓地的诗《卜兆作二首》其一:"偶兴随山去撼龙,涉江风雨翠重重。无缘便作终焉计,为向灵丘第一峰。"张弘说:"当它映入我眼中,一条蔼蔼暮色里的幽辟小径也就出现在了我眼前……这既是一条人生路,也是一条戏剧线,年过花甲的汤显祖行走其上,寻找一个归宿。"于是,在这条山阴路上,张弘让汤显祖重温一遍"侠、情、佛、道"之旧梦,遇到了黄衫客、商小玲、契玄、吕洞宾,向他们询问墓田之事。他们告诉汤显祖,墓田就在灞桥河柳边、大槐树下、邯郸道上与南安府的后花园中,碑文已经写好了——"临川四梦"。张弘借剧中人之口将"四梦"作了汤显祖的归宿。写完

---

① 张弘《寻不到的寻找——张弘话戏》,中华书局 2013 年版,第 58 页。
② 张弘《寻不到的寻找——张弘话戏》,中华书局 2013 年版,第 55—56 页。

《宫祭》剧照（胡恩威导演，香港"进念·二十面体"演出，摄影：元味）

后，再思之，他觉得站在后人的角度，用"四梦"为汤显祖做一个盖棺之论固然不错，"可若站在汤显祖的角度，或用更亲善、贴己的目光去看，便会发现，'四梦'并不是汤显祖的归宿，而是他'找归宿'时的旅途，换言之，他一生都在路上，却从未抵达"[1]。作为文人，汤显祖流连于用文字构建虚幻的传奇世界，但写戏不是他的职业，"他写戏，是精神的需求、倾诉的需求，是寻觅答案的需求，也是被短暂拯救的需求。写戏时得到的慰藉，大概略同于达观论禅吧"[2]。这些论汤显祖的话，换个角度看，又何尝不是张弘自己的心声呢？

《梁伯龙夜品女儿红》写完后，张弘的心境直接诉诸于文字，"今人也罢，古人也罢，总有些戏——杂剧也罢，传奇也罢，是写

---

[1]　张弘《寻不到的寻找——张弘话戏》，中华书局 2013 年版，第 251 页。
[2]　张弘《寻不到的寻找——张弘话戏》，中华书局 2013 年版，第 252 页。

给自己的。譬如梁伯龙之《浣纱记》、汤显祖之《牡丹亭》"①，推人及己，"《梁》剧是我写给自己的戏，是心中有话，便找到历史、找到戏剧、找到戏中人，找到一个倾吐的载体，魂游八极，以剖我心"②。张弘曾于1979年改编过一次《浣纱记》，在当时的意识形态环境下，作品被简单化为一个以西施为主角的爱国主义故事。再读《浣纱记》，张弘在"君王之道"、"士女之情"与"忠奸之争"这些主题外，读出了他的切身感受，那便是人生的进与退。与安置汤显祖一样，张弘同样将梁伯龙放在了山阴道上。梁伯龙困惑的，不是墓田在哪，而是要不要去胡宗宪的幕府，面临的是"仕"与"隐"的抉择。在女儿红的指引下，他回顾了《浣纱记》中伍子胥和范蠡的"进"与"退"，猛然悟道："伍员有进无退，进则名标青史，退则身败名裂！""范蠡是有退无进，退则磊落超逸，进则有始无终。"女儿红趁机点醒梁伯龙："先生乃一介书生，论功名不过区区一个监生，还赖岁贡而获，何来进？又进往何处？"中国传统知识分子，历来徘徊于"仕"与"隐"之间，如剧作家郭启宏笔下的司马相如，仕也难，隐也难。对知识分子，张弘了然于心，也洞悉得更为透彻："中国知识分子，信奉'兼济天下'、'学而优则仕'，对江山政治有着无尽的责任感与参与热情，但未必人人都是谢安、诸葛亮，更多人不过喝几杯酒、吹几句牛、写几行诗、不大不小的散官做上几年，一辈子也就过去了。"③于是，张弘笔下的梁伯龙被点醒后，还是回到他的天地里去写"梁郎雪艳词"。

这三个戏写完，张弘发现它们都是同一个主题："写的居然

---

① 张弘《寻不到的寻找——张弘话戏》，中华书局2013年版，第289页。
② 张弘《寻不到的寻找——张弘话戏》，中华书局2013年版，第292页。
③ 张弘《寻不到的寻找——张弘话戏》，中华书局2013年版，第9—10页。

都是'人在旅途'，都是'在路上'。只不过，《临》与《宫》，一则找墓田，一则向煤山，关注的都是'归宿'，所写都是濒临落幕的最后时刻。唯有《梁》剧里，梁伯龙尚在半路上、岔口前。"①三个不同的戏，同样的关注点，看到的是作者耳顺之年的人生情怀与生命感悟，阅世、观人、体己合一于笔下的人物。

艺术形式上，这几个作品在遵循"三体三式"的前提下，融入了现代手法。

《宫祭》是一个双重结构的戏，表层是"游"，深层是"祭"，借"游"写"祭"，"游"与"祭"合二为一。全剧只有两个人物，崇祯以小官生应工，蒯祥以丑应工。套式选用了双调"新水令"南北合套，曲牌依次为：北【新水令】南【步步娇】北【折桂令】南【江儿水】北【雁儿落带得胜令】南【侥侥令】北【收江南】南【园林好】北【沽美酒带太平令】南【尾声】。音乐上，一南一北，行当上，一生一丑，显现出一种匀称之美。

《临川四梦汤显祖》与《梁伯龙夜品女儿红》两剧，在结构形式上更为现代，采用了拼贴的艺术手法，将两位传奇大家的作品段落作为戏中戏拼贴进剧中，形成具有独特形式意味的双重叙事结构。

《临川四梦汤显祖》里，罗章二陪汤显祖去寻找墓田，是第一叙事层面，而汤显祖山阴道上重温"四梦"之关节部分，构成第二叙事层面。第一叙事层面为现实层面，第二叙事层面为超现实层面，二者在主人公的精神层面上相互呼应。曲牌联套上，除"四梦"的经典片断直接沿用原作外，作者为汤显祖安排了一个北曲单套，曲牌依次为：北曲引子【点绛唇】、北【双调·新水令】【驻马听】【沉醉东风】【沽美酒】，这些曲牌有序地穿插在"四梦"

---

① 张弘《寻不到的寻找——张弘话戏》，中华书局2013年版，第292—293页。

片断之前与当中。

《梁伯龙夜品女儿红》由四段戏构成:"伯龙之惑,子胥之进,范蠡之退,伯龙之悟",其中第二、三部分分别取自《浣纱记》第十三出《谈义》与第四十五出《泛湖》。同样是拼贴的双重叙事结构,两个叙事层面的转换,在于女儿红这个人物。与《临川四梦汤显祖》不同,梁伯龙并不进入第二个叙事层面与人物对话。在第一层叙事层面,梁伯龙、店小二与女儿红,均唱北曲,套式为常用的【商调·集贤宾】套,曲牌依次为:【醋葫芦】【集贤宾】【胜如花】【逍遥乐】【上马京】【梧叶儿】+【柳叶儿】【浪里来】【高过随调】。前六支曲与后三支曲分成两块,将"子胥之进"与"范蠡之退"包裹在当中。

这样的双重戏剧结构,让人物的设置有了很大的自由。三剧中除了主人公外,多为非现实的人物,《宫祭》里的蒯祥是二百多年前的一缕鬼魂;《临川四梦汤显祖》里汤显祖路遇的黄衫客、契玄、吕洞宾、商小玲,前三者为"四梦"剧中人,后者是因演杜丽娘伤心过度而死的伶女魂魄。《梁伯龙夜品女儿红》里的女儿红,则是作者心头情感寄托的一个幻象,"是美酒、亦是美人,她是令人倾心的美好。这酒是梁伯龙喝的,也是我喝的"①。这些人物为创作大开方便之门。张弘谈及将蒯祥置为鬼魂时说:"首先是空间感的扩张。有了鬼魂介入,该剧便在人世之外多了一重鬼界。其次是时间感的延展。笔触再不被一时、一事、此朝、此生所限,而得以在阴阳两界、上下三百年间来去自如。"②

于此之外,笔者以为,设置这些鬼魂、幻象的作用,还有可探

———————————

① 张弘《寻不到的寻找——张弘话戏》,中华书局 2013 年版,第 292 页。
② 张弘《寻不到的寻找——张弘话戏》,中华书局 2013 年版,第 54 页。

讨之处。一是书写这些非现实人物时，不必再顾及身份之所限，可以专注于人物的"情"与"趣"，如蒯祥，"我们能想得多俏皮，便可写到多俏皮，能想得多幽深，便可写到多幽深"①。再如女儿红，"有了她，'进退'便不复为一个'理念'，而多了几分趣致、几分色彩、几分柔情"②。二是这些虚幻的人物，是剧主人公内心的镜像，蒯祥之于崇祯，四梦中人之于汤显祖，女儿红之于梁伯龙，无不如此。崇祯行至煤山，猛然惊觉："蒯祥哪里？"继而喟叹："哪有什么蒯祥！"梁伯龙被点悟后，要到现实中拥抱他心中的美人时，却发现抱的是一个"女儿红"酒坛，连同她赠送的文房四宝，也不过是碗筷壶盅而已。有了他们，崇祯、汤显祖、梁伯龙的形象完整了，张弘的生命感悟也有了寄托之处。

中国历代文人一直在追求"三不朽"——立功、立德、立言，现实却让他们徘徊于仕与隐之间，仕途不顺时，他们多寄情于山水、美女与美酒之间。"女儿红"集美女与美酒于一身，不如意时可以为君解忧，寂寞时可以为君舒怀。"女儿红"是一个隐喻，她是中国文人现实社会里的情感归宿。汤显祖找寻的墓田，则是中国文人的精神归宿。相对情感归宿，精神的归宿要难找得多，如前所述，汤显祖一生都在路上。由彼及此，反观自身，我们每个行走于人生路上之人，不都是如此么？《临川四梦汤显祖》与《梁伯龙夜品女儿红》，不仅仅是张弘写给自己的戏，它们突破了一时一事的局限，跨越时空，将现实与梦幻糅合在一起，提出了我们每一个人都需要面对的问题：我们是否有进与退的自由？我们的精神归宿又在何方？

① 张弘《寻不到的寻找——张弘话戏》，中华书局2013年版，第55页。
② 张弘《寻不到的寻找——张弘话戏》，中华书局2013年版，第292页。

四、文人情怀与艺术追求

张弘从演员转为编剧的那一年,是 1977 年。四十年来,张弘的昆剧创作,从整理传统剧目转向新编新创,从站在古人身后走到文本前台,或为表达个人情怀,或为实验他对昆剧艺术的思考,或兼而有之。

如前述,论及昆曲与《红楼梦》的文学一致性时,张弘认为二者皆坦率、自觉在面对人性、进行深度剖析与开掘,将痛苦的悲歌上升为永恒的叹息。在他看来,无论是《千忠戮·惨睹》里建文帝出逃时唱的"收拾起山河大地一担装,四大皆空相"、《桃花扇·余韵》中"眼看他起朱楼,眼看他宴宾客,眼看他楼塌了",还是《浣纱记·泛湖》里西施唱的"看满目兴亡真凄惨,笑吴是何人越是谁",最终读到的,"皆为一个'了悟'的'悟'字和一个'悲悯'的'悯'字"[1]。这与《红楼梦》结尾"落了片白茫茫地真干净"是一样的。

张弘的新编昆剧,也蕴含了"悲悯"之情与"了悟"之境。《红楼梦》折子戏里入戏的人物,无论是宝、黛、钗,或是王熙凤、袭人,还是葫芦僧、贾瑞,他没有任何个人偏私与褒贬,怀着悲悯之情让他们在笔墨世界里舞动人生。早年创作的《白罗衫》,徐继祖一步步接近真相时,"剧中人懵懵懂懂,而看戏人心知肚明,不禁要为隐于阴影、藏身潜流的天意,为避不开、躲不掉、受不住又注定生受之的宿命,喟然而叹。"[2]《宫祭》里崇祯的一声长叹:"哪来永恒的主人,只有那来去匆匆的过客也!"则是更有普遍意

---

① 张弘《寻不到的寻找——张弘话戏》,中华书局 2013 年版,第 205 页。
② 张弘《寻不到的寻找——张弘话戏》,中华书局 2013 年版,第 171 页。

义的人生感悟。对入戏的两位传奇大家汤显祖与梁伯龙，张弘可谓惺惺相惜。汤显祖一生都在路上，从未抵达，仍让他在"四梦"中找到了归宿。如果说对汤显祖的安排体现的是"悲悯"，那么对梁伯龙的安排体现的则是"悲悯"加"了悟"。传奇场上，梁伯龙不及汤显祖，人生之路却要幸运得多，尚在半途被令人心醉的"女儿红"点悟，这比汤显祖用吕洞宾点悟卢生，契玄点悟淳于梦，要有人情味得多。汤显祖作品里的人物，悟一次也就悟了，悟了也就了了，而张弘笔下的梁伯龙，悟了又再悟，而且还要回到他的天地里去。《梁伯龙夜品女儿红》是张弘写给自己的戏，他对笔墨世界里的人物安排是有深意的。《庄子·天下篇》中，庄子区分了七种人，自下而上谓之：民、百官、君子、圣人、至人、神人、天人。自下而上为一条上出之路，处于顶端的天人，其上出之路为回到民。不同的是，此民非彼民。对梁伯龙的这种安排，可以看作是一种积极的入世态度，但细思之，其中蕴含着人生智慧，既不消极，也不过分积极。

作为剧作家，张弘一直处于时代文艺浪潮的边缘，无奈而又自觉地边缘化，保持一颗淡泊之心，保持一种创作的独立性，对功利性的汇演、评奖，远远观之。在他看来，一旦卷进去，面临功利与政治的压力，创作者难免会变成工具。而文艺的功能，是陶冶性情，恰恰不是成为某种工具①。相比于评奖和票房价值，他更在意剧作家无害于社会的良心底线和观众的真诚反馈。2011年在北京大学做讲座时有人提问如何看待"为人民服务"，张弘回答："我之'为人民服务'，便是坦率地对待文字、对待舞台、对待受众，不虚美、不隐恶地将这么一个'我'原原本本摊开在观众

---

① 2015年1月12日下午，笔者致电张弘先生，此为他对笔者所说的话。

面前。"①这是一种真性情,正如剧作家郭启宏所说:"有真性情,方才有真文字。"

在他有限的谈戏文章中,也可以看到他的真性情,看到他对昆剧艺术的思考与追求。当代新编昆剧,文体上大体有两种,一种是以追求情节一致的"现代戏曲"文体,重故事情节,抒情次之;一种为传奇集折文体,重抒情,故事情节次之。张弘选择了后一种。他无意否定情节剧,而是强调了"重情感"、"重趣味"与"重欣赏"的戏曲的必要性。这两种文体的差别,反映出对何谓戏曲,或者说何为戏曲审美第一要务的不同认识。张弘从王国维那里找到了源头:"王国维先生《戏曲考源》定义'戏曲'道:'戏曲者,谓以歌舞演故事也。'其用心在于将戏曲与叙事诗、百戏、歌舞等艺术样式相区分,而非以演绎故事为戏曲审美的唯一或第一要务。"②王国维给戏曲下的定义,一直为学界所沿用。张弘指出演绎故事并非戏曲审美的第一要务,是对王国维下的戏曲定义的有益补充,长期为创作者与研究者所忽视。

张弘的新编昆剧,以"重情感"、"重趣味"与"重欣赏"为艺术追求。无论是《白罗衫》中自作多情的小尼姑,《红楼梦》折子戏中作茧自缚的葫芦僧、好色之徒贾瑞,《宫祭》中的俏皮幽深的蒯祥,《临川四梦汤显祖》中口齿伶俐的罗章二,还是《梁伯龙夜品女儿红》中会唱"梁郎雪艳词"的店小二,无不充满了趣味性。以戏写人,他认为最重要的是写出人物的情感体验与心灵冲击。当今的戏曲,不少作品有着华丽舞美、绚烂的服装,处处是导演的身影,表演反而被淹没了。对于这样的现状,张弘选择亲近昆剧古典之美,信任与欣赏演员的血肉之躯。

---

① 张弘《寻不到的寻找——张弘话戏》,中华书局 2013 年版,第 293 页。
② 张弘《寻不到的寻找——张弘话戏》,中华书局 2013 年版,第 207 页。

这样的"另一种戏曲"，戏剧性到底何在？或换言之，"戏"在哪里？张弘认为，戏剧性在于经过剧作家排列后的人物情感序列。如《铁冠图·观图》，"它由常见的情节悬念转向了心理悬念，其戏剧性不在于崇祯之所作所为，而在于他行为背后完整的心理过程"。戏的看点是"那个懵懵懂懂、似有所察的末代君王之心理期盼及其矛盾无奈的内心世界"①。这个内心世界，就是经过剧作家排列后的情感序列。在他的新编昆剧里，我们同样可以找到人物被排列后的情感序列。如《白罗衫·诘父》，徐继祖诘问养父徐能，以被同僚的案子难倒为托辞，请教养父。出于血脉之重，他要核实真相，出于养育之恩，他又不希望这是真的。一步一步证实了他最不希望看到的真相后，内心两种情的搏杀达到顶点，欲放徐能走，转而执其腕，欲枭首示众，又于心不忍。做完最痛苦的决定，徐继祖心中只有两个字"难言"，唱的整支【倾杯序】都是这两字的注脚："难言，立华堂、对残宴，人一去，永难见。想养育恩重，一十八年。杀父夺母，深仇大恨，也那一十八年。一颗心碎，一面镜圆，悲也泪，喜也泪，泪湿白罗衫。"于是，这折戏的戏剧性也就不是简单的情理冲突了。

行文至此，心中不免诧异。这种"重情感"、"重趣味"与"重欣赏"的"另一种戏曲"，不就是传统戏曲的审美追求么，怎么就成了"另一种戏曲"呢？那种以讲故事为主的情节剧才应当是"另一种戏曲"呀。这样的表述，显然不是张弘的文字有问题，而是受西方话剧影响与"戏曲改革"后，以讲故事为主的情节剧主宰戏曲(包括昆剧)舞台的无奈现实。于是，本是正统路子的戏曲也只能称为"另一种戏曲"了。

对"另一种戏曲"的追求，提出了当代昆剧创作被忽视的一

---

① 张弘《寻不到的寻找——张弘话戏》，中华书局 2013 年版，第 147 页。

个问题：舞台艺术对案头剧本的要求。现今的昆剧作者大多不熟悉场上表演，能按曲牌填词就不错了，剧本多以生、旦为主角，净、末、丑等其他行当基本上是陪衬，缺乏表演创作的空间。二度创作时，导演掌握了话语权，演员作为弱者，在创作中处于被动地位。加之一度与二度创作的分离，演员的愿望，在一度中也得不到表达。我们熟悉的一些大家，如梅兰芳，是介入一度创作的，或者反过来说，为梅兰芳写戏的文人们在一度创作时已经考虑到场上表演了。演员出身的张弘，深深体会到演员在当前创作中的尴尬处境。他的新编昆剧，重案头，也重场上，自觉对一度创作提出要求。如前面提及的《红楼梦》折子戏，遵循"三体三式"的规定性，行当均衡有戏，重"情"与"趣"，重场上之曲，只要按剧本演出来，基本上是一个不走样的昆剧。从这个角度而言，张弘的新编昆剧创作，对案头与场上如何兼顾有着示范意义。

小　　结

新编古代戏接续了昆剧创作的文学传统，以古代题材表达现代观念，将传统与现代有机地融合在一起。在人物塑造与人性开掘上，部分新编古代戏达到了相当的高度。受西方戏剧影响，当代昆剧创作形成了以剧场情节整一性为特征的新文体——"现代戏曲"文体，并成为当代新编昆剧创作的主流。少数剧作家如张弘，追求一种"重情感"、"重情趣"、"重欣赏"的戏曲，在文体上回归传统昆剧的"集折体"。新编古代戏文体二分，戏剧结构则趋于多元化——单线、双线、锁闭式乃至拼贴结构。新编古代戏，一部分遵守曲牌格律与联套规律，一部分突破曲牌格律的制约，以押韵的长短句，自由书写曲文，偏离了昆剧传统。无论是题材内容与主题思想，还是在文体与结构上，新编古代戏具有传统性，又具有现代性，呈现传统与现代交融的一种创作趋势。将传统与现代结合得比较好的是剧作家郭启宏和张弘，他们分别代表了"现代戏曲"文体和"集折体"新编古代戏的创作水平。郭启宏关于历史剧创作的理论阐述与创作实践，是一个整体不可或缺的两个有机组成部分，其"传神史剧论"至今仍是最有价值的历史剧论述，其历史剧创作，以传统形式来表现当代意识，历史感与现代感兼具。与郭启宏不同，张弘是位昆剧演员出身的剧作家，对昆剧场上艺术有着切身的体认。他强调场上之曲，在遵循昆剧"三体三式"的规定性前提下，接通了中西古典与现代戏剧——在折子戏中嫁接了西方现代戏剧的拼贴结构，杂剧体例中融入了西方传统戏剧的锁闭式结构。在精神内涵上，他的新编作品，上接古人的文人情怀，深怀悲悯之心，蕴含了悟之境。

第 四 章

现代戏与实验作品：
旧形式与新内容

现代戏与实验作品，在当代昆剧创作中的比重不大。相对于传统剧目新创作与新编古代戏，现代戏是一个小分支，实验作品则更为边缘化，只是少数艺术家的事。如果把昆剧传统比作一个旧瓶子，那么现代戏是用旧瓶子来装入现代生活内容，实验作品则打破旧瓶子、创造新瓶子的同时，也形成了之前所没有的诉求主题。实验作品大多突破了昆剧艺术的规定性与"昆剧"概念约定俗成的内涵。将其纳入当代昆剧创作研究，出于两方面考虑：一是实验作品的创作与演出，都有昆剧表演艺术家的身影；二是实验作品是昆剧与后现代戏剧碰撞后形成的当代剧场艺术作品，是昆剧在后现代语境下的一种表现形态。对其进行研究，会有助于厘清当代昆剧创作在艺术形态上从传统形态到现代形态、再到后现代形态的演变脉络。

第一节　昆剧现代戏：新的
转向与可能性

昆剧诞生后，在历代文人、艺人与曲家的努力下，成为集古典文学、音乐与表演之大成的"百戏之师"，有着高度的体系性与规范系，成为古典戏剧的"活化石"。当代社会与昆剧诞生的农耕时代相比，大到政治、经济、语言、文化，小到行为方式、穿着打扮与审美情趣都不一样。那么，昆剧这种古老的艺术形式是否适合用来表现当代生活？昆剧现代戏的可能性有多大？是什么因素制约了昆剧现代戏的创作？本节在分析现代戏创作及其新转向之后，将对这个问题进行初步的探讨。

一、现代戏创作概述

新中国成立初期，延续了文艺为政治服务的政策，反映艰苦卓绝的革命斗争与火热的社会主义建设，成为文学艺术最为重要的内容。昆剧当然也不例外，那些以才子佳人、帝王将相为主人公的传统作品自然不堪重任，于是出现了一个"以现代戏为纲"的特殊年代。所以，昆剧现代戏的诞生，不是昆剧艺术发展的自然选择，而是政治与艺术结合的结果。

1949 年到"文革"之前的昆剧现代戏数量不少，可以分为三类：一是反映大跃进时期人们的冲天干劲；二是反映中国共产党在不同时期的革命斗争，突出人民对革命、对党的拥护；三是赞扬集体主义、爱国主义和公而忘私的精神品质①。其中影响最大的当数《红霞》与《琼花》两部表现国内革命斗争的作品。这两部作品主题明确,人物性格单一,也不遵守曲牌格律,曲文采用长短句形式,直白且多不入韵,谈不上多少艺术性。这种在政治导向下创作的现代戏,契合了一时意识形态之需,时过境迁后很少还有生命力。当时的昆剧现代戏,从一开始就犯了方向性的错误,将现代戏创作引入了一个死胡同。

"文革"结束后,全国昆剧院团陆续恢复演出,迎来了一个新的发展时代。"文革"结束后到 20 世纪八十年代初期,昆剧现代戏创作延续了革命历史题材,主要有《烽火征途》(1977)、《慰忠魂》(1977)、《难忘的一天》(1978)、《智闯乌龙沙》(1979)、《飞马追踪》(1979)、《春花的婚礼》(1979)、《鉴湖女侠》(1981)等作品。

随着社会的转型与两岸交往的恢复,出现了宣讲国家发展目标的《春满沧江》(1978),反映两岸同胞骨肉情深和盼望祖国统一的作品《燕归来》(1979)、《金银梭》(1982)、《两岸情》(1991)等。九十年代后,改革开放持续深入,昆剧现代戏创作者也开始重新思考创作目的、表现题材、艺术手法诸多问题,出现了反映市场经济大潮中农村生活以及农民思想变化的现代戏《嘉富村琐事》(1991)和农民进城寻找梦想、实现人生价值的作品《都市寻梦》(1996)。

虽然现代戏的表现对象从革命历史开始转向当代生活,主题内容改变了,但是艺术水平却没有多少提高。文化部振兴昆剧指导委员会和中国昆剧研究会合编的《兰苑集萃——五十年中国昆剧演出剧本选》,收入建国以来到 2000 年之间代表当代昆剧"思想尝试和艺术成就"的剧本五十个,现代戏仅有《都市寻

---

① 参见柯凡《昆剧在当代的传承与发展》,中国艺术研究院 2008 年博士学位论文,第 78 页。

梦》入选。全国政协京昆室编的《中国昆曲剧目精选曲谱大成》，
全国七个昆剧团各一卷，每卷收十个代表剧目的曲谱，现代戏无
一入选。这在一定程度上反映出现代戏的创作现状。以《都市
寻梦》为例，人物简单化，曲文大白话，并且是不符合曲牌格律的
长短句，艺术水准可见一斑。

　　进入新世纪后，现代戏创作数量不多，只有《伤逝》(2003)、
《1428》(2008)、《陶然情》(2010)、《旧京绝唱》(2011)、《爱无疆》
(2012)、《仰望星空》(2013)①与《飞夺泸定桥》(2015)等七部作
品。这七部作品，除了上海昆剧团的《伤逝》与江苏省昆剧院的
《1428》，其余五部均为北方昆曲剧院排演，在全国七个主要昆剧
院团中一枝独秀。从历史上来看，北方昆曲剧院有排演现代戏
的传统②，但那些现代戏大多是特定历史阶段国家主导的产物。
今天的创作环境已经大为改变，再排现代戏是出于何种考虑？

　　2011 年北昆院长杨凤一接受记者采访时说："30 年的从艺
经历告诉我，昆曲必须两条腿走路。我们不能固步自封，守住传
统停滞不前；也不能放弃了传统，一味盲目发展。这两者之间是
相辅相成的关系。"③也就是说，今天排演现代戏，不是出于市场
的考虑，而是着眼于昆剧的长远发展。北昆党委书记凌金玉也
表达了相似的看法："对于昆曲来说，要排现代戏很不容易，但要

---

① 　由于内容原因，《仰望星空》只进行了内部彩排，未能公演，本书暂不讨论。

② 　1957 年建院后至八十年代排演现代戏有：《红霞》(1958)、《劈山引水》(1960)、
　　《登上珠穆朗玛峰》(1962)、《飞夺泸定桥》(1963)、《悔不该》(1963)、《奇袭白虎
　　团》(1964)、《审椅子》(1963)、《血泪塘》(1963)、《师生之间》(1964)、《灵山钟声》
　　(1964)、《社长的女儿》(1964)、《红嫂》(1964)、《小红军》(1964)、《江姐》(1965)、
　　《琼花》(1965)、《共和之剑》(1981)、《金银梭》(1982)等，其中《红霞》与《琼花》在
　　当时产生了较大影响。

③ 　郑荣健《对话杨凤一：传统昆曲的现在样式》，《中国艺术报》2011 年 9 月 16 日。

想让这门古老的艺术继续向前发展,排演新戏至关重要。"①

四年后笔者就这个问题采访了这两位当家人。凌金玉的观点没有变化,他对笔者说:"现代戏是昆剧走向未来的一条路,如果能创造现代戏的表演体系,将是一个历史贡献。"杨凤一的观点有了一些变化,她坦言这几年创作的现代戏多为"政治任务",不能说都不成功,但很薄弱,相比之下,昆剧还是更适合古代戏,应该尽量避开现代戏②。凌金玉从理论出发,寄希望于未来,杨凤一从实际出发,着眼于当前,她不仅要考虑艺术问题,还要考虑如何出人出戏,考虑观众、专家的认可等诸多问题。

从实际情况来看,北昆这五部现代戏的影响非常有限,观众认可度不高,也没有多少票房,但它们在题材内容、创作手法上与以往的现代戏有很大的不同,呈现出一些新的转向,为我们进一步探讨昆剧现代戏问题提供了很好的实例。

二、现代内容与传统形式

新世纪以来的这七部现代戏,既有当代故事,也有现代故事,在题材、内容与表现手法等方面,不同于以往的现代戏,呈现出向传统回归的倾向,主要表现两个方面,一是回归传统昆剧擅长表现的题材,二是回归昆剧曲牌体文学。

1. 回归传统昆剧擅长表现的题材,以写"情"为主。杂剧、南戏、明清传奇作品,大多是生旦爱情故事,以刻画人物、抒发胸臆、展示才情为主,包括《琵琶记》在内的五大名剧莫不如是。明清两代传承下来的昆剧传统折子戏,大多为"三小戏"——小生、

---

① 冯赣勇《昆曲〈旧京绝唱〉第二轮演出依然火爆》,中国广播网,2011 年 10 月 12 日。
② 2015 年 7 月 29 日、30 日,凌金玉与杨凤一在北方昆曲剧院接受笔者采访时所说。

小旦与小丑戏，注重抒情写意与人物刻画。这几部现代戏，除了《飞夺泸定桥》是正在描写革命历史外，或写爱情题材，或写家庭伦理，是昆剧善于表现的题材。如果说以往的现代戏主要是写"事"，那么这几部现代戏，在叙事之余，主要是写人之情感——爱情、亲情、友情，乃至男女私情。

改编自鲁迅同名小说的《伤逝》，通过涓生与子君的爱情悲剧，反映出旧时代小知识分子的软弱性，以及身处一个无力改变的时代，他们的无奈与迷茫。《1428》是个时政剧，直接取材于2008年汶川大地震。剧中演员史君在地震中被困，老父在震中遇难，作为医生的妻子第一时间没救自己，而是选择了去救孩子，谭老师为了保护史君的女儿牺牲了生命，一同被埋的师兄把生的机会留给了史君，解放军战士救出史君自己却受了重伤，面对这些人的无私大爱，剧中着重刻画史君复杂的内心世界。《旧京绝唱》以北昆表演大师韩世昌的经历为故事原型，讲述了当年北平最后一个戏班在解散过程中徒然挣扎的伤感故事，其中也不乏戏子与姨太太私奔、戏子与妓女一见钟情等常见情节。《陶然情》虽然打着"纪念中国共产党成立90周年、辛亥革命100周年"的旗号，但作品要写的不是如何进行革命斗争，而是高君宇和石评梅这一对青春恋人在狂飙突进年代的爱情故事。《爱无疆》讲述一个现代青年捐肝救母的故事，弘扬"古今同一理，人情并无两"孝道与亲情的传统美德。明清传奇类似主题的作品不少，大多事关道德教化，人物容易陷入符号化、脸谱化的泥沼中。这个根据真实故事创作的作品，没有老套的说教，不仅编织了合情合理的故事情节，更着意刻画人物的内心世界。

2. 按套选牌、倚声填词。上述几部作品，《飞夺泸定桥》未按曲牌填词，《陶然情》为表现人物炽烈的情感，采取的是曲牌体与主人公的现代诗相结合的形式，出现破套存牌的情况，其余作品都自觉地遵守曲牌联套的规律，按曲牌填词。虽然也有少数曲文因为表达人物情感的需要与曲牌格律略有出入，但曲文总体上是合律依腔的。

《伤逝》剧本不分场，类似一个话剧的独幕剧。剧中王太太的每次上场交代时间与大略事件，作为正戏的前奏。四段正戏分述涓生与子君从相爱到分手的起承转合，曲牌套数选用得当。第一段戏，涓生与子君相爱，用南北曲复套：北【黄钟·喜迁莺】孤牌自套，中间插入一支南曲【南吕·香柳娘】，后接【正宫·端正好】简套。曲牌依次为：北【黄钟·喜迁莺】南【南吕·香柳娘】北【正宫·滚绣球】【滚绣球】【幺篇】【小梁州】【幺篇】。第二段戏，涓生被辞退，矛盾初现，用南曲【仙吕入双调·步步娇】简套，曲牌依次为：南【仙吕入双调·园林好】【忒忒令】【园林好】。第三段戏，两人矛盾激化、分手，用北曲【中吕·粉蝶儿】套与南【小石·渔灯儿】短套构成的南北曲复套。曲牌依次为：北【中吕·石榴花】【斗鹌鹑】【上小楼】【泣颜回】【朝天子】南【小石·渔灯儿】【锦渔灯】【锦上花】。第四段戏，子君死后，涓生迷茫，不知前路在何方，用北曲【双调·得胜令】孤牌自套。剧本依据剧情转折与人物情感的变化，依次安排南北曲，顺序为北曲—南曲—北曲—南曲—北曲，南北兼顾，刚柔相济，在曲牌音乐上呈现出一种结构美。

《1428》创作前，时任江苏省昆院院长的柯军对编剧顾聆森提了三个要求："一是剧本要充分赋予人物程式表演的余地，尽量避免话剧加唱；二是要填词，内容是现代的，载体要传统，要向正宗的曲牌体靠拢；三是不用实景，舞台格局一桌二椅或一桌多椅。"[1]顾聆森一口答应，采用了元杂剧四折一楔子的剧本形式。

———————————

① 顾聆森《奔向夜黎明——柯军评传》，上海古籍出版社 2011 年版，第 93 页。

《伤逝》剧照(上海昆剧团演出,摄影：元味)

　　《旧京绝唱》写的是昆班旧事。在编剧曹路生眼里,"五四"时期,新旧交替,继庆社在北京最后的谢幕,犹如一曲燕赵悲歌,自是慷慨激昂,故而全剧戏中戏以外的现实部分,均选用了北曲套式。北曲套式并不多,常用有八种宫调的套式,作者选用了其中五种,除北【正宫·端正好】套复用三次外,其他套式均用一次,以求曲牌音乐上的变化。见下表：

场　次	套　式	曲　牌　名　称
楔子	北曲单套	北【正宫·端正好】【幺篇】
一、惊艳	北曲单套	北【正宫·叨叨令】【幺篇】【幺篇】【幺篇】
二、拜师	南曲复套	南【仙吕·皂罗袍】+［【商调·山坡羊】+（【越调·山桃红】）+【山坡羊】【山坡羊】］
三、闹堂	北曲自套	北【双调·沉醉东风】

(续表)

场　次	套　式	曲　牌　名　称
四、会狱	北曲单套	北曲【正宫·端正好】【幺篇】【滚绣球】【倘秀才】【叨叨令】【脱布衫】【醉太平】【笑和尚】【煞】【尾声】
五、寻梦	北曲单套	北【仙吕·点绛唇】【混江龙】【油葫芦】【哪吒令】【鹊踏枝】【寄生草】【赚煞】
六、离别	北曲单套	北【南吕·一枝花】【梁州第七】【隔尾】【牧羊关】【哭皇天】【乌夜啼】【骂玉郎】【感皇恩】【采茶歌】【贺新郎】【煞】【黄钟尾】
七、绝唱	北曲单套	北【双调·新水令】【驻马听】【雁儿落】【得胜令】【拨不断】【甜水令】【拨不断】【离亭宴带歇指煞】

剧中部分场次采用了元杂剧体制，一折中用一套曲，一韵到底，且由一人演唱。如第四场《会狱》，燕少梅与鲁静萍狱中相逢，鲁静萍唱北【正宫·端正好】套曲，把旧戏从开场、程式、内容全部否定掉，提出改良旧戏，创造新的"爱美的"戏剧。又如第七场《绝唱》，燕少梅到鲁静萍墓前，阴阳之间跨时空对话，畅谈未来，燕少梅唱的是北【双调·新水令】套曲。

《爱无疆》以南北曲复套为主，联套方式多变。见下表：

场　次	套　式	曲　牌　名　称
开篇	引子	南【南吕·虞美人】
一、受哺	南北复套	北【正宫·端正好】＋北【中吕·满庭芳】【幺篇】【幺篇】＋南【黄钟·双声子】
二、赴瀛	南北复套	南【南吕·懒画眉】＋南【仙吕入双调·忒忒令】【嘉庆子】【尹令】【玉交枝】【江儿水】＋北【南吕·隔尾】

（续表）

场　次	套　式	曲　牌　名　称
三、思念	南北复套	南【中吕·颜子乐】【前腔】+［南【商调·二郎神】+（南【正宫·锦缠道】【前腔】【前腔】）+（北【南吕·隔尾】）+南【商调·高阳台】］
四、求肝	北曲单套	北【仙吕·点绛唇】【油葫芦】【幺篇】【幺篇】
五、急归	南北复套	北【黄钟·醉花阴】【幺篇】【喜迁莺】【出队子】【幺篇】+南【黄钟·画眉序】北【黄钟·刮地风】南【黄钟·滴滴金】北【黄钟·刮地风】
六、反哺	孤牌自套	北【双调·折桂令】
七、母还	南曲复套	南【中吕·驻云飞】【前腔】+南【商调·二郎神】【集贤宾】+南【仙吕·掉角儿】【前腔】

　　限于篇幅，择剧中第三场与第五场作一简要分析。

　　第三场《思念》由前后两段组成，一段是彭凌云思念北京的母亲，一段是董父被董医生的悍妻驱走。彭凌云干唱【引子】上场，接着连唱两支【中吕·颜子乐】表达每逢佳节倍思亲的情感，接着疲倦入梦，梦见韩国同学金明善讥讽他为了梦想，不惜榨取母亲血汗，惊醒，疑惑不已，变宫调唱【商调·二郎神】，一番思考后明白用的是母亲的血汗钱，情绪再转，变宫调唱【正宫·锦缠道】，必要的铺垫之后，母子在两个时空对唱两支【锦缠道】，表达浓烈的思念之情后，合唱【隔尾】，为转入第二段戏作衔接。第二段戏中，董妻突然回来，发现董医生将乡下老父接来，与董医生发生争吵，两人对唱【商调·高阳台】，致使董父离开。这场戏的套式与曲牌随着剧情节奏与人物内心情感的变化而变化，又不出套式规范与联套规律。

第五场《急归》,彭凌云得知母亲病重,心急如焚,连唱【黄钟·醉花阴】套曲,曲牌依次为【醉花阴】【幺篇】【喜迁莺】【出队子】【幺篇】。做好回国献肝救母的心理与情感的累积后,彭凌云去见导师藤先生,先生以理相劝,作者此时安排了一个黄钟宫南北合套,先生唱南曲,彭凌云唱北曲,曲牌依次为:南【黄钟·画眉序】、北【黄钟·刮地风】、南【黄钟·滴滴金】、北【黄钟·刮地风】。整场戏由一个北曲单套与一个南北联套连缀而成,曲牌与剧情、曲牌与人物情感变化贴合,体现出较高的联套水平。

三、现代意识与手法

昆剧现代戏创作呈现回归传统的倾向时,也行走在现代化的大道上,主要表现在两个方面,一是现代思想意识,二是现代戏剧观念与手法。

1. 现代思想意识

当现代戏从写"事"转向写人之情感后,随之而来的变化是对"人"的认识的深化和对"人"的自我选择的肯定。

《陶然情》反映风起云涌的革命年代的爱情,高君宇、石评梅,一为中共前期领导人,一为感情受伤的才女。他们的爱情悲剧,不在于时代,也不在于高君宇的革命者身份,而在于石评梅求学期间初恋的失败,并且由此抱定独身主义信条。她与高君宇相互欣赏,相互爱慕,却始终无法跨进爱情的门槛。高君宇寄给石评梅一片红叶表示爱意,她在叶子上写道:"枯萎的花不敢承受这鲜红的叶儿。"高君宇收到后回复:"我愿用一生的爱来修补你的爱。"然而命运并没有给他们机会,随着高君宇的英年早逝,石评梅面对这份不曾实现的爱情,沉浸在无限的追悔之中,

从此在回忆中度日，写下了许多极为感伤动人的文字。高君宇
死后三年，石评梅也郁郁而终，时年 26 岁。他们的爱情故事因
不完美而闻名于世，也因不完美，反过来成就了一段荡气回肠的
爱情。

《陶然情》剧照（北方昆曲剧院演出）

《陶然情》原是一个集体创作的小戏，用了 18 天时间搬上舞
台，主创团队感到这个题材好，修改剧本后，放在大剧场演出。
虽然题材不错，剧中也有触及石评梅对逝去爱情的回忆与追悔，
但由于是集体创作，缺乏对主题立意的提炼，对某些关键情节的
处理草率了事，淡化了他们爱情的悲剧性。比如石评梅生病，学
生来看她，道破了病因："依我看，是先前的那位吴先生把她给伤
透了。"这是造成石评梅无法接纳高君宇的关键，却没有用足笔
墨铺陈初恋失败给石评梅情感上留下的阴影，进而导致他与高
君宇的爱情悲剧。高君宇去世后，石评梅意识到自己犯了错，奈

何斯人已去,回天乏力,陷入了回忆、追悔之中。这一重要情节,剧中没有着力去表现,人物的情感与心灵也未得到有效的抒发与刻画。从石评梅留下的文字中,不难看到她内心的情感波澜,如《墓畔的哀歌》中有不少这样的文字:

> 假如人生只是虚幻的梦影,那我这些可爱的映影,便是你赠与我的全生命。我常觉你在我身后的树林里,骑着马轻轻地走过去。常觉你停息在我的窗前,徘徊着等我的影消灯熄。常觉你随着我唤你的声音悄悄走近了我,又含泪退到了墙角。常觉你站在我低垂的雪帐外,哀哀地对月光而叹息!

石评梅用血与泪写成诗的语言,饱含对高君宇的一片深情。这是昆剧最擅长演绎的"情",有了这样的文字,石评梅与高君宇的爱情才可称得上是荡气回肠。

与高君宇、石评梅的爱情相比,《旧京绝唱》里的旧艺人与姨太太私奔、与妓女订终身的爱情,要逊色得多。但它的现代意识不体现在对爱情的解读上,而是在于作者对昆剧命运的思考。"五四"风云激荡,北大校长蔡元培带领北大学子观看继庆社的昆剧演出,掷地有声地喊出了"宁捧昆,不捧坤"的响亮呼声。继庆社的昆班艺人,面临的是坚守还是放弃的抉择。新旧变革之际,古老昆剧的命运如何?这一命题到了当下,同样具有现实意义。

2. 现代戏剧观念与手法

《旧京绝唱》被作者曹路生命名为"现代昆曲剧场",这是一种新型的昆曲舞台样式。曹路生早年留学纽约大学,师从人类表演学创始人、著名先锋戏剧导演理查德·谢克纳学习西方戏剧。他是位既有理论造诣又极富创新精神的剧作家,其创作横跨话剧、昆剧、越剧、采茶戏等诸多剧种,既有写实作品,也有先锋作品。对"现代昆曲剧场",他下了定义并做了阐释：

> "现代昆曲剧场",是借鉴"舞蹈剧场"而创造的一个新名词,像"舞蹈剧场"与传统舞剧加以区隔一样,"现代昆曲剧场"也不同于传统意义上的昆曲,是一种以传统昆曲为基础、为主体,融合西方现代戏剧的各种表现手段创造出来的新剧场形式。……"现代昆曲剧场"拟嫁接和融合传统程式化表演、现代音乐剧形式、歌舞、影像、多媒体等传统和现代、东方和西方戏剧中的多种艺术手段,以期呈现出一种当下观众乐于接受的雅俗共赏的现代昆曲舞台样式①。

不难看出,"现代昆曲剧场"有两大特点,一是以传统昆剧为基础,文本创作完全遵守曲牌格律与曲牌联套规范,二是舞台呈现上融合了各种现代剧场的表现形式。作为"现代昆曲剧场"作品,《旧京绝唱》在以下方面不同于传统昆剧。

首先,戏剧结构的不同。《旧京绝唱》采用戏中戏的结构来表现继庆社在新旧变革面前的无力挣扎,剧作者将《思凡》、《惊梦》与《琴挑》、《嫁妹》、《夜奔》、《别姬》与《刀会》等经典折子戏的片段有机地融入剧中,形成一个新的有机体。戏中戏结构带来的问题是,如何区别剧中人与折子戏中的人物。两者由于身处时代不同,服装上很容易反映出来,演唱上该如何处理呢？曹路生的构想是,演出传统段子时绝对尊重传统,用原汁原味的演唱方式,而表现他自己时则用现代音乐剧的演唱方式。实际演出

---

① 曹路生《〈旧京绝唱〉创作构想》,《剧本》2012 年第 6 期。

中,导演汪遵熹保持原汁原味的昆曲折子戏不变外,用了十二把三弦代替传统昆剧的笛子伴奏,演员用大嗓唱。这一变化也引起了争议。汪遵熹解释说:"这是一个戏中戏,戏中的折子戏我没有动,它还是昆曲,还用笛子;但在戏外的戏里、戏外的人物我一定不能用昆曲的东西,这样才有对比和区别。"对于这样的新尝试,北昆院长杨凤一经历了从不理解到理解的过程:"在我从艺 30 年的时间里,从来没有这样的形式……把昆曲的主体都去掉了,那还叫昆曲吗?……后来我接受了他的一部分观念,这在纯粹的昆曲里是不可以的。因为现在叫昆曲剧场,我理解了。"①

《旧京绝唱》里作为戏中戏的传统折子戏的选择与安排并非随意,而是经过思考后的有意为之。这些折子戏所述之事、所传之情,与现实层面的故事都有一定的内在联系与相关性。如第一场《惊艳》中演出的三个折子戏《嫁妹》、《夜奔》、《思凡》,是传统昆剧折子戏的代表剧目,也是各个行当的家门戏,继庆社希望凭借这些名剧来重振昆剧雄风。然而,这些戏也是以鲁静萍为代表的新文学派批评的对象,鲁静萍与蔡元培、燕少梅关于先进与落后之争,也正始于此。第三场《闹堂》中《琴挑》、《戏叔》与《刺虎》,三个折子戏的人物情感,与现实情节中的人物间情感关系是对应的。胡梦荷与赵少兰合演的《戏叔》让都军章锡云看出了他们的私情,要求打圆场的燕少梅演粉戏《劈棺》和《挑帘》,遭到燕少梅的拒绝,仍演戏单上定好的《刺虎》,费贞娥的家仇国恨,被燕少梅投射到都军章锡云身上。再如第六场《离别》,继庆社试图力挽狂澜的新戏《霸王别姬》,故事讲述项羽的悲壮人生,其实也是继庆社无力回天的命运写照。

---

① 郑荣健《对话杨凤一:传统昆曲的现在样式》,《中国艺术报》2011 年 9 月 16 日。

其次,不同戏剧空间的并置与戏剧片段的解构与重构。

第二场《拜师》地点分别为吴梅书房奢摩他室、督军家别院爱莲精舍、怀翠院凝香阁三个空间,分述燕少梅向吴梅学曲、与鲁静萍论文化进化,军阀姨太太胡梦荷与赵少兰诉衷情,妓女赛芙蓉色诱金少竹。三段戏被切成七个片段,依次在三个空间顺序展开,以《惊梦》一折贯穿全场。具体结构如下表:

顺序	空间	人　物	内　容	《惊梦》对应曲子
1	奢摩他室	吴梅、燕少梅、毓璟	吴梅教燕少梅【皂罗袍】	【皂罗袍】
2	爱莲精舍	胡梦荷、赵少兰	胡梦荷向赵少兰诉衷情	【山坡羊】
3	凝香阁	赛芙蓉、金少竹	赛芙蓉情挑金少竹	【山桃红】
4	奢摩他室	燕少梅、鲁静萍	鲁静萍与燕少梅论文化进化,预言昆曲要灭亡	
5	爱莲精舍	胡梦荷、赵少兰	胡梦荷诉身世	【山坡羊】
6	凝香阁	赛芙蓉、金少竹	赛芙蓉让金少竹抽鸦片	
7	奢摩他室	蔡元培、吴梅、燕少梅、鲁静萍	众人论新旧语言,白话要提倡,文言也不可废	【山坡羊】

三段戏被解构后再重新组合成一个新的整体。这一方法类似电影的蒙太奇手法,七个片段,犹如七个镜头,重新拼接后,产生了新的意义。一折《惊梦》串起了三个时空的人物,唱的曲子虽属一折戏,呈现的却是不同的心境。吴梅教燕少梅唱的是“原来姹紫嫣红开遍,似这般都付与断井颓垣……”,胡梦荷唱给赵

少兰听的是自己填的【山坡羊】"夜奔后春情难遣,蓦回首那人不见……",赛芙蓉反串柳梦梅:"则为你如花美眷,似水流年,是答儿闲寻遍……"不同时空的戏剧片段,经过作者的重新排列后,对比性地呈现了人物的不同选择,暗示了人物不同的归宿。他们的命运,因昆曲联系在一起,也因昆曲走上了不同的人生道路,或进取,或抗争,或沉沦。

第五场《寻梦》,三个空间分别是永定门外破庙光明寺(继庆社演员住处)、怀翠院凝香阁、北大民智社排练场,时间为继庆社新戏《霸王别姬》上演的前一天。光明寺内,胡梦荷从京城逃出欲与赵少兰私奔;凝香阁里,赛芙蓉约金少竹出走;北大民智社排练场上,鲁静萍饰娜拉在排练《玩偶之家》,燕少梅约她第二天来看新戏。《霸王别姬》的上演,将三个空间的人与事串在一起,从不同侧面推进剧情发展,为接下来的《离别》一场作铺垫。

二度创作上,为了达到这样的戏剧空间要求,剧中设计了一个双层舞台,一层中央是一个古戏台,左右各一个分两层的表演空间,舞台上共有五个表演空间。作为戏中戏的传统折子戏,在古戏台上演,而现实故事中的戏在两侧的四个空间上演。这样的舞台空间,不同于传统昆剧的舞台空间,不仅便于区分戏里戏外的空间,也便于不同演区间的快速转换。

多个空间的并置这一手法,在《陶然情》与《爱无疆》也都有运用。《陶然情》的第二场《红叶寄情》与第七场《戒指传情》,男女主人公高君宇与石评梅在不同空间对话,导演用这种方式表现他们柏拉图式的爱情,不浓烈却隽永,也有诗意与想象空间。《爱无疆》剧中《思念》一场,"高母在北京,高父在泉下,高凌云在东京,这样就形成了阴阳两界、大洋两岸的多维空间。这样的空间设置,将父母生生死死都难以割舍的爱子之心,以及远在天涯的儿子对母亲的牵挂之情，表达得淋漓尽致"①。

另外，《爱无疆》还运用了歌队这一西方戏剧形式。剧中的记者扮演歌队长，周大爷、周大妈、献肝者等都是歌队成员。歌队贯穿着全剧始终，"开篇中，歌队即唱出了本剧的主题；第一场《受哺》中，歌队唱出了高凌云、高小云兄妹在母爱的滋润下健康成长，将时间直接过渡到十几年后；第二场《赴瀛》中，歌队唱出了高凌云赴日读博时的情景；第三场《思念》中，歌队唱出了远隔重洋的母子思念之情；第八场《母还》中，歌队一方面完成了寻找慈母的行动，一方面歌颂了母爱与子孝这一全剧主题"②。

四、现代戏的可能性

昆剧能不能演好现代戏、适不适合演现代戏，学术界与昆剧界尚未取得一致看法。柯凡通过研究归纳出了三种观点：一是昆曲不能演现代戏；二是昆剧能演现代戏，但并不擅长；三是昆剧能演好现代戏。柯凡分析了诸种观点后指出，昆曲并不适合演现代戏，无须提倡创作现代戏，但对现代戏的尝试和探索应持宽容态度③。这个观点应该说比较中肯。但是，昆剧为什么不适合演现代戏，或是说演现代戏的困难到底在什么地方？还有待进一步研究。因此，有必要在更大的范围内重新梳理各方观点，并结合现代戏的创作加以分析论述。

认为昆剧不能演现代戏的，有戏剧理论家洛地与剧作家郭启宏。洛地认为："昆曲在艺术形式上高度规范，其严格的文学、

---

① 冯赣勇《大型当代昆曲原创剧目〈爱无疆〉首演》，中国广播网，2012 年 5 月 30 日。
② 冯赣勇《大型当代昆曲原创剧目〈爱无疆〉首演》，中国广播网，2012 年 5 月 30 日。
③ 参见柯凡《昆剧在当代的传承与发展》，中国艺术研究院 2008 年博士学位论文，第 83—85 页。

音乐和表演体制大大束缚了昆曲表现现代生活的能力。具体到昆曲的角色制,有人认为昆曲的角色是将当时社会的各色人等进行分类,再体现在演员的分工上,又从演员技能的分工来表现社会各色人等的分类。当时的人比较简单,能用角色来分类,但是现在人的分类很复杂,很难再用角色制来体现。所以演现代戏的任务应该由其他的艺术品种来完成。"①郭启宏明确反对搞现代戏,他认为,一种艺术规范一旦成型后,就具有排他性,昆剧产生于小农经济时代,已经规范化、定型化了,创造不出新的程式,所以用它来反映现代的内容,是格格不入的②。

认为昆剧能演现代戏、但并不擅长的,有戏曲理论家张庚。他指出:"戏曲应该表现现代生活,但不同的剧种有不同的艺术特点,不能用教条主义的态度去对待所有的戏曲样式。人们可以进行昆曲现代戏的尝试,但不应强迫它创作现代戏。"③

认为昆剧能演好现代戏的专家及业内人士比较多,有昆剧表演艺术家俞振飞、上海戏剧学院教授戴平、昆剧表演艺术家侯少奎、柯军以及北昆青年编剧王焱。俞振飞认为,昆曲曲牌丰富、昆曲旦角和小生都是真假嗓并用、昆曲打击乐不十分强烈、昆曲歌舞综合性,演现代戏是有条件的,而且发展前途很大,关键是要有好剧本,同时要下功夫让音乐改革也跟上来④。戴平指出昆剧发展史上许多作品都是当时的现代戏,由于种种原因,对昆剧现代戏的探索是不够的,积累的经验也是极少的,她认为

---

① 转引自柯凡《昆剧在当代的传承与发展》,中国艺术研究院 2008 年博士学位论文,第 80 页。
② 林婷《剧作家郭启宏访谈录》,《中国戏剧》,2000 年第 6 期。
③ 转引自柯凡《昆剧在当代的传承与发展》,中国艺术研究院 2008 年博士学位论文,第 80 页。
④ 参见王家照、许寅等整理《俞振飞艺术论集》,上海文艺出版社 1985 年版,第 40—41 页。

应"大力鼓励和支持昆剧创作现代戏的尝试,因为这是昆剧发展和创新的一个不可缺少的方面"①。侯少奎指出昆剧现代戏关键是看什么题材,昆剧长于诗化和写意的艺术,强调的是意境,是抒情,是艺术想象力,其表现手法以浪漫主义为主,不以写实取胜②。柯军在排演《1428》时说:"在汤显祖和孔尚任的年代,昆曲讲的都是当时的情和事,现在我们也想用昆曲表现当下的人、事、情。如果昆剧只能表现过去,在大爱大悲前没有话语权,那么这种艺术就失去了生命力,只能作为陈列品。"③编剧王焱在创作《爱无疆》后,仿照沈璟写了一套名为《亦古亦今作昆腔》的【二郎神】套曲,论述昆剧现代戏创作:

【二郎神】论昆腔,自生来传统、现代两相傍,并没个为此惹笔仗。《浣纱》一出,便有《鸣凤》为双。《桃花扇》伴着"不提防",《表忠记》至今翻唱:"别母"、"乱箭"、"对刀"、"步战",犹见"刺虎"的中军帐。

【前腔】那"昆曲",是皮囊儿传自祖上,就中须把内容装。装古人,便是昆衣仍把旧事藏;装今人,便是新事穿着昆衣裳,"新"意儿也须得把衣裳添光亮。此衣是六百年的宝样,量衣选体莫迷茫。

【啭林莺】古今变革威声壮,昆曲今事觉彷徨。须知晓古今同一理,人情并无两。漫把这昆曲今事创,也算是传承祖上。当定制,免得鱼目混珠乱昆场。

【前腔】词中曲牌须细讲,古来就可通可变可新创。《平

① 戴平《昆曲能不能演现代戏》,《上海戏剧》2004年第3期。
② 侯少奎《喜看昆曲现代戏〈陶然情〉》,《中国演员》2011年第5期。
③ 王宏伟《新概念昆曲〈1428〉在宁首演》,《新华日报》2008年11月14日。

水》、《中原》、《洪武》韵,比不得中华新韵更合今人唱。去、入、平、上,唯平声分个阴阳。宜参详,南词北词要分党。

【啄木骊】论唱腔,莫乖张。曲牌虽悠长,还需要依字行腔。今人今事今思想,今字嵌入曲牌上,以此字将前后音色调将。音高可变,主旋律可鉴,古曲也新声荡漾。

【前腔】论身段,依字起舞韵才香。"字"有今意藏,舞中自有今意扬。论扮装,莫把生活装束搬台上,那是影视剧的粗糙伎俩。论舞美,简洁空灵重意象,莫教满台物质堵塞了想象。

【黄莺儿】奈更有荒唐,把昆曲话剧相混将,教人恨声长。话剧源自古希腊,非出自今日的西方。一写意一写实,两者有不可逾越的高墙。宜韵白,宜京白,昆曲念白莫把话剧效仿。

【前腔】虽度悠悠岁月长,奈零落成泥碾作尘,谁识幽兰韵独芳。怎不教人惆怅,令人景仰,为之珍爱护防。凭真心,细呵护,容不得刀剑伤。

【尾声】此言自有知音赏,听个个师友笑语朗,静待今事唱昆腔。

这一大套曲,论及定名、题材、曲牌、唱腔、身段、艺术特色。作者在套曲后附的简注说:"所谓'昆曲现代戏',便是以昆曲之形式,演现当代之故事也。'昆曲'第一,'现代'第二。昆曲是形式,古代和今天是内容。以形式为主,以内容为宾,用形式来选择内容。"要之,古今一理,人情一理,昆曲现代戏也是"传承祖上",但要有定制——符合艺术规范。

上述观点可以概括为两类,一类认为在小农经济时代形成的高度规范化与程式化的昆剧无法或者很难表现当代生活,另一类认为昆剧这种艺术形式既可以表现古代之内容,也可以表现今天之内容。不难看出，持后一观点的人数在增长。在对这两类观点做出判定之前，我们先来看看，昆剧现代戏创作的难度在什么地方，创作实践是否能解决这些问题。

昆剧现代戏创作的难度，洛地认为是文学、音乐和表演体制的束缚，以及人物行当不能反映今天社会复杂的人事，郭启宏认为是无法创造反映当代生活的新程式，戴平认为受制于"严格的传统程式，特别是它的唱腔、舞蹈"①，侯少奎认为难在题材选择、剧本和唱词。以上困难可以分成三类：一是文本，二是表演程式，三是唱腔音乐。

创作符合昆剧文学传统的现代戏剧本，从理论上讲，只要按曲牌填词、遵守曲牌联套规范，不存在问题。新世纪的昆剧现代戏如《伤逝》、《旧京绝唱》和《爱无疆》都达到了这一要求。《爱无疆》是一个没有什么高深主题的现代家庭伦理剧，看上去就是一个以现代生活为内容的传统剧目。剧本按套选牌，依声填词，恢复了明清传奇副末开场的惯例，按传统剧目的惯例来设置人物行当与家门：

> 幼年彭凌云——作旦，北京，小学生。
>
> 成年彭凌云——小生（或官生），北京的年轻学子，赴日本东京大学攻读博士学位。
>
> 彭阿娇——闺门旦，彭凌云之胞妹。
>
> 青年彭母——正旦，彭凌云之母亲。
>
> 老年彭母——老旦，彭凌云之母亲。
>
> 孟月华——小生，彭阿娇之恋人、丈夫。
>
> 董医生——老生（或小花脸），北京某医院大夫。

---

① 戴平《昆曲能不能演现代戏》，《上海戏剧》2004 年第 3 期。

董　妻——泼辣旦，董医生之妻。

董　父——小花脸。

周大爷——彭家邻居，大花脸。

周大妈——彭家邻居，彩旦。

谢文臣——末，彭母的病友。

藤先生——老生，日本东京大学教授

金明善——小生，韩国在日留学生。

　　全剧围绕彭凌云献肝救母的情节主线，设置了董医生、董妻、董父与周大妈、周大爷两条副线，主线副线交错对比推进剧情，以副线喜剧性情节和插科打诨，调剂主线情节庄重肃穆的戏剧氛围，变化戏剧节奏，张弛有度，徐疾有致。人物对白介于普通话与简单文言之间，曲文协韵雅致，适度用典。如前文所述，《爱无疆》曲牌联套合乎规范，又富有变化，与剧情、人物及情感变化相适应。

《爱无疆》剧照（北方昆曲剧院演出）

较之文本之合律，表演程式和唱腔音乐方面的难度更大些。北方昆曲剧院演员周好璐在《炼恋昆曲现代戏〈陶然情〉》一文中谈及创作中碰到的问题有：一是怎样处理念白的问题，二是如何处理好唱与做的关系，三是音乐风格的统一。

念白的问题，主要关乎两方面，即是否上韵和是否分尖团。周好璐指出，排《陶然情》小剧场版时："有一种想避开传统戏的想法，觉得似乎不上韵，不用小嗓念，就能体现出时代感，现在回想，是有些偏执了。"到了大剧场版："我便采取吟诗，起唱前的念白用韵白，一般台词用京白的方法（但音调没有传统戏那么高，基本以中音区为主，并且更加生活化一些），力求念白与唱腔之间过渡自然，风格统一。"对于尖团字，她认为必须要使用，"这是因为尖字、上口字、包括入声字，是韵白和唱腔有'韵味'不可缺少的组成部分"。她举了一个例子：

> "秋"、"相"二字为尖字，但这两字的下一字"色"与"思"，都是舌尖音，如果都按尖字念，就不大悦耳。因此这里我把"秋"和"相"都按团音来念。若遇到有两个尖字连在一起的词，仍按传统方法，一个唱尖字一个唱团字，力求尖团分明，吐字清晰。

对是否上韵、是否分尖团这两个问题，她总结说："看起来是个简单的回归，其实却是一种深刻的自我反思，对'传承发展'这四个字的新领悟。"①

唱与做的关系处理，周好璐认为，难在一个"空"字上，"演员没有擅长运用的水袖，手中没有昆曲表演中最典型的道具扇

---

① 周好璐《炼恋昆曲现代戏〈陶然情〉》，《福建艺术》2012年第3期。

子"。传统的生旦对子戏中的"合盘"身段,水袖更是不可缺少的。没有水袖,传统的身段就用不上。为此,她用围巾来化用水袖,这一新创造取得了较好的效果,第五场《古刹论诗》:"高君宇与石评梅一身素白,舞动一白一红两条五四式长围巾,围巾在二人手上旋转飞动,时而共牵,时而互换,时而在手,时而在颈,动作大开大合,极具美感。"①

北方昆曲剧院演员杨帆谈及《爱无疆》的创作时,表达了相似的看法:"在念白上我运用了朗诵式的道白方式,结合传统的京白,让观众既听得懂,又具有戏曲道白的旋律感和舞台感;在唱腔上,遵循传统曲牌体的格律,但在咬字上让观众听得懂,把尖团字弱化,贴近生活,以达到表现现实中的人物;在身段的设计上,打破行当的局限,向生活靠近,动作讲究诗韵化,合情合理地安排戏曲技巧。比如在第八场寻找母亲时,运用圆场的方式表现儿子在大街小巷中寻找奔跑;第七场当儿子听母亲病重时的痛苦心情,我运用了翻身、抢背这些传统技巧,表现了角色内心情感的外化,又展现了戏曲技巧的特点。"②

关于音乐风格,《陶然情》从小剧场版到大剧场版进行了跨度比较大的探索。小剧场版选用了英国作曲家霍尔斯特的《行星》组曲作为高君宇的形象音乐及主题音乐,舒曼的《梦幻曲》作为石评梅的形象音乐。音乐是好的,但与剧中的传统昆曲音乐风格不统一。做大剧场版时,作曲孙建安将高君宇唱的【燕归梁】中"满山秋色关不住"一句的音乐作为主题旋律,"分别用笛、琵琶和小提琴演奏这个主题,将高君宇对石评梅深沉浓厚的爱

---

① 马骅《北方昆曲剧院现代戏之研究——以 1958 年版〈红霞〉和 2011 年版〈陶然情〉为例》,《戏曲艺术》2013 年 S1 期(增刊)。
② 杨帆《排演昆曲当代戏〈爱无疆〉的体会》,《中国演员》2012 年第 4 期。

意贯穿全剧，意味悠长"①。与小剧场版相较，这样的音乐处理，不仅听上去要舒服，也更贴近人物。

虽然《陶然情》这部作品由于文本上的缺憾并不成功，但在表演程式与唱腔音乐的探索上，为我们提供了一个很好的案例。

再看现代戏《1428》，剧本创作时就考虑到演员如何表演。戏一开始，戏曲演员史君被埋在排练场的废墟中，剧本提纲写道："人物以较激烈的传统身段和唱念，表现他遭到埋葬的最初一刻他内心的惶急、焦虑、恐惧、痛苦，以及对家人的牵挂。"当女儿告诉他老父在地震中遇难、谭老师为了保护她牺牲了生命时，"人物以甩发、耍髯、磋步，乃至吊毛、抢背等更为激烈的传统身段表现他复杂的心绪感受和在不同信息刺激下的心理转换"②。一直认为昆剧不宜创新的苏州大学教授王宁看完戏后对柯军说："看了你的表演，很感到震撼！"③这也从侧面佐证了传统程式和唱念在表现今人的情感时还是有效的。

从上述分析可以看到，昆剧现代戏创作涉及文本、表演程式与唱腔音乐三个方面的难题，文本与唱腔音乐没有问题，已经有了解决方案与创作实例，唯独表演程式上仍存在较大的问题。用传统表演程式表现古今相同的生活内容是可以的，但表现当代社会所独有的生活就显得捉襟见肘，受很大的局限。《陶然情》里用围巾来化用水袖，做了很好的探索，但这毕竟只是单个剧目的创作实践，离抽象出共性形成新的表演程式还尚远。

综上所述，昆剧现代戏能不能演现代戏，或适不适合演现代戏，不用简单地下结论。正如侯少奎所说："昆曲演现代题材的戏

① 周好璐《炼恋昆曲现代戏〈陶然情〉》，《福建艺术》2012年第3期。
② 顾聆森《奔向夜黎明——柯军评传》，上海古籍出版社2011年版，第93—94页。
③ 顾聆森《奔向夜黎明——柯军评传》，上海古籍出版社2011年版，第98页。

不是剧种的问题,不是能不能演的问题,而是如何选材,如何写,如何演,如何做到从文本到唱腔再到表演都符合昆曲本身艺术特点的问题。"①昆剧现代戏要真正取得突破性进展,一方面在于文本创作,一方面在于新的表演程式的创造。如果没有相应表演程式的支撑,像《爱无疆》这样按家门行当来设置人物的现代戏,其人物行当最多也就落于案头,而不能付诸场上。相较于文本创作,表演程式的创造要难得多,昆剧现代戏创作的瓶颈也在于此。

第二节 实验作品:"后昆曲剧场艺术"

实验作品的诞生不同于现代戏,是民间倡导的结果。20 世纪八十年代,国外现代派与后现代戏剧理论相继引入,对国内话剧创作产生了很大影响。当时昆剧创作者并没有拥抱这个戏剧思潮,而在现代化道路上拥抱了更早出现的现实主义,与现代主义、后现代主义擦肩而过。新世纪后,在先锋导演荣念曾的推动以及柯军等昆剧艺术家的响应下,昆剧与后现代主义戏剧接上了头,开始探索昆剧在当代发展的另一种可能性。他们突破了昆剧传统的限制,用后现代手法解构了昆剧传统后进行重构,或是把传统昆剧与当代剧场艺术进行嫁接,创作出一些具有实验性的、形式上全新的"后昆曲剧场艺术"作品。

一、概 念 与 作 品

新世纪以来,香港实验剧团"进念·二十面体"艺术总监荣

————————————

① 侯少奎《喜看昆曲现代戏〈陶然情〉》,《中国演员》2011 年第 5 期。

念曾与内地传统戏曲演员合作,开展了一系列的"实验传统"研究及发展计划,邀请了京、昆、越、川、黄梅戏、秦腔、河北梆子等剧种的表演艺术家参与,探讨传统戏曲在当代的传承与发展问题。这些戏曲剧种中,荣念曾对昆曲情有独钟。他和江苏省昆剧院的石小梅、柯军、李鸿良、孔爱萍、孙晶、杨阳等三代昆曲演员创作了《夜奔》等一系列"荣念曾实验剧场"作品。在荣念曾的影响下,柯军独立创作了《藏》等几部实验作品。这些作品逐渐进入了研究者的视野,有论者将这些实验作品称之为"实验昆曲"、"新概念昆曲"或是"新概念昆剧"①。这些实验作品与昆曲有关系,但又有很大的不同,严格来讲,它们是一些有着昆曲元素的当代剧场艺术作品,超出了昆曲或昆剧的范畴。从名称上来看,"荣念曾实验剧场"较为中性化,与昆曲的关系看不出来,而"实验昆曲"、"新概念昆曲(剧)"的名称,"昆曲"或"昆剧"是中心词,"实验"、"新概念"与"昆曲"或"昆剧"构成偏正结构的名词,强调的是昆曲或昆剧在其中的主体位置,容易让人误解为它们是昆曲或昆剧的一种。因而,这些名称没有反映出它们与昆曲既有联系又有本质不同的艺术特征,也没有反映出这类作品不同于昆曲(剧)的艺术形态。为此,笔者参考德国戏剧家雷曼(Hans-Thies Lehmann)提出的"后戏剧剧场"(Postdramatic Theatre)②

---

① 徐心悦在《先生荣念曾与实验昆曲》中称荣念曾与昆曲艺术家的创作为"实验昆曲"。孙书磊在《"新概念昆曲"简论》中称柯军的实验作品为"新概念昆曲"。顾玲森在《奔向夜黎明——柯军评传》称柯军的实验作品为"新概念昆剧",他认为"新概念昆剧"没有故事情节,只是传达了一种意念,旨在通过昆剧的演唱让观众共同参与,并与表演者一起创作,成为某种理念的分享者或同情者。

② "后戏剧剧场"泛指 20 世纪七十年代以来西方的一种新型剧场艺术,其核心特点是对戏剧文本及剧本阐释在剧场实践里中心地位的颠覆。在这种新型剧场艺术中,文本只是戏剧的一个组成部分,与音乐、舞蹈、动作、舞台美术等其他戏剧手段平起平坐。参见雷曼《后戏剧剧场》,李亦男译,北京大学出版社 2010 年。

的概念,将这类实验作品命名为"后昆曲剧场艺术",以表明它跟昆曲(剧)的联系与区别。

从艺术特征上来看,"后昆曲剧场艺术"是昆剧演员参与表演、融入昆剧元素,但又不遵守昆剧艺术规范的当代剧场艺术。它打破了数百年积淀下来的昆剧创作传统,或是将昆剧表演程式与唱腔解构之后按照创作者的要求进行重构,或是将传统昆曲与当代剧场艺术进行拼贴,不再以讲故事或是抒情为主要任务;表演者从演"角色"变为演"我",表达"我"对艺术、对自我、对人生、对社会的感受、思考与质疑;戏剧文本多为一些描述性的场面,弱化甚至消解了人物、情节、冲突等戏剧元素;舞台呈现方面综合了演员表演、文本、多媒体、装置以及音响、灯光等众多表现手段,诉诸观众的感官知觉,激发观众的联想与思考,从而拼凑出演出的意义。从艺术形态上来看,"后昆曲剧场艺术"是传统昆剧与后现代戏剧碰撞与对话后诞生的新事物,与传统形态或是现代形态的昆剧不同,是后现代语境下昆剧的一种新的表现形态。

十几年来,荣念曾和柯军在这方面做了不少探索。在他们的主导下,香港"进念·二十面体"和江苏省昆剧院创作了一系列的"后昆曲剧场艺术"作品。主要作品如下:

序号	剧　名	年份	文本/创作概念	导演	演　出
1	《弗洛伊德寻找中国情与事》	2002	荣念曾	荣念曾、胡恩威	石小梅
2	《我爱宋词之好风如水》	2003		荣念曾	石小梅、许茹芸、潘迪华
3	《余韵》	2004	柯军	柯军	柯军
4	《浮士德》	2004	荣念曾	柯军	柯军、李鸿良

（续表）

序号	剧　名	年份	文本/创作概念	导　演	演　　出
5	《奔》	2004	荣念曾	荣念曾、柯军	柯军
6	《藏》又名《藏·奔》	2006	柯军/陈慰君、于莎雯	柯军	柯军
7	《朱鹮的故事》	2008		荣念曾、佐藤信	中国昆曲与日本能剧演员
8	《西游荒山泪》	2008	荣念曾	荣念曾	石小梅、蓝天、董洪
9	《夜奔》	2009	荣念曾	荣念曾、柯军	柯军、孙晶
10	《录鬼簿》	2009	荣念曾	荣念曾	柯军、沙多诺·库斯摩、柏蒂娜华狄、李宝春
11	《舞台姐妹》	2010	荣念曾	荣念曾	石小梅、胡锦芳、孔爱萍、李雪梅、孙伊君、何秀萍
12	《坐井》	2013	荣念曾	荣念曾	杨阳、朱虹、孙晶、徐思佳、曹志威等九人
13	《无边》	2013	荣念曾	荣念曾	柯军、松岛诚、潘德恕、Manop Meejamrat等
14	《大梦》	2013	荣念曾	荣念曾	石小梅、龚隐雷、朱虹、孙伊君、钱秀莲
15	《观天》	2014	荣念曾	荣念曾	杨阳、朱虹、孙晶、徐思佳、曹志威等九人

这些作品不大容易看到。荣念曾主导的作品主要在香港及海外演出，只有《夜奔》、《朱鹮的故事》等少数在大陆演出过。柯军主导的作品国内有演出，但演出的机会不多。所以，国内观众乃至戏剧界对这些作品还是比较陌生。

除了以上作品，还有一类小型创作可以归入其中。2012年"进念·二十面体"与江苏省昆剧院、日本高岛寺文化中心共同推出"朱鹮实验计划——艺术保存和发展"项目，让年轻的传统表演艺术家在"一桌二椅"的总体框架下进行实验探索，没有文本，也不设主题。演员们在工作坊中自行创作，荣念曾加以启发与指导，最后形成10—20分钟的作品。同年在南京举办的"朱鹮艺术节"上呈现了他们的创作成果：《愤青》（杨阳）、《领导》（赵于涛）、《镜子》（刘啸赟）、《惊梦》（徐思佳、唐沁）、《自省》（钱伟）、《道情》（曹志威）、《变身》（朱虹）。这些小型作品在创作理念上师承荣念曾，无论是艺术特征还是艺术形态上，均在"后昆曲剧场艺术"的范畴之内，因其规模小、演出少，影响力也更为有限。

二、从文学剧本到剧场文本

传统昆剧以文本的"表演"为主，"后昆曲剧场艺术"则以"剧场呈现"为主，即从表演艺术转向剧场艺术。这一转向引发了创作方式的变革。传统昆曲一度与二度创作泾渭分明，文学剧本一般在排练之前完成，"后昆曲剧场艺术"则未必，荣念曾有荣念曾的创作方式，柯军有柯军的创作方式。

荣念曾在将一度与二度创作合并为导演指导下即兴集体创作。开始排练的时候，往往没有所谓的"剧本"，做了一系列的工作坊与排练修改后，最后形成舞台文本。这种创作方式，从文学书写转向了剧场书写——导演与表演者的集体书写。他认为自己在创作过程中是一个隐形的导演，位置更像一个统筹和顾问："我不作出指示，通常是在做启示的工作；根据他们的取向和局限，推动并支持他们做实质的尝试去挑战各自的边缘；在他们尝试的过程中，我就从旁给予意见。"①可以看到，他的工作重点其实有两个方面，一是把握创作方向，二是决定取舍。下面我们以《舞台姐妹》为例，来看看他是如何与演员一起工作的。

2010 年，荣念曾邀请了石小梅、胡锦芳、孔爱萍、孙伊君四位昆剧演员，以及京剧演员李雪梅，与"进念·二十面体"成员何秀萍一起参与排演《舞台姐妹》。在《舞台姐妹》场刊上，刊登了荣念曾与创作者的通信，记录了 2010 年 7—11 月整个排演的过程。7 月份开始排演时没有剧本，在南京做了为期六天的工作坊。荣念曾在《舞台姐妹八月信函》中为这次工作坊做了小结：

> 声音方面的试验包括即兴吊嗓子，《万年欢》的迭句试验，以及《想舞台》散板等双重唱实验。道具及服装方面我们分析扇子及黑纱的作用，以及它们能发展的各种语言及符号，当然还有女性裙子的结构和功能。叙事方面的实验，我们通过我写的三篇文章，将一些基本有关"舞台"及"女性"的概念进行讨论，引起大家对"戏子"这字眼的激烈讨论。剧本中叙事结构和舞台结构如何互动，也是"剧本"实验创作的重点。承先启后，起承转合，以至由《牡丹亭》的《游园》《惊梦》《离魂》至《幽媾》，发展至目前有更多我们可发展的地方，但是我们没有忘记"事情"是怎样开始的。

---

① 荣念曾《实验中国——实现传统》，载胡恩威主编《荣念曾：实验中国 实现剧场》，(香港)城邦出版集团有限公司 2010 年版，第 102 页。

　　工作坊的进展过程,也正是"剧本"发展的过程,这些都是由全体成员一起创作的,荣念曾作为导演,决定是否保留,或是改变走向。工作坊结束回到香港之后,荣念曾对工作坊上发展出来的"剧本"进一步完善,"我将何秀萍的十条问题选了五条再改写,用作讨论舞台、性别、政治、文化的始点,也发展成一篇'何秀萍的独白',穿插在整体剧本结构里"。

　　八月份,他们又一次汇集南京召开创作会议,荣念曾在《舞台姐妹九月信函》称这次会议"是一次类似'口头'式的工作坊"。对已经发展出来的创作文本,如影像、文字、音乐、服装、关键概念等进一步商讨,确定下一步的发展方向。接下来的《舞台姐妹十月信函》,荣念曾写道:"两周前先和小梅电话商量,决定还是回到《牡丹亭》,切入探讨女性寻幽访胜中确定自我的经历,于是《牡丹亭》【皂罗袍】再度成为焦点,我们由这明代风格的漂亮文字中再去探讨甚么是舞台?甚么是姊妹?甚么是舞台姊妹?为甚么舞台姊妹?"同时选定秧歌舞及革命歌曲、巴赫的古典音乐的穿插与融入。

　　随着创作的持续深入,文本也一步步发展定型,最终于2010年11月在香港文化中心上演。然而创作并没有随着上演完成而结束。两年后,荣念曾再次写信给主创人员:"我总结大家对《舞台姐妹》的感觉和想法,开始在剧本作调整,并将开场的十分钟结构音乐字幕光影重新理清……有机会能辩证地集体地自我阅读真好。创作本来就是不断的集体辩证和自我阅读,里面包含的就是不断的自我评议和反思。"[①]

　　这个文本创作过程与传统昆剧的不同,从文人的案头创作变成了导演与表演者在剧场的集体创作,经达多次反复后形成

————————

① 荣念曾《舞台姐妹十一月信函》,载《舞台姐妹》场刊。

演出的舞台文本。这种不仅改变了剧本创作方式——从文学书写到剧场书写，而且还改变了戏剧文本形式——从文学剧本到剧场文本，传统意义上的剧本被瓦解了，代之以一种新型的"后昆曲剧场艺术"文本。为了能够说明这种文本的特性，兹以《夜奔》为例，抄录文本如下：

第一幕　检场也可以是演员
（一桌二椅，书房）
第二幕　舞台也可以是监牢
（一桌二椅，排练场）
第三幕　演出介绍
"进念·二十面体"主办及制作，荣念曾实验剧场——《夜奔》。

改编自明朝戏曲家李开先的《宝剑记》第三十七出，《夜奔》原作内容讲述宋朝教头林冲为朝政迫害转投梁山泊为寇。李开先在身受政治打击而辞官后回乡写成《宝剑记》，夜奔发生于林冲决定夜投梁山的晚上。

香港文化中心大剧院——2012。让我们想象眼前是李开先的书房。

书房本是所有昆剧创作的起源点，紧接一幕可以说是任何朝代的书房，也可以是革命前或革命后的舞台，台上亮相的可以是李开先或林冲，最能用心看戏的可以说是出台入台的检场。这作品献给所有的检场们。

第四幕　他们都是林冲
检场怎样观望舞台？舞台如何观望林冲？
林冲怎样观望观众？观众如何观望演员？
演员怎样观望传承？传承如何观望历史？

历史如何观望公众？公众如何观望政治？

政治怎样观望艺术？艺术如何观望林冲？

林冲怎样观望体制？体制怎样观望检场？

第五幕　他们都是剧场

你以为站在外面能看到全面，你不用再给我写家书。我要懂得你，然后忘记什么是懂得。你以为在旁边就没需要负责，你不用担忧我的沉默。我要包容你，然后忘记什么是包容。你以为不断问问题就没问题，你没有听见我的声音。我要拥抱你，然后忘记什么是拥抱。你以为在观察就能代表客观，你感觉不到我的感觉。我要离开你，然后忘记你。

他站在这位置四百五十年，见证着故事不断演变。他听见自己在问问题，我有改选思想的冲动。他站在这位置四百五十年，不断听着自己喃喃自语。归纳着剧场里面变化，我有改选历史的冲动。

我站在那里，前面什么也没有。我发现自己什么都不能做，怎么会有如此决绝的晚上。我政治正确地站在那里，发现已经没有可能回去。前面什么都是空的，革命已经结束。革命即将开始。

第六幕　他们都是革命

这种动作没有正确的名称？这种动作的名称是否政治正确？这个动作和下一个动作有什么关系？衔接两个动作之间的是什么？动作态度和政治正确有什么关系？这个动作的内在位置和意义有什么关系？这个动作是怎样发展出来的？四百五十年前传统和当今的传统有分别吗？做这个动作的时候你和它有什么关系？这里动作快些会不会影响你的位置。你的位置和我们的历史有什么关系？

这个动作有没有正确的名称？这场运动有没有正确的

名称？这场运动的名称是否政治正确？这场运动和下场运动有什么关系？衔接两场运动之间的是什么？衔接两场革命之间的是什么？这场革命的深度结构和运动有什么关系？内在意义与深层结构有什么关系？这场革命是怎样发出来的？这场演出是如何发展下去的？

《夜奔》剧照（荣念曾、柯军导演，香港"进念·二十面体"演出）

第七幕　他们都是戏子

数尽更筹，听残银漏。逃秦寇，好叫俺有国难投。那搭儿相求救？欲送登高千里目，愁云低锁衡阳路。鱼书不至雁无凭，几番空作《悲秋赋》。回首西山日又斜，天涯孤客真难度。丈夫有泪不轻弹，只因未到伤心处。【新水令】按龙泉血泪洒征袍，恨天涯一身流落。专心投《水浒》，回首望天朝。急走忙逃，顾不得忠和孝。【折桂令】俺指望封侯万里班超，生逼作叛国红巾，做了背主黄巢。恰便似脱鞲苍鹰，离笼狡兔，摘网腾蛟。救国难谁诛正卯，掌刑法难得皋陶。只这鬓发萧萧，我的行李萧条，此一去博得个斗转天回，高俅！管教你海沸山摇。

第八幕　林冲家书

他会不会不够主动？他是不是看得不够？他会不会有些悲观？他是不是想得不足？

他会不会有些自溺？他是不是自以为是？

他会不会有些犬儒？他是不是不够积极？

他会不会有些软弱？他是不是不够自信？

他会不会是在逃避？他是不是不够果断？

他会不会有些无能？他是不是不够自觉？

他会不会是在妥协？他有没有失去自己？

他有没有忘了自我？他会不会过分主观？

他是不是不够聪明？他有没有过分伤感？

他是不是不够坦白？他是不是不够坦然？

他会不会过分政治？他会不会过分计算？

他是不是不够进步？他会不会过分自卑？

他会不会过分自大？他是不是不够勇气？

他会不会是放不开？他是不是不肯放手？

他是不是不肯放心？他会不会不肯放下？

他是不是不能放下？

第九幕　林冲是怎样投奔梁山的

文人是什么时候走出书房的？

艺术家是什么时候走出剧场的？

知识分子是什么时候走出辩论的？

艺术家是什么时候成为知识分子的？

知识分子是什么时候成为革命分子的？

革命分子是什么时候成为反革命分子的？

我知道，当我要去那里；

我知道，已经没戏了。

　　这是一个比较典型的"后昆曲剧场艺术"作品的文本，与传统昆曲剧本的区别很大，具有以下特征：

一是非故事性、非情节性。这个由九段文字组成的文本并不讲一个故事，没有情节，也不按照人物与情节逻辑线性展开。

二是非代言体。从戏剧的角度而言，它打破了传统戏剧最重要的特征：代言体。从总体看来，这个文本像是一个演出的描述文本，将演出的说明与导演的评论拼贴在一起。从局部看来，某些诗一般的文字并非对话，也并非独白，更像旁白。演员在台上表演，基本上不说话，文本以字幕的方式投影在剧场天幕上，可以看作是演员表演的注释。

三是无对白无曲词。这个文本，不仅没有曲词，也没有对白，摒弃了昆曲文本格律要求的规定性，拼贴到文本来的【新水令】【折桂令】两个曲牌，演员并不唱，只是作为字幕投在屏幕上。

四是无"人物"。没有了传统戏剧中"人物"的概念，《夜奔》中的人物，是检场，是林冲，也是"我"，具有一定的模糊性与不确定性。

五是非逻辑性。文本内部的文字呈现出一定的非逻辑性，甚至有些词句会让人感觉牛头不对马嘴，意义不确定，晦涩难懂。演出的意义，依赖于阐释、评论而存在。没有经过阐释，哪怕有文本，大部分观众（乃至专业观众）也不明白他们看了个什么样的演出。

对于这个戏，荣念曾自己的阐释是："《夜奔》的主要的主角是一位传统中国剧院的检场，也就是负责在台前幕后搬道具的工作人员；我假想这位检场活了600年，因此他在台侧观察舞台600年来的变化。在过去的600年，他眼看到《夜奔》这出戏，从明朝到清朝、从中华民国到新中国、从文化大革命到经济改革以来如何更新，如何接受台上台下的挑战。我常常在想，这次的实验主题是在探讨艺术工作者和知识分子身份的问题，知识分子和艺术工作者如何挑战政治正确这问题；也在探索主动和被动之间的关系、观众和表演者之间的观系，这些关系是否政治正确。"①荣念曾是一位身兼社会活动家的艺术家,他更多的时候是提问,从艺术到社会再到政治问题。对观众而言,要从这些阐述把握演出的意义,仍不是件容易的事。

与荣念曾的即兴集体创作方式不同,柯军往往在排练之前从某个概念出发,同时进行一度与二度创作,有一个综合考虑了唱词(字幕)、灯光、音效、背景与道具的演出文本后,再进入剧场排演。因而,柯军作品的文本,不是纯文学文本,而是一个导演文本。节选《余韵》的开头部分如下:

时间	内 容	唱词(字幕)	音 效	灯 光	背景、道具
00—00	音乐起,大幕徐徐拉开,柯军静坐,点香插入香炉	作为演员很幸运,因为能体味人生百态	古琴曲《碧涧流泉》	上场门台口桌椅定位光,点香后起蓝光	上场门台口放仿古桌椅板凳、香炉、石章、刻刀、印泥盒、酒壶
	柯军篆刻,刻刀冲击石章刺耳的声音划破幽静的琴曲《碧涧流泉》	作为演员很无奈,因为只能在角色中释放情感			
01.00—01.30	刻刀划破手指,打开印泥盒,血滴入印盒(虚拟)	作为演员很丰富,因为同一个角色能演绎不同的时代	古琴曲《碧涧流泉》	刻刀划破手指,加一道红光	篆刻投影"余韵"
01.31—02.11	柯军静坐阅读《桃花扇》,翻到《余韵》一折	桃花扇底送南朝,一片疮痍,几个遗老,诌一套《哀江南》,是五十年离乱别调	古琴曲《碧涧流泉》	电脑追光	

---

① 荣念曾《导演笔记(一)》,载胡恩威主编《荣念曾:实验中国 实现剧场》,(香港)城邦出版集团有限公司 2010 年版,第 152 页。

（续表）

时间	内　容	唱词（字幕）	音　效	灯　光	背景、道具
02.12 — 03.18	老赞礼诸宫调《问苍天》	新历数，顺治朝，岁在戊子；九月秋，十七日，嘉会良时。击神鼓，扬灵旗，乡邻赛社；老逸民，剃白发，也到丛祠……草笠底，有一人，掀须长叹；贫者贫，富者富，造命奚为？我与尔，较生辰，同月同日；囊无钱，灶断火，不啻乞儿	叠出诸宫调《问苍天》		
03.19 — 05.34	继续看剧本，喝酒，进入柳敬亭角色	（字幕）命，都是命。唉！还是喝酒吧。没有下酒菜怎么办？有了，就拿《桃花扇·余韵》当下酒菜。不信！当年柳敬亭不就是用《汉书》下酒的吗？	叠出古琴曲《渔樵问答》	板凳定位光，电脑追光	

　　柯军是文本的创作者与导演，还是剧中主演。可以看到，这是一个突出表演者的剧场文本，演员什么时候在场上做什么，文本中标示得非常清楚。荣念曾的文本则不然，如前面所引《夜奔》，文本与表演并非对应关系，光看文本，演员并不知道在舞台上如何表演。文本的差异，实际上已经暗含了柯军与荣念曾创作方式的差异，以及他们注重点的不同。

三、解构、拼贴及其他手法

　　"后昆曲剧场艺术"是昆曲与后现代戏剧碰撞后的产物,融入了解构、拼贴等后现代手法,或是解构昆曲传统后进行重构,或把传统昆曲片断与当代剧场艺术进行拼贴,成为与昆曲既有联系又不同的剧场艺术作品。

　　先看解构手法。荣念曾的"后昆曲剧场艺术"作品,解构了昆曲表演体系,将昆曲表演程式与唱念分解成一个个元素,按照他与表演者的意图进行重构。重构的过程,可以遵守昆曲艺术的规范,也可不遵守。孔爱萍在谈及《舞台姐妹》这个没有剧本没有语言甚至模糊了舞台边界(观众到了台上,演员走入台下)的创作时说:"我似乎体会到了一把当电影演员的感受。因为在这出剧里,演员不再着重于表达角色情感,而是通过表演将导演的创作思想传达给观众。从一个完整、独立的角色个体转变成整出剧的某一个无固定、没规则的零部件。这样的表演体会是我舞台生涯中绝无仅有的。"[1]从"完整、独立的角色"到"无固定、没规则的零部件",意味着不用按照传统剧中的人物来表演,而是在导演的要求下,去挑选、组合那些烂熟于心的昆曲表演程式,来表达"导演的创作思想"。也就是说,她的表演要赋予这些传统程式以新的意义,打破了表演者与观众所熟知的表演程式的能指与所指的对应关系。这些表演程式的新含义不为观众所熟悉,也就有了晦涩性与多意性,观众的理解与创作者的意图容易产生错位。因而,光看表演者的表演,观众可能并不能明白创

---

[1]　孔爱萍《传统昆曲的另一种姿态——从在港参演〈万历十五年〉谈起》,《中国艺术报》2012 年 12 月 19 日。

作者之含义指向，于是需要借助其他的手段，如作为旁白、解释或是评论的文字的辅助，来自行合成表演的意义。

再看拼贴手法。拼贴作为后现代戏剧常用的手法，在"后昆曲剧场艺术"中得到了广泛的运用，创作者运用拼贴手法构成主要舞台意象，使得作品的意旨变得含糊、晦涩，不易理解。拼贴手法的使用，大体有四种情况。一是文本层面的拼贴，如《夜奔》，将描述、评论与折子戏曲文拼贴在一起，《余韵》通过舞台时空的转换将"我"、老赞礼、柳敬亭、苏昆生四个古今时空中的人物，将《牡丹亭》与《桃花扇》的文本拼贴在一起，以表达"我"的个人感受与历史感悟。二是表演样式的拼贴，如《舞台姐妹》里将昆曲《牡丹亭·惊梦·寻梦》中的【步步娇】【皂罗袍】【山坡羊】等曲牌与现代歌曲《舞台人生》、革命歌曲《向前进！向前进！》、贝里尼的歌剧《诺玛》、巴赫的《哥德堡变奏曲》以及演员自身的影像，嫁接与拼贴在一起。三是跨文化类别的拼贴，如 2012 年"朱鹮国际艺术节"的《一桌二椅》的创作涉及昆曲与日本能剧、泰国古典舞、印尼古典舞蹈等亚洲传统表演艺术的跨文化合作，以各自的文化与表演传统对一个共同话题进行碰撞、对话，从初步的拼贴渐渐走向了融合。荣念曾也主导了不少这种跨文化作品，如《无边》的演员，包括南京的柯军，香港的潘德恕，东京的松岛诚，及曼谷的 Manop Meejamrat，既有古典艺术的表演者，又有当代剧场艺术的表演者。四是表演行为与非表演行为的拼贴，如 2009 年创作的《录鬼簿》灵感来自元朝戏曲家钟嗣成的同名著作。荣念曾不仅邀请了来自南京的柯军（昆曲）、台北的李宝春（京剧）、曼谷的柏蒂娜华狄（泰国古典舞剧）和雅加达的沙多诺·库斯摩（古典爪哇舞蹈）等四位传统表演艺术大师，还邀请了四位分别来自曼谷、首尔、台北、香港的当代艺术家，以及分别来自北京、东京、首尔、曼谷的艺术评论家。评论家对演出的评论与演出一起构成了整部作品,演出也从剧场扩展到座谈会的现场。

最后是影像、文字以及象征符号的使用。影像在荣念曾的"后昆曲剧场艺术"作品中占有重要地位。然而,他并没有将影像作为表演环境营造的手段,或是放大演员现场同步表演的手段,而是将文字作为其舞台影像的主要内容,作为现场表演的诠释与传达意义的主要手段。荣念曾的作品,单看演员的表演,很难明白表演的意义,因而,需要有文字描述来帮助理解。他的剧场文本,正是基于这样的考虑创作的。这些文字投射在舞台的屏幕上,看上去就像是字幕——带有描述性与评论性的字幕,帮助观众理解演员的表演。与大多数后现代戏剧一样,"后昆曲剧场艺术"作品的阐释,往往比演出本身更为重要。在荣念曾的作品中,表演与文本所建立的并非传统戏剧中能指与所指的关系,文字成为创作者表达创作理念的重要工具,也成为评论者阐释的出发点。傅谨指出,在他的作品中"文字或曰词语,始终是舞台上的主角之一,有时甚至可以看成是最核心的角色"①。然而,即使有像《夜奔》这样的文本,理解这些看似不相关又相关的问题,把握文本的意义,也并非一件容易的事。

在柯军的作品中,除了影像与文字之外,还常用一些道具、装置作为象征意象传达作品的精神意蕴。如《浮士德》根据歌德的同名作品创作,但并不讲述浮士德的故事,也没有情节,只有"人"与他的影子,代表着浮士德心中的两个灵魂。"人"持白扇,影子持黑扇,他们之间有对话、有对抗、有妥协,不停地较量着。当浮士德在出卖灵魂的契约上签字后,影子为"人"摘下髯口,脱下黑褶子,换上大红褶子,象征着浮士德变成年轻人了。黑扇与

---

① 傅谨《跨界的界限:以荣念曾的戏剧创作为中心》,《南方文坛》2011 年第 1 期。

白扇的对舞，黑褶子与红褶子的交替，成为演出的符号与象征。此外，《藏》中甲骨文、隶书、小篆等不同字体的"同"字则是自我与外部社会关系的象征。黑白扇子、红黑褶子、不同字体的"同"字是舞台呈现的关键元素，也是理解柯军作品的关键意象。

《浮士德》剧照（柯军、松岛诚导演，江苏省昆剧院演出）

四、"评议"与自我表达

"后昆曲剧场艺术"作品，不仅在文本形式、表现手段不同于传统昆剧，而且演出目的也不同于传统昆剧，超出了一般意义上的审美与认知，试图在两个向度上进行实验与拓展，一是向内强调演出对于艺术家自身的意义，二是向外强调对传统艺术的传承与发展、对社会问题的关注与讨论。这两个向度上传达的是创作者对人生、艺术与社会的思考。

荣念曾将这种表达称之为"评议"。他非常强调创作对于自己的意义："我创作不是为了观众。"他为一小部分真正理解他意图的人创作，而不是为一般的文化消费者，"我经常认为最佳的'观众'和'评论者'是台上前线艺术表演者，因为他们一直有参与发展的过程；其次是后台的支持人士，以及每晚都必要捧场的观众们，他们目击整件事的演变及发展，都是真正用心的参与者"①。事实上，来看荣念曾作品的观众中大多数并不明白他要做什么。傅谨认为："他把演出对于观众的意义放在次要的位置，甚至完全舍弃，相反却努力要凸显出艺术的创作过程，对于艺术家自身的意义，通过艺术创作，反向质疑艺术家自己的生活方式与内心世界。"②正是这一理念，将石小梅、柯军等从事传统昆曲表演几十年的艺术家，从传统昆曲程式的约束与替古人代言的樊笼中解放出来，在舞台上表达他们对艺术与人生的感悟。

荣念曾强调的"评议"，是对艺术家、对艺术与对社会的"评议"，他试图通过"评议"让创作与艺术家和社会发生关系，从而达到参与社会公共生活的目的。如《夜奔》中，他提出的一系列问题：

> 检场怎样观望舞台？ 舞台如何观望林冲？
>
> 林冲怎样观望观众？ 观众如何观望演员？
>
> 演员怎样观望传承？ 传承如何观望历史？
>
> 历史如何观望公众？ 公众如何观望政治？
>
> 政治怎样观望艺术？ 艺术如何观望林冲？
>
> 林冲怎样观望体制？ 体制怎样观望检场？

---

① 荣念曾《实验中国——实现传统》，载胡恩威主编《荣念曾：实验中国 实现剧场》，（香港）城邦出版集团有限公司 2010 年版，第 102 页。

② 傅谨《跨界的界限：以荣念曾的戏剧创作为中心》，《南方文坛》2011 年第 1 期。

这些问题，与艺术有关，也与政治有关，许多不相关的概念被他放进同一个问题中，产生一种似是而非、不知该如何回答的现场效果。又如"他们都是革命"一场，两段内容，一段针对艺术提问，一段针对革命提问。绝大部分观众，回答不了这些问题，甚至对问题感到莫名其妙，自然无法起到干预社会生活的作用。实际上，这些问题更多是针对创作者提的。提问成为荣念曾创作的出发点，他通过这种提问实现与创作者的沟通，创作者通过这些问题去思考艺术、社会、政治与自我的关系。

河西认为，荣念曾真正感兴趣的并非是戏剧，"他似乎是一个戏剧的哲学家，总是从感性的人物与故事中抽离出来，分明地感受到，他真正感兴趣的是理论，是哲学"①。这说到了荣念曾创作的关键之处，剧场其实是他的理论的实验室。荣念曾认为："艺术世界比现实世界有更多空间，但是艺术仍然是现实世界的一部分。艺术本身和观察、评议、表达是分不开的。"艺术家与政治家的边界，在剧场里变得模糊了，他进而指出，"一个好的政治家一定应该是艺术家，一个真正的艺术家也可以入世地、创意地处理政治题目"②。

同样是表达，柯军更注重个体生命感悟的自我表达，而不是"评议"社会与政治问题。作为当代艺术家，他觉得替古人代言，已经不能满足他的表达欲望。他希望在传统昆曲与现代社会之间找到一个连接点，表达当代艺术家的人生感悟。他搞创作是源于这种自我表达的需要："作为一个演员，我很幸运，因为可以体味百态人生；作为一个演员，我又好无奈，我饰演别人，我自己

① 河西《荣念曾：我对传统和当代的碰撞感兴趣》，《21世纪经济报道》2008年4月7日。
② 王寅、杜属伊《在艺术与规矩之间——专访荣念曾》，《南方周末》2005年6月23日。

谁来演呢？昆曲的表演程式无法跨越，可演员也有其特殊心理和对艺术及人生的感悟，无法通过演出来倾诉和传达。对一个有思想、有灵魂、需要情感表达的演员来说，昆曲不应该成为自我的局限，因此我尝试以昆曲为载体，让传统的表演程式进入新的表现层次，除了表现昆曲艺术的美和高雅以及表演程式的精湛以外，我想表现人的一种欲望，一种涌动的情绪，一种不断追求的精神。"①

因而，他的作品不再演剧作家写好的"角色"，而是演"我"——有时是剧中人，有时是演员自己。演员以"我"的面目，自由出入于不同时空，化身各类人物，变成了自由的、主动的创作者，哪怕是剧中需要偶尔进入传统戏的角色，也是为服务于演"我"，而不是"我"为角色而存在。

比如《余韵》，取材于《桃花扇》的最后一出，人物有柳敬亭、老赞礼、苏昆生与"我"。全剧开始与结束均落于"我"，在舞台时空的转换中化身为柳敬亭、老赞礼、苏昆生。"我"阅读《桃花扇》之《余韵》，融入剧中后化身为老赞礼，唱诸宫调【问苍天】。继而，化身为柳敬亭，唱弦索【秣陵秋】，述南明王朝覆灭轨迹。再化身为苏昆生，唱【哀江南】套曲，看破朝代兴亡与更迭。之后，回到"我"，唱"曲中意，弦外音，石上愿。愿甲马休争，干戈永歇!"最后，将《牡丹亭·游园》的【皂罗袍】曲文改为"原来姹紫嫣红开遍，莫付与断壁颓园"作为结尾。《余韵》2004年首演于台湾，当时两岸关系紧张，"我"在历史兴亡中看破了朝代更迭，希望两岸化干戈为玉帛。虽然这个心愿有些应景，却也是作者主体意识的体现。

---

① 黄鑫《沉重而甜蜜的责任——访江苏省昆剧院院长柯军》，《中国文化报》2008年9月17日。

《余韵》剧照(柯军导演，江苏省昆剧院演出)

相比《余韵》，《藏·奔》更能体现柯军个人的内心世界与人生感悟，"我"的主体意识也表现得更为充分。《藏·奔》脱胎于《奔》①，分为两部分。第一部分《藏》。"我"用甲骨文、钟鼎、大篆、小篆、隶书、楷书等不同字体在悬挂舞台上空的宣纸上书写"同"字，每写完一个"同"时，不明就里地重重摔倒，如此反复几次，"我"走到宣纸背面后似有所悟，从背面所见的"同"字，左竖

① 《奔》由传统折子戏《夜奔》发展而来。分为两个部分。第一部分，展示昆曲常用的程式动作。先由现实中的演员"我"跟随荧幕上显示的投影而做各种程式动作，然后，另一个演员上场模仿"我"的各种程式动作，当"我"坐在椅子上时被某种力量重重地摔到地上，于是，"我"做出极为痛苦的动作，而后终于能够安稳地坐在椅子上。第二部分，《夜奔》。"我"在舞台下场口当众化妆扮作林冲，另一演员协助穿戴，接着表演《夜奔》折子戏。参见孙书磊《"新概念昆曲"简论》，《艺苑》2009年第4期。

右钩成为右竖左钩,而这却是世人所能够接受的。于是,"我"写了一个反字,没有摔倒,再写一个正字,又摔倒。"我"困惑于正与反的矛盾中,既不想处处碰壁摔倒,也不愿随波逐流。最后,"我"悟出"藏锋"之人生境界,为了实现理想与使命必须以某种

《藏·奔》剧照(柯军导演,
江苏省昆剧院演出)

恰当的方式将自己"藏"于某处,遂以小篆书写无锋之"同"字。"我"由运笔中的"藏锋"悟及人生境况,一如《夜奔》中的林冲,他投奔梁山,不是退缩,乃是"藏"于水泊梁山,以实现除暴安良的内在使命。于是"我"在下场口当众化妆成《夜奔》里的林冲,唱【新水令】【折桂令】两支曲子,抒发奔上梁山的决心。唱完后,回到"我",将舞台上写满"同"字的宣纸扯下,把自己裹"藏"了起来。《藏·奔》的内涵丰富,充满了柯军的人生体验与感悟:

    这部作品试图以传统的书法与昆曲艺术来表达千百年来人生的一个两难境地:顺世与随性。一出《夜奔》,既是奔,也是藏;三尺剑锋,是出,还是收?笔剑相通,古今情似,心境难同。"同"字有种种写法,层层反思。……由锋芒毕露、不与世同,到委曲求同、与世无争,在"藏"和"奔"之间、在忧患、无奈、矛盾中层层反思,直至境随心转,外收锋芒、

内蕴生机,和其光、同其尘,顺时随缘,而心志弥坚①。

如果与荣念曾做一个比较,我们会发现柯军的创作关注的范围要小,焦点也比较明确,理解起来也相对容易。他强化了表演者的主体意识,突破了替剧作家代言的局限,走到前台表达他的困惑、思索与感悟。传统昆曲的表演者,由此转变为具有主体意识的当代艺术家。

"后昆曲剧场艺术"诞生至今不过十余年,在国内上演的机会也很少,近年来才开始慢慢进入研究者的视野,由于相关资料匮乏,研究者对其产生的渊源、创作观念、发展脉络及其艺术特征缺乏较为全面的认识。荣念曾强调要做未来的大雅,柯军试图去建立一个面向未来的新传统,他们并非要对传统昆曲进行创新或改革,而是探索传统昆曲的边界与框架之外的可能性,因而不会导致传统昆曲的失传,尤其是以创新、发展的名义去改革传统昆曲导致的隐性失传。传统昆曲的代言体特性,决定了表演者只能为剧作家代言,而没有演员的表达空间。"后昆曲剧场艺术"里创作者与演员不再替剧作家代言,而是强调他们的主体意识与自我表达。然而,荣念曾过分强调演出对于创作者的意义,加之文本的非故事性、非逻辑性,文本与演员表演的分离,以及演员表演的能指与所指分离,使得把握演出的意义变得非常困难。相比荣念曾,柯军对昆剧有着更为深入的认识。他的作品不是将昆剧完全解构之后进行重构,而是保留了昆剧本体,用拼贴手法,将当代剧场的元素与昆剧拼贴成一个全新的作品。作为演员,柯军重视"我"对艺术、生命的感悟,而不是像荣念曾

---

① 柯军《新概念昆曲之观念辩证与实物探索》,中国戏曲学院第四届优秀青年演员研究生班毕业论文,2008 年,第 23 页。

那样"评议"艺术政策、社会与政治问题。如果说荣念曾的实验作品里看到的是导演，那么柯军的"新概念昆剧"里看到的是演员。柯军既是创作者，也是表演者，因而他不需要像荣念曾那样弱化表演者，将表演者工具化，从而强化导演作为剧场作品的作者地位。

小　　结

　　昆剧现代戏与实验作品，在当代昆剧创作中所占的比重不大，影响力也非常有限。现代戏是国家主导下诞生的，长期以来作为政治的传声筒，从题材与内容上无视昆剧抒情写意的特性，也不遵守曲牌体的要求，因而大多数昆剧现代戏艺术上乏善可陈。新世纪之后，昆剧现代戏的创作发生了变化，一是回归昆剧擅长表现的题材，从之前的写"事"转向写"人"之情感与对"人"的发现，二是回归曲牌体、倚声填词，同时在文本结构与舞台呈现上融入了现代戏剧观念与手法。从目前的创作实践来看，创作符合昆剧传统的现代戏文本没有问题，瓶颈在于现代戏表演程式的创造。在这方面，完全由民间倡导的"后昆曲剧场艺术"创作走了另一条路，荣念曾解构了昆剧传统，按照当代剧场艺术的要求对其进行重构，柯军则将传统昆剧与当代剧场艺术嫁接。这些实验作品，不再替剧作家代言，而是注重表达创作者对艺术、人生与社会的感悟或"评议"。应该看到，"后昆曲剧场艺术"作为传统昆曲在后现代语境下的一种表现形态已然形成，虽然目前的作品还很有限，也不那么容易理解。

结　语

　　当代昆剧的主要任务，一是继承遗产，二是新创作。我们今天所看到的昆剧表演艺术，可以上溯至清中叶形成的"乾嘉传统"，也就是折子戏演出传统。作为遗产意义上的昆剧，指的就是明清两代传承下来的折子戏。昆剧传承方式是口传心授式的师徒传承，戏随人传，人走戏亡。所以，继承遗产是最基础也是最重要的工作。而且，继承也是新创作的基础，没有传承下来的表演技艺，昆剧创作也就是案头创作，无法进行场上搬演。当代昆剧创作的任务是为昆剧发展做出我们这个时代的贡献。正是历代文人、艺人与曲家的不断创作，才形成了如此丰厚的昆剧遗产——文本、曲谱与场上表演的规范。因而，在传承之外，今人的创作同样也关系到给未来留下什么样的遗产。

　　研究当代昆剧创作，首先碰到的一个问题是：什么是昆剧传统？本书将昆剧传统归纳为一个美学原则与四个具体传统——声律传统、文本传统、表演传统与舞台美术传统，这四个方面都服从"抽象、写意、抒情、诗化"的美学原则。昆剧的美学原则、文本与声律传统，是昆剧传统中的静态部分，形成后基本处于稳定状态,表演传统与舞台美术传统是昆剧传统中的动态发展部分,既有相对的稳定性,又有发展变化的一面。

因而,昆剧并非不允许创新,创新的出发点与归宿应该是昆剧传统。当代艺术家新创出来的"词汇"能否融入昆剧传统的"词汇库",则需要经过创作者、观众的双重检验。需要指出的是,遗产意义上的昆剧——传统折子戏,只能传承,不能创新。正如顾笃璜所言,创新了还是遗产吗?没有传承,昆剧就消亡了。没有创新,昆剧还是昆剧。不顾昆剧传统的创新,不仅无助于昆剧的传承,而且会造成昆剧"隐性失传"。因而,昆剧的传承与创新不是一般所认为的辩证关系——在传承基础上的创新,在创新的过程中传承,而是先后关系。

当代昆剧创作的发展历程,是一些带有普遍性的问题交织在一起产生影响的结果,它们分别是古今问题——昆剧传统与现代化,中西问题——"戏曲化"与"话剧化",主导问题——国家主导与民间倡导。古今问题与中西问题相互关联,现代化是古今问题也是中西问题的核心,主导问题与古今问题和中西问题都有关,无论是国家主导还是民间倡导,都需要面对这两个问题。

当代昆剧创作的主轴,一端是回归传统,一端是走向现代,核心是古老的昆剧如何与当代社会对接。传统与现代是一对张力关系,它们相互制约、碰撞与对话,形成了恪守传统、传统与现代结合、突破传统等不同创作观念。昆剧创作观念关乎作品的内在精神,也关乎外在形式,从而形成了传统、现代与后现代三种艺术形态,它们在文本形式、舞台呈现与剧场能量等方面均有所不同。传统剧目新创作与新编古代戏既有传统形态的,也有现代形态的,现代戏都是现代形态的,实验作品则属后现代形态。从历时角度来看,昆剧的传统形态、现代形态与后现形态按照先后顺序出现。传统形态的昆剧,传承至今已有数百年,既有文化遗产价值,也具有学术价值。新中国成立后,以《十五贯》的创作演出为标志,形成了现代形态的昆剧,昆剧创作踏上了现代化之路,同时也形成了传统与现代形态并存的二元格局。新世纪之后,这种二元格局被打破,以荣念曾、柯军为代表的实验作品,颠覆了传统与现代形态昆剧的创作手法,探索面向未来的可能性,从而形成了传统、现代与后现代形态多元并存的局面。

从类别上来看,当代昆剧创作可以分为传统剧目新创作、新编古代戏、现代戏与实验作品四类。在继承好遗产之后,昆剧创作的顺序比较理想的是:传统剧目新创作→新编古代戏→现代戏→实验作品。然而,当代昆剧创作实践往往不是如此。

传统剧目新创作是当代昆剧创作的主体,有折子戏、单本戏、多本戏与全本戏等多种方式,有整理也有改编,既可从文学本(墨本),也可从演出本(台本)出发整编文本。传统剧目的新创作,主要集中在那些折子戏传承多、文本有名的古典作品。从创作观念上来看,可以分为"整旧如旧"与"新旧结合"两种。前者以顾笃璜为代表,主张从文本到舞台呈现一切均照搬传统;后者以白先勇为代表,主张传统为体,现代为用。从演剧空间来看,西式镜框式舞台是当代演剧的主流,新世纪后,一些新创作开始回归传统的古戏台、厅堂与园林演剧环境。从剧目上来看,当代昆剧创作搬演最多的传统剧目是《牡丹亭》与《长生殿》,但由于篇幅之所限或囿于整理改编者的认识所限,不少新创作未能准确体现原著的精神内涵。

新编古代戏继承了明清以来的昆剧文学传统。历史题材的作品,有宏大叙事与个体叙事之别。宏大叙事的作品,多以帝王将相为主角,通过某一历史事件与历史人物,揭示历史发展的规律,借古喻今;个体叙事的作品,多以文人为主角,书写生命个体的生存困境、困惑与在历史境遇中的命运沉浮。非历史题材作品来源更为广泛,有神话寓言剧、民间故事剧、文人传奇剧、名著改编作品等。从文体而言,以剧场情节整一性为特征的"现代戏曲",成为当代新编昆剧的主流。少数剧作家如张弘,追求一种"重情感""重情趣""重欣赏的"的"另一种戏曲",回归传统昆剧的"集折体"。剧作家郭启宏与张弘分别代表了"现代戏曲"文体和"集折体"新编古代戏的水准。郭启宏的以"传神史剧论"为核心的新型史剧观,至今仍是非常有价值的历史剧论述。他的新编古代戏,以传统形式来表现当代意识,历史感与现代感兼具。张弘的新编古代戏,上接古人的文人情怀,深怀悲悯之心,蕴含了悟之境。昆剧演员出身的他,强调场上之曲,在遵循昆剧"三体三式"的规定性前提下,在形式上接通了中西方古典与现代戏剧。

昆剧现代戏是建国初期国家主导下诞生的,多为中共革命历史与社会主义建设题材,以宣扬主流意识形态为旨归,艺术水准并不理想。改革开放之后,昆剧现代戏转向表现紧扣时代变化的当代生活内容。虽然主题内容在变,但现代戏的本质并没有改变,艺术水准也没有提高多少。新世纪后的昆剧现代戏创作发生了变化,一是向传统回归——回归传统昆剧擅长表现的题材,回归昆剧曲牌体文学;二是融入了现代思想意识、现代戏剧观念与表现手法,出现了"现代昆曲剧场"这种新样式。这些作品丰富了我们对现代戏的认识。从目前的实践来看,创作符合昆剧传统的现代戏剧本没有问题,现代戏创作的瓶颈是表演程式创造的可能性。

荣念曾与柯军主导的一系列具有实验性质的"后昆曲剧场艺术"作品,具有非线性、拼贴结构等后现代戏剧的特点。荣念曾的实验作品,解构了昆剧传统,虽然有着部分昆剧元素,但已经失去了在传统昆剧中能指与所指的对应关系,从而造成了一定的欣赏难度。柯军的实验作品，一半是传统，一半是现代，通过某种内在联系拼贴成具有后现代风格的实验作品。与荣念曾不同，他并没有解构昆剧传统，而是对其进行了化用，昆剧传统中的能指与所指关系仍然是对应的。所以，他的实验作品较荣念曾的实验作品要好理解。在"后昆曲剧场艺术"作品里，演员从演角色变成演"我"。"后昆曲剧场艺术"作品的创作目的，在荣念曾这里是"评议"，表达对艺术传承、艺术政策与社会问题的质疑与反思；在柯军这里，更多的是表达作为创作者的"我"对人生与社会的感悟。他们试图在两个向度上进行实验与拓展，一是向内强调演出对于艺术家自己的意义，二是向外强调对传统艺术传承与社会问题的关注与讨论。

　　三十余年的当代昆剧创作，在数量与规模上是近百年少有的，虽然取得了一定的成果，但没有出现能与《琵琶记》等五大名剧相媲美的剧作，也未出现能与明清两代传承下来的经典折子戏相媲美的场上表演艺术。昆剧集古典文学、音乐与表演艺术之大成，形成了高度的规范性与体系性。倘若没有臻于化境的诗词写作能力，创作高水准的新编作品的可能性很小。长期以来，各大昆剧院团重视排大戏，不重视折子戏的传承与整理。虽然国宝级的"大熊猫"们还健在，但他们身上的传统折子戏已经比"传"字辈少了许多，下一代演员较他们大约要再减半，继承遗产已经堪忧，更遑论创造新的经典折子戏。

　　当代昆剧创作的主要问题，一是内在精神上与现代性的背离，一些当代作家的新编作品，观念比古人还要落后；二是不遵守"三体三式"的艺术规定性，某些精神内涵不错的作品如《南唐遗事》、《偶人记》曲词是非曲牌体的长短句，有违昆剧的文学与声律传统；三是"话剧化"倾向，用话剧思维来创作昆剧，不顾昆剧的美学原则，变演员中心为导演中心，变写意为写实，将舞台空间写实化,乃至加入西洋音乐将昆剧"交响化"。这些问题的存在,说明不少创作者既未能理解昆剧传统,又缺乏应有的现代性,最终导致传统与现代两不靠。

昆剧创作的现代化,包括两个方面,一是精神内涵的现代性,在作品中注入现代意识,关注"人"、发现"人",既要表现出剧作家的生命感悟与对人性的新发现,也要表现出作为戏剧描写对象的"人"的命运与生存困惑;二是艺术形式的现代化,在尊重昆剧传统的前提下,融入现代戏剧观念与表现手段。在这方面白先勇的"昆剧新美学"给出了一个发展方向:传统为体,现代为用,尊重传统而不因袭传统,利用现代而不滥用现代。青春版《牡丹亭》、新版《玉簪记》等作品,在这方面做了有益的探索,但也有可以商榷的地方。因而,当代昆剧创作要真正实现现代化,还有很长的路要走。

虽然如此,当代昆剧创作也不是没有做出自己的贡献。从昆剧发展史的角度来看,当代昆剧创作的贡献主要有以下四个方面。一是古典名著的全貌呈现。这是清中叶形成了折子戏传统之后所未有过的,开启了一个全本与多本大戏的新时代。二是创造了"现代戏曲"文体。"现代戏曲"是中国昆剧的当代文体,是西方传统情节剧与中国戏曲相结合的产物。当代昆剧作家用"现代戏曲"文体创作了不少符合昆剧文学与声律传统的新编作品,实现了李渔提出的篇幅在十到十二出、一个晚上演完的中篇作品的设想。三是创造了一些新的人物形象。随着当代剧作家对"人"的认识深化,他们创造出了李煜、司马相如、西施与范蠡等以往昆剧舞台上所没有的复杂人物形象。四是在传统形态的昆剧之外创造了新的艺术形态:现代形态与后现代形态。昆剧的现代形态是面向当下的艺术形态,昆剧的后现代形态则是面向未来的艺术形态,已经超出了"昆剧"的概念范畴。

附　编

散论三篇

顾笃璜的昆剧传承观

昆剧作为非物质遗产,是一种活态的艺术,主要通过口传心授的方式进行传承,戏随人传、人走戏亡。这一特殊性决定了传承遗产是一项重要的长期性工作。如何做好昆剧传承工作,不仅需要在实践中总结经验,也需要从理论上厘清昆剧传承的原则、方法与路径。在这样的思考背景下,年近九旬的顾笃璜先生进入了笔者的视野。作为苏州顾氏后裔,他身上仍保存着江南名士的风范。新中国成立后,他先后担任过苏州市文化局、江苏省苏昆剧团(苏州昆剧院前身)和苏州昆剧传习所的领导职务。几十年来,他一直耕耘于昆剧的创作实践与理论研究领域,排演了《牡丹亭》、《长生殿》(三本)等传统剧目,撰写了《昆剧苏剧沉思录》、《昆剧史补论》、《昆剧舞台美术初探》、《昆剧表演艺术论》、《关于苏州昆剧工作的思考》、《回顾与前瞻——关于苏州昆剧工作的思考之二》等理论著述,比较系统地论述了昆剧遗产的抢救、保护与继承问题。他主张保护遗产的本真性,反对在传统的地基上创新。对昆剧的现状与未来,他充满了忧虑,说了些在昆剧界不受欢迎的真话,甚至直言不讳地批评某些错误做法。

在一些人眼里,他是个思想保守的人,对昆剧现状的论断有危言耸听之嫌,对昆剧的未来有杞人忧天之虞。然而,细细梳理他几十年的相关论述会发现,那些"危言耸听"的论断,恰恰切中了昆剧界的时弊,那些看似保守的观点,其中不乏真知灼见。

一、继承昆剧遗产,当前最为紧迫的任务

遗产意义上的昆剧,指的是明清两代传承下来的传统折子戏。这些传统折子戏,不是某个人的发明创造,而是历代文人与艺人集思广益、千锤百炼的结果,有着丰厚的文化积淀,蕴含了昆剧表演艺术的精华,承载了昆剧的创作法则和美学原则,体现了昆剧的艺术价值。抢救、保护昆剧遗产就是要将这些传统折子戏继承下来。20 世纪传字辈继承并演出过的剧目,据苏州大学教授周秦统计,有 566 出,近五十年来有过演出和教学记录的昆剧折子戏,有 414 出[①]。顾笃璜指出,清末民初昆班常演的剧目,在"传"字辈这里可以说全部得到了继承[②]。当前以昆大班、"继"字辈为代表的昆剧老艺术家,能演的折子戏大体就这四百多出,与"传"字辈相较,数量上减少了许多。今天的中青年演员,能演的折子戏大约要再减半。顾笃璜对此充满了忧虑:"现今支撑着舞台的这一代演员能演的传统经典折子戏太少太少了(与前辈演员相比),演出质量太差太差了(与昆剧经典的要求相比),拨开迷雾便能看到,一切已经跌落到了历史的最低点!"[③]

---

① 参见周秦《昆曲:遗产价值的认识深化与传承实践——兼论苏州大学白先勇昆曲传承计划》,载《苏州大学学报》2012 年第 1 期。
② 顾笃璜《关于苏州昆剧工作的思考》,《兰蕙齐芳》第二辑(内部资料),江苏省昆剧研究会、苏州市文联艺术指导委员会 2001 年编印,第 2 页。
③ 顾笃璜《回顾与前瞻——关于苏州昆剧工作的思考之二》,2015 年,未刊电子稿。

2001 年昆剧被联合国教科文组织列入"人类口述与非物质遗产代表作"名录后,党和国家最高领导人对此做出"抢救、保护和扶持"的批示。2005 年文化部与财政部联合颁布了《国家昆曲艺术抢救、保护和扶持工程实施方案》,连续五年每年投入一千万专项资金,用于传统剧目(大戏)的挖掘与整理、新剧目创作、折子戏录像、人才培训、资料抢救、国际交流、举办公益性演出与昆曲活动等各项工作。这样的投入力度不可谓不大。但是,这个面面俱到的实施方案,没有将抢救、保护昆剧遗产的关键环节——传统折子戏的传承作为最重要的任务来规划。

十余年过去了,抢救、保护昆剧遗产的任务完成得仍不理想。顾笃璜认为,"昆剧的形势却十分严峻,表面上的轰轰烈烈,掩盖了昆剧面临遗产大量流失、人才严重断层的危局"。从苏州昆剧工作来看,"一方面置昆剧最主要最根本的抢救继承遗产工作于不顾,或者为了应付舆论随便做些表面文章;另一方面又把多年努力,好不容易才被确立的苏派正宗昆剧风格任意扭曲,甚至扬言要进行'脱胎换骨的改革'"。其实,2006 年苏州就颁布了《苏州市昆曲保护条例》,将昆曲传统场上艺术与技艺纳入地方法规的保护,规定昆曲保护应当坚持原真性特色,实行保护为主、抢救第一、合理利用、传承发展的方针。然而,这个法规并没有起到作用。让顾笃璜不安的是,"那些破坏昆剧遗产的违法行为,以及延误昆剧遗产传承的失职行为,不但没有得到制止,而且正在得到奖励"①。

针对目前的现状,顾笃璜在《关于苏州昆剧工作的思考》之后,近年又撰写了长文《回顾与前瞻——关于苏州昆剧工作的思考之二》,再次为苏州昆剧工作进言献策。在该文中,他回顾了

---

① 顾笃璜《回顾与前瞻——关于苏州昆剧工作的思考之二》,2015 年,未刊电子稿。

新中国成立以来苏州昆剧工作的曲折历程后指出，我们应该通过理性的反思为昆剧修订战略目标。

在修订战略目标之前，有必要对昆剧的价值有一个完整的认识，给予其恰当的定位。

联合国教科文组织设立"人类口述与非物质遗产代表作"是以保护文化特异性、多样性、并使之永存不灭为宗旨的，昆剧杰出的文化价值和极需保护的紧迫性，正是其入选名录的根本条件。从人类生存与发展而言，文化多样性与生物多样性一样重要，在这一点上，昆剧作为中华民族的文化遗产，具有不可替代的独特价值。顾笃璜指出，"对于一个民族来说，独特的民族文化甚至关系着民族的存亡，真所谓一个民族创造了一种文化，一种文化创造了一个民族"。因而，我们应该从"迎接中华民族的复兴这样的高度来对待昆剧事业"①。

传统昆剧集古典文学、音乐与表演艺术之大成，在中国戏剧史上有着重要的地位。顾笃璜认为，昆剧的形成将戏曲从通俗艺术变成了高雅文艺，"下里巴人的戏曲变成了阳春白雪的戏曲；野外的戏曲变成了室内的戏曲；粗放的戏曲变成了精致的戏曲；为着多数人的民间戏曲变成了为着少数人（相对来说）的文士的戏曲；总而言之便是把戏曲雅化了"②。因而，昆剧诞生的意义，"并不仅仅是戏曲百花园中多了一个剧种，而把古典戏曲艺术推向了高峰，是我国戏曲艺术成熟的标志。昆剧所形成的法则、格局和形态正是戏曲基本表现原则、方式、手段、手法、技

---

① 顾笃璜《回顾与前瞻——关于苏州昆剧工作的思考之二》，2015年，未刊电子稿。
② 顾笃璜《关于苏州昆剧工作的思考》，《兰蕙齐芳》第二辑（内部资料），江苏省昆剧研究会、苏州市文联艺术指导委员会2001年编印，第4页。

巧的整体呈现,反映着戏曲的艺术规律"①。他认为过去我们谈昆剧的观赏价值多了,对昆剧作为中国古典戏曲典范的价值谈得少了,今天研究古典戏曲的艺术规律、文学、音乐、表演体系、舞台美术的形成,都不能不研究昆剧。而且,如果"要把我国古典戏曲文学剧本按原著并按古典戏曲模式搬上舞台,首选甚至是唯一可选的剧种当然是昆剧"②。

正是昆剧对文化多样性与中华文化复兴的重要意义,它的艺术与学术价值,以及作为非物质遗产传承方式的特殊性,使得继承昆剧遗产成为当前最为重要、最为紧迫的任务。新世纪初顾笃璜甚至认为,"昆剧首要的、根本的甚至是当前唯一的任务便是:挖掘、抢救、继承、保存、整理昆剧的艺术遗产。如果遗产丢失了,那就是昆剧实际上的灭绝,才是什么都完了"③。抢救、继承、保存昆剧遗产事关昆剧的存亡,他用了"首要的"、"根本的"、"唯一的"三个词来加以强调,心情之迫切显而易见。

虽然如此强调继承遗产的紧迫性,但他并不反对创作新剧目:"我们应该有无愧于这个时代的昆剧作家、作曲家和伟大的作品产生。不是整理改编传统剧目而是创新,当然包括着反映现代生活的作品。"④这样的作品,如果剧本、谱曲合乎昆剧基本法则,由一群熟谙传统昆剧场上艺术法则的艺术家按照昆剧传统搬上舞台,同样也有传世的价值,成为未来的昆剧遗产。与此同时,顾笃璜也指出,不能将遗产的保护、传承与新编作品的重

① 顾笃璜《关于苏州昆剧工作的思考》,《兰蕙齐芳》第二辑(内部资料),江苏省昆剧研究会、苏州市文联艺术指导委员会 2001 年编印,第 5 页。
② 顾笃璜《关于苏州昆剧工作的思考》,《兰蕙齐芳》第二辑(内部资料),江苏省昆剧研究会、苏州市文联艺术指导委员会 2001 年编印,第 6 页。
③ 顾笃璜《昆剧苏剧沉思录》,古吴轩出版社 2004 年版,第 184 页。
④ 顾笃璜《昆剧价值的再认识——保存与创新的对话》,载《艺术百家》1988 年第 1 期。

要性等同起来。目前的情况,他认为保护、传承最重要。在做好保护、传承的前提下,有余力可做创新,没有余力,不做创新,没关系,"不要为了创新而影响抢救传统的工作,目前没有创新之作,无碍于昆剧,丢弃传统剧目,却将毁灭昆剧,我们的头脑必须清醒"①。

顾笃璜的这番话,并非危言耸听。新世纪以来,不论文化主管部门还是各大昆剧院团都非常重视新剧目创作,如《国家昆曲艺术抢救、保护和扶持工程实施方案》的指导思想为:

> 鼓励创作具有时代精神、具有独特的艺术表现力、较强的艺术感染力、较高的艺术价值和较强的艺术生命力的优秀作品,发动全国的昆曲院团和艺术家,坚持不懈地创作一批优秀新剧目;同时,挑选一批具有较大影响、基础较好、尚有潜力的优秀传统剧目,进一步修改、加工、提高,力争五年内打磨出一批具有时代光彩的昆曲优秀剧目②。

在这个指导思想下,该方案对新创作的任务做了具体的规划:计划五年完成十台昆剧新创剧目,每年两部。这一政策的效果立竿见影。2006年第三届中国昆剧艺术节上,全国七个昆剧院团的八台参演剧目,只有《邯郸梦》、《折桂记》、《小孙屠》三台传统剧目,《西施》、《一片桃花红》、《湘水郎中》、《百花公主》和《公孙子都》均为新编剧目。新编剧目比例超过一半,且整体艺术水

---

① 顾笃璜《关于苏州昆剧工作的思考》,《兰蕙齐芳》第二辑(内部资料),江苏省昆剧研究会、苏州市文联艺术指导委员会2001年编印,第29页。
② 该实施方案内容见王永敬主编《昆剧志》(下卷),上海文化出版社2015年版,第1090页。

准不尽如人意,引发了一些学者的忧虑①。

当前昆剧的工作看似千头万绪,在顾笃璜看来,归结起来只有两项:一是抢救、保护与传承,二是合理利用,充分发挥昆剧才有的社会作用。他将这两项工作称为昆剧工作之纲,是昆剧工作的出发点,也是最终目的之所在。在这个昆剧工作之纲下,"因势利导,将人才资源重新整合,同时高举保护遗产和现代化革新的两面旗帜,兵分两路……集中一部分人专司其事,让这一部分人员能不受干扰地去从事那急中之急,重中之重的昆剧遗产抢救保护工作"②。这一战略调整,对保护昆剧遗产意义重大,关系着昆剧遗产能否得到全面、有效的继承。如果现在不将保护继承昆剧遗产作为最紧迫、最重要的任务,贻误时机,将来老艺术家们不在了,就后悔莫及了。

二、借鉴昆班体制,从表演艺术传承入手

保护、继承昆剧遗产是个系统工程,这个系统工程中表演艺术的传承占有突出的地位。正是因此,顾笃璜指出保护、继承昆剧遗产"应该从表演艺术入手"③,这基本上是昆剧界的共识。如沈世华也认为"昆剧的传承,首要是传承表演艺术",因为剧本不会失传,会失传的是"这些剧本中所承载的代代表演艺术

---

① 参见施德玉《大陆新编昆剧的危机——第三届中国昆剧艺术节观后》,载《福建艺术》2006 年第 6 期;马建华《昆剧的文化保护与艺术创新的矛盾——从第三届中国昆剧艺术节谈起》,载《中国戏剧》2007 年第 3 期。
② 顾笃璜《回顾与前瞻——关于苏州昆剧工作的思考之二》,2015 年,未刊电子稿。
③ 顾笃璜《关于苏州昆剧工作的思考》,《兰蕙齐芳》第二辑(内部资料),江苏省昆剧研究会、苏州市文联艺术指导委员会 2001 年编印,第 27 页。

家所创造、积累的丰富的表演技艺成果,是依附在人身上的文化形式"①。

昆剧的表演艺术,以传统剧目为依托,如果没有承载表演艺术的传统剧目,那么所谓的表演艺术只是一些表演程式而已。因而,从昆剧表演艺术传承入手,必须落实到传统剧目的传承上。顾笃璜将传统剧目分为三类:一是从前辈代代师承而来的传统剧目,也就是明清两代传承下来的传统折子戏;二是古人的作品,剧本与曲谱俱全而舞台表演已经失传,由今人按传统昆剧法则以"捏戏"方式重新排演出来的剧目,与第一类剧目区别在于流传时间长短不同;三是按原传奇,串联成故事略有头尾的"叠头戏",这类剧目其实是前两类剧目的联演,其性质与前两类剧目没有区别。作为文化遗产,昆剧最有价值、应该力求使之传世的是第一类剧目,其次为第二类剧目,而其演出方式或可以第三类剧目为主②。

不少有识之士都在推动第一类剧目的传承工作。如白先勇在北京大学与苏州大学分别设立了"白先勇昆曲传承计划",邀请昆剧名家将他们的擅演剧目有计划地传承给青年演员,辅之以学术讲座、座谈讨论等其他形式让青年演员更好地掌握这些传统折子戏的内容与表演。又如《新民周刊》记者王悦阳参与策划的"昆曲百种 大师说戏",精选了 29 位昆剧表演艺术家的 110 个传统折子戏,通过说戏的方式将每折戏的表演艺术用视频方式记录下来,以便传承与研究。

按照传统昆剧法则排出来的第二类剧目,拓展了传统剧目

---

① 沈世华《昆剧的传承,首要的是表演艺术——〈十五贯〉给予我们的启示》,沈世华口述、张一帆编撰《昆坛求艺六十年:沈世华的昆剧生涯》,北京出版社 2016 年版,第 434 页。
② 顾笃璜《回顾与前瞻——关于苏州昆剧工作的思考之二》,2015 年,未刊电子稿。

的数量,对昆剧的可持续发展有重要意义。剧本与曲谱有传而表演未传的古人作品,据顾笃璜统计约有一千四百余出,倘若能将这些剧目以"捏戏"的方式排演出来,将是今人留给后人的一笔极大遗产。

不论是传统折子戏的传承,还是通过"捏戏"方式把传统剧目复活在舞台上,都需要有精通昆剧表演的老艺术家和行当齐全的中青年演员。当前的条件应该说比较好,多数院团中青年演员行当齐全,以昆大班、"继"字辈、"世"字辈为代表的南方昆剧表演艺术家,以及侯少奎为代表的北方昆剧表演艺术家,虽然年事已高,但他们不仅能教戏还能演戏。这批老艺术家代表着当今昆剧表演的最高水平。国家也意识到了这些老艺术家的国宝价值,在他们中选择了一批昆剧遗产传承人,制订了相应政策,推进昆剧传承工作。

昆剧遗产传承的重要条件具备后,应该如何来组织传承工作呢?顾笃璜认为,可以在今天的昆剧院团的管理体制之下,借鉴传统昆班的组织形式,将剧团按演员行当"微型化"为几个类似于传统昆班规模的剧组,将剧目传承任务具体到每一位演员身上,通过项目经费与奖励机制,发挥出演员的潜力与主观能动性,从而实现传承剧目数量的最大化。

昆班曾是历史上昆剧艺术最全面与最完整的存在形式,也是昆剧职业化最完善的组织形式,有专业的台前幕后人员分工协作完成创作、演出、营销等所有演剧事宜。昆班实行的不是明星制,而是脚色制,具备"江湖十二脚色"①,就行当齐全了。脚

---

① 李斗《扬州画舫录》卷五云:"梨园以副末开场,为领班。副末以下:老生、正生、老外、大面、二面、三面七人,谓之男脚色。老旦、正旦、小旦、贴旦四人,谓之女脚色。打诨一人,谓之杂。此江湖十二脚色,元院本旧制也。"

色制对昆班的生存与发展有着重要意义,有论者指出,"这是能够保证最少演员演出最多剧目的最经济的结构,也是保证戏班成员互相依存的最稳定的结构。"①

传统昆班领衔的五名演员为:一正梁:正净,四庭柱:正生、正旦、正末、正丑。目前最容易成为明星的小生、小旦不在其中。顾笃璜指出,这是因为"昆剧采取的是剧本中心制,而不是演员中心制"。明清传奇体例是按行当写戏,为了人物色彩丰富,同家门演员不同场,各行脚色都会有作为主角的折子戏。从全剧来看,主角是小生、小旦的剧本很多,但在以折子戏为主的昆班常演剧目中,所占比例则很小。他统计了《缀白裘》所收的折子后指出:"戏文,传奇,杂剧共收用 87 种,合计折子共 206 出。若以 87 种剧本来考察,那么全剧以小生小旦为主角的,仅占约 1/10。若以 206 出折子来考察,那么以小生小旦为主角的仅占约 1/4。"②

昆班脚色制与剧本中心制,决定了每个行当的演员都有机会演主角,也都要演配角,而且决定了不同行当、家门的演员,只是分工不同,不是主配角关系。哪怕就是同一家门的演员之间,同样"不是主配角关系,而且不是优劣之分,是剧目分工"的不同。以老生演员为例,通常是头榜须嗓子好,重头的唱功戏归头榜,二榜须做工好,凡有武打的戏也归二榜演。昆剧的传统是"没有不演正戏(主角)的演员,也没有不演配角不跑龙套的演员"。所以整台戏的演员水准比较齐整,演出水准自然也高。顾笃璜指出,"这是昆剧与现今的京剧和某些地方剧种根本不相同

---

① 织工《论剧场复古的可能性:从〈张协状元〉到环球剧场》,载《戏剧与影视评论》2017 年 3 月总第 17 期。

② 顾笃璜《关于苏州昆剧工作的思考》,《兰蕙齐芳》第二辑(内部资料),江苏省昆剧研究会、苏州市文联艺术指导委员会 2001 年编印,第 34 页。

的地方,这正反映着昆剧的成熟,而决不是什么落后"①。昆班脚色制的意义,如陆萼庭所言:"打破全本戏中主配角的界限,使得各家门的演艺有了尽情发挥的机会,以致产生了各自无可替代的魅力,深化了昆剧表演体系。"②

今天的昆剧院团,规模比传统昆剧班要大得多,每个行当都有数量不等的演员。相同行当的演员,在创作演出中逐渐分化为主要演员与次要演员。另外,今天的昆剧院团以演出整本大戏为主,且多以生、旦为主角。这就意味着,这两个行当的演员比其他行当的演员要有更多的机会演主角,其他行当的演员,大多时候只能演配角。

顾笃璜认为,长此以往不利于昆剧遗产的传承,比较好的办法是借鉴昆班脚色制,将剧团"微型化"为几个比较固定的剧组,以"江湖十二脚色"齐全为一个组,分头进行传承工作。与此同时,乐队也相应"微型化",编入每个固定的剧组。乐队成员一专多能,最好是达到旧时的"六场通透"的要求。如果一个剧团有四个这样的固定剧组,他算了一笔账:

> 独角戏,每一演员会一出,全组就拥有十二出戏。对面头戏,每一演员会一出,全组就拥有六出戏。三脚撑戏,每一演员会一出,全组就拥有四出戏。也即是每一演员仅能三出戏便得二十二出戏。……每人会十八折戏,就可以得132出戏。可以单独连续演出三十多场了。全团分四个组便可得528出戏,可以演出一百二十

---

① 顾笃璜《关于苏州昆剧工作的思考》,《兰蕙齐芳》第二辑(内部资料),江苏省昆剧研究会、苏州市文联艺术指导委员会2001年编印,第35页。

② 陆萼庭《清代戏曲与昆剧》,中华书局2014年版,第51页

多台剧目了①。

按此办法来继承明清两代传承下来四百多出传统折子戏并不困难。1982 年苏州昆剧传习所恢复后,聘请各地老艺术家来苏州面向全国昆剧界授艺,前后办了十一期学习班。顾笃璜将江苏省苏昆剧团的演员与学员合理搭配,分成四个组,用了约两年时间,剧团的传统剧目总量便积累到 300 出②。

完成传承工作之后,这种"微型化"组织形式,对将那些文本与曲谱有传的古人作品以"捏戏"方式排演出来也是合适的。我们同样可以算笔账:独角戏、对面头戏和三脚撑戏,每个演员各会一出,一个剧组将会有 22 出戏,如果每个院团有一个剧组,全国七个主要院团将会有 154 出戏,数量亦很可观。

将剧团"微型化"成一个个剧组后,可以把国家划拨给剧团的日常经费改为项目经费,"由各个剧组自行提出工作计划及经费预算(含人员薪金)以实际业绩来换取经费,多干多得,少干少得,不干不得,干好有奖。以数量换取经费,以质量换取奖金。"③对演员的考核,从基本功、能戏数量、能戏质量三个方面着手,形成有效的激励机制与内部升迁制度。

昆剧遗产的继承,不仅有数量问题,也有质量问题。这就需要有人对继承剧目的艺术质量进行把关。顾笃璜主张恢复总导

---

① 顾笃璜《关于苏州昆剧工作的思考》,《兰蕙齐芳》第二辑(内部资料),江苏省昆剧研究会、苏州市文联艺术指导委员会 2001 年编印,第 40 页。

② 顾笃璜《回顾与前瞻——关于苏州昆剧工作的思考之二》,2015 年,未刊电子稿。又,顾笃璜在《关于苏州昆剧工作的思考》中指出,江苏省苏昆剧团过去学演约 253 出戏,但未说明是否在这两年中完成。

③ 顾笃璜《关于苏州昆剧工作的思考》,《兰蕙齐芳》第二辑(内部资料),江苏省昆剧研究会、苏州市文联艺术指导委员会 2001 年编印,第 44 页。

演制,他认为"现今剧团艺术工作中出现的许多问题都与没能总导演制有关"。苏州昆剧院以前曾实行过总导演制,后来由于种种原因取消了。恢复总导演制,主要基于两方面的考虑:一是剧团要有艺术上的负责人,总导演"负责指导各剧组的艺术工作,在艺术上把关,公演剧目须经总导演审核,加工,通过。总导演负责剧团的艺术质量,艺术面貌,艺术风格";二是演员的培养的需要,"演员是不能完全地自学成才的,因为演员看不见自己的表演,这需要导演的帮助。勤学苦练只是针对技艺层面来说的,至于真正的艺术创造需要的是艺术素养、悟性,不是单靠勤学苦练便能达到的。这需要高人引导和指点,这个高人应该就是导演"①。目前各个剧团请来的导演,排完戏就走了,无法完成长期指导的任务,如果有称职的总导演这一问题就解决了。

三、依托传统戏台,回归本真态演出

昆剧作为场上表演艺术,保存遗产的最好方式是演出。蔡正仁多年前曾对笔者说,学了戏要多演,学了不演等于没学。这充分说明演出对于昆剧传承的重要性。为了保存昆剧遗产的本真性,顾笃璜主张恢复传统的演出形态(即本真态)。关于本真性,高福民阐释道:

> 原真性,也可称为本真性,是英文 Authenticity 的译名,它的英文本意是表示真实、原本、忠实、神圣。20 世纪60 年代"原真性"被引入遗产保护领域,并逐渐在世界范围

---

① 顾笃璜《关于苏州昆剧工作的思考》,《兰蕙齐芳》第二辑(内部资料),江苏省昆剧研究会、苏州市文联艺术指导委员会 2001 年编印,第 42 页。

内达成理解和共识。1964 年的《威尼斯宪章》奠定了原真性对文化遗产保护的意义,提出"将文化遗产真实地、完整地传下去是我们的责任"。这就是说,原真性是要保护原生的、本来的、真实的历史原物,保护它的遗存的全部历史文化信息①。

明清之际,昆剧主要在传统戏台与厅堂的红氍毹上演出,以前者为主。传统戏台是伸出式的,三面观众,表演空间是一个开放式空间。中国戏曲艺术就是在这样的戏台上形成和发展起来的。今天昆剧演出的剧场多为西式镜框式舞台,是一个单面的、相对封闭的演出空间,观众主要通过台口的"镜框"来看戏。由于剧场空间大,演员往往要戴麦克风,观众听到的是经过扬声器放大后的声音。传统戏台演出没有麦克风和扬声器,演员完全靠嗓子,由于剧场空间小,观众可以近距离地欣赏演员细腻的表演。讲究些的戏台,顶上有藻井,台下有水缸,利用声学原理让声音悦耳又传送得远,观众可以充分领略水磨调的声腔魅力。

从传统戏台到镜框式舞台,演员表演的一个显著的变化是从曲线出入变成平行调度。传统戏台后面的"出将"与"入相"是演员上下场的地方。为了让三面观众都能看到戏,演员不仅出入要以曲线出入为主,而且表演要照顾到三面观众,以曲线调度为主。西式镜框式舞台,演员只要考虑单面(正面)观众,这样演员舞台行动主要是横向的平行调度,即与台口平行方向的横向

---

① 高福民《伴随苏州昆曲十二年——苏州昆曲的保护与"原真性"特色》,徐凌云口述,管际安、陆兼之整理《昆剧表演一得·看戏六十年》,苏州古吴轩出版社 2009 年版,总序一。

调度。加之上下场门位置改到了舞台的两侧,演员上下场也是沿着台口平行方向的横向出入[1]。传统戏台的面积多为几十平方米,当代镜框式舞台的面积,往往数倍于前者。从传统戏台换到镜框式舞台演出,除了调度方式的变化,演员的表演节奏以及与表演相适应的音乐节奏,也会随空间的变化而变化。

此外,20世纪"戏曲改革"的一些做法改变了戏曲舞台空间的性质。传统戏曲演出,"舞台上不存在独立的、固定的舞台空间,而依附于剧中人的表演,并随之而流'转'、分割、缩小和放大"。"戏曲改革"之后,通过运用二道幕或是暗场的方式,将明处检场变为幕后或暗场换景,使得"舞台空间脱离剧中人而独立存在于'第四堵墙'后面,因之除非经过闭幕,它的位置、大小是固'定'不变的"[2]。舞台空间的性质变了,昆剧演出的形态也随之变了。

古今剧场形制与舞台形式不同,使得昆剧演出的观演关系、舞台调度、表演节奏以及舞台空间的性质都发生了变化。因而,要让昆剧遗产的本来面貌"真实、完整地传下去",顾笃璜认为,"最好的办法是把古戏台上传统方式保留下来,对保持戏曲艺术固有的表现原则、方式、手段、手法、技巧来说,是不可缺少的。因为所有这些都只有回到传统形式的戏台上,才能充分体现和得到合乎戏曲艺术规律的发展"[3]。正是因为如此,他才强调"保护其本真态,是我们不可动摇的原则,更可以说是我们不可

[1] 关于曲线出入与平行调度的探讨,参见于凉《现代剧场境遇中的戏曲导演艺术摭论——以川剧〈金子〉、豫剧〈程婴救孤〉和梨园戏〈董生与李氏〉为例》,载《艺术评论》2011年第8期。
[2] 陈多《戏曲美学》,四川人民出版社2001年版,第6页。
[3] 顾笃璜《回归本真态的演出实践——重建昆剧传习所以来工作之一项》,《昆剧表演艺术论》,上海文化出版社2014年版,第196页。

推卸的历史责任"①。

保存传统演出方式的必要性,还可从日本能乐的保存方式上得到佐证。能乐与昆剧一样,同为"人类口述与非物质遗产代表作",也是综合唱、念、做、舞的戏剧艺术,表演同样具有程式化、歌舞化的特点。"能舞台有它特有的规定样式,由主舞台、伴奏位、苍松壁、伴唱位、桥廊、挑幕、镜台、后台等构成"②。能乐演出时,主角、配角、狂言角、歌队、检场、鼓位、笛位在舞台上均有固定位置。能乐演出与能乐舞台是能乐艺术的两翼。能乐只有在专用的能乐舞台上演出,才能完整呈现、保存能乐遗产的艺术风貌。

昆剧也是这样,其遗产的本真性应该包含两个方面,一是表演的本真态,二是演出形式的本真态。明清时期的昆剧演出,今人谁也没有见过。怎样的昆剧演出才是本真态的?顾笃璜的回答是往前追溯,"恢复到我们所能追溯到的昆剧原样"③。目前所能追溯的,从表演来说是"传"字辈,再由"传"字辈上溯至清末的全福班,大体也就如此了;从演出形式来说,因为有文物戏台的遗存与相关文献记载,相对容易恢复到明清时期演出的样子。

20世纪八十年代初起,顾笃璜以昆剧传习所为阵地,推动本真态的演出实践。有条件,他就在古戏台按传统形式做本真态演出,没有条件,他就退而求其次追求表演的本真态。

1982年5月,在苏州举行江浙沪两省一市昆剧会演,顾笃璜主持的昆剧传习所策划了在苏州博物馆古戏台上按传统格局

① 顾笃璜《回归本真态的演出实践——重建昆剧传习所以来工作之一项》,《昆剧表演艺术论》,上海文化出版社2014年版,第202页。
② 王冬兰《镇魂诗剧:世界文化遗产——日本古典戏剧"能"概貌》,中国戏剧出版社2003年版,第15页。
③ 樊宁《顾笃璜:昆剧文化遗产的守护者》,新华网江苏频道,2007年1月11日。

的昆剧演出。演出的三个剧目为江苏省昆剧院的《游殿》、浙江昆剧团的《题曲》与上海昆剧团的《芦林》，从文本到演出都保持原来风貌，得到了专家的普遍认同。陈白尘说："中国古舞台形式的出现和中国戏剧表演体系的形成是有密切联系的。她今后的发展也不能离开传统的舞台形式。"[①]"若是只在镜框舞台而不是在古典舞台上看过昆剧，对昆剧的了解应该说是不全面的。""我一直想，应该恢复一所古典舞台，现在亲眼见了这样的演出，想法更成熟了。"[②]2000年首届中国昆剧艺术节，顾笃璜为苏州昆剧院导演了叠头戏《钗钏记》、《长生殿》（上），也在这个古戏台上演出，同样以保持昆剧遗产之本真态为目标。

2001年苏州昆剧院应邀赴台湾演出，顾笃璜挑了《琵琶记》、《钗钏记》、《白兔记》、《永团圆》、《满床笏》等五台叠头戏，以及由《还金镯·哭魁》、《慈悲愿·撇子·认子》、《如是观·交印》、《祝发记·渡江》和《荆钗记·男祭》组成的折子戏专场。他们在台湾新舞台的镜框式舞台上复制了苏州忠王府古戏台上的太上板，恢复了"出将入相"的格局，检场人当场迁换道具，灯光只是大白光，化妆尽可能复古，乐队则退回到文场四大件和六人编制[③]。这种力图恢复原貌的演出，获得了台湾观众的认可，洪惟助等学者也给予了赞扬。顾笃璜后来写道："实践证明，回归本真态的昆剧完全可以营造自己特有的市场，这已不再是一种理想，而已是迎面而来的现实了。这是这几年苏州昆剧的艺术实

① 转引自顾笃璜《回顾与前瞻——关于苏州昆剧工作的思考之二》，2015年，未刊电子稿。
② 转引自顾笃璜《回归本真态的演出实践——重建昆剧传习所以来工作之一项》，《昆剧表演艺术论》，上海文化出版社2014年版，第196页。
③ 顾笃璜《回顾与前瞻——关于苏州昆剧工作的思考之二》，2015年，未刊电子稿。

践得到的最巨大的收获,也是最重要的经验。"①

　　2011 年,应中国昆曲古琴研究会邀请,苏州昆剧传习所赴北京参加昆曲入选联合国"人类口述和非物质遗产代表作"名录十周年纪念活动,在恭王府古戏台演出了《西楼会·楼会》《双珠记·卖子》《燕子笺·狗洞》三个折子戏,在中山音乐堂演出了叠头戏《牡丹亭·惊梦、慈戒、寻梦、写真、诘病、离魂》,均为放弃现代手段的本真态演出。田青代表中国昆曲古琴研究会给此次演出的贺信中写道:

　　　　我认为中国的非物质文化遗产要保证自身基因的纯洁,顾老和他主持的苏州昆剧传习所,算得是一个伟大的榜样。以捍卫传统为己任,坚守传统昆曲数十年。他在"识时务"人眼里"最保守最落后"的做法,在保护非物质文化遗产的概念中,是最超前的,是最合理的,是最有远见并结出硕果。我认为,到北京演出的这两台剧目,就是最好的证明②。

笔者以为,田青的这些话不是溢美之词,而是实事求是的评价。他在信中也指出,来看演出的专家"无不认为这两台戏是非遗保护的'活化石',一招一式,尽显传统昆剧的精髓"。

　　前文提及,如果把中国古典剧本按原著搬上舞台,顾笃璜认为首选、甚至是唯一可选的剧种是昆剧。在众多的古典剧本中,《牡丹亭》与《长生殿》是其中可以垂范后世之作,前者以文辞意

———————————————

① 顾笃璜《回归本真态的演出实践——重建昆剧传习所以来工作之一项》,《昆剧表演艺术论》,上海文化出版社 2014 年版,第 202 页。

② 转引自顾笃璜《回归本真态的演出实践——重建昆剧传习所以来工作之一项》,《昆剧表演艺术论》,上海文化出版社 2014 年版,第 204 页。

境取胜,后者以音律完备见长。这两个作品不仅剧本、曲谱有传,还传下来不少传统折子戏。顾笃璜参与排演时,追求的同样是本真态演出。如他导演《长生殿》(三本)时,试图在镜框式舞台上创造在一个尽可能本真态的演出。为此他定下了"传统传统再传统"的排演原则。剧本是传统的,"只删不改不加",表演形式也是传统的,"音乐不变、乐队编制不变、表演风格不变","舞台布置只是背景,与表演不发生关系。"①设计师叶锦添按照这个要求,设计了一个古戏台结构的表演空间,保留了守旧与"出将"、"入相"的传统舞台格局,恢复检场当场迁换的传统方式,乐队则复原为环桌而坐的形式。

四、理解活态传承,警惕隐性失传

顾笃璜认为:"昆剧表演艺术作为非物质文化遗产,其传承是活态的,是流变的,却又应该是继承的恒定性与创造性的变异性辩证地结合的,即虽有小异而仍应保持其大同,虽有变异而仍应保持其基本的一致性。"②这一要求是由昆剧作为活态艺术的存在形式,以及口传心授的传承方式决定的。昆剧的"每一次演出便是一次新的创作与发表,因此即使由同一演员来演出同一剧目,每次也不可能是完全相同的重复。由于同样的原理,今人演传统剧目,尽管这是用严格传授的方法,后一代人向前一代人继承而来的,但与前人的演出不可能完全相同,何况从演员自身条件出发的再创造必然会有,这是由表演艺术的客观规律决定

① 黄洁《顾笃璜:昆剧需要原汁原味地保护》,《苏州日报》2013 年 5 月 31 日。
② 顾笃璜《关于苏州抢救、保护昆剧遗产工作的思考》,《昆剧表演艺术论》,上海文化出版社 2014 年版,第 213 页。

的。"但是,这种再创造必须符合昆剧的艺术规律,以整旧如旧、移步不换形为要求,以加工而看不出加工的痕迹为妙,"正因为前人是这样做的,才使代代相承的传统剧目至今保持着戏曲的早期形态,却又是历代艺人的创造成果的积累,历代艺人智慧的结晶"①。

例如,汪世瑜回忆周传瑛向他传授《拾画叫画》时写道:

> 他希望我是创造者,而不是机械的模仿者,他常说:"完全学象我是没有出息的,要既象又不象,要把我的长处融化在你们心里,体现在你们身上。"因此周老师在细抠的基础上,引我进戏以后,又放手让我独立思考,鼓励我大胆设想再构思,再创新,甚至可以推翻重搞,他认为合理的,点头认可,如觉得设想很好,但在处理上不尽完美,便满腔热情地帮你完善。有一段"小磋峨"的唱段,为了表现柳梦梅对佛像的崇拜情绪,我改变了原来平拿画像的姿态,安排了不同角度高处托起的造型动作,以示对佛像的敬意,他看后高兴地讲:"这段处理很好,有新意,这样的动作更富有表现力。"并提出调度上不够合理的地方,要我增加走竖"之"字型的调度,这样通过舞台实践,效果确是很好②。

从这段话可以看到传统剧目在师徒之间传承的过程。老师教戏,学生进戏后融入自己的思考,加以发展,老师将合理部分吸收进来,从而提升了传统剧目表演艺术的水准。需要注意的是,

① 顾笃璜《关于苏州昆剧工作的思考》,《兰蕙齐芳》第二辑(内部资料),江苏省昆剧研究会、苏州市文联艺术指导委员会 2001 年编印,第 28 页。
② 汪世瑜《老骥伏枥志在千里——记周传瑛老师的教戏授艺》,载《上海戏剧》1982 年第 6 期。

这段话中提到了"创新"、"推翻重搞"等字眼,这是在老师把关的前提下,符合昆剧艺术规律的正常流变,不能将其等同于今天许多不符合昆剧艺术规律的创新做法。

那么,昆剧艺术规律是什么呢? 笔者以为,就是几百年来所形成的昆剧传统。所谓昆剧传统,是数百年昆剧发展历程中由历代文人、曲家与艺人共同创造、积累下来的关于昆剧文学、声律、表演与舞台美术的规则与范式,以及为了确保场上艺术的整体性与一致性而形成的四者之间相互匹配与制约的美学原则。具体而言,昆剧传统包括四个方面——声律传统、文本传统、表演传统与舞台美术传统。这四个方面服从于"抽象、写意、抒情、诗化"美学原则。这一美学原则,以及昆剧的文学与声律传统——"三体三式"形成了之后,具有较高的稳定性,不随时代而改变,而表演与舞台美术传统,既有相对的稳定性,又随着时代的发展而发展①。对于表演艺术而言,不仅每个剧目的表演在传承过程中会存在正常的流变,而且作为表演艺术创作规范的表演程式也是允许发展的。当然,这种发展不能随心所欲,而是要符合一定的原则与要求。

昆剧遗产的非物质性,活态度传承过程中的流变性与变异性,以及昆剧艺术规律的稳定性与动态发展性,这诸多特性叠加在一起后,增加了整体上把握昆剧遗产特性的难度。因而在如何对待昆剧遗产这个问题上,大家各有各的观点,难以统一认识。顾笃璜认为,昆剧界存在两大派,"一派主张以继承保护传统为主,一派主张以变革转型为主"②。其实,昆剧界还有不少

---

① 参见本书第一章第一节相关论述。
② 顾笃璜《关于苏州抢救、保护昆剧遗产工作的思考》,载《昆剧表演艺术论》,上海文化出版社 2014 年版,第 210 页。

人主张既要保护、也要创新，认为二者是辩证关系，可以称之为"辩证派"。

20 世纪八十年代，顾笃璜的看法比较接近"辩证派"。他在《昆剧史补论》中指出，昆剧既要保存，也要创新，不仅要把昆剧的许多优秀的传统剧目保存下来，还要做使这些传统剧目更加"纯化"的工作。在他看来，"能否做好保存工作对昆剧本身来说更是存亡攸关的大事"①。他也指出，作为一个处于发展中的剧种，光有保存是不够的，也应该跟上时代的步伐，与现代观众共呼吸，和他们的思想感情以及审美要求合拍。昆剧之所以需要创新，他认为是源于自身的问题，主要有两点。一是缺乏时代感，这个问题涉及艺术内容，也有表现形式，是昆剧的致命弱点。二是剧本缺乏戏剧性，"昆剧对诸如故事之结构、情节之铺排、冲突之展开、悬念之制造、高潮之渲染等一系列戏剧手法没有很好运用，不能使戏剧扣人心弦"。所以，为了抓住今天的观众，"昆剧必须在增强时代感、戏剧性和剧场性方面大胆创新"②。这是以西方戏剧（情节剧）为参照得出的结论，与今天很多人的观点相似，没有区别西方戏剧与戏曲的不同审美特征，也没有将传统剧目与新编作品区分开来谈。

新世纪后，他对这个问题的思考要成熟得多，不再将继承与创新放在一起来谈，而是将二者区分开来。他站在保护遗产的立场上，主张继承，反对创新："昆曲是遗产，遗产怎么创新？创新了还是遗产吗？"他强调说："在传统的地基上创新，要不得。传统就是传统，只能保护。"③

① 顾笃璜《昆剧史补论》，江苏古籍出版社 1987 年版，第 153 页。
② 顾笃璜《昆剧史补论》，江苏古籍出版社 1987 年版，第 166 页。
③ 刘红庆《昆剧艺术节，创新还是灭杀？》，载《南风窗》2006 年 8 月（上）。

如果不了解他关于昆剧活态传承的论述，仅看这些话，很容易引起误解，认为他很保守。显然，他所说的创新，并不包括在昆剧传统范围内的创造发展，那是活态传承过程中的正常流变。许多人认为，这就是创新。如果脱离了具体语境来看，这样理解也可以。于是，接下来的逻辑就顺理成章了：既然作为遗产的昆剧表演艺术也是允许创新的，那么昆剧的演出形式为什么不能创新呢？更何况今天与过去的剧场条件、技术手段与审美观念都不一样。

然而，真正意义上的创新，在顾笃璜看来是很难的，"昆剧创新的两大依据，一是现代意识，二是昆剧固有的美学根基，缺了哪一个也不行。遗憾的是我们的知识不够广博，视野不够开阔，还缺少真正的现代意识"。在这种情况下，"我们又往往从浅层次而不能从深层次的美学根基去观察昆剧，以致在传统剧目的保存工作中千方百计去进行'改革'，而在创新工作中又竭力去模仿昆剧浅层的表面形态"[1]，因而很容易将昆剧"创新"成"转基因昆剧"。

"转基因昆剧"，亦称变革派剧目，一般具有以下特点：与西方戏剧接轨，引入舞台技术，大玩声、光、电；放弃传统通用的程式化戏装，而为每一剧目特别设计符合剧情发生时代的服饰；从写意转向写实，动摇了"布景在演员身上"的舞台观念；采用西化多声部交响大乐队伴奏，与昆剧以少数个性乐器组合的小乐队伴奏所追求的意境南辕北辙；昆曲演唱口法的极度淡化，吟诵化的韵味全失，成为"昆歌"；美女群舞，几乎是必有的穿插[2]。

---

[1] 顾笃璜《昆剧价值的再认识——保存与创新的对话》，载《艺术百家》1988 年第 1 期。

[2] 参见顾笃璜《关于苏州抢救、保护昆剧遗产工作的思考》，《昆剧表演艺术论》，上海文化出版社 2014 年版，第 215—216 页。

这类"转基因昆剧"已经丧失了传统昆剧的许多个性特征，是与传统昆剧不同的"新昆剧"①。顾笃璜不赞成这种创新，尤其不赞成对传统剧目进行这样的创新，"我们办昆剧团，目的便是保存和弘扬传统昆剧，根本没有把传统昆剧'改革'成带有昆味的新剧种去替代传统昆剧的任务"②。虽然如此，这种"转基因昆剧"在他看来也可以存在，这就像西方在古典歌剧之外又有流行艺术的音乐剧，古典芭蕾之外又有现代芭蕾，只是应该公开亮出"变革"旗号，告诉大家这是与传统昆剧不同的"新昆剧"，二者不应相互混淆。

另一方面，今人继承传统剧目时，在保护遗产的本真性方面下的功夫还不够。一些传统剧目在传承过程中加入了不少创造发挥，虽然还不至于"转基因"，但背离了昆剧固有风格，甚至是违背戏情戏理，这在顾笃璜看来是被"改退"与"扭曲"了的昆剧③。

在与昆剧传习所当年的做法对比后，他指出："我认识到了幸而昆剧传习所的办学方针是'保守'的。正是因为办学者们真正认识到昆剧中所保留的艺术遗产是祖国传统文化的精粹，所以非常认真、非常严谨地、不受干扰地埋头把昆剧的艺术遗产大体按其原貌传承了下来。如果当时也提倡创新、革新，走上通俗化现代化之路，会是怎样的结果呢？"④

---

① 顾笃璜《关于苏州抢救、保护昆剧遗产工作的思考》，《昆剧表演艺术论》，上海文化出版社 2014 年版，第 220 页。

② 顾笃璜《关于苏州昆剧工作的思考》，《兰蕙齐芳》第二辑（内部资料），江苏省昆剧研究会、苏州市文联艺术指导委员会 2001 年编印，第 30 页。

③ 参见顾笃璜《回顾与前瞻——关于苏州昆剧工作的思考之二》，2015 年，未刊电子稿。

④ 顾笃璜《关于苏州昆剧工作的思考》，《兰蕙齐芳》第二辑（内部资料），江苏省昆剧研究会、苏州市文联艺术指导委员会 2001 年编印，第 55 页。

假如昆剧舞台表演艺术消亡了,他认为不外乎"他杀"或"自杀"两种情况。所谓"他杀",指的是旧时政府不曾考虑过扶植昆剧的问题,任由昆剧在演出市场中自生自灭,使昆剧完全陷入绝境。所谓"自杀",指的是昆剧内部不注意遗产保存而在进行种种改革,导致遗产大量丢失。今天的社会环境下,"他杀"的情况不大会出现,"自杀"则很有可能发生。这才是昆剧的真正危机,也是他忧心忡忡之所在:"把古典的昆剧改革成现代艺术,把高雅的昆剧改革成通俗文艺,用什么'全面创新'去替代传统艺术,从而使昆剧固有的不可替代的价值丧失,是一种'现代愚昧'。这样的我称之为'昆剧文化小革命'的行动,必须终止,如再不醒悟,就必将造成昆剧在我们手里毁灭的悲剧,我们必将受到历史的谴责!"①与"他杀"的情况相较,"自杀"的做法更具隐蔽性,应该引起我们的警惕,因为这种做法多是打着传承、发展的旗号进行的,而做的人多半没有意识到,那样做会造成遗产的隐性失传。

结　语

昆剧传承是一项重要而长期的工作。今天如何做传承工作,将决定留给后人怎样的昆剧遗产。顾笃璜认为,当前昆剧首要的任务便是抢救、保护、继承前人留下来的昆剧遗产,并且强调,对遗产只能保护,不能创新。当前应该高举保护遗产和现代化两面旗帜,将继承与创新区别开来,搞新创作的同时,集中一部分人员不受干扰地从事昆剧遗产的抢救、保护与传承工作。在这个思想指导下,他提出了关于昆剧传承的原则、方法与路径

---

① 顾笃璜《昆剧苏剧沉思录》,古吴轩出版社 2004 年版,第 183—184 页。

等具体设想,可以概括为：借鉴传统昆班体制,从传统剧目的表演艺术传承入手；依托传统戏台,回归昆剧的本真态演出；理解并做好遗产的活态传承,警惕那些容易造成遗产隐性失传的创新做法。此外,他认为做好遗产继承之外,应该将那些剧本与曲谱有传而表演未传的古人作品,按昆剧法则以"捏戏"的方式有计划地排演出来。这类剧目数量很多,如果排演出来,将会是今人留给后人的一笔数量可观的遗产,对昆剧的可持续发展有重大意义。因而,真正理解并重视顾笃璜的昆剧传承观,对昆剧战略目标的制订、当前昆剧工作的重点以及创作方向的把握,都有着积极的现实意义。

论白先勇的"昆曲新美学"①

　　新世纪以来,白先勇与苏州昆剧院联合制作了青春版《牡丹亭》(2004 年)、新版《玉簪记》(2009 年)与《白罗衫》(2016年)三部作品,对当代昆曲创作产生了重要影响。白先勇不仅善于策划与推广,而且善于总结与提炼,先后主编了青春版《牡丹亭》与新版《玉簪记》的系列创作评论集,从创作实践中提出了"昆曲新美学"的概念,在北京、苏州、香港、台湾的大学开设以"昆曲新美学"为名称的昆曲欣赏课程。学界对白先勇主导的昆曲创作尤其是青春版《牡丹亭》的研究成果很多,但涉及"昆曲新美学"的研究不多。"昆曲新美学"是一种新的昆曲美学,还是一种创作观念,尚未见有论及。本文从"昆曲新美学"的具体内涵出发,结合几部作品的创作,对这个问题进行辨析。

---

① 　本文所述"昆曲"与"昆剧"为同一个概念,为了行文方便,统一用"昆曲"名称。

一、"昆曲新美学"之概念

"昆曲新美学"源于白先勇与苏州昆剧院的创作实践。白先勇不是戏剧理论家,青春版《牡丹亭》开始排练时,没有"青春版"的概念,也没有"昆曲新美学"的理论,他是一边做一边梳理总结,最后形成理论表述。

众所周知,建国以后的昆曲演出有过一个短暂的繁荣,出现了《十五贯》这样"一出戏救活一个剧种"的美谈,但接下来的"文革"十年,昆曲绝迹于戏曲舞台。进入新时期后,昆曲创作演出得到恢复,尤其是2001年昆曲被联合教科文组织认定为"人类口述与非物质遗产代表作"后,昆曲创作和演出一片繁荣,进入了一个新的历史时期。

但是,新世纪前后的昆曲并没有找到一个吸引更多观众尤其是年轻观众进剧院来看戏的着力点。白先勇认为,"如果一门表演艺术没有年轻的观众,它不会有生命力的,会越演越老化下去。年轻观众非常重要,现在昆曲的危机不仅是表演老化,而且观众也老化"①。这个问题的主要原因,白先勇认为是"它的演出方式与现代观众的艺术需求存在着一定的距离,所以它的整个舞台美学与现代主流的审美观念也随之产生了差距",一直萦绕在他心中的问题是"如何把这个存活了六百年的古老剧种重新搬到二十一世纪的舞台上让它再放光芒"②。他希望通过青春版《牡丹亭》等剧目,把传统文化的美召唤回来,把年轻人召回

---

① 白先勇《昆曲新美学——从青春版〈牡丹亭〉到新版〈玉簪记〉》,《艺术评论》2010年第3期。
② 白先勇《昆曲的美学价值》,载白先勇策划《云心水心〈玉簪记〉:琴曲书画昆曲新美学》,人民文学出版社2011年版,第146—147页。

剧院,促进文化认同,复兴中国传统文化。

这就对昆曲创作提出了新的要求,既要保持昆曲的遗产属性,又要与现代剧场、现代舞台美学对接。明清时期的昆曲,主要在厅堂红氍毹或是古戏台上以"一桌二椅"的方式演出,除了必要的砌末,基本上没有布景,观众多为近距离的欣赏。进入工业化时代后,传统的古戏台被现代剧院取代,伸出式三面舞台被西式镜框式舞台替代。现代剧院有着现代化的舞台机械与灯光设备,而且多为千人大剧场,与传统演出场所不可同日而语。社会环境变了,演出条件变了,人们的审美观念也随之变了。今天的观众,看着好莱坞大片、玩着电子游戏长大,对舞台演出的视觉要求自然不一样了。

面对社会环境和观众的变化,昆曲演出不能一成不变,几百年一付面孔。白先勇认为,每个时代的演出方式都有其独特的美学,"一种表演艺术它如果要存在、要发扬、要光大的时候,必须反映当时一些观众的审美观"①昆曲要根据客观环境的变化而变化,但是在变的时候,它的根基不能丢掉。白先勇指出:"昆曲有它自己的一套美学,基本上它是抽象的、写意的、抒情的、诗化的,这几个是不会变的。"②因而,白先勇面临的挑战是如何让古老的昆曲在现代舞台重放光芒,又不伤及昆曲的古典美学,回顾青春版《牡丹亭》的制作时,他说:

> 我的原则是要做到正宗、正统、正派,让昆曲的古典美学与现代化剧场互相接轨,让传统与现代的文化对接。尊重传统而不因袭传统,利用现代而不滥用现代;古典为体,

① 白先勇《昆曲的新美学(上)》,《文史知识》,2014年第1期。
② 白先勇《昆曲的新美学(上)》,《文史知识》,2014年第1期。

现代为用。剧本不是改编，只是整理，保留原著的精髓，只删不改。唱腔原汁原味，全依传统，只加了些烘托情绪的音乐伴奏。服饰布景的设计讲求淡雅简约，背景采用书画屏幕，留出足够的空间便于演员表演，绝对不把话剧里写实的布景或者西方歌剧音乐剧里热闹的东西用到昆曲上来①。

这段话概括了白先勇创作的原则、目标与方法。他将"正宗、正统、正派"作为创作原则，正宗意味着嫡系相传、上有传承，正统意味着符合昆曲传统，正派意味着是发源地的南派昆曲。其目标是"让昆曲的古典美学与现代剧场接轨"，方法的核心是"古典为体，现代为用"。体与用是中国古代哲学的一对范畴，体是内在的、根本的，是第一位的，用是从生的，第二位的。当代昆曲创作不可避免地会加入现代元素，但是古典遗产与现代元素之体用关系不能颠倒，更不能伤及固有的昆曲美学。

青春版《牡丹亭》演出后，在海内外获得的成功超出了白先勇的预期，他与创作团队在接受社会各方赞誉的同时，对他们的创作实践进行了适时的总结，先后出版了《牡丹还魂》（2004年）、《姹紫嫣红〈牡丹亭〉——四百年青春之梦》（2004年）、《姹紫嫣红开遍：青春版〈牡丹亭〉巡演纪实》（2005年）与《圆梦：白先勇与青春版〈牡丹亭〉》（2006年）等四本创作与演出评论集。这时"昆曲新美学"的概念还没成型，但主体内容已经有了。

青春版《牡丹亭》之后，白先勇与苏州昆剧院推出了新版《玉簪记》，制作的美学观念更进一步，正式提出了"昆曲新美学"的概念。2010年白先勇在《艺术评论》上发表《昆曲新美学——从

---

① 吴新雷、白先勇《中国和美国：全球化时代昆曲的发展》，《文艺研究》2007年第3期。

青春版〈牡丹亭〉到新版〈玉簪记〉》一文,指出这种新美学的本质是传统与现代的融合,"把一些现代元素放进去,同时不伤害传统精神"①。次年,在其策划的《云心水心〈玉簪记〉:琴曲书画昆曲新美学》一书中,他开宗明义地表述了这一新美学的内涵:

> 我们决定新版《玉簪记》整体高雅风格,恢复昆曲"雅部"的原貌,而以中国文人雅士的文化传统——琴曲书画为基调。……昆曲的音乐唱腔、舞蹈身段犹如有声书法、流动水墨,于是昆曲、书法、水墨画融入一体,变成一组和谐的线条文化符号,这便是我们在《玉簪记》里企图达成的昆曲新美学的重要内涵②。

之后,白先勇在其他场合又作了补充阐述:

> 我们的文化是线条文化,我们的书法是线条的,我们的绘画也是线条的,昆曲也是线条的,你看昆曲那些舞蹈,那些水袖动作,你把它画下来,就是一幅狂草,而且那个笛音就像抛物线似的,都是线条的。整个这种书法、佛像、昆曲都是符号,还是统一的。所以我们用在一起的时候,有一种和谐感,互相的加大了,这就是我们在追求的昆曲新美学③。

---

① 白先勇《昆曲新美学——从青春版〈牡丹亭〉到新版〈玉簪记〉》,《艺术评论》2010年第 3 期。

② 白先勇《琴曲书画——新版〈玉簪记〉的制作方向》,载白先勇策划《云心水心〈玉簪记〉:琴曲书画昆曲新美学》,人民文学出版社 2011 年版,第 5 页。

③ 白先勇《昆曲的新美学(下)》,《文史知识》,2014 年第 3 期。

从白先勇的论述中可以看到,"昆曲新美学"发端于青春版《牡丹亭》,在新版《玉簪记》后正式提出,其内涵可以归纳为三个方面:一是以昆曲"抽象、写意、抒情、诗化"的美学原则为根基与出发点;二是古典与现代融合,古典为体,现代为用,让昆曲的古典美学与现代剧场接轨;三是古典与古典的融合,把琴曲书画这些古典元素融合在一起,创造抽象写意之美的极致,恢复昆曲"雅部"的原貌。青春版《牡丹亭》的重点是传统与现代的融合,新版《玉簪记》的重点则是传统与传统的融合,即琴曲书画的融合。

倘若将"昆曲新美学"归结为一个字,那这个字就是"美"。白先勇是一个爱美之人。昆曲过去是精英文化、高雅文化的代表,其文词、表演与音乐,在他眼里是美得不得了,但当代许多昆曲演出,舞台过于简陋,服装不够美,灯光也只是解决照明,缺乏现代审美意识。为此,白先勇希望以一种新的理念来改造昆曲的舞台呈现,昆曲本身高雅的地方不变,将其不够雅、不够美的地方雅化、美化,目的是呈现一个符合现代审美观念的从内到外都美而且雅的昆曲。

当代舞台艺术创作非一人之力可以完成,需要不同的专业人员协同合作,白先勇深知这一点。他指出"昆曲新美学"不是他一个人发明创造,"我并非昆曲界出身,制作昆曲虽然有一个主轴的大观念,但我也很注重行家的建议,像张继青、汪世瑜、岳美缇、华文漪等等,都是毕生浸淫在昆曲中的艺术家,还有张淑香、华玮等研究中国戏曲艺术的学者,王童、王孟超等对舞台美学有独到见解的专家,我综合他们的意见,调和鼎鼐,经过多次实验改进,然后成形。这是团队合作的创新,不是我一人的主观、妄自大胆。"接着,他又补充道:"当然我身为制作人必须担负最后的成败责任,我对美的追求是不可妥协的。"①虽是集众力所成,但不难看出白先勇在其中发挥的主导作用。事实上,从每部作品上演之后的阐述与总结来看,他也是整个团队中用力最多的人。

二、"昆曲新美学"之实践

"昆曲新美学"是白先勇从创作实践中提炼出的理论表述,讨论这个问题时,除了厘清其概念与内涵,还需要对相关创作实践进行一番考察,从而完整地理解与把握这个概念的实质。对青春版《牡丹亭》等三个按照"昆曲新美学"理念创作的剧目,可以从剧本整理与舞台呈现两个方面来考察。

"昆曲新美学"关照下的文本整理,或是只删不改,舍弃与情节主线关系不大的枝节,掸去传统文本的灰尘,让其意义更好地呈现于今天的观众面前,或是做适当改编,重新发掘传统文本的现代意义。传统昆曲剧本有墨本与台本之分,前者为文学剧本,由文人创作,后者为演出本,由艺人在演出实践中重新整理而成。某个古典作品如果墨本与台本俱存,今人整理剧本时,可以从墨本出发,也可从台本出发,从墨本出发可以参考台本,从台本出发也可参考墨本。青春版《牡丹亭》依墨本整理,将原著五十五出按"只删不改"的原则整理成"梦中情"、"人鬼情"与"人间情"三本,计二十七出。如果从台本出发整理文本,往往在传统折子戏基础上,根据剧情需要适当增补数折,连缀成一个有头有尾的故事,习惯上称之为小全本戏。白先勇携手苏州昆剧院制作新版《玉簪记》与《白罗衫》之前,上海昆剧团与江苏省昆剧院

① 陈怡蓁《白先勇的昆曲新美学——从〈牡丹亭〉到〈玉簪记〉》,载白先勇策划《云心水心〈玉簪记〉:琴曲书画昆曲新美学》,人民文学出版社2011年版,第17页。

分别有这种小全本的《玉簪记》和《白罗衫》，前者包括《下第》、《琴挑》、《问病》、《偷诗》、《催试》与《秋江》六折，后者包括《井遇》、《庵会》、《看状》、《诘父》四折。新版《玉簪记》以上海昆剧团的演出版本为基础进行整编，突出书生潘必正与尼姑陈妙常爱情故事的"圣与俗、空与色、精神与情欲的相对辩证"①。以《投庵》取代《下第》，让潘必正来投庵时与陈妙常一见倾心。《催试》一折二人偷情败露后，增加了尼姑们暗地里议论纷纷的情节，突出圣与俗、色与空的矛盾冲突。新版《白罗衫》以《缀白裘》所收折子戏为基础整编，包括《应试》、《井遇》、《游园》、《梦兆》、《看

新版《白罗衫》剧照（苏州昆剧院演出，摄影：许培鸿）

状》、《堂审》六折，重塑了徐能的人物形象。其中《堂审》一折为编剧新写。两衫合一真相大白之后，徐能先是以双亲健在为由请求徐继祖放他一马。为报十八年养育之恩，徐继祖放了徐能。然而，徐能不忍心徐继祖因此自毁前程，返回公堂认罪自杀了。这一改动，突出了徐能从杀人不眨眼的江洋大盗到心怀慈爱的父亲以及自我反省、认罪的心理转变过程，人物形象变得高大的同时，也强化了作品的悲剧意识。这种

---

① 张淑香《新版〈玉簪记〉的创意——圣俗色空的辩证》，载白先勇策划《云心水心〈玉簪记〉：琴曲书画昆曲新美学》，人民文学出版社 2011 年版，第 164 页。

整编策略,不仅融入了整编者的现代意识,还考虑到现代观众的审美趣味与欣赏习惯,赋予传统作品以新的解读视角与生命力。

与文本整编相较,这三部作品的二度创作更充分地体现了"昆曲新美学"的要义,同样可以从两个方面来看。

第一,传统与现代的融合,以尊重昆曲美学为前提,在舞台设计、服装、音乐以及舞台表演等方面融入了创新元素,看上去既是传统的,又是现代的。

传统昆曲"一桌二椅"的演出形式,舞台是一个空的写意空间。如何在现代大舞台上保持这种写意性而又不至于空荡荡,对主创团队是一个考验。白先勇认为:"《牡丹亭》是神话故事,整出戏是个梦境,如何拿捏好虚实之间的比例是成功的关键,也成为每折戏的最高美学原则。"①为此,他画了个图给舞台设计王孟超,标明每一折戏的虚实比例。青春版《牡丹亭》里没有用具象化的背景,而是通过书法、绘画以及投影营造了一个写意的舞台空间。这种设计美学,在新版《玉簪记》和《白罗衫》得到了延续。如《白罗衫》基本上沿用折子戏"一桌二椅"的传统形式,只增加了虚化处理的背景和一个后区小平台。

在这样的舞台空间里,导演从演出的整体性出发对演员表演作了相应的处理。《牡丹亭》、《玉簪记》与《白罗衫》是传统昆曲舞台上经常上演的剧目,《缀白裘》收入三剧折子戏不等,大部分折子戏的表演有传承下来,如《惊梦》、《寻梦》、《叫画》、《看状》、《琴挑》、《偷诗》、《秋江》等,至今不仅能演出,而且仍受观众的喜爱。汪世瑜、翁国生与岳美缇都是熟悉昆曲场上表演的艺术家,他们作为导演对表演指导的任务,一是加工传统折子戏,

---

① 陈怡蓁《白先勇的昆曲新美学——从〈牡丹亭〉到〈玉簪记〉》,载白先勇策划《云心水心〈玉簪记〉:琴曲书画昆曲新美学》,人民文学出版社 2011 年版,第 11 页。

二是让"捏"出来的新戏表演上与风格上尽可能往传统折子戏上靠。为了整体的舞台效果,青春版《牡丹亭》与新版《玉簪记》对传统折子戏的表演做了新处理。郑培凯主编的《普天下有情谁似咱——汪世瑜谈青春版〈牡丹亭〉的创作》一书,详细记录了青春版《牡丹亭》中汪世瑜对传统折子戏的创新处理,此处不再赘言。新版《玉簪记》的导演翁国生,在传统经典折子戏的基础上,重新构想了《投庵》、《催试》、《秋江》三折戏的整体结构,增设了十二名年轻小尼姑作为群像符号和场面衬景,以她们的唱念做舞贯穿全剧。此外,他重新编排了《秋江》一出,把剧中人物的内心激情通过外化的江中追舟的舞台场面、身段技巧和大开大阖的舞蹈表现出来,以复杂的肢体语汇形象化地营造出了一个水波荡漾、波涛起伏的水上世界与主人公之间紧紧相连的情感天地①。

新版《玉簪记》剧照(苏州昆剧院演出,摄影:许培鸿)

————————————————————

① 参见翁国生《玲珑雅致 情真意切——打造充满佛韵和人文意境的昆曲新经典》,载白先勇策划《云心水心〈玉簪记〉:琴曲书画昆曲新美学》,人民文学出版社 2011 年版,第 239—240 页。

服装设计也是"昆曲新美学"的重点,其总体方向是在传统服装的基础上进行雅化,即服装样式基本不变,但在绣花图案、色彩方面做全新设计。如《牡丹亭》的花神,白先勇指出:"我看过很多版本的《牡丹亭》,有的花神仿佛是一群宫女,拿着塑胶花晃啊晃,让人感觉根本不像下凡的仙子。还有的走到另一个极端,一群演员穿着透明的薄纱,载歌载舞,好像舞女。"①青春版《牡丹亭》的十二位女花神,不拿塑胶花,披风上面绣着一年四季不同季节开的花,全为精美手绣,整体和谐而又有不同,让花神形象的视觉美感大为提升。三位男花神的设计,则从楚文化的出土文物中获得灵感,手拿招魂幡的飘带,"惊梦"在春天,使用绿飘带,"离魂"是白飘带,"回生"是红飘带,与生而死、死而生的剧情相呼应。青春版《牡丹亭》的服装设计方向是淡雅,新版《玉簪记》则是淡雅加简约。比如陈妙常的传统服装是菱形图案的百衲衣,全新设计的服装则代之以淡雅的莲花图案,人物形象也为之一变。

唱腔音乐方面,总的原则是在尊重传统的基础上适度创新。制作青春版《牡丹亭》时白先勇指出,"唱腔原汁原味,全依传统,只加了些烘托情绪的音乐伴奏。"事实上,音乐的创作要复杂得多。音乐家周友良集青春版《牡丹亭》唱腔整理、音乐设计与配器于一身。唱腔整理方面他做了三项工作,一是经典唱段基本不动,对不常演出的、人们不是太熟的唱段,在不影响原有风格的情况下抽掉了一些板眼,使之节奏紧凑更为流畅,如《冥誓》中的【太师引】等,二是重写小部分唱腔与情节相悖的曲子,如下本《圆驾》中的【南双声子】【北尾】,三是新写《标目》中【蝶恋花】这

<hr>

① 白先勇《昆曲新美学——从青春版〈牡丹亭〉到新版〈玉簪记〉》,《艺术评论》2010年第3期。

样《纳书楹曲谱》里没有工尺谱的曲子。音乐设计方面,周友良从【皂罗袍】【山桃红】两个曲牌提取最具代表性的旋律来加以发展完善,通过各种不同的变奏手法,形成杜丽娘与柳梦梅的主题音乐,贯穿全剧。配器写作方面,他注重突出昆曲清、柔、雅的风格,也突出了一些特色乐器的作用,如高胡的运用,委婉抒情的音乐主题常常以它独奏的形式出现①。周友良的创造性工作,为青春版《牡丹亭》增色不少,研究昆曲的学者,懂音乐的少,往往忽视了这一点。

第二,传统与传统的融合,体现在书法、绘画、古琴与昆曲的融合上。

青春版《牡丹亭》里,空灵的舞台上加入了中国书法与绘画,营造一个有别于传统折子戏的演出空间。《训女》一场,杜宝出场时,舞台背景是董阳孜用行草书写的诗句"锦城丝管日纷纷,半入江风半入云。此曲只应天上有,人间能得几回闻",分四幅挂设。《闺塾》的背景是奚淞的水墨绘画,内容是梅、兰、竹、松,《惊梦》的背景则是柳枝图。可以看到,书法与绘画在青春版《牡丹亭》里作为布景的一部分,起到标示与装饰演出空间的作用。在新版《玉簪记》里,书画"不再只是布景,而是随剧情表达人物的内心情绪的"②。第一折《投庵》的开场,背景用的是小楷写成的大段《法华经》,女主角来投庵时,背景变成草书的"净"字,接着男主角投庵,僧俗相见,背景变成了"荷"字。《问病》一折,舞台上垂空悬挂"色不异空空不异色,色即是空空即是色"的条幅。

---

① 参见周友良《青春版〈牡丹亭〉音乐写作构想》,载朱栋霖主编《苏州文艺评论·2008》,江苏教育出版社2008年版,或豆瓣https://www.douban.com/note/266279943/。
② 陈怡蓁《白先勇的昆曲新美学——从〈牡丹亭〉到〈玉簪记〉》,载白先勇策划《云心水心〈玉簪记〉:琴曲书画昆曲新美学》,人民文学出版社2011年版,第13页。

最后一折《秋江》，背景则是三幅一组的草书"秋江"，紧扣剧情推进变化，一幅比一幅更抽象，最后漾为江水的背景。绘画的运用与书法相似，如《偷诗》中用了奚淞画的白描观音、佛手与莲花为舞台背景。"佛手执莲"的形象随着主人公心理活动的变化而变化："当妙常独居卧房时，佛手捻着莲花骨朵；当必正偷诗看到后洞察到了妙常的芳心之后，佛手中托着的莲花则半开半合；而当陈、潘二人互明心意时，佛手中的莲花则呈现完全绽放的姿态。"①古琴的融入在《琴挑》一折。陈妙常与潘必正抚琴时，伴奏中加入了两处琴曲，由古琴演奏家李祥霆用唐代宝琴"九霄环佩"演奏，起到了画龙点睛的作用，丰富了音乐的听觉效果。琴曲书画的融合将古典的元素重新作了安排，赋予它们以新的生命，看似没有多少创新，却促成了"昆曲新美学"的诞生。

三、"昆曲新美学"之辨析

白先勇的"昆曲新美学"在创作实践中发挥了主导作用，不仅掸去了传统文本的灰尘，重新发掘传统故事的现代意蕴，更重要的是按照当代审美观念的要求改造传统昆曲的舞台呈现方式，从而让昆曲的古典美学与现代剧场接轨。厘清了这些，随之而来的问题是，"昆曲新美学"是一种新的昆曲美学，还是一种创作观念，抑或二者兼而有之？这个问题容易引起误解，需要辨析一下。

讨论昆曲美学，先要了解戏曲美学。已故学者陈多将戏曲

---

① 翁国生《玲珑雅致 情真意切——打造充满佛韵和人文意境的昆曲新经典》，载白先勇策划《云心水心〈玉簪记〉：琴曲书画昆曲新美学》，人民文学出版社 2011 年版，第 242 页。

的美学特征归纳为"舞容歌声，动人以情，意主形从，美形取胜"①，这十六个字概括了戏曲的基本样式、表达内容、表现方法与技巧特点。昆曲作为戏曲大家庭中的一员，不仅应该符合这个美学特征，也应该有不同于其他戏曲剧种的美学特征，即昆曲之所以为昆曲的艺术规律。当前研究戏曲美学的著作多，研究昆曲美学的著作少，笔者所见只有朱恒夫的《昆曲美学纲要》，该书从文学、表演、音乐、舞台美术以及喜剧、苦戏等几个方面对昆曲之美进行了阐述，最后在结语里将昆曲美的质素归纳为八个字："圆融、雅致、合度、诗化。"②白先勇将昆曲美学原则同样归纳为八个字："抽象、写意、抒情、诗化。"③朱恒夫作为戏剧理论家，对昆曲的组成要素与审美效果全面论述后总结出昆曲美的质素，白先勇作为文学家，从他自己感性的体悟出发概括出昆曲美学原则，二者路径不同，都触及到了昆曲何以美的本质。

与昆曲美学（或美的质素）相比较，"昆曲新美学"的提法"新"在何处？或者说，"昆曲新美学"有哪些方面与昆曲美学不同？这个问题涉及另一个相关的概念——昆曲传统。笔者认为，昆曲传统是数百年昆曲发展历程中由历代文人、曲家与艺人共同创造、积累下来的关于昆曲文学、声律、表演与舞台美术的规则与范式，以及为了确保场上艺术的整体性与一致性而形成的四者之间相互匹配与制约的美学原则。具体而言，昆曲传统包括四个方面——声律传统、文本传统、表演传统与舞台美术传统。这四个方面服从于一个美学原则，即白先勇归纳的"抽象、写意、抒情、诗化"。昆曲的美学原则与声律传统、文本传统形成

---

① 陈多《戏曲美学》，四川人民出版社 2001 年版，第 87 页。
② 朱恒夫《昆曲美学纲要》，上海文化出版社 2014 年版，第 198 页。
③ 陈怡蓁《白先勇的昆曲新美学——从〈牡丹亭〉到〈玉簪记〉》，载白先勇策划《云心水心〈玉簪记〉：琴曲书画昆曲新美学》，人民文学出版社 2011 年版，第 10 页。

后具有稳定性,属于昆曲传统中的静态部分,而表演传统和舞台美术传统随时代的发展而发展,属于昆曲传统中的可变部分。①

　　白先勇的"昆曲新美学"以昆曲美学为出发点,在两方面创新,一是传统与现代融合,二是传统与传统融合,主要用力于昆曲传统中的可变部分——舞台美术传统与表演传统,通过创新元素的加入,让舞台呈现符合现代审美观念。对昆曲传统中的不变部分——文本、声律与美学原则没有做改变,而这也恰恰是白先勇认为不应该变的地方。因此,"昆曲新美学"没有拓展昆曲美学的内涵,仍然在昆曲美学的范围之内,因而不是一种新的昆曲美学。那么,"昆曲新美学"是否拓展了昆曲传统?目前还不好说,这需要经过时间的检验。所有的创新需要创作者、表演者与观众共同认可并在今后的昆曲创作与演出中自觉使用,从而形成固定的艺术语汇,才能融入传统、成为传统的一部分而拓展之。

　　如果要从美学的角度来认识白先勇的"昆曲新美学",可以称之为一种舞台美学。这种舞台美学并不等同于"昆曲美学"。从本质上而言,白先勇的"昆曲新美学"是从创作实践中提炼出来的一种创作观念,目的是创作符合现代审美观念的戏曲作品,这不仅可用于昆曲,也适用于其他戏曲剧种。当代昆曲创作的主流观念是传统与现代的融合,传统与现代的关系,在创作实践中经常被理解为一种比例关系,"昆曲新美学"中"传统为体、现代为用"的理论表述,对传统与现代的关系的理解较为全面与深入,为当代昆曲创作的现代化指出了方向。

　　在"昆曲新美学"理念下创作的青春版《牡丹亭》、新版《玉簪记》与《白罗衫》,总体上呈现了比较高的制作水准。然而,"传统

---

① 　关于昆曲(剧)传统的具体论述,参见本书第一章第一节。

为体、现代为用"的原则,在具体创作时并没有完全得到贯彻,有些做法甚至背离了传统。这方面的质疑声音,主要来自观众,以戏迷"南北昆"和"巴乌"的观点最具代表性。以下择取与本文论题相关的方面略为述之。

首先,从继承昆曲表演传统来看,"南北昆"认为青春版《牡丹亭》对《惊梦》里对【山桃红】表演身段的改动,在传统范式的继承上存在着致命的缺点①。对这一改动,汪世瑜有他的考虑,他认为"历来【山桃红】的表演基本上是淡雅、含蓄的。即使柳梦梅与杜丽娘亲密得'和你把领口松、衣带宽、袖梢儿揾着牙儿苫也,则待你忍耐温存一晌眠',也只是拉拉水袖,荡荡脚,点到即止"②。这样的表演他觉得不够,因为柳梦梅在杜丽娘梦中出现,象征着杜丽娘对生命、青春、爱情与性爱的渴望,应该在表演上具体化。为此,他改动了传统的表演身段,"整个舞台充满二人的情爱,强化了水袖的舞动力,把抖、翻、飞、扬、甩、转、绕、勾、搭等水袖功能发挥到极点。在舞台上出现的相拥、相磨、相亲、相爱、仰背、旋转、推磨、又不时把水袖纠缠在一起,形成了梦中恋人的浓情、狂欢,与日常的人伦和唯美写意浑然一体,使观众在熟悉与陌生之间往返流连"③。戏迷"巴乌"指出,这样的处理,放弃传统程式身段不用,忽视了昆曲表演内敛含蓄的风格特点④。汪世瑜作为表演艺术家与导演,从戏的可看性与

---

① "南北昆"《"白先生对昆曲的传播是有功的"》,豆瓣小组 https://m.douban.com/group/topic/11903151/。
② 郑培凯主编《普天下有情谁似咱——汪世瑜谈青春版〈牡丹亭〉的创作》,北京大学出版社 2013 年版,第 47 页。
③ 郑培凯主编《普天下有情谁似咱——汪世瑜谈青春版〈牡丹亭〉的创作》,北京大学出版社 2013 年版,第 47—48 页。
④ "巴乌"《说两句"白牡丹"》,新浪博客 http://blog.sina.com.cn/s/blog_7024f5b30100oa3a.html。

表现人物内心的要求出发,热辣地呈现杜丽娘的爱与欲,"南北昆"和"巴乌"从昆曲典雅含蓄的美学风格出发,认为这种改动在传统表演范式的继承上存在比较大的问题。

青春版《牡丹亭》剧照(苏州昆剧院演出,摄影:许培鸿)

其次,从昆曲舞台表演手段的创新提升来看,"南北昆"认为,蔡正仁用小官生的发声去处理巾生的念白和唱腔,是一种舞台表演的创新提升,青春版《牡丹亭》和新版《玉簪记》拿不出这样的例子来说服观众,人工刺绣的服装、名家书法与绘画、九霄环佩琴,"这些都是和昆曲舞台节奏毫不相干的东西……把观众的注意力从演员表演上不断转移,令他们无从体会昆曲固有的表演节奏带来的真正美感"①。

与笔者交流时,"南北昆"指出,青春版《牡丹亭》和新版《玉

---

① "南北昆"《To be continued? Be in continuing!》,豆瓣小组 https://www.douban.com/group/topic/10249562/。

簪记》放弃很多有保留价值的昆曲舞台表演传统,掺入了不少非昆曲的元素,偏离了昆曲的基本舞台形态。那些通过青春版《牡丹亭》开始观看昆曲的观众,"实际上被领入了昆曲的隔壁——虽然是邻居,但毕竟不是一家"①。这样的批评,比较激烈,但也不是全无道理。

因而,有必要对白先勇的创作观念作进一步探讨,比如"琴曲书画昆曲新美学"的提法。古琴、书法与绘画这些传统艺术,融入昆曲演出后,是否如白先勇所说那么和谐?会不会产生新的问题?

新版《玉簪记》里,剧中人抚琴而歌时,用古琴作为伴奏,起了画龙点睛的作用,无疑是好的。然而,书画融入演出后的效果,有时并不理想。新版《玉簪记》里代表女主人公心情的"秋江"二字,尽管是灵动的草书,但作为舞台背景占据观众视觉的主体,抢了演员的戏。传统折子戏的演法,背景是中性的守旧,守旧与表演不发生关系,演员以桨代舟,表演出江上追舟的戏剧情境,观众需要调动想象来参与才能完成戏剧时空的建构,进而达成戏剧审美。有了"秋江"的背景后,舞台上多了一种视觉语汇,美是美了,但是观众也为此不得不去理解背景的含义及其与表演的关系,某种程度上反而不利于戏剧审美。再如《偷诗》一折里白描"佛手执莲"的背景图,是人物内心的图解与外化,随女主人公心理的变化而变化,也是同样的问题。

琴曲书画这些传统艺术,共同的特性是抽象写意,它们叠加在一起,如果融合不好,不仅不利于看戏,还容易改变舞台空间的性质。传统戏曲舞台上结构场次的方法是"转场戏","舞台上

① "南北昆"《"白先生对昆曲的传播是有功的"》,豆瓣小组 https://m.douban.com/group/topic/11903151/。

不存在独立的、固定的舞台空间,而且依附于剧中人的表演,并随之流'转'、分割、缩小和放大"①,演员一个转身或是跑个圆场,舞台空间就变了。青春版《牡丹亭》三部作品,舞台空间大多由布景确定,独立于演员的表演而存在,如前文提及的《训女》、《闺塾》、《问病》、《秋江》等场次加入字画背景,舞台空间在演员上场前已由布景确定,而且它的位置与大小是固定不变的。这样舞台上结构场次的方式就变成了"定场戏"。从"转场戏"变为"定场戏"后,舞台空间从一个假定性的可变空间,变成了一个确定性的不可变空间(通过换场的方式变换空间)。这样的空间建构与表演发生关系后,昆曲的外在形态也随之不同了。相比那些在写实布景里跑圆场的做法,青春版《牡丹亭》等作品没有往写实方向发展,总体上把握住了传统昆曲的写意抒情的特性,但与当前多数戏曲创作的做法一样,变"转场戏"为"定场戏",偏离了传统昆曲舞台上结构场次的方法与昆曲的舞台美术传统。

结　　语

当代昆曲的主要任务,一是传承,二是创作。传承旨在保存遗产,创作旨在为昆曲的发展做出属于我们这个时代的贡献。正是历代文人、艺人与曲家的不断创作,才形成了如此丰厚的昆曲遗产——文本、曲谱与场上表演的规范。所以,在传承之外,今人的创作同样关系到给未来留下什么样的遗产。当今的昆曲创作,除了少数按照"一桌二椅"的传统方式演出,大多已经开始了现代化的历程。当代昆曲创作该如何现代化?白先勇的"昆曲新美学"及青春版《牡丹亭》等作品创作实践,为我们提供了案

---

① 　陈多《戏曲美学》,四川人民出版社 2001 年版,第 6 页。

例。从本质上来说,白先勇的"昆曲新美学"不是一种新的昆曲美学,我们不能误解了。作为一种创作观念,"昆曲新美学"对传统与现代的关系的表述——"传统为体、现代为用",是较为全面与准确的。作为一种舞台美学,"昆曲新美学"试图拓展昆曲传统的可变部分,将"一桌二椅"的传统演出方式与现代剧场、现代观念结合,探索一种符合现代审美观念的昆曲演出方式。白先勇对当代昆曲的创作实践、传播推广与观众培育是有贡献的。青春版《牡丹亭》等作品,虽然存在一些问题,但白先勇及其主创团队从总体上提高了这些传统剧目的创作与制作水准,这也是大家都看到的。

当代昆剧导演流变述论

一般认为,中国传统戏曲以往没有导演一职,其功能由文人或艺人承担。现代的戏曲导演诞生于 20 世纪三四十年代。新中国成立后,确立了戏曲导演制,导演成为戏曲创作的中心①。逯兴才主编的《戏曲导演教程》一书,认为导演是演出艺术的总设计师,其主要功能主要是解释剧本、统一各部门创作风格、组织演员的表演以及作为全体演出人员的一面镜子等四个方面。从中国戏曲发展历史的角度来看,作者认为:"以杂剧、传奇为代表的古代戏曲,是突出文人剧作的戏曲,或曰'作家的戏曲'。清代地方戏兴起以来,到京剧四大名旦等为代表的近代戏曲,是突出演员技艺的戏曲,或曰'演员的戏曲'。从戏曲艺术发展的主流来看,现代戏曲应该是以导演为主的戏曲,或称

---

① 李紫贵认为:建立导演制,必须形成"导演中心"。所谓"导演中心",并不是说导演与演员去争谁是中心、以谁为主,而是说在组织演出的过程中要以导演为中心。导演中心也不是导演专制,而是为了舞台上艺术的完整性,一出戏里各个方面的艺术创作要有一个总指挥,要有统一构思,要有人集中。参见《李紫贵戏曲表导演论集》,中国戏剧出版社 1992 年版,第 34 页。

'导演的戏曲'。"①这一看法是基本符合戏曲发展历史的。戏曲
创作对艺术整体性的追求与演出条件的变化,共同促使了戏曲
导演的诞生与戏曲导演制的建立。于昆剧而言,亦如此。从明
清传奇的文本(文人)为中心,到折子戏时代的表演(艺人)为中
心,再到当代昆剧创作以导演(导演)为中心,三个阶段的昆剧在
演出形态上有所不同。对文人与艺人为中心的传统昆剧创作,
许多论著都有论及,而对以导演为中心的当代昆剧创作,大多集
中于对作品的研究,鲜有以昆剧导演为中心的考察。其实,导演
的观念在很大程度上决定了当代昆剧创作以何种艺术形态呈现
在舞台上。本文先从昆剧导演的来源入手,考察导演创作重心
的变化及其美学观念上的误区,进而探讨"导演的戏曲"是否为
昆剧发展的历史必然这个较少论及的问题。

一、导演来源:从行内到行外

当代昆剧可以分为两个发展阶段,第一个阶段是 1949 年到
1966 年"文革"爆发的十七年,第二个阶段是 1978 年以来的三
十多年。

第一个阶段的昆剧导演,主要来源于京、昆两大戏曲剧种,
尤以昆剧演员居多。南方的周传瑛、郑传鉴、朱传茗、沈传芷、张
传芳、华传浩、方传芸等"传"字辈艺人,北方的沈盘生、马祥麟、
白云生、白玉珍、侯永奎、侯玉山等昆剧名家,是"文革"前最主要
的昆剧导演。周传瑛是当代昆剧导演的先驱,不仅执导了国风
昆苏剧团的《西厢记》(1953),还与陈静共同执导了影响深远的
《十五贯》(1956)。剧中娄阿鼠的扮演者王传淞的儿子王世瑶接

---

① 逯兴才主编《戏曲导演教程》,文化艺术出版社 2005 年版,第 18 页。

受采访时指出:"《十五贯》是第一部引进导演制的昆剧;同时也一改以往一桌二椅的单调场面,第一次用了布景。"①话剧表演专业出身的陈静是该剧的导演,也是剧本改编的执笔人,从他的《昆剧〈十五贯〉剧本改编和导演构思》中可以看出,该剧从文本到舞台创作都引入了话剧的创作方法,他很善于将演员的内心体验与形体动作结合起来,让周传瑛、王传淞等昆剧艺术家的高超技巧有了内在情感的支撑,在舞台上塑造出丰满的人物形象。

当时京剧出身的导演有阿甲、李紫贵、郑亦秋与周仲春等人。"文革"前,阿甲导演了《晴雯》(1963),李紫贵导演了《逼上梁山》(1962),郑亦秋导演了《钗钏记》(1959),周仲春导演了《武松》(1963)、《飞夺泸定桥》(1963)、《奇袭白虎堂》(1964)、《社长的女儿》(1964)、《莲塘曲》(1964)等昆剧作品。

建国初期,昆剧奄奄一息,因为一个偶然的机会诞生了《十五贯》,才有了"一出戏救活了一个剧种"的转机。当时京剧是全国性的大剧种,率先建立了戏曲导演制,又有阿甲与李紫贵这种理论与实践上都有成就的导演。因而,邀请京剧导演参与昆剧创作就顺理成章了。

当代昆剧的第二个发展阶段,昆剧导演来源走向了多元化。一方面,戏曲行业出身的导演,除京、昆两大剧种外,多了越剧、川剧、花鼓戏等其他剧种出身的导演,而且随着中国戏曲学院与上海戏剧学院等艺术院校戏曲导演专业的创建,科班出身的戏曲导演开始加入昆剧导演行列。另一方面,话剧与电影导演也开始介入昆剧的创作。

先看戏曲行业内部来源的导演。这个阶段昆剧出身的导演

---

① 刘慧《幽兰逢春一甲子——60 年后浙昆携〈十五贯〉再度晋京》,《浙江日报》
2016 年 5 月 13 日。

人数大为增加,除了"传"字辈以及北昆的老艺术家们外,昆大班、昆二班、"继"字辈、"世"字辈开始成为昆剧导演的中坚力量,主要有秦锐生、成志雄、郝鸣超、唐湘音、顾笃簧、周志刚、周启明、吴继静、范继信、周世琮、林继凡、周世瑞、王世菊、王世瑶、汪世瑜、孙金云、叶德远等人。他们中有些既当演员又当导演,表导两栖,有些因为种种原因从演员转行成了专职导演,如张铭荣、沈斌、翁国生、方彤彤、沈矿等。此外,还有一些昆剧演员也偶尔客串一下导演,如刘异龙、梁谷音、柯军、张国泰、张军等。

这个阶段京剧出身的导演仍然是一支重要的创作力量。作为中国戏曲导演的奠基人,阿甲与李紫贵进入新时期后排演了《三夫人》(1984)、《西厢记》(1982)与《长生殿》(1987)等昆剧作品,并在创作实践中培养了丛兆桓、沈斌等新一代昆剧导演。与此同时,新一代的石玉昆、石宏图、徐春兰、李小平开始在昆剧创作领域大施拳脚。其他戏曲剧种出身的导演,如谢平安(川剧)、杨小青(越剧)、陈士争(花鼓戏),也在当代昆剧史上留下了他们的身影。

1988 年中国戏曲学院招收了第一个戏曲导演专业的本科班,改变了我国戏曲导演长期在实践中自学成材的状况,开始有了科学系统的戏曲导演教育。随后上海戏剧学院等艺术院校也开设了戏曲导演专业。这批科班出身的戏曲导演如赵伟明、饶洪潮等逐渐成为昆剧创作的生力军。

进入新时期后,话剧导演作为一支不容忽视的创作力量,对昆剧创作产生了深远影响。20 世纪八九十年代,像王瑷与李进①这种话剧导演的出身、进入昆剧院团后担任专职导演的并

① 王瑷为浙昆导演,执导了昆剧《同心结》(1980)、《杨贵妃》(1981)、《青虹剑》(1983)、《伏波将军》(1985)等,李进为上昆副团长兼导演,执导了昆剧《白蛇传》(1978)、《红娘子》(1980)、《痴女》(1980)、《花烛泪》(1981)、《钗头凤》(1981)、《公堂审狗》(1984)等。

不多。杨村彬、夏淳、李家耀、胡思庆、苏民、杨关兴、陈明正等话剧导演，只是偶尔涉足昆剧领域。这一个时期，比较重要的作品有：李进导演的《钗头凤》（1981）、李家耀导演的《血手记》（1987）、苏民导演的《司马相如》（1995）等。新世纪后，随着昆剧入选联合国"人类口述和非物质遗产代表作"名录，话剧导演开始成为当代昆剧创作中最为重要的导演力量，许多重要创作中都有话剧导演的身影，如郭晓男导演的三本《牡丹亭》（2000），田沁鑫导演的《1699·桃花扇》（2006），曹其敬导演的全本《长生殿》（2007），林兆华导演的厅堂版《牡丹亭》（2007）。这些古典名剧的当代搬演，引领了当代昆剧大制作的创作风气。此外，实验戏剧导演也参与进来了，如当代剧场艺术家、香港"进念·二十面体"艺术总监荣念曾与大陆昆剧演员合作了《弗洛伊德寻找中国情与事》（2002）、《浮士德》（2004）、《西游荒山泪》（2008）、《夜奔》（2009）等一系列实验作品，解构了昆剧传统，探索昆剧面向未来的可能性。受他的影响，柯军、杨阳等昆剧演员也走上了实验探索的道路，创作了《余韵》（2004）、《藏·奔》（2006）、《315紫禁城》（2013）等实验作品。

在实验戏剧导演之外，电影导演新世纪后也开始介入昆剧创作。黄蜀芹导演的《琵琶行》（2000）、郑大圣导演的古戏台版《牡丹亭》（2008）以及关锦鹏导演的《怜香伴》（2010）等作品，虽然没有引起多大的反响，但已足见当代昆剧导演来源之多元化。

这个阶段的昆剧导演，昆剧专业出身的导演仍占了多数，然而一些投资大、制作规模大的重要剧目请的多为话剧与其他剧种的导演。他们往往不熟悉昆剧表演程式，需要剧团配备昆剧科班出身的导演或副导演，形成行内与行外导演搭配的导演创作模式，互相取长补短。如上海昆剧团1985年排演《长生殿》时，导演是李紫贵，副导演是沈斌，2007年排演全本《长生殿》

时,总导演为曹其敬,两位导演分别是沈斌和张铭荣,他们组成导演组共同主导二度创作。

话剧与影视导演介入昆剧创作,其原因大体可以分为内因与外因两类。

内因方面,表现为当代昆剧追求表现形式现代化与精神内涵现代性的要求。新时期以来,高科技的声光电与多媒体技术越来越多地融入昆剧创作,对导演也提出了更高的要求。李紫贵认为:"戏曲演员出身的戏曲导演,在掌握戏曲特点、熟悉戏曲程式方面,可能有比较优越的条件。但是往往因为只注意到一个人物形象的塑造,或是一个场面调度的安排,而忽略了整个戏的完整性。作为一个艺术品,一出戏的完整性,正是导演的重要职责。"[①]因而,在这个昆剧创作需要综合更多元素的时代,话剧与电影导演在舞台艺术完整性的要求方面,无疑是有优势的。不仅如此,话剧与影视导演的戏剧观念更为多元、开放,他们介入昆剧创作后,敢于尝试,敢于创新,而昆剧出身的导演,大多习惯于传统昆剧思维,创新能力相对要弱些。

外因方面,表现为评奖导向的驱动。为了鼓励与繁荣艺术创作,从国家到省、市都设立了不少艺术奖项,如"文华奖"、"梅花奖"。这些评奖让部分优秀作品脱颖而出,一定程度上对艺术创作起到了促进作用。然而,这些奖项的专家评委中许多人并不从事昆剧研究,他们往往按照戏剧的标准来评价昆剧,关注情节编织、人物塑造、主题思想以及舞台场面等方面,很少触及昆剧创作的本体。于是,那些善于挖掘主题思想、有着完整性与现代性思维,并且能把昆剧做到雅俗共赏的著名导演,尤其是话剧导演,就成了昆剧院团争相聘请的对象。作品一旦获奖,不仅能

---

① 李紫贵《李紫贵戏曲表导演论集》,中国戏剧出版社 1992 年版,第 47 页。

给剧团带来声誉和经济奖励,而且是剧团领导政绩的体现,意味
着更多的后续利益。当评奖与剧团的利益密切相关时,自然而
然地形成了一个评奖导向的创作机制,选剧本,请导演,定演员,
无不出于这一考虑。

二、创作重心：从表演艺术转向总体呈现

新中国成立初期,不论昆剧演员出身的导演,还是来自京剧
的导演,他们的创作重心多在表演艺术上。比如《十五贯》,虽然
用上了布景,但与今日大制作的豪华布景相比,那是小巫见大巫
了。沈世华认为,《十五贯》的成功主要是表演艺术上的成功,周
传瑛、王传淞等老艺术家塑造了丰满的人物形象[1]。

新时期以来,导演来源多元化决定了昆剧创作观念的多元
化。在本书第一章,笔者将当代昆剧创作的主要观念分为"新旧
结合"、"整旧如旧"、"实验探索"三种。"整旧如旧"强调按照传
统形态来创作,重心是演员表演;"新旧结合"强调既要保持传统
又要融入现代手段;"实验探索"强调突破传统,将传统昆剧文
本、表演解构后进行重构。"新旧结合"与"实验探索"的观念主
导下的昆剧创作,虽然不否认演员表演的重要性,但更强调新观
念、新手段的融入和演出的整体性,创作重心已从表演艺术转向
了舞台总体呈现。这一转向对传统表演与人物塑造的方法、表
演与导演的关系以及舞台美术创作等几个方面都会产生影响。

一是对传统表演方法的认识与拓展。传统昆剧有一整套以

---

[1]　沈世华《昆剧的传承,首要的是表演艺术——〈十五贯〉给予我们的启示》,沈世
华口述、张一帆编撰《昆坛求艺六十年:沈世华的昆剧生涯》,北京出版社 2016
年版,第 431—433 页。

身段为核心的人物塑造方法。所谓身段,是指与剧情密切结合
的表演。周传瑛在《昆剧生涯六十年》里对身段做了详细的阐
述。他认为身段表达的内容有三个方面:一是"指事",包括指
示时、地、物;二是"化身",表明人物的年龄、身份等;三是"出
情",表现人物性格或情绪等。身段所能达到的程度(艺术境
界),也是三个层面:一是"懂",要使观众看懂;二是"美",要使
观众得到美的享受;三是"感",要使观众动容,感受深切①。"指
事"、"化身"、"出情"是塑造人物的三个层次的要求,主要通过交
待和分档来实现。指事中的交待和分档,一般称为表演程式;化
身中的交待和分档,一般称为家门戏路。他以怎样搧扇子的表
演口诀来说明家门戏路之不同:"文胸、武肚、轿裤裆,书臀、农
背、光头浪,道领、清袖、贰半扇,瞎目、媒肩、奶大膀。"搧扇子的
方式不同表示人物身份的不同。按此口诀表演可以塑造出类型
化的人物,若要达到"出情"即刻画人物性格,不仅需要"运用最
基本的家门身段来表演,而且对于各别人物时时处处要进行细
致入微的、互不雷同的具体处理"②。周传瑛将这个要求概括为
"大身段守家门,小动作出人物"③。这些关于身段的论述,是较
为完整的人物形象塑造的理论,"传"字辈艺人演而优则导,依托
的是长期艺术实践积累的表演经验。

　　20 世纪五十年代,斯坦尼斯拉夫斯基的体验派表演学说被
引进中国,对当代戏曲的表演、导演产生了很大的影响。当代戏
曲表导演理论家开始对传统戏曲表演进行科学而深入地研究,
总结其艺术规律;当代导演则在创作中将其与戏曲表演方法进

---

① 周传瑛《昆剧生涯六十年》,上海文艺出版社 1984 年版,第 131 页。
② 周传瑛《昆剧生涯六十年》,上海文艺出版社 1984 年版,第 142 页。
③ 周传瑛《昆剧生涯六十年》,上海文艺出版社 1984 年版,第 143 页。

行融合,综合运用二者的长处来塑造人物形象。

1954年阿甲与李紫贵参加了中央戏剧学院导演干部训练班,学习斯坦尼体系。通过这次学习,他们对话剧和戏曲的文本结构、舞台时空与表演方法的不同有了深刻认识。传统戏曲表演长于外在表现,斯坦尼的表演学说则长于内在体验。后者之所长正是前者之所短。为此,阿甲提出了戏曲体验的"两重性"——既要有生活的体验,从生活的逻辑出发,又要有表演程式化的体验,从戏曲舞台逻辑出发①。进而指出了戏曲程式和体验的关系不是对立的,程式是戏曲表演艺术的经验总结,又是戏曲表演创造的出发点。对于戏曲程式的运用,李紫贵认为要结合情感活用:"要理解每种程式的创造根据,而且应该理解程式的作用。因为程式也不是一成不变的,程式与感情结合起来,程式就活了,可以千变万化,可能表现各种不同的思想感情。"②他们对戏曲体验与程式的理论阐述,较周传瑛的"大身段守家门,小动作出人物"说法更进了一步,为当代戏曲导演综合运用这两种不同方法来塑造人物提供了理论依据。

范继信曾回忆说,顾笃璜给"继"字辈导演了不少剧目,他从最高任务出发:"在排练中讲感受与反应,交流与表达,以及假定与想象,要体验人物的真实情感用戏曲虚拟夸张的程式表演,达到真实感人的效果,反对作假,要活生生地塑人物形象。"③在顾笃璜导戏的过程中,范继信受益匪浅,完成了他的导演启蒙教育:"顾笃璜指导了我许多演戏的道理,如何塑造人物,怎样分析剧本,怎样分成剧本的单位,如何去找主题,人物如何讲外部动

---

① 阿甲《阿甲论戏曲表导演艺术》,文化艺术出版社2014年版,第274页。
② 李紫贵《李紫贵戏曲表导演论集》,中国戏剧出版社1992年版,第46—47页。
③ 范继信口述、彭剑飚整理《菊坛一甲子》,中国戏剧出版社2017年版,第23页。

作和内部动作……他讲的动作，它并不是身段的动作，是塑造人物的心理动作，角色的行动线。"[1]范继信开始当导演后，非常强调内外部结合的人物塑造方法："诱导演员必须向我学习人物行为的外部动作，从外再到内，首先把握戏曲表演艺术的规范和人物角色的特定表演手段……待熟练后再进入第二阶段的思想情感与外部动作的统一工作。"[2]

　　对这种方法在戏曲创作中的实际效果，朱文相评价说："以话剧的体验方式来要求戏曲演员，一方面锻炼并加强了他们在规定情境中注重塑造人物性格、表现内心世界的表演能力，纠正了戏曲演员中存在的那种习惯于套用程式以代替角色创造，形成类型化的表演，或脱离人物去卖弄技巧、单纯追求形式美的弊病"。这是好的一面，但是有一些导演"未能深入研究戏曲体验的特殊性质和方式，以及如何将其转化为外部程式技术，以达到内在情感节奏与音乐节奏、舞蹈身段节奏的一致，……因此也就削弱了戏曲程式性艺术手段的强大表现力和吸引力"[3]。

　　在此之外，也有一些导演试图结合戏剧与话剧两种表演方法创造新的表演程式，如郭小男排演三本《牡丹亭》时对表演提出了这样的要求："对人物要进行有生命、有性格、有角色身份的动律组合"，"似是而非、行当通用模棱两可的动作不用"，"潜心研究，创造新程式、创造只属于'这个戏'的角色肌体运动方式。"[4]在他看来，过去的不是不好，而是陈旧了些，艺术家的职责就是要创造美。当然，最为极端的观点是取消表演程式，如陈

①　范继信口述、彭剑飙整理《菊坛一甲子》，中国戏剧出版社 2017 年版，第 467 页。
②　范继信口述、彭剑飙整理《菊坛一甲子》，中国戏剧出版社 2017 年版，第 41 页。
③　朱文相《戏曲表演导演论集——朱文相自选》，中华书局 2008 年版，第 230 页。
④　郭小男《观/念：关于戏剧与人生的导演报告》(B)，上海锦绣文章出版社 2010
　　年版，第 97—98 页。

士争在排演全本《牡丹亭》时曾想以生活化的表演取代程式性的表演,遭到蔡正仁等老艺术家的反对。

二是表演与导演的关系的改变。早期"传"字辈为代表的昆剧导演,其功能主要是演员的表演老师。姚传芗、范继信给江苏省昆剧院导演《牡丹亭》时指出,排演的重点是"分析剧本从人物着手,根据内容,运用传统的表演程式和场面处理及调度安排","充分发挥'传'字辈老师的作用,和导演相结合的方法,尽量准确合理的运用身段、音乐、锣鼓为人物服务"。最关键的是"抓住人物的思想感情,努力挖掘杜丽娘这个人物的精神世界,从'出情'着眼,以'抒情'着手。强调杜丽娘这个人物的塑造,充分地体现演员的表演艺术,突出表演艺术在戏曲中的地位"[1]。这种表导演的关系是以演员为中心,突出的是表演艺术的地位,导演的任务是帮助演员运用表演程式组织舞台行动,开掘人物的精神世界。"戏曲导演制"建立之后,导演在创作中的地位得到了提升,在实践中慢慢形成了"导演中心制",成为二度创作的主导,凌驾于各个创作部门之上。这个时候,演员开始成为一些导演的创作工具。在话剧导演与实验戏剧导演介入昆剧创作后,这种情况尤为明显,比如在田沁鑫导演的《1699·桃花扇》、荣念曾导演的实验作品《夜奔》中,舞台上处处看到的是导演的身影,演员不是被淹没在现代布景与声光电的效果中,就是成了导演意图的传声筒,传统昆剧艺术悄然被置换成了当代剧场艺术。

朱文相认为,这种一切听从导演,以导演意志为权威、以演员为傀儡的做法,是戏曲导演制下的过激行为。他认为正确的表演导演关系应该是以表演为中心、以导演为主导,在充分发挥

---

[1] 姚传芗、范继信《导演〈牡丹亭〉的一些想法》,载江苏省文化厅剧目工作室1984年编印《兰苑集萃》(内部发行),第295页。

演员表演的前提下，注重整体演出效果。理想的状态是——戏曲导演是戏曲表演的行家，导演出于表演，而导演最终还要落实在表演上，即所谓的"导出于表，还导于表"，这是一种水乳交融的状态。①

三是当代导演创作越来越依赖舞台美术手段。传统昆剧舞台上只有少量象征性的布景，"一桌二椅"的演出形式与演员的虚拟表演，构成了自由流动的舞台时空。20世纪五十年代，有一种观点认为，传统戏曲舞台上用来代替船、山、床的桌椅没有明确的形象性，应该把"演员身上的布景"卸下来让舞台美术工作者去做②。于是，1958年中国戏剧家协会、中国美术家协会、中国戏曲研究院联合召开的戏曲舞台美术座谈会指出："戏曲舞台美术应该继承传统，吸收其他表现方法，结合戏曲艺术的特点大胆创造；根据戏剧内容，布景可以分别采用写实的、装饰的、抽象的三种形式。"③舍弃传统的通用布景，选择个性化的专用布景，营造的舞台空间多是脱离人物而独立存在的固定空间，它的大小是固定不变的。当舞台空间趋于写实时，往往会与演员的虚拟表演发生矛盾。

阿甲也认为，在戏曲中使用布景是最麻烦的问题。当时的舞台设计师做了种种探索，"有蝴蝶幕式的，有屏风式的，有多台阶式的，有通顶幕式的，有国画式的，有仿古图案式的，有铁线画框式的，有挂尼绸条式的，有纱幕分片式的，有抽象前景式的，有实景透视式的，还有其他式的，大都有灯光的配合"。然而，这些舞美灯光方面的探索，"作为一场戏或一出戏来说，有不错的，作

---

① 朱文相《戏曲表导演论集——朱文相自选集》，中华书局2008年版，第456页。
② 余从、王安葵主编《中国当代戏曲史》，学苑出版社2005年版，第177—178页。
③ 余从、王安葵主编《中国当代戏曲史》，学苑出版社2005年版，第433页。

为一个剧种的统一性来说，就比较差些。作为一种有程式系统的灯光舞美，能适用于每一个戏的还没有形成"①。

对于这个问题，李紫贵比较乐观："过去我们在空旷的舞台上创造了一整套的戏曲表演艺术，现在有了布景、灯光、新的服饰、道具以及现代舞台技术，能不能根据这些新的条件来丰富发展新的表演艺术呢？应该说是完全可能的。"②

然而，从当代戏曲舞台美术的发展情况来看，并没有形成一种"有程式系统的灯光舞美"。笔者曾就这个问题请教过舞台设计专家刘元声教授，他说现在完全没有必要设计一套"一桌二椅"那样的通用布景，应该走个性化的专用布景道路。这也就是说，非不能也，不为也。一旦诞生了一种"有程式系统的灯光舞美"，这种不与表演发生关系的"值班布景"，可以适用于任何戏曲演出，那么当代舞台与灯光设计师又如何施展他们的才华呢？当代导演又如何利用舞台美术手段来实现他的创作构想呢？

事实上，当代戏曲舞台美术在不断发展，从环境空间的创造拓展至心理空间的营造，从环境气氛的渲染拓展至人物心理情绪的外化，从装饰布景拓展至参与舞台叙事，其功能、效果与传统昆剧舞台美术不可同日而语。加之转台、推台、车台等舞台设备，以及多媒体等技术在舞台上的运用，导演可以选择的艺术与技术手段越来越多。随着舞台美术与技术在二度创作中的作用与地位的提升，演员的功能与地位实际上是被降低了，表演只是导演的总体艺术构思的一个组成部分。当二度创作的重心从表演艺术转向舞台总体呈现后，又反过来加强了导演在昆剧创作中的主导地位。

---

① 阿甲《阿甲论戏曲表导演艺术》，文化艺术出版社 2014 年版，第 285—286 页。
② 李紫贵《李紫贵戏曲表导演论集》，中国戏剧出版社 1992 年版，第 491 页。

三、"导演的戏曲"：昆剧发展的历史必然？

导演作为一种独立的艺术语汇,对当代昆剧创作起了积极作用(如提高了演出的完整性与舞台的视觉效果)的同时,也在很大程度上改变了当代昆剧的审美取向,即用戏剧(戏曲)审美的共性代替了昆剧审美的特殊性,陷入了"雅部花部化"以及"舍简求繁"的创作误区。所谓"雅部花部化",是指以"花部"戏曲的审美标准来排演雅部的昆剧,突出戏曲的审美共性的同时,忽视了昆剧独特的审美意蕴。所谓"舍简求繁",是指舍弃了传统昆剧"以一求多"(花最少的人力物力取得最大艺术效果)的优良传统,加入声光电等诸多现代手段"以多求多"(花尽可能多的人力物力取得最大艺术效果),反而违背了昆剧的美学精神。

顾笃璜指出："古人的智慧,其高明巧妙之处,就是把演员表演艺术发挥到极致,而把起辅助作用的其他方方面面降到最低点。"[1]当代昆剧创作正好相反,融入西方戏剧观念,在现代化大舞台上动用布景、灯光、音响、特技、多媒体等手段,以及如转台、车台与升降台等舞台机械设备,进行"综合艺术"的创作,催生出"昆剧话剧化"、"舞美景观化"、"音乐交响化"等诸种现象。"昆剧话剧化"表现在两方面：一是重剧本的思想性,忽视舞台艺术的表现力,使人物形象概念化,昆剧表演的技术手段弱化、淡化甚至退化;二是以斯氏体系来导演戏曲时体验和程式没有很好结合,削弱了戏曲程式性艺术手段的表现力。"舞美景观化"表现在布景写实化与豪华布景两个方面,不仅改变了传统昆剧的

---

[1] 顾笃璜《回归本真态的演出实践——重建昆剧传习所以来工作之一项》,载《昆剧表演艺术论》,上海文化出版社 2014 年版,第 203 页。

舞台时空性质,还把昆剧表演主体——演员淹没了。"音乐交响化"突出表现加入电子音乐、西方交响乐来烘托叙事气氛、渲染情感表达,改变了"水磨调"体局静好的音乐属性。

对于这些现象,学界讨论较多的是导演如何尊重昆剧传统,以及导演应该具备怎样的素质,鲜有反向思考导演在昆剧创作中的功能与定位的。前文述及当代戏曲已然是"导演的戏曲",似乎也符合昆剧创作的现状,然而我们要问的是:这是昆剧发展的历史必然吗?

先看看相关的论说。李紫贵认为:"戏曲从以主要演员决定一切的主角制、明星制,发展到编导、导演、表演、舞美、音乐等部门各成学科,这些学科参加到创作集体中来形成的合作制、群星制,它是戏曲艺术发展到一个崭新历史阶段的标志。"[1]赵伟明进一步提高了导演的地位:"导演因素在戏曲艺术中的强化,是戏曲艺术成熟的标志之一。"[2]暂且不论戏曲艺术成熟的标志都有哪些,按赵伟明的观点可以推论出,没有建立戏曲导演制的戏曲艺术是不成熟的戏曲艺术。然而,顾笃璜认为昆剧的诞生"是我国戏曲艺术成熟的标志。昆剧所形成的法则、格局和形态正是戏曲基本表现原则、方式、手段、手法、技巧的整体呈现,反映着戏曲的艺术规律"[3]。他们二人关于"戏曲艺术成熟"的时间,前后差了大约四百年。二者其实所指不同,从昆剧角度来讲,顾笃璜说的是传统形态的昆剧,而赵伟明说的是现代形态的昆剧,与李紫贵说的"崭新历史阶段"是一个意思。

从艺术形态来看,当代昆剧创作有传统、现代与后现代三种

---

① 李紫贵《李紫贵戏曲表导演论集》,中国戏剧出版社1992年版,第491页。

② 赵伟明《戏曲导演艺术》,学苑出版社2016年版,第75页。

③ 顾笃璜《关于苏州昆剧工作的思考》,《兰蕙齐芳》第二辑(内部资料),江苏省昆剧研究会、苏州市文联艺术指导委员会2001年编印,第5页。

不同的形态①,以前两种形态为主体。有必要指出的是,古典形态的昆剧有古典形态的美,现代形态的昆剧有现代形态的美,后者无法取代前者。这就像旧体诗和新诗一样,新诗并不能否定旧体诗的审美价值。以《红楼梦》的昆剧创作为例,江苏省昆剧院的《红楼梦》折子戏与北方昆曲剧院的《红楼梦》(上下本),前者以折子戏的方式呈现,小而精致,后者则是一个现代舞台剧,大而有气势,二者虽然都是新创的昆剧,但是舞台呈现与审美意趣大相径庭。从当代昆剧演出来看,昆剧传统折子戏,尤其是"大熊猫"们的演出传统折子戏,仍然吸引了许多年轻观众,可以作为古典形态的昆剧表演艺术的魅力之佐证。

今天创作传统形态的昆剧,或曰按传统昆剧法则排演昆剧作品(新作或旧本),导演并不是必需的,完全可以由经验丰富的老艺术家按传统昆剧法则进行"捏戏",如《红楼梦》折子戏就是由各个家门的主教老师"捏戏"而成。

一百多年前,西方戏剧导演诞生时,迫切要解决的是戏剧演出的整体性问题,即演员的戏剧动作和其他视觉元素构成一个有机整体。当时的戏剧演出,舞台上活动的演员和静止的布景关系并不是有机的,一些名角在台上只顾自己出彩,服装只求漂亮、突出自己,并不一定符合人物身份,也不讲究历史真实性。昆剧诞生以来,历经明清两代的积累与发展,早已成熟,从文本、表演、音乐到舞台美术皆有规范,尤其人物穿戴,有"宁穿破,不穿错"之说,不仅不存在什么整体性的问题,还形成了不同于西方戏剧的演剧体系与写意、诗化的美学风格。当代昆剧创作需要综合多种手段来创造舞台艺术之美,就会有如何确保整体风格一致的问题。这超出了一般戏曲演员的专业范畴,从而使导

————————————————

① 参见本书第一章第二节相关论述。

演的出现成为必然。

昆剧作为高度体系化的古典艺术,在其创作过程中,文本、音乐、表演、导演与舞台美术并不是具有同等重要的地位。这其中,文本、音乐与表演是最为核心的创作要素,舞台美术是一个辅助要素,导演作为一个综合者也不是最为核心的创作要素。当然,我们不否认导演是一种艺术语汇。当把导演这个非核心创作要素的地位提高到超过并且反过统领文本、音乐、表演等核心创作要素时,会促使昆剧创作朝"戏剧化"方向的发展。如此,便模糊了昆剧与其他戏曲(戏剧)剧种(如京剧、话剧)的审美形态的区别。

从当代昆剧创作来看,出于当代导演之手的新编昆剧,不论是传统形态的作品,还是现代形态的作品,基本没有能与传统折子戏相媲美的场上表演艺术,甚至也没达到老艺术家以"捏戏"方式排演的新戏水准。问题出在哪里? 在于导演美学观念的偏差导致了创作方向的南辕北辙。当代导演,尤其是那些非昆剧专业出身的导演,对昆剧舞台艺术贡献不大,有时甚至起了反作用。昆剧集中国古典文学、音乐与表演艺术之大成,只有这三者有机融合方可出现优秀的作品,在其他方面,如舞台美术可以简化到极致,从而把舞台最大化地让给演员表演。所以,昆剧导演最重要的工作,仍然是帮助演员用一系列的唱、念、做、打等表演程式手段来组织舞台行动,创造人物形象。这恰恰是许多导演的短板。当代昆剧创作中,反而是一些由编剧和演员按照昆剧法则"捏"出来的折子戏留了下来,如《牡丹亭》的《寻梦》、《写真》,《桃花扇》的《题画》、《沉江》,《铁冠图》的《观图》。这些昆剧折子戏比较好地保存了传统昆剧的表演艺术,有望成为新的昆剧遗产。

因此,戏曲导演制并不是当代昆剧创作的唯一方式。"导演的戏曲"于当代昆剧而言，虽然是一种客观存在，但并不是昆剧历史发展的必然。我们不能以戏曲导演制完全取代传统昆剧的创作方式，因为那才是更符合昆剧传统与昆剧美学的做法。当然，在尊重昆剧传统的同时，也需要尊重客观条件的变化，允许多样性的存在，保持艺人捏戏与导演排戏两种方式的共存。

艺人捏戏的创作方式，遵循传统昆剧法则，舍弃现代手段，极大地保存了昆剧表演艺术与美学精神。在遗产继承完成的前提之下，以这种方式有计划地排演那些文本与曲谱有传而表演未传的传统剧目，对昆剧的可持续发展有重大意义。当前以昆大班、"继"字辈为代表的老艺术家们表演技艺上炉火纯青，他们不仅能上台演戏，还能教戏，这是非常有利的条件。我们应该尽可能地将他们身上的传统剧目继承下来，同时趁他们精力尚可，有计划地以"捏戏"方式新排一些传统折子戏，为后人留下今人的昆剧遗产。

导演排戏的创作方式，仍然有其存在的必要。只是，导演只有对昆剧的表演程式与脚色行当了如指掌才能排好戏。笔者赞同朱文相提倡剧种导演、反对泛剧种导演的观点。他认为大多数泛剧种导演"只是站在戏曲共性规律的层面上去排戏，而不能深入到唱、念、做、打的内部去体现戏曲表演艺术的特色"[①]。当代昆剧创作越来越多元，完全避免泛剧种导演也很难。这种情况下，可以考虑配备昆剧专业出身的副导演或技导。

综上所述，职业昆剧导演的出现是 20 世纪才有的事，这也是在西式镜框式舞台与现代技术条件下演出的要求，有其合理性与必要性。虽然"导演的戏曲"是目前的主流，但它并不能代

———

① 朱文相《戏曲表导演论集——朱文相自选集》，中华书局 2008 年版，第 451—452 页。

表昆剧发展的历史必然。昆剧创作有其特殊性,不论是整理传统作品,或是新编新创,仍然是以剧作家、音乐家和表演者为核心,导演只是综合者,不是昆剧创作的核心要素。昆剧自成体系,有其内在的规律,如果导演不懂这些,按一般戏剧(戏曲)艺术的美学追求来导演昆剧,容易陷入"雅部花部化"、"昆剧话剧化"的误区。当代导演运用先进的技术手段提高了舞台呈现的水准,却并没有从本质上提高昆剧的审美品格,有时反而降低了昆剧应有的审美品格。

附 录

当代昆剧创作一览表(1978—2016)

传统剧目新创作

序号	年份	剧目名称	排演机构	剧本整编	导 演	作曲/唱腔
1	1978	《白蛇传》	上昆	陆兼之、顾文芍	李进、秦锐生	辛清华、顾兆琳
2	1978	《白蛇传》	永昆			
3	1978	《十五贯》	永昆		张铁良	
4	1979	《墙头马上》	上昆	苏雪安	杨村彬、秦锐生	
5	1980	《桃花扇》	北昆	杨毓珉、郭启宏	丛兆桓	陆放
6	1980	《西施》	省昆	张弘、蔡敦勇	范继信	徐学法、朱贵钰
7	1980	《连环记》	上昆	顾文芍	秦锐生	顾兆琳、顾炳泉

(续表)

序号	年份	剧目名称	排演机构	剧本整编	导 演	作曲/唱腔
8	1980	《痴女》	上昆	朱关荣	李进	辛清华、顾炳泉
9	1980	《荆钗记》	永昆	李冰、何琼玮、张思聪		
10	1981	《牡丹亭》	北昆	时弢、傅雪漪	马祥麟	傅雪漪、刘景荣
11	1981	《孙悟空大闹芭蕉洞》	北昆	刘毅	周仲春、董鸣寿、王宝琪	陆放
12	1981	《牡丹亭》	省昆	胡忌	姚传芗、周特生	钱洪明、许晓明、戴培德
13	1981	《朱买臣休妻》	省昆	姚继焜	刘卫国	钱洪明
14	1981	《烂柯山》	上昆	陆兼之	秦锐生	顾兆琳
15	1982	《西厢记》	北昆	马少波	李紫贵	傅雪漪
16	1982	《天罡阵》	北昆		石宏图	
17	1982	《牡丹亭》	上昆	陆兼之、刘明今	洪谟	辛清华、顾关仁、顾炳泉
18	1983	《双按院》	北昆	王为	周仲春	樊步义
19	1983	《长生殿》	北昆	秦瑾、丛兆桓、习诚、关越	丛兆桓	陆放
20	1983	《玉簪记》	省昆	宋词	群慧	徐学法
21	1983	《邬飞霞刺梁》	省昆	刘毅、阿昆	吴继静	徐学法、徐晓明、戴培德
22	1983	《焚香记》	省昆	朱喜	范继信	朱贵玉
23	1983	《墙头马上》	永昆		周志刚	
24	1983	《青虹剑》	浙昆	陈静	王瑗	

序号	年份	剧目名称	排演机构	剧本整编	导　演	作曲/唱腔
25	1984	《女弹》	上昆	陆兼之		辛清华
26	1984	《琵琶记》	上昆	陆兼之、方家骥	秦锐生	顾兆琳、胡鹏飞
27	1984	《金锁记》	永昆		周志刚	
28	1984	《贩马记》	永昆		周志刚	
29	1984	《长生殿》	浙昆	周传瑛、洛地	周传瑛	陈祖庚、张世铮、周雪华
30	1985	《窦娥冤》	北昆	时弢、傅雪漪	郝鸣超	傅雪漪
31	1985	《古城会》	北昆	高景池	周仲春	
32	1985	《出潼关》	北昆	高景池	周仲春	
33	1985	《风筝误》	上昆	唐葆祥	周志刚	辛清华
34	1985	《玉簪记》	上昆	陆兼之	秦锐生	辛清华、李樑
35	1985	《打花鼓》	上昆	朱关荣		
36	1985	《蝴蝶梦》	上昆	陆兼之	周启明	顾兆琳、胡鹏飞
37	1986	《文士家规》	北昆	刘建军	崔洁	樊步义
38	1986	《还魂记》	省昆	丁修询	冯玉铮	徐学法
39	1987	《白兔记·抢棍》	湘昆	余懋盛	郝鸣超	刘景荣
40	1987	《红梅记·折梅》	湘昆			
41	1987	《长生殿》	上昆	唐葆祥、李晓	李紫贵、沈斌	刘如曾、顾兆琳
42	1987	《潘金莲》	上昆	刘广发	秦锐生	顾兆琳、顾炳泉

（续表）

序号	年份	剧目名称	排演机构	剧本整编	导演	作曲/唱腔
43	1987	《狮吼记》	浙昆	西泠	王世瑶、周世瑞	
44	1988	《风筝误》	省昆	集体整理	沈永良	钱洪明、朱贵钰
45	1988	《占花魁》	上昆	唐葆祥	沈斌	辛清华、胡鹏飞
46	1989	《桃花扇》	北昆	杨毓珉、郭启宏	丛兆桓	陆放
47	1989	《阎惜娇》	北昆	田琳	周世琮	陆放
48	1989	《窦娥冤》	省昆		范继信	
49	1989	《风流误》	浙昆	陈国正	王世菊、周世瑞	
50	1989	《牡丹亭》	中昆			
51	1990	《阎惜姣》	省昆	胡忌	吴继静	朱贵玉
52	1990	《桃花扇》	省昆	张弘、王海青	周世琮	徐学法
53	1990	《新蝴蝶梦》	上昆	陈西汀	沈斌	辛清华、李樑
54	1990	《甲申记》	上昆	唐葆祥	沈斌	顾兆琳、胡鹏飞
55	1992	《琵琶记》	北昆	郭汉城、谭志湘	李紫贵	傅雪漪
56	1992	《赵五娘》	省昆	朱喜	范继信	钱洪明
57	1992	《狮吼记》	上昆	刘广发、方家骥	周志刚	顾兆琳
58	1993	《牡丹亭》	浙昆	周世瑞、王奉梅	周世瑞	贺世忠、刘建宽
59	1994	《棋盘会》	北昆	黄励		樊步义

（续表）

序号	年份	剧目名称	排演机构	剧本整编	导　演	作曲/唱腔
60	1994	《嘉兴府》	北昆			
61	1994	《风筝误》	北昆	张虹君	张国泰	王城保
62	1994	交响版《牡丹亭》	上昆	唐葆祥	陈明正	金复载、顾兆琳
63	1995	《焚香记》	北昆	傅雪漪	张国泰	傅雪漪
64	1995	《绣襦记》	省昆	成进森	范继信	朱贵钰
65	1995	《牡丹亭·拾画记》	省昆	薛正康、胡忌	周志刚	
66	1995	《一捧雪》	上昆	唐葆祥	罗通明	辛清华、李樑
67	1996	《桃花扇》	省昆	张弘		
68	1997	《西厢记·猜寄》	湘昆		周仲春	李楚池
69	1997	《西厢记》	北昆	马少波	李紫贵	傅雪漪
70	1997	《风筝误》	省昆	周传瑛	吴继静	朱贵钰
71	1997	《牡丹亭》	中昆			
72	1997	《琵琶记》	中昆			
73	1998	全本《牡丹亭》	上昆		陈士争	
74	1999	《看钱奴》	省昆	苏卫东	周世琮、范继信、林继凡	孙建安
75	1999	《牡丹亭》（三本）	上昆	王仁杰	郭小男	辛清华、周雪华、李樑
76	1999	《况钟》	苏昆	陈其行	童薇薇	周友良
77	2000	《琵琶记》	北昆	郭汉城、谭志湘	丛兆桓	傅雪漪

(续表)

序号	年份	剧目名称	排演机构	剧本整编	导演	作曲/唱腔
78	2000	《荆钗记》	湘昆	范正明	周仲春、黄天博	李楚池、肖寿康、刘景荣、熊泉生
79	2000	《钗钏记》	苏昆		顾笃璜	
80	2000	《张协状元》	永昆	张烈	谢平安	
81	2000	两本《牡丹亭》	浙昆	古兆申	汪世瑜	周雪华
82	2000	《西园记》	浙昆	贝庚	汪世瑜	
83	2001	《钗钏记》	上昆	方家骥	沈斌	周雪华
84	2002	京昆合演《桃花扇》	上昆、上京	郭启宏	杨小青、宋捷	高一鸣、顾兆琳
85	2003	《宦门子弟错立身》	北昆	丛兆桓、王若皓、刘宇宸	丛兆桓、欧阳明	王大元
86	2003	《彩楼记》	湘昆	范正明、文忆萱	周世琮	岳瑾、肖寿康、刘景荣
87	2003	三本《长生殿》	苏昆	顾笃璜	顾笃璜	
88	2003	《朱买臣休妻》	苏昆		府剑萍	
89	2003	《杀狗记》	永昆	张烈	馀莅杭、林媚媚	
90	2003	《张协状元》	国戏			
91	2004	京昆合演《牡丹亭》	北昆	汤显祖	温如华	
92	2004	精华版《牡丹亭》	省昆	张弘	周世琮、王斌	
93	2004	《龙凤衫》	上昆	朱关荣	沈斌、沈矿	周雪华

（续表）

序号	年份	剧目名称	排演机构	剧本整编	导　演	作曲/唱腔
94	2004	青春版《牡丹亭》	苏昆	白先勇、华玮、张淑香、辛意云	汪世瑜、翁国生	周友良
95	2005	《小孙屠》	省昆	张烈	石玉昆	
96	2005	《邯郸梦》	上昆	王仁杰	谢平安、张铭荣	顾兆琳、李樑
97	2005	《绣襦记》	上昆	张欣、周志刚	周志刚	李樑
98	2005	《折桂记》	永昆	施小琴	谢平安	
99	2006	《百花公主》	北昆	王新纪	石宏图、叶红珠	王大元、姚昆宏
100	2006	《1699·桃花扇》	省昆	田沁鑫、老象	田沁鑫	孙建安、姜景洪
101	2007	厅堂版《牡丹亭》	普罗文化	贯涌	林兆华	
102	2007	《比目鱼》	湘昆	张烈	丛兆桓	刘振球、肖寿康、刘景荣
103	2007	《绿牡丹》	省昆	郭启宏	范继信	
104	2007	《长生殿》	省昆			
105	2007	全本《长生殿》	上昆	唐斯复	曹其敬	顾兆琳、李樑
106	2007	《琵琶记》	永昆	谭志湘	周志刚	
107	2008	大都版《西厢记》	北昆	王仁杰、胡明明、张蕾	郭小男	王大元、杨乃林、翁持更
108	2008	《浮生六梦》	省昆		范继信	
109	2008	菁萃版《牡丹亭》	上昆		沈斌	梁弘钧

序号	年份	剧目名称	排演机构	剧本整编	导演	作曲/唱腔
110	2008	印象版《南柯记》	上昆	张福海	郭宇、俞鳗文	梁弘钧
111	2008	偶像版《紫钗记》	上昆	唐葆祥	郭宇、张铭荣	周雪华
112	2008	《玉簪记》	上昆	陆兼之	秦锐生	辛清华
113	2008	《西园记》	浙昆	贝庚	汪世瑜	
114	2009	南京版《牡丹亭》	省昆			
115	2009	《寻亲记》	上昆、上戏	朱关荣	饶洪潮	顾兆琳
116	2009	新版《玉簪记》	苏昆	张淑香	翁国生	周雪华
117	2009	中日版《牡丹亭》	苏昆	吕福海	坂东玉三郎	
118	2009	花雅堂版《牡丹亭》	张军	张军	张军	
119	2009	《玉簪记》	昆博		饶洪潮	
120	2010	古戏台版《牡丹亭》	上海戏校	郭晨子	郑大圣	顾兆琳、李樑
121	2010	园林实景版《牡丹亭》	张军	张军	张军	谭盾
122	2010	《怜相伴》	北昆	王翔	关锦鹏	
123	2010	《续琵琶》	北昆	徐春兰	徐春兰	王大元、翁持更
124	2010	《蝴蝶梦》	省昆		刘异龙	
125	2010	《雷峰塔》	上昆	唐葆祥	沈斌、周启明	周雪华

（续表）

序号	年份	剧目名称	排演机构	剧本整编	导　演	作曲/唱腔
126	2010	《西厢记·红娘》	苏昆	汪世瑜	汪世瑜	孙建安
127	2010	《百花公主》	永昆		张玲弟	
128	2010	《连环记》	永昆		张玲弟	
129	2010	《十五贯》	浙昆	钱法成	沈斌	周雪华
130	2010	《临川梦影》	浙昆	周世瑞		周雪华
131	2011	《狮吼记》	上昆	唐葆祥	沈斌	周雪华
132	2011	《满床笏》	苏昆		顾笃璜	周雪华
133	2011	《乔小青》	浙昆	邹忆青	谢平安	周雪华
134	2011	《雷峰塔传奇》	浙昆	程伟兵、周玺	程伟兵	程峰
135	2011	实景版《牡丹亭》	苏昆	汪世瑜、吕福海		
136	2012	《荆钗记》	湘昆	李楚池	唐湘雄	李楚池、傅雪漪
137	2012	《白兔记》	湘昆	余懋盛	沈斌	张世铮、张咏亮
138	2012	《南柯梦》	省昆	王嘉明、杨汗如	王嘉明	
139	2012	《景阳钟》	上昆	周长赋	谢平安	顾兆琳、李樑
140	2012	《烂柯山》	上昆	陆兼之		顾兆琳
141	2012	《长生殿》	苏昆		蔡正仁、张静娴	
142	2012	《南西厢》	苏昆	汪世瑜	汪世瑜	孙建安

(续表)

序号	年份	剧目名称	排演机构	剧本整编	导演	作曲/唱腔
143	2012	《金印记》	永昆	张烈	徐春兰	
144	2012	《白兔记》	永昆		周志刚	
145	2012	《蝴蝶梦》	浙昆	周世瑞	林为林	程峰
146	2012	2012版《牡丹亭》		王安祈	李小平	
147	2013	《铁观图·观图》	省昆	张弘		
148	2013	《白蛇传》	苏昆	王炎	俞珍珠、汪世瑜	周友良
149	2013	青春版《张协状元》	永昆	张烈	张铭荣	
150	2013	《一捧雪》	永昆	唐葆祥	沈斌、沈矿	黄光利
151	2013	《奈何天》	浙昆	王世瑶、虞晶	王世瑶、程伟兵	程峰
152	2013	摘锦版《西厢记》	北昆	胡明明、张蕾	朱雅	王大元
153	2014	大都版《牡丹亭》	北昆	王仁杰	曹其敬、徐春兰	王大元、董为杰
154	2014	《白兔记》	北昆	刘建军	刘巍	王大元
155	2014	《五人义》	北昆	王德林	王德林	张芳菲
156	2014	天香版《牡丹亭》	湘昆	苏雪安	沈矿	钱洪明
157	2014	《红娘》	苏昆	梁谷音	梁谷音、吕福海	
158	2014	《白兔记》	苏昆			

（续表）

序号	年份	剧目名称	排演机构	剧本整编	导演	作曲/唱腔
159	2014	永嘉版《牡丹亭》	永昆		范敬信	
160	2014	《墙头马上》	永昆		张玲弟	
161	2014	御庭版《牡丹亭》	浙昆	周世瑞	林为林	周雪华
162	2014	《红梅记》	浙昆	张静	石玉昆	周雪华
163	2015	吴风版《牡丹亭》	兰芽	冷桂军、朱立明	吕福海	
164	2015	《醉打蒋门神》	上昆	吴双、俞霞婷	赵磊	李琪
165	2015	《赠书记》	永嘉	张烈	张树勇	周雪华
166	2015	《水泊记·阎惜娇》		杨晓勇	诸铭	
167	2016	新版《白罗衫》	苏昆	张淑香	岳美缇	周雪华
168	2016	《紫钗记》	浙昆	古兆申	沈斌	周雪华
169	2016	《望乡》	北昆	王悦阳	俞鳗文	周雪华
170	2016	《四声猿·翠乡梦》	上戏	张静	马俊丰	高均

新 编 古 代 戏

序号	年份	剧目名称	排演机构	编剧	导演	作曲/唱腔
1	1979	《关汉卿》	省昆	朱喜	范继信	
2	1979	《假婿乘龙》	上昆	顾文苟	李进	辛清华、姜少奇

(续表)

序号	年份	剧目名称	排演机构	编 剧	导 演	作曲/唱腔
3	1979	《包公赔情》	上昆	王祖鸿	李进	沈利群
4	1979	《孙悟空三打白骨精》	上昆	陆兼之	俞仲英、李仲林	姜少奇、顾兆琳
5	1979	《春江琴魂》	北昆	石湾、谭志湘	周仲春	樊步义
6	1979	《李慧娘》	省昆	徐子权、范继信		
7	1979	《三请樊梨花》	永昆		张仁杰	朱璧金
8	1979	《百花公主》	永昆	唐湜		
9	1980	《血溅美人图》	北昆	陈奔、涤新、习诚、王亘、肇桓	马祥麟、丛兆桓	陆放
10	1980	《双按院》	北昆	王为	周仲春	樊步义
11	1980	《吕后篡国》	省昆	吴白陶	刘卫国	钱洪明、戴培德、宋平
12	1980	《红娘子》	上昆	陆兼之、朱关荣	李进	辛清华
13	1980	《贵人魔影》	上昆	陆兼之	秦锐生	顾兆琳
14	1980	《雷州盗》	上昆	唐葆祥、刘明今、刘广发	钟志	姜少奇、胡鹏飞
15	1980	《同心结》	浙昆	陈静、西泠	王瑗	张世铮、杨才子
16	1980	《孔雀胆》	浙昆	洛地、潘为民	周世瑞、王世菊、王世瑶	
17	1981	《哪吒闹海》	北昆	刘毅	徐志良、戴祥琪	王大元

（续表）

序号	年份	剧目名称	排演机构	编 剧	导 演	作曲/唱腔
18	1981	《花烛泪》	上昆	刘明今	李进	辛清华、胡鹏飞、顾炳泉
19	1981	《济公三戏花太岁》	上昆	王祖鸿	秦锐生	顾兆琳、张鸿翔、顾炳泉
20	1981	《唐太宗》	上昆	陆兼之、方家骥	胡思庆	傅雪漪、辛清华等
21	1981	《钗头凤》	上昆	郑拾风	李进	辛清华、庄德淳
22	1981	《杨贵妃》	浙昆	陈静	王瑗	杨子才
23	1981	《哪吒》	江苏戏校	顾聆森、李宝橄	杨盛鸣	
24	1981	《雪里梅》	浙昆	钱章平	张世玲	
25	1982	《李太白与杨贵妃》	省昆	姚继焜	刘卫国	钱洪明、许晓明
26	1982	《宗泽交印》	北昆	汪曾祺、刘毅	周仲春	王大元
27	1982	《燕青卖线》	上昆		方传芸	辛清华
28	1982	《枯井案》	上昆	刘广发、唐葆祥	罗通明	姜少奇
29	1983	《浮沉记》	浙昆	尤文贵、李冰	汪世瑞、王世菊、周世瑞	杨子才
30	1983	《贵人魔影》	永昆		周志刚	
31	1983	《白蛇后传》	上昆	刘明今	周启明、沈斌、岳美缇	顾兆琳
32	1984	《三夫人》	北昆	阿甲	阿甲	许晓明
33	1984	《村姑小姐》	北昆	郭启宏	傅成兰	陆放

（续表）

序号	年份	剧目名称	排演机构	编 剧	导 演	作曲/唱腔
34	1984	《唐伯虎传奇》	省昆	张弘	刘静杰	徐学法
35	1984	《岳雷招亲》	省昆	傅雪漪		
36	1984	《小罗成》	上昆	方家骥	周启明、沈斌	姜少奇、顾炳泉
37	1984	《公堂审狗》	上昆	刘广发	李进	
38	1984	《沉香救母》	上昆			
39	1985	《梁红玉》	上昆			
40	1985	《苏仙岭传奇》	湘昆	余懋盛、范舟	郝鸣超	傅雪漪、李楚池
41	1985	《水牢摸印》	省昆	胡忌	沈永泉	朱贵玉
42	1985	《伏波将军》	浙昆	陈正国	王瑷、张善麟、周三叟	
43	1986	《青石山》	北昆			
44	1987	《南唐遗事》	北昆	郭启宏	夏淳、丛兆桓	陆放
45	1987	《三上西天》	北昆	陈奔、张虹君	石宏图	樊步义、李绍庭
46	1987	《一天太守》	湘昆	陈维国、彭德馨	郝鸣超、唐湘音	李楚池
47	1987	《洗浮山》	省昆			
48	1987	《血手记》	上昆	郑拾风	李家耀 沈斌 张铭荣	沈利群 顾兆琳
49	1989	《伐子都》	省昆			
50	1989	《白罗衫》	省昆	张弘	周世琮	
51	1990	《雾失楼台》	湘昆	余懋盛、陈健秋	孙金云	李楚池

（续表）

序号	年份	剧目名称	排演机构	编 剧	导 演	作曲/唱腔
52	1990	《血冤》	省昆	刘葆云、汪琴	孔凡中、周世琮	徐学法
53	1991	《富贵图》	上昆	曲润海	沈斌	顾兆琳
54	1991	《楚人隐形》	上昆	唐葆祥	成志雄	顾兆琳
55	1991	《无盐传奇》	上昆	唐葆祥	沈斌	顾兆琳、李樑
56	1991	《婉容》	上昆	梁谷音	梁谷音	顾兆琳
57	1992	《海力布》	玉山小学	朱关荣	王士杰	许明生
58	1993	《上灵山》	上昆	朱关荣	沈斌、周志刚、魏芙	顾兆琳
59	1994	《三战张月娥》	上昆			
60	1993	《寻太阳》	浙昆	仲夏、张咪咪、翁瑶渭、沈治平	夏仲廉	周雪华
61	1994	《夕鹤》	北昆	向井方树、张虹君	夏淳	陆放、戴颐生
62	1995	《司马相如》	上昆	郭启宏	苏民	辛清华、周雪华
63	1995	《水淹七军》	北昆	王亘、陈奔	郝鸣超	王大元、何玉衡
64	1996	《四杰村》	上昆			
65	1996	《火烧裴元庆》	北昆			
66	1996	《闹龙宫》	北昆			
67	1996	《偶人记》	北昆	陈健秋	曹其敬	樊步义、何毓衡

(续表)

序号	年份	剧目名称	排演机构	编 剧	导 演	作曲/唱腔
68	1996	《少年游》	浙昆	杨小青、周世瑞、陶波		周雪华
69	1997	《顾曲周郎》		薛正康	周志刚	顾兆琳
70	1999	《琵琶行》	上昆	王仁杰	黄蜀芹	董为杰、李樑
71	2001	《贵妃东渡》	北昆	张永和、陈健秋	曹其敬、徐春兰	叶小纲、王大元
72	2001	《班昭》	上昆	罗怀臻	杨小青	顾兆琳、李樑
73	2003	《妙玉与宝玉》	上昆	陈西汀	高璇	
74	2004	《一片桃花红》	上昆	罗怀臻	张曼君	顾兆琳、周雪华
75	2005	《西施》	苏昆	郭启宏	杨小青	
76	2005	《公孙子都》	浙昆	张烈	石玉昆	周雪华
77	2006	《湘水郎中》	湘昆	张烈	黄天博	肖寿康、刘振球
78	2007	《关汉卿》	北昆	王新纪、王仲德	徐春兰	王大元、朱绍玉
79	2007	《徐九经升官记》	浙昆		谢平安	周雪华
80	2008	《紫钗记》	上昆	唐葆祥	郭宇、张铭荣	周雪华
81	2009	《梁山伯与祝英台》	省昆	曾永义	范继信	孙建安
82	2009	《红泥关》	浙昆		石玉昆	周雪华
83	2010	《临川四梦汤显祖》	省昆	张弘	胡恩威	
84	2010	《宫祭》	进念	张弘	胡恩威	

序号	年份	剧目名称	排演机构	编 剧	导 演	作曲/唱腔
85	2010	《我的浣纱记》	省昆	张弘	范继信	孙建安
86	2011	《红楼梦》（上下）	北昆	王旭烽	曹其敬、徐春兰	王大元、董为杰
87	2011	《红楼梦》（折子戏）	省昆	张弘	石小梅等	孙建安
88	2012	《319·回首紫禁城》	省昆	袁伟	杨阳	
89	2012	《十面埋伏》	浙昆	徐梦	石玉昆	周雪华
90	2012	《琥珀匙》	浙昆	余青峰、赵珏玎	谢平安	周雪华
91	2012	《未生怨》	浙昆	林为林	林为林	周雪华
92	2013	《大明太子》	北昆	方彤彤、许洁	方彤彤、刘巍	王大元
93	2013	《烟锁宫楼》	上昆	王安祈	李小平	周雪华
94	2013	《解怨记》	浙昆	林为林	林为林	周雪华
95	2013	《范蠡与西施》	浙昆	洪惟助	沈斌	周雪华
96	2014	《影梅庵忆语：董小宛》	北昆	罗怀臻	曹其敬、徐春兰	顾兆琳、汝金山
97	2014	《大将军韩信》	浙昆	黄先钢	沈斌	周雪华、程峰
98	2014	《无怨道》	浙昆	林为林	林为林	周雪华
99	2014	《宝黛红楼》	上戏	西岭雪	郭宇	顾兆琳
100	2014	《川上吟》	上昆	吕育忠	李利宏、张铭荣	顾兆琳
101	2015	《春江花月夜》	张军	罗周	李小平	孙建安
102	2015	《李清照》	北昆	郭启宏	沈斌	周雪华

（续表）

序号	年份	剧目名称	排演机构	编剧	导演	作曲/唱腔
103	2015	《湘妃梦》	湘昆	陈平	于少非	钱洪明、许晓明
104	2015	《图雅雷玛》	北昆	王焱	裴福林	王大元
105	2015	《曲圣魏良辅》	省昆	曾永义	周世琮、朱雅	孙建安
106	2015	《嵇康打铁》	上昆	俞霞婷	沈矿、张崇毅	张咏亮
107	2015	《宝玉与妙玉》	上昆	陈西汀	倪广金	周雪华
108	2015	《夫的人》	上昆	余青峰	俞鳗文	顾兆琳
109	2016	《孔子之入卫铭》	北昆	罗周	曹斯敬、徐春兰	王大元、董为杰
110	2016	《四声猿·翠乡梦》	上戏	张静	马俊丰	高均
111	2016	《醉心花》	省昆	罗周	李小平	迟凌云
112	2016	《我，哈姆雷特》	张军	罗周	李小平	顾兆琳
113	2016	《椅子》	上昆	俞霞婷	倪广金	孙建安

现 代 戏

序号	年份	剧目名称	排演机构	编剧	导演	作曲/唱腔
1	1978	《春满沧江》	上昆	刘明今	方传芸	辛清华
2	1978	《难忘的一天》	浙昆	沈祖安	周传瑛	
3	1979	《智闯乌龙沙》	上昆	唐葆祥	集体导演	姜少奇

（续表）

序号	年份	剧目名称	排演机构	编 剧	导 演	作曲/唱腔
4	1979	《飞马追踪》	上昆	罗通明	周启明	姜少奇
5	1979	《春花的婚礼》	上昆	刘明今	邱奂、刘杰	辛清华
6	1979	《燕归来》	上昆	张汀、陆兼之、陆伦章	刘异龙	顾兆琳
7	1981	《人情线》	浙昆		周传瑛、沈传锟	张世铮
8	1981	《共和之剑》	北昆	丛兆桓、洪雪飞、贺永祥	周仲春	陆放
9	1981	《鉴湖女侠》	北昆	冬苗	刘卫国	钱洪明、许晓明、戴培德
10	1982	《金银梭》	北昆	陈智、高辑、崔洁	崔洁	樊步义
11	1991	《两岸情》	上昆	方家骧	沈斌	辛清华
12	1991	《嘉富村琐事》	永昆	张烈、黄世钰、李冰	杨柯、叶德远	潘好男、黄光利
13	1996	《都市寻梦》	北昆	褚铭	杨关兴	
14	2003	《伤逝》	上昆	张静	钱正	梁弘钧、周雪华
15	2008	《1428》	北昆	顾聆森	柯军	孙建安
16	2010	《陶然情》	北昆	张蕾、胡明明	顾威、方彤彤	王大元
17	2011	《旧京绝唱》	北昆	曹路生	汪遵熹	王大元
18	2013	《爱无疆》	北昆	王焱	方彤彤	王大元、戴颐生
19	2013	《仰望星空》	北昆	曹路生	方彤彤	王大元
20	2016	《飞夺泸定桥》	北昆	刘敏庚	凌金玉、方彤彤 蔡晓龙、杨帆	王大元

实 验 作 品

序号	年份	剧目名称	排演机构	文本/创作概念	导 演	演 出
1	2002	《弗洛伊德寻找中国情与事》	进念	荣念曾	荣念曾、胡恩威	石小梅
2	2003	《我爱宋词之好风如水》	进念		荣念曾	石小梅、许茹芸、潘迪华
3	2004	《余韵》	省昆	柯军	柯军	柯军
4	2004	《浮士德》	进念	荣念曾	柯军、松岛诚	柯军、李鸿良、刘磊
5	2004	《奔》	进念	荣念曾	荣念曾	柯军
6	2006	《藏》（又名《藏·奔》）	省昆	柯军	柯军	柯军
7	2008	《朱鹮的故事》	世博会日本馆		荣念曾、佐藤信	中日两国演员
8	2008	《西游荒山泪》	进念	荣念曾	荣念曾	石小梅、蓝天、董洪
9	2009	《夜奔》	进念	荣念曾	荣念曾、柯军	柯军、孙晶
10	2009	《录鬼簿》	进念	荣念曾	荣念曾	柯军、沙多诺·库斯摩、柏蒂娜华狄、李宝春
11	2010	《舞台姐妹》	进念	荣念曾	荣念曾	石小梅、胡锦芳、孔爱萍、李雪梅、孙伊君、何秀萍

序号	年份	剧目名称	排演机构	文本/创作概念	导　演	演　出
12	2013	《坐井》	进念	荣念曾	荣念曾	杨阳、朱虹、孙晶等九人
13	2013	《无边》	进念	荣念曾	荣念曾	柯军、松岛诚、潘德恕、Manop Meejamrat 等
14	2013	《大梦》	进念	荣念曾	荣念曾	石小梅、龚隐雷、朱虹、孙伊君、钱秀莲
15	2014	《观天》	进念	荣念曾	荣念曾	杨阳、朱虹、孙晶、徐思佳、曹志威等九人

说明：
表中部分排演机构缩写的全称如下：
中昆：中国昆剧艺术团
国戏：中国戏曲学院
上戏：上海戏剧学院
上海戏校：上海市戏曲学校
江苏戏校：江苏省戏剧学校
玉山小学：江苏省昆山市玉山小学
昆博：中国昆曲博物馆
兰芽：苏州市兰芽昆曲艺术剧团
进念：香港"进念·二十面体"
张军：上海张军昆曲艺术中心
普罗文化：北京普罗文化传播有限公司

参考文献

一、作 品 类

［明］毛晋编:《六十种曲》(1—12 册),中华书局,2013 年

［清］钱德仓编选、汪协如校点:《缀白裘》,中华书局,2005 年

［元］王实甫:《西厢记》,人民文学出版社,1995 年

［明］汤显祖:《牡丹亭》,人民文学出版社,1963 年

［清］洪昇:《长生殿》,人民文学出版社,1983 年

［清］孔尚任:《桃花扇》,人民文学出版社,1959 年

朱恒夫编:《后六十种曲》(1—10 册),复旦大学出版社,2013 年

王季思主编:《中国十大古典悲剧集》,上海文艺出版社,1982 年

钱南扬点校:《永乐大典戏文三种校注》,中华书局,2009 年

徐朔方笺校:《汤显祖全集》(全四册),北京古籍出版社,1999 年

钱南扬注释:《汤显祖戏曲集》(上下册),上海古籍出版社,
 2010 年

王文章主编:《兰苑集萃:五十年中国昆剧演出剧本选》,文化
 艺术出版社,2000 年

全国政协京昆室编：《中国昆曲精选剧目曲谱大成》(1—7卷)，
　　上海音乐出版社，2004年

北方昆曲剧院、中国昆剧研究会合编：《新缀白裘：北昆专集》，
　　华龄出版社，1997年

郭启宏：《郭启宏文集：戏剧编》(全五册)，文化艺术出版社，
　　2006年

张弘：《寻不到的寻找——张弘话戏》，中华书局，2013年

王仁杰：《三畏斋剧稿》(增订本)，中国戏剧出版社，2012年

罗怀臻：《罗怀臻戏剧文集》(全六册)，上海人民出版社，2008年

张烈：《张烈剧作选》，中国戏剧出版社，2000年版，

唐斯复主编：《长生殿：中英文演出剧本》，上海文艺出版社，
　　2008年

二、工具书、戏曲志与年鉴

王永敬主编：《昆剧志》，上海文化出版社，2015年

吴新雷主编：《中国昆剧大辞典》，南京大学出版社，2002年

洪惟助主编：《昆曲辞典》，(台湾)"国立"传统艺术中心，2006年

方家骥、朱建明主编：《上海昆剧志》，上海文化出版社，1998年

李楚池编撰：《湘昆志》，载《湖南地方戏剧志》，湖南文化出版
　　社，1990年

王守泰主编：《昆曲曲牌及套数范例集》(南套)，上海文艺出版
　　社，1994年

王守泰主编：《昆曲曲牌及套数范例集》(北套)，学林出版社，
　　1997年

高福民、周秦主编：《中国昆曲论坛》(系列)，古吴轩出版社

朱栋霖主编：《中国昆曲年鉴》(2012)，苏州大学出版社，2012年

朱栋霖主编：《中国昆曲年鉴》(2013)，苏州大学出版社，2013 年

朱栋霖主编：《中国昆曲年鉴》(2014)，苏州大学出版社，2014 年

三、专 著 类

1.戏剧理论、戏剧史

叶长海：《中国戏剧学史稿》，中国戏剧出版社，2005 年

董健、胡星亮编：《中国当代戏剧史稿(1949—2000)》，中国戏剧
出版社，2008 年

傅谨：《新中国戏剧史(1949—2000)》，湖南美术出版社，2002 年

余从、王安葵：《中国当代戏曲史》，学苑出版社，2005

何玉人：《新时期中国戏曲创作概论》，文化艺术出版社，2005 年

高义龙、李晓：《中国戏曲现代戏史》，上海文化出版社，1999 年

胡忌、刘致中：《昆剧发展史》，中华书局，2012 年

王丽梅：《古韵悠扬水磨腔：昆曲艺术的流变》，浙江大学出版
社，2006 年

顾笃璜：《昆剧史补》，江苏古籍出版社，1987 年

顾笃璜：《关于苏州昆剧工作的思考》，《兰蕙齐芳》第二辑(内部
资料)，江苏省昆剧研究会、苏州市文联艺术指导委员会 2001
年编印

顾笃璜：《苏剧昆剧沉思录》，古吴轩出版社，2004 年

陆萼庭：《昆剧演出史稿》，上海教育出版社，2006 年

陆萼庭：《清代戏曲与昆剧》，中华书局，2014 年

杨守松：《昆曲之路》，人民文学出版社，2009 年

徐宏图：《浙江昆剧史》，中国社会科学出版社，2012 年

沈沉：《永嘉昆曲》，浙江摄影出版社，2008 年

谭志湘、刘文华：《永嘉昆曲十年》，中国戏剧出版社，2011 年

洛地:《词乐曲唱》,人民音乐出版社,1995 年

郑西村:《昆曲音乐与填词》,学海出版社,2000 年

施德玉:《板腔体与曲牌体》,台北"国家出版社",2010 年

陈芳:《昆剧的表演与传承》,台北"国家出版社",2010 年

顾笃璜、管骅:《昆剧舞台美术初探》,台北"国家出版社",
　　2010 年

洪惟助:《昆曲宫调与曲牌》,台北"国家出版社",2002 年

王安葵、何玉人:《昆曲创作与理论》,春风文艺出版社,2005 年

熊姝、贾志刚:《昆曲表演艺术论》,春风文艺出版社,2005 年

俞为民:《昆曲格律研究》,南京大学出版社,2009 年

王宁:《昆剧折子戏叙考》,黄山书社,2011 年

王宁:《昆剧折子戏研究》,黄山书社,2013 年

陈多:《戏曲美学》,四川人民出版社,2001 年

顾笃璜:《昆剧表演艺术论》,上海文化出版社,2014 年

朱恒夫:《昆曲美学纲要》,上海文化出版社,2014 年

李晓:《昆曲文学概论》,上海文化出版社,2014 年

顾兆琳:《昆剧曲学探究》,中西书局,2015 年

丁修询:《昆曲表演学》,江苏凤凰教育出版社,2016 年

曹路生:《国外后现代戏剧》,江苏美术出版社,2002 年

2. 艺术家访谈、传记与评论集

洪惟助主编:《昆曲演艺家、曲家及学者访问录》,台北"国家出
　　版社",2002 年

郑培凯主编:《春心无处不飞悬——张继青艺术传承记录》,北
　　京大学出版社,2013 年

郑培凯主编:《依旧是水涌山叠——侯少奎艺术传承记录》,北
　　京大学出版社,2013 年

徐凌云:《昆剧表演一得》,古吴轩出版社,2009 年

王传淞口述：《丑中美——王传淞谈艺录》，上海文艺出版社，1987 年

华传浩口述：《我演昆丑》，上海文艺出版社，1961 年

周传瑛口述：《昆剧生涯六十年》，上海文艺出版社，1988 年

胡忌编：《郑传鉴及其表演艺术》，河海大学出版社，1994 年

桑毓喜：《幽兰雅韵赖传承：昆剧"传"字辈评传》，上海古籍出版社，2010 年

王家熙、许寅整理：《俞振飞艺术论集》，上海文艺出版社，1985 年

唐葆祥：《俞振飞传》，上海文艺出版社，1997 年

唐葆祥：《清风雅韵播千秋——俞振飞评传》，上海古籍出版社，2010 年

费三金：《俞振飞传》，上海文化出版社，2011 年

郭宇主编：《俞栗庐俞振飞研究》，中西书局，2013 年

王蕴明主编：《荣庆传铎》，华龄出版社，1997 年

刘静：《韩世昌与北方昆曲》，河北教育出版社，2010 年

侯玉山：《优孟衣冠八十年》，宝文堂书店出版，1988 年

丁修询：《笛情梦边——记张继青的艺术生活》，江苏文艺出版社，1991 年

朱禧、姚继焜：《青出于兰：张继青昆曲五十五年》，文化艺术出版社，2009 年

中国昆剧研究会编：《张继青表演艺术》，江苏人民出版社，1993 年

陈均：《仙乐缥缈：李淑君评传》，上海古籍出版社，2011 年

陈均：《义兼崇雅 终朝采兰——丛兆桓评传》，上海古籍出版社，2011 年

顾聆森：《奔向夜黎明——柯军评传》，上海古籍出版社，2011 年

沈沉：《昆坛瓯韵：永嘉昆剧人物》，上海古籍出版社，2011 年

谢柏梁、钮君怡：《雅部正音 官生魁首：蔡正仁传》，上海古籍出版社，2012 年

胡明明：《月下花神言极丽——蔡瑶铣传》，上海古籍出版社，2013 年

王悦阳：《画梁软语 梅谷清音——梁谷音评传》，上海古籍出版社，2014 年

岳美缇：《巾生今世：岳美缇昆曲五十年》，文化艺术出版社，2008 年

梁谷音：《我的昆曲世界：梁谷音画传》，上海百家出版社，2009 年

张泓：《大武旦：王芝泉》，上海人民出版社，2012 年

胡明明、侯少奎：《大武生：侯少奎昆曲五十年》，文化艺术出版社，2007 年

蔡正仁口述、王悦阳整理：《风雅千秋：蔡正仁昆曲官生表演艺术》，上海文化出版社，2014 年

范继信口述、彭剑飙整理：《菊坛一甲子》，中国戏剧出版社，2017 年

吕林、罗拉拉：《怕——柯军多元艺术探索》，中国戏剧出版社，2013 年

徐国强、朱栋霖主编：《苏州艺术家研究——王芳卷》，上海三联书店，2011 年

刘庆、朱锦华主编：《海上兰苑》，上海远东出版社，2012 年

郭小男：《观/念：关于戏剧与人生的导演报告》，上海文艺术出版社/上海锦绣文章出版社，2010 年

田沁鑫：《田沁鑫的戏剧场》，北京大学出版社，2010 年

荣念曾：《中国是个大花园——荣念曾剧场艺术》，E＋E 进念二

十面体,2009 年

胡恩威主编:《荣念曾:实验中国 实现剧场》,(香港)城邦出版
　　集团有限公司,2010 年

3. 作品评论集

龚和德、毛时安主编:《守望者说——昆剧〈班昭〉文集》,上海辞
　　书出版社,2003 年

中国戏曲学会编:《昆剧〈张协状元〉评论集》,中国戏剧出版社,
　　2004 年

刘祯主编:《古腔新韵——北昆〈宦门子弟错立身〉评论文集》,
　　中国戏剧出版社,2006 年

叶长海主编:《长生殿:演出与研究》,上海文艺出版社,2009 年

江苏省演艺集团编:《1699·桃花扇:中国传奇巅峰》,江苏美
　　术出版社,2007 年

白先勇主编:《牡丹还魂》,台北时报文化出版企业股份有限公
　　司,2004 年

白先勇主编:《姹紫嫣红〈牡丹亭〉——四百年青春之梦》,广西
　　师范大学出版社,2004 年

白先勇主编:《姹紫嫣红开遍:青春版〈牡丹亭〉巡演纪实》,台
　　北天下远见出版股份有限公司,2005 年

白先勇主编:《圆梦:白先勇与青春版〈牡丹亭〉》,花城出版社,
　　2006 年

白先勇主编:《云心水心〈玉簪记〉:琴曲书画昆曲新美学》,人
　　民文学出版社,2011 年

傅谨主编:《白先勇与青春版〈牡丹亭〉》,中央编译出版社,
　　2014 年

谢柏梁、高福民主编:《千古情缘:〈长生殿〉国际学术研讨会论
　　文集》,上海古籍出版社,2007 年

郑培凯主编：《汪世瑜谈青春版〈牡丹亭〉的创作》，北京大学出版社，2013 年

叶长海主编：《牡丹亭：案头与场上》，上海三联书店，2008 年

陆炜：《〈雷雨〉和〈牡丹亭〉：剧本与演出》，南京大学出版社，2013 年

4. 文集、资料汇编

曾永义：《曾永义学术论文自选集》，中华书局，2008 年

洪惟助：《昆曲研究资料索引》，台北"国家"出版社，2002 年

吴新雷编著：《插图本昆曲史事编年》，上海古籍出版社，2015 年

郑培凯、赵天为主编：《文苑奇葩汤显祖：中国戏曲艺术研讨会论文集》，广西师范大学出版社，2012 年

郑培凯、赵天为主编：《袅晴丝吹来闲庭院：昆曲与非物质文化传承国际研讨会论文集》，广西师范大学出版社，2012 年

贾志刚主编：《当代戏曲导演论文集》，中国戏剧出版社，2012 年

刘祯主编：《北方昆曲论集》，文化艺术出版社，2009 年

古兆申：《长言雅音论昆曲》，三联书店，2013 年

古苍梧：《古苍梧集》，生活·读书·新知三联书店，2003 年

徐永明、陈赟主编：《英语世界的汤显祖研究论著选译》，浙江古籍出版社，2013 年

四、期 刊 论 文

董健：《中国戏剧现代化的艰难历程——20 世纪中国戏剧回顾》，《文学评论》1998 年第 1 期

董健：《现代意识与民族戏曲——回答安葵、傅谨先生的批评》，《戏曲研究》2002 年第 3 期

傅谨：《三十年戏曲创作的现代性追求及得失》，《文艺研究》

2009 年第 5 期

吕效平:《论"现代戏曲"》,《戏剧艺术》2004 年第 1 期

吕效平:《再论"现代戏曲"》,《戏剧艺术》2005 年第 1 期

吕效平:《论现代戏曲的戏曲性》,《戏剧艺术》2008 年第 1 期

李伟:《中国戏曲现代化的理论与实践、历史与现状刍议》,《艺术评论》2013 年第 7 期

俞为民:《昆曲的现代性发展之可能性研究》,《艺术百家》2009 年第 1 期

艾立中:《新编历史昆剧的现代化追求》,《中国戏剧》2004 年第 6 期

吴新雷:《当今昆曲艺术的传承与发展——从苏昆"青春版"〈牡丹亭〉到上昆"全景式"〈长生殿〉》,《文艺研究》2009 年第 6 期

邹元江:《对"戏曲导演制"存在根据的质疑》,《戏剧》2005 年第 1 期

李晓:《南昆表演艺术的体系及其创造法则》,《艺术百家》1998 年第 3 期

顾笃璜:《人物分类、演员分行及表演艺术之传承述略——昆剧传统表演艺术初探之一》,《艺术百家》2008 年第 5 期

顾笃璜:《昆剧价值的再认识——保存与创新的对话》,《艺术百家》1988 年第 1 期

栾冠桦:《砌末研究》,《文艺研究》1982 年第 6 期

傅谨:《程式与现代戏的可能性》,《艺术百家》1999 年第 4 期

徐扶明:《全本戏简论》,《戏曲艺术》1992 年第 4 期

李昌集:《戏曲写作与戏曲体演变——古代戏曲史一个冷视角探论》,《文艺理论研究》2014 年第 6 期

吴新雷、白先勇:《中国和美国:全球化时代昆曲的发展》,《文艺研究》2007 年第 3 期

周秦：《昆曲：遗产价值的认识深化与传承实践——兼论苏州大学白先勇昆曲传承计划》，《苏州大学学报》2012 年第 1 期

周秦：《论昆曲舞台表演艺术的写意性原则》，《艺术百家》2003 年第 2 期

夏写时：《谈〈牡丹亭〉的改编问题》，《戏剧艺术》1983 年第 1 期

陆树崙、李平《〈牡丹亭〉的改编演出和现实意义》，《上海戏剧》1982 年第 5 期

朱栋霖：《论青春版〈牡丹亭〉现象》，《文学评论》2006 年第 6 期

赵天为：《〈牡丹亭〉在当代戏曲舞台》，《东南大学学报》（哲社版）2013 年第 4 期

李晓：《昆剧名著改编的美学追求——改编〈长生殿〉的一点感想》，《艺术百家》1994 年第 4 期

唐葆祥、李晓：《让古典名剧复活在舞台上——关于昆剧〈长生殿〉的改编》，《戏剧艺术》1990 年第 1 期

傅谨：《全本〈长生殿〉与上昆的意义》，《艺术评论》2008 年第 1 期

张辰鸿：《回望传统 关照时下——论上昆重构本〈长生殿〉对昆曲活态传承的价值》，《上海戏剧》2013 年第 3 期

郑传寅：《新编昆剧〈公孙子都〉斠律》，《戏曲艺术》2009 年 2 期

罗怀臻：《当代戏曲历史剧创作之我见》，《中国戏剧》2009 年第 4 期

郭启宏：《我所理解的历史剧》，《剧本》1997 年第 1 期

郭启宏：《历史剧创作之我见——中青年编剧读书班讲课提纲》，《剧本》2012 年 5 期

郭启宏：《传神史剧论》，《剧本》1988 年 2 期

郭晨子：《文人精神与人文精神：论郭启宏的新编历史剧》，《安徽新戏》1997 年第 2 期

施德玉:《大陆新编昆剧的危机——第三届中国昆剧艺术节观后》,《福建艺术》2006年第6期

白先勇:《昆曲新美学——从青春版〈牡丹亭〉到新版〈玉簪记〉》,《艺术评论》2010年第3期

戴平:《昆曲能不能演现代戏》,《上海戏剧》2004年第3期

傅谨:《现代戏的陷阱》,《福建艺术》2001年第3期

周好璐:《炼恋昆曲现代戏〈陶然情〉》,《福建艺术》2012年第3期

马骅:《北方昆曲剧院现代戏之研究——以1958年版〈红霞〉和2011年版〈陶然情〉为例》,《戏曲艺术》2013年S1期(增刊)

孙书磊:《"新概念昆曲"简论》,《艺苑》2009年第4期

傅谨:《跨界的界限:以荣念曾的戏剧创作为中心》,《南方文坛》2011年第1期

沈斌:《回归本体是戏曲创新的根本(上)——论戏曲的创新性与本体性》,《上海戏剧》2016年第3期

沈斌:《回归本体是戏曲创新的根本(下)——论戏曲的创新性与本体性》,《上海戏剧》2016年第4期

五、学 位 论 文

刘淑丽:《牡丹亭接受研究》,南京大学2003年博士学位论文

管骍:《剧舞台美术源流考》,苏州大学2006年博士学位论文

朱锦华:《〈长生殿〉演出史研究》,上海戏剧学院2007年博士学位论文

朱俊玲:《昆曲在北方的流传与发展》,中国艺术研究院2007博士学位论文

柯凡:《昆曲在当代的传承和发展》,中国艺术研究院2008年博

士学位论文

蒯卫华:《昆曲商调曲牌曲腔关系研究》,中国艺术研究院 2008
年博士学位论文

轩蕾蕾:《新时期昆剧学术史论》,中国艺术研究院 2010 年博士
学位论文

朱小珍:《"红楼"戏曲演出史稿》,上海戏剧学院 2010 年博士学
位论文

朱夏君:《二十世纪昆剧研究》,上海戏剧学院 2012 年博士学位
论文

张继超:《昆剧丑脚研究》,中国艺术研究院 2014 年博士学位
论文

金鸿达:《〈牡丹亭〉在昆曲舞台上的流变》,上海戏剧学院 2001
年硕士学位论文

费泳:《论〈牡丹亭〉的二度创作——沪、台、美三地〈牡丹亭〉演
出之比较》,上海戏剧学院 2006 年硕士学位论文

程晶:《昆曲〈牡丹亭〉的审美文化透视》,山东师范大学 2008 年
硕士学位论文

祁鹏:《论昆曲青春版〈牡丹亭〉对传统昆曲的革新与发展》,河
北大学 2009 年硕士学位论文

陈梅:《昆剧传统剧目服饰形制解析》,东华大学 2009 年硕士学
位论文

郑少华:《一戏多格——试论昆曲〈牡丹亭〉导演的美学追求》,
中国戏曲学院 2010 年硕士学位论文

宦宗洁:《昆曲〈牡丹亭〉表演艺术研究——活于字词歌舞间的
杜柳人物形象》,中国戏曲学院 2010 年硕士学位论文

王耕耘:《传统昆剧院团的新时代生存与发展——以江苏省昆
剧院为例》,南京艺术学院 2011 年硕士学位论文

杨樾:《〈牡丹亭〉的现代跨文化制作——以〈牡丹亭〉在美国的舞台二度创作为例》,苏州大学 2012 年硕士学位论文

曾创创:《〈牡丹亭〉原著与"青春版"比较研究》,湖南大学 2012 年硕士学位论文

朱政:《〈公孙子都〉的创作历程探微》,中国艺术研究院 2012 年硕士学位论文

冷桂军:《昆曲表演艺术的形式特征》,苏州大学 2002 年硕士学位论文

罗殷:《湘地的昆曲——以湖南省昆剧团之湘昆为例》,中央音乐学院 2012 年硕士学位论文

后　记

这本书是在我的博士学位论文的基础上修改、增补而成。

十多年前,有幸协助唐斯复老师为全本《长生殿》的宣传策划做了一点具体的事情。因为对昆剧的喜爱,总想着能再做点什么。

有一天,在兰心大戏院看蔡正仁与史依弘主演的《贩马记》,遇到黄蜀芹老师。她告诉我,上海三山会馆有一个古戏台,她在那排过《琵琶行》,演出效果很好。这个戏后来被邀请到德国演出,没有古戏台,剧组在镜框式舞台上搭了一个,效果也不错。

当我第二天午后来到三山会馆时,修葺一新的戏台,在暖暖的阳光中,静静地伫立着,正中的大殿与两边的厢房里,布置着与会馆氛围不搭调的航天成就展览。拜访三山会馆王树明主任时,他告诉我2010世博会浦西版块的一个入口就在边上。当时心里冒出了一个念头:昆剧是非物质遗产,古戏台是物质遗产,二者一结合,借世博会之契机向全球游客推广中国昆剧文化,该是一件多么有意思的事呀!

之后,我一头扎进了古戏台版《牡丹亭》的策划与制作。从最初的一个想法到最后在三山会馆首演，历时三年，个中艰辛，也只有亲身参与者才能体会。

从此不敢再想什么做昆剧的事了。

但看戏还是一如既往。看得多了，心里的疑问也多了。这些疑问后来顺理成章地成了我博士学位论文研究的对象。

如果说做古戏台版《牡丹亭》之前，我是低估了昆剧创作与制作的难度，那么选这个题目则是低估了昆剧创作研究的难度。昆剧是一门高度体系化的艺术，文本、音乐与表演有着严格的艺术规范。如果对其不了解，也就只能从一般戏剧意义上来研究，难以深入。打一个不恰当的比方，就像医生做一台大手术，不仅需要有各种手术刀，还要知道从何处下刀。于昆剧研究而言，最重要的手术刀就是昆剧的文本、音乐与表演的技艺与规律。我之前学的是外国戏剧史论，不会制曲、唱曲、谱曲、摩笛，也不会表演，啥本领也没有凭着一腔热情就奔了进来，花了很多时间去认识这把手术刀。

论文开题时，李晓老师提醒我："当代昆剧创作研究题目大且难做好，如果好做，为什么专家学者们不做，你考虑过没有？"我是考虑过的，一是因为有兴趣做这题目，二是当时马上要去美国做访问学者，也没时间改论文题目了，只好硬着头皮去做。

到了纽约后，我在上课、看戏之外，大部分时间都在考虑论文，但是进展极为缓慢。当时正好受我的硕士导师宫宝荣教授所托，给我校外国戏剧研究中心购买一些专业书籍，便约了戏剧翻译家胡开奇先生见面请教。在曼哈顿四十街转角处的咖啡馆，我们聊了许久，谈到了我的论文。这次聊天给了我很大的启发，当晚重新整理思路，避开一些纠结的问题，调整论文结构，才得以顺利写作。

2015年论文答辩通过后，一直觉得受目前论文结构的制约，还有一些我关心的话题，未能在论文中展开论述。于是，开始撰写附编收入的三篇文章，前后竟写了一年时间。之后，对论文的章节安排作了一些合并调整，修订了部分内容，更正了一些错误，增补了近两年昆剧创作的情况，其中有些章节几乎是重写了。这期间，正文与附编中部分篇章先后在《文艺研究》、《文艺理论研究》、《戏剧艺术》、《戏剧文学》、《上海戏剧》等刊物上发表。

在这几年的学习过程中，得到了许多师友的关心、支持和帮助，没有大家的帮助，这本书是难以完成的。

感谢导师叶长海教授对我的教诲。叶师学养精深，为人通达，对后辈学生爱护有加。当我提交这个论文选题时，叶师非常支持，给了不少方向性的建议；论文初成后，叶师又给了许多具体的意见与建议；论文答辩后，叶师又督促我进一步修改，关心我的论文发表与出版事宜。

感谢复旦大学江巨荣教授、华东师范大学赵山林教授、上海艺术研究所李晓研究员、上海戏剧学院张福海与李伟教授、上海戏曲学校顾兆琳副校长以及我的化学家朋友冯亚兵博士，他们花了不少时间通读论文初稿并提出了许多宝贵意见，让我在论文修改时获益良多。

感谢苏州大学周秦教授、台湾大学王安祈教授以及上海戏剧学院陈明正、刘元声、黄意明、郭晨子等诸位教授给予的关心与帮助。

为了做论文，这几年先后采访了顾笃璜、顾聆森、张弘、荣念曾、柯军、杨凤一、凌金玉、方彤彤与杨帆等诸位老师，占用了他们不少宝贵时间。在资料收集过程中，得到了剧作家王仁杰与郭启宏先生，江苏省昆剧院的王斌、袁伟、肖亚君、许玲莉，苏州昆剧院的吕佳、周晓，上海昆剧团的张咏亮、陆姗姗，北方昆曲剧院的王若皓、魏春荣、王焱，湖南省昆剧团的罗艳、蒋丽，浙江昆剧团的王明强、周玺，永嘉昆剧团的张胜建，上海张军昆曲艺术中心的张军、张冉、范幸华，苏州山塘昆曲馆的马爱侠，香港"进念·二十面体"的卓翔、卢晓宇等许多老师、友人的热心帮助。此外，元味、柯军、周晓、方彤彤、王若皓、吴沙诸位友人和上海昆剧团非常慷慨地提供了精美的剧照，为本书增色不少。在此一并致谢！还要感谢上海古籍出版社祝伊湄女士的精心编辑，她的辛勤付出与认真负责，令人感动。

最后想说的是，当代昆剧创作研究内容广博，本书还只是一个初步的研究成果，还有很多方面（如昆剧音乐与表演创作）有待深入研究。而且，书中的某些观点也不见得一定就对。本想做得好些再拿出来，但囿于学力，凭一己之力已经很难有所突破了，希望将来有机会与志同道合者一起把当代昆剧创作研究深入下去。这样一想之后，也就先拿出来，丑媳妇总归要见公婆的，错漏之处，请师友与读者指正。

2017 年 10 月 27 日于沪上